btb
Aus Freude am Lesen

btb

Buch

Oslo 1974: Kim, die Hauptperson aus Christensens Roman »Yesterday«, kehrt mit dem Schiff zurück in seine Heimatstadt. Noch während er durch die Straßen geht, stolpert er über seine alten Freunde: Seb, der als Undergroundpoet seine Gedichte auf der Straße verkauft, Gunnar, der als überzeugter Kommunist in einer Druckerei arbeitet, und Ola, der als wandelnder Kühlschrank Reklame läuft. Doch der Schwung der 60er Jahre ist dahin, statt mitreißender Beatles-Songs dudelt Abbas Grand-Prix-Siegertitel »Waterloo« aus den Radios. Das Leben, die Stadt, selbst die Freunde sind Kim fremd geworden. Was ist aus all den Träumen geworden? Fest entschlossen, das Ruder wieder in die Hand zu nehmen, macht Kim sich auf den langen Weg zu sich selbst.

Autor

Lars Saabye Christensen, 1953 in Oslo geboren, ist einer der bedeutendsten norwegischen Autoren der Gegenwart. Er ist vielfach preisgekrönt, seine Werke wurden in mehr als zwanzig Sprachen übersetzt. Zuletzt feierte er mit seinem Buch »Der Halbbruder«, für das er den Nordischen Literaturpreis erhielt, auch in Deutschland Triumphe.
»Waterloo« knüpft an Lars Saabye Christensens Roman »Yesterday« an, der in den 60er Jahren spielt und ihn in Norwegen auf einen Schlag berühmt machte.

Lars Saabye Christensen bei btb

Yesterday. Roman. TB (72239)
Der Alleinunterhalter. Roman. TB (72430)
Der eifersüchtige Friseur und andere Helden. TB (72702)
Der falsche Tote. Roman. TB (72865)
Der Halbbruder. Roman. btb-HC (75108)

Lars Saabye Christensen

# Waterloo

Roman

*Aus dem Norwegischen*
*von Christel Hildebrandt*

btb

Die norwegische Originalausgabe erschien 1990
unter dem Titel »Bly« bei Cappelen, Oslo

Umwelthinweis:
Alle bedruckten Materialien dieses Taschenbuches
sind chlorfrei und umweltschonend.

Der btb Verlag ist ein Unternehmen der Verlagsgruppe
Random House.

1. Auflage
Deutsche Erstveröffentlichung März 2005

Umschlaggestaltung: Design Team München
Umschlagfoto: photonica
Satz: Uhl+Massopust, Aalen
RK · Herstellung: Augustin Wiesbeck
Made in Germany
ISBN 3-442-73285-9
www.btb-verlag.de

# 1

Ich wurde von den Möwen geweckt.

Ich zog mich an der Reling hoch und fütterte sie mit roten Würstchen. Ich stand breitbeinig mit gebeugtem Rücken da, wie ein Schiffsjunge, dem auf dem Weg nach Hause schwindlig geworden ist. Aber ich trug keinen Matrosenanzug, sondern Lotsenjacke, Khakihose und Sandalen. Dann hörte ich ein anderes Geräusch, als würde jemand wie wild einen Lichtschalter ein- und ausschalten. Ich drehte mich langsam um und guckte direkt in ungefähr dreihundert Fotoapparate. Ich zeigte ihnen meinen Finger, meinen schiefen, verkrüppelten Zeigefinger. Die Touristen zogen sich einen Zentimeter weit zurück. Ich blieb in dem Schwarm der gierigen, kreischenden Möwen stehen, die mein Gesicht mit ihren steifen Flügeln berührten. Sie mochten mich. Aber ich mochte sie nicht. Ich mochte den Blick der Möwen nicht, zwei aufgerissene, glänzende Augen, die viel zu groß für den schmalen Schädel waren. Vielleicht erinnerten sie mich an zu viel. Und ich sah, dass eine von ihnen eine Schnur aus dem Schnabel hängen hatte. Und ich konnte das Blut sehen, das in dicken Tropfen daraus hervorperlte.

Die MS Kong Olav V. glitt an der Halbinsel Nesodden vorbei. Das Sommerhaus lag wie eine dunkle Kapelle hinter den Birken. Ein Knirps in Tarzanbadehose stand ganz vorn am Anleger und warf die Angel aus. Aber ich glaube nicht, dass er etwas fing, dazu holte er viel zu ungeduldig die Schnur ein. König Kim musste woandershin schauen. Und die Touristen waren immer noch da. Ich wurde auf ungefähr dreihundert Filmrollen eingebrannt, ich und die Möwen, oder vielleicht auch umgekehrt, die Möwen und ich. Ein Hüne im Pepitaanzug und mit Igelschnitt, Frau und Sohn im Schlepptau, grölte auf Amerikanisch, ich solle doch fünf Schritte nach rechts gehen, zu der norwegischen Flagge, die schlaff am Mast hing. Und ich tat es. Ich bin ein höflicher Junge. Ich stellte mich brav unter Rot, Weiß und Blau, und der Hüne zog einen schwarzen Trichter aus dem linken Auge, schraubte und schraubte, und zum Schluss war ich ganz aus dem Fokus. Ich sah nur schiefe Schatten und blutige Flügel. Aber die Geräusche waren noch da. Ich hörte den Schrei der Möwen und das zarte Knipsen der Auslöser, als stächen sie Nadeln in mich hinein. Dann verbeugte ich mich tief und ging ganz ruhig nach unten und holte den Turnbeutel aus der Gepäckaufbewahrung.

Und plötzlich hörte ich das Glockenspiel vom Rathausturm. Ich musste stehen bleiben, horchte, Eisstückchen schmolzen in meinen Ohren. Aber das brachte mich nicht aus der Fassung, nur fast. Ich ließ ein paar Sekunden lang den Kopf hängen, während eine Trosse nach meinem Herzen geworfen wurde. Sie traf nie.

Dann wankte ich zum Schalter neben dem Schnapsladen und wechselte den Rest aus dem Leierkasten um. Dort, wo ich herkam, hatten sie mir viel Trinkgeld gegeben. Aber die letzten Scheine, die ich erhielt, musste ich gegen das Licht halten, um zu überprüfen, ob sie auch echt waren; blaue Zehnkronenscheine mit Nansen auf der Vorderseite und einem schlaffen Fischer mit Südwester und lauter Möwen überall auf der Rückseite.

»Wohl ziemlich lange weg gewesen?«, meinte der Kassierer wie nebenbei und betrachtete mich in einer Art und Weise, wie es nur Leute können, die hinter einem Schalter sitzen.

»König Olav ist doch immer noch König, oder?«, fragte ich.

Aber er gab keine Antwort. Ich humpelte in die Kneipe, legte einen neuen Zehner auf den Tresen, und es klappte. Ich trank ein Bier. Ich wusste, das war nicht klug von mir. Es gab ziemlich viel, was ich wusste, aber das nützte nichts. Ich trank es im Stehen aus. Es blieb unten. Vielleicht vermissten die Möwen mich ja bereits.

Ich war der Letzte, der die Gangway hinunterging. Unten standen drei Uniformen und rieben sich die Hände. Ich musste mit in den Käfig. Die Stimmung war prima. Sie ließen meinen Pass von einer Hand zur anderen wandern und brummten zufrieden.

»Italien«, sagten sie. »Was hast du da gemacht?«

»Spaghetti gegessen«, antwortete ich.

»Und Kopenhagen? Was hast du da gemacht?«

Langsam wurde ich es leid. Ich saß auf einem Hocker. Ich konnte nicht mehr sitzen. Ich musste pissen.

»Da habe ich rote Würstchen gegessen und war im Tivoli«, erklärte ich.

»Das werden wir ja sehen«, sagten sie.

Sie brauchten ungefähr eine Dreiviertelstunde, um meinen Turnbeutel zu untersuchen. Die Stimmung war nicht mehr so gut. Sie fanden nichts außer schmutziger Wäsche, einer Gipsfigur nach Botticellis Venus, den Noten für *Rondo Amoroso, Mood Indigo* und das *Solfeggio*, einem Stückchen Toblerone und meiner Ration. Sie schienen nicht zufrieden zu sein. Sie sahen einander an, nickten gleichzeitig und wandten sich mir zu.

»Geh zum Fenster«, sagten sie.

»Wäre es nicht besser, wenn ich die Tür benutze?«

Aber das fanden sie gar nicht witzig. Ich schlurfte mit den Füßen über den Boden. Sie wurden ganz eifrig, die Stimmung war wieder besser, es fehlte nicht viel zum Applaus.

»Zieh dich aus«, sagten sie und zeigten auf die Hose.

»Auf eure Verantwortung«, sagte ich.

Ich öffnete meinen alten Zorrogürtel und ließ die Hose fallen. Sie kamen näher. Sie beugten sich hinab. Sie hielten sich die Nase zu. Verblüfft starrten sie auf den dicken gelben Verband und das gedrehte Röhrchen, das herausragte.

»Das ist keine Wasserpfeife«, sagte ich.

Ich kam mit einem Schrei frei. Und dann latschte ich hinauf zur Festung und setzte mich vorsichtig ins Gras. Ich schaute über die Stadt. Es tuckerte leise in den Straßen. Und es schien, als sollte da immer noch die gleiche alte Mahlzeit serviert werden. Die Speisekarte war nicht verändert worden, nur die Tischdekoration. Häuser waren abgerissen worden, ein blauer Wolkenkratzer wuchs hinter dem Schlosspark in die Höhe, Baukräne wanderten von einem Viertel ins andere, und das rostige Skelett des Postgirohauses warf seinen grauen Schatten bis zum Kikut. Es gab weniger Bäume und mehr Glas. Ich brach meine Ration an und nahm einen halben Schluck. Ich weiß selbst nicht, was ich eigentlich erwartet hatte. Keinen roten Teppich. Kein Blasorchester. Keine Palmenwedel. Nichts. Denn niemand wusste, dass ich kam. Aber vielleicht hatte ich erwartet, dass irgendwo in mir eine zaghafte Freude ausbrechen würde, eine Mohnblume beispielsweise, eine Mohnblume, die allzu lange in muffiger Erde gestanden hatte. Doch bis jetzt hatte sich die Freude noch nicht gemeldet. Der Blumenbote war mit ganz anderen Paketen unterwegs.

Ich hatte keine Pläne. Ich hatte keine Vorsätze. Ich hatte keine Träume.

Es war ein Samstag, es war Mai.

Der Rathausturm spielte eine Wiederholung des Wunschkonzerts, und ich schlurfte hinunter in die Stadt. Es gab keinen anderen Weg. Aber nicht nur die Tischdekoration hatte sich geändert. Die Leute hatten es jetzt eilig. Die Leute hatten jetzt spitze Ellbogen und dünneres Haar. Die Leute trugen in der Bruthitze Regenschirme. Sie kamen mir wie voll gestopfte Pinguine entgegen. Es war härter geworden. Ein neuer Gang war eingelegt worden. Und das Essen roch auch nicht besonders lecker. Etwas in Oslo war verrottet. Ich verursachte die Roald Amundsensgate hinauf einen wütenden Stau. Denn ich konnte mich nicht mehr beeilen.

Ich blieb vor dem Nationaltheater stehen. Henrik und Bjørnstjerne standen noch da und sahen ziemlich verkatert aus. Aber die Pernille war weg. Ich ließ meinen Turnbeutel fallen und sah, dass die Pernille weg war. Es war nicht ein einziger Halber zurückgeblieben, nicht ein Sonnenschirm, nicht eine Kellnerin, nicht eine einzige einsame Krabbe. Aber die Pernille war nicht weg, so wie sie immer im September verschwand, wenn der Nordwind die Finger ums Glas klamm werden ließ, ein Griff, der sich nicht vor dem nächsten Frühjahr lockerte, wenn die Mädchen Gänsehaut auf den Knöcheln und weiter hoch bekamen und immer nach Hause oder an einen anderen, besseren Ort wollten.

Die Pernille war weggebombt worden. Die Pernille war nur ein Krater. Seit damals hatte es hier einen Krieg gegeben.

Ich schloss die Augen und ging weiter die Karl Johan hinunter. So war es also gekommen. Ich überlegte eine Weile, ob ich vielleicht in der falschen Stadt an Land gegangen war. Aber da hörte ich einen Spielmannszug. Sie nahmen im Musikpavillon Aufstellung, und da wusste ich, wo ich war. Jetzt fehlten nur noch Senfgas und die Gitarren der Heilsarmee. Ich wollte mich gerade auf der Hacke umdrehen. Da entdeckte ich einen Bengel, der vor dem Buchladen Tanum stand. Und dieser Bengel hatte ausgerechnet eine Schubkarre bei sich, und es sah so aus, als versuchte er etwas zu verkaufen. Aber es sah nicht so aus, als würde der Verkauf gut laufen. Eher sah es so aus, als stünde er den Leuten im Weg. Das musste ich mir näher anschauen. Ich blieb dort stehen, während mir die Spielmannszugmusik das Ohr tätowierte, und sah, dass der Bengel schräge Druckwerke für Hausfrauen, Jurastudenten, Parlamentarier und Soldaten anbot. Ich traute meinen eigenen Augen nicht, aber es war auch schon lange her, dass ich mich auf sie verlassen hatte. Ich hinkte über die Kreuzung, ließ das, was ich in den Händen hatte, fallen und klopfte ihm vorsichtig auf den Rücken.

Der Bengel begann schon zu handeln, bevor er sich umgedreht hatte.

»Halber Öre der Buchstabe! Das Größte seit Snorre ...«

Der Bengel bekam ein Haar in den Hals und wickelte mich mit seinem Blick ein.

»Kim«, sagte er, ganz leise.

»Seb«, sagte ich. »Du siehst richtig gut aus.«

»Kim«, wiederholte er. »Wann bist du hier gelandet?«

»Bin heute Morgen aus dem Krater rausgekrabbelt. Was um alles in der Welt verkaufst du da? Alte Aufsatzhefte?«

»Poesie, du Schwachkopf.«

Plötzlich begann er mit einer Wahnsinnsstimme zu schreien: »Lathans Visionen! Viertel Öre der Buchstabe! Die Chance des Jahrhunderts! Das Größte seit Snorre!«

Aber es nützte nichts. Die Leute wichen ihm mit abweisendem Blick und angewinkelten Armen aus.

»Du hättest lieber in Italien Tomaten verkaufen sollen«, sagte ich.

Seb wandte sich wieder mir zu. Er beugte sich blinzelnd zu mir vor. Er hatte nur wenig Pigmente in der Haut, und achtzehn Falten fielen von seinem Mittelscheitel herunter.

»Kim«, sagte er zum dritten Mal. »Darf ich meinen Augen trauen, oder ist das nur ein Engel?«

»Jedenfalls darfst du nicht den Augen anderer trauen«, erwiderte ich.

»Oh Scheiße, oh Mann!«

Und dann schlang er seine langen, empfindsamen Arme um mich, und so blieben wir stehen, umarmten uns beide, auf der Karl Johan, an einem todlangweiligen Samstag im Mai, mitten im Gewimmel schicker Leute, die sämtliche Motten erschossen und den Staubmantel, die Leopardenfelltasche, die Dauerwellen und das Urlaubsgeld herausgeholt hatten.

»Das muss gefeiert werden, Karlsen. Ich lauf eben los und hol uns ein bisschen was zum Mittag. Du passt so lange auf den Laden auf, in Ordnung?«

Und bevor ich antworten konnte, marschierte er in Richtung Schlosspark hinauf, vielleicht wollte er auch nur zur Bäckerei Ritz.

Ich setzte mich auf die Schubkarre, und zwischen den Beinen knackte es eklig. Ich freute mich nicht aufs nächste Gießen. Ich musste die Venus herausholen und ein wenig in der Hand halten. Aber das half nicht. Ich legte sie vorsichtig zurück in den Turnbeutel und betrachtete die Aussicht. Da gab es nicht viel zu bewundern. Der Schlag in den Hosen war größer geworden, die Krawatten breiter, die Koteletten länger und die Absätze höher. Die Gesichter waren runder geworden, alle sahen aus wie Carl Gustav von Schweden. Und das Softeis im Studenten war kleiner geworden. So war es nun einmal. So war es immer. Mehr Waffel und weniger Eis. Man geht raus, schnappt ein wenig frische Luft, schwimmt in einer Fontäne und heult kurz den Mond an. Und wenn man zurückkommt, hatte in der Zwischenzeit ein Weltkrieg stattgefunden.

Da fiel plötzlich eine außergewöhnlich schwere Hand auf meine rechte Schulter herab. Ich lehnte mich zurück und starrte geradewegs in eine riesige Nase unter einem schwarzen Käppi.

»Und was treibst du hier?«, fragte das Gesicht.

Ich musste die Nase näher begutachten. Selbst die Nasen waren größer geworden, das war fast unheimlich.

»Ich verkaufe Gedichte«, antwortete ich. »Sechshundert Lire der Buchstabe.«

Aber da wurde ich auf Höhe eines Gesichts hochgezogen. Unten bei meinen Füßen schien etwas schwer zu keuchen, und ich konnte eine Zunge erahnen, die fetter war als Nixons Schlips. Mir drehte sich der Magen um.

»Und, hast du auch eine Genehmigung?«

»Eine Genehmigung? Wofür?«

»Vom Gewerbeamt. Dafür, hier zu stehen und den Platz zu belegen.«

Ich dachte gründlich nach.

»Gewerbeamt? Das muss ein Missverständnis sein. Aber vielleicht genügt ja auch ein Turnbeutel?«

»Kann ich die Genehmigung sehen?«

Der Schäferhund verdrehte mir die Strümpfe, zeigte die Eckzähne und kaute auf den Gedichtsammlungen herum. Es war höchste Zeit, sich zu verabschieden.

»Es ist wohl nicht ganz korrekt zu behaupten, dass ich hier stehe«, erklärte ich. »Ich ruhe mich nur aus. Ich bin auf der Durchreise.«

Erst jetzt bemerkte ich, dass sich ungefähr sechshundert Menschen um uns versammelt hatten. Das war merkwürdig. Sie waren einfach da, ganz plötzlich, und sie machten lange Hälse und große Augen. Aber zumindest hatten sie keine Fotoapparate dabei. Das war ein schwacher Trost.

»Die Gelegenheit des Jahrhunderts!«, rief ich. »Das Größte seit Dante!«

Ein plötzliches Zucken, eine nervöse Bewegung durchfuhr die Versammlung, als wären alle mit dünnen Fäden miteinander verbunden. Ich verstand das nicht.

»Du darfst nicht ohne Erlaubnis hier stehen! Und was verkaufst du da überhaupt? Ist das Propaganda?«

Jetzt wusste ich, an wen er mich erinnerte. Er erinnerte mich an einen dieser Polizisten, die immer in Chaplinfilmen auftauchen. Ihm fehlte nur der Bart. Easy Street, dachte ich. Ab jetzt heißt das hier Karl Johan Easy Street. Und der Schäferhund hatte bereits vier Bände aufgefressen. Ich überlegte, ob ich eine Bezahlung verlangen sollte.

»Das ist nur Schweinefutter«, sagte ich. »Ich bin auf dem Weg nach Hause. Die Station Østbanen liegt doch da oben, oder?«

Ich zeigte zum Schloss hinauf. Sechshundert Gesichter drehten sich in die gleiche Richtung. Langsam wurde ich es wirklich leid. Der Schutzmann beugte sich über mich, und der Hund fing an zu bellen.

»Du hast eine hübsche Nase«, sagte ich.

»Verschwinde!«, brüllte er. »Bevor ich bis drei gezählt habe!«

Aber er brauchte gar nicht zu beweisen, dass er so weit zählen kann. Ich packte die Schubkarre und schob sie Richtung Osten. Und genauso schnell, wie sie aufgetaucht waren, waren plötzlich alle Leute wieder verschwunden, als hätte jemand einfach seinen Zylinder gelüftet und Hokuspokus gesagt. Das war wirklich Easy Street. Du hast eine Horde an den Hacken. Du drehst dich um, und alle sind weg.

Da entdeckte ich Seb. Er stand beim Studenten, seine Augen waren groß wie Teller. Er versuchte es mit Fingersprache. Aber ich verstand nicht, was er zeigte. Ich war zu lange fort gewesen. Der Schutzmann hatte immer noch einen scharfen Blick auf mich, er stand mit verschränkten Armen da, während sein Schäferhund Druckerschwärze sabberte. Ich schob meine Karre langsam weiter. Seb verschwand hinter der Ecke, wie ein Albinoschatten.

Ich latschte am Grand vorbei, in dem mit kleinen Gäbelchen und dickem Kinn die Schickeria saß. Christian Krohg erhob sich auf seinem Podest vom Stuhl, holte tief Luft und pustete mich an. Zuerst kippten die halben Liter im Dasslokket um, die Sonnenschirme hoben ab, und die Löwen vor dem Stortinget bäumten sich auf. Und dann stand sie da, sie stand mir geradewegs im Weg. Ich musste die Schubkarre abstellen. Es war nicht möglich, an ihr vorbeizukommen.

»Verkaufst du die?«, fragte sie und zeigte auf meine Ladung.

Ihr Haar hing unruhig auf Schultern und Rücken hinab. Sie hielt den Kopf ein wenig schräg, und sie hatte so ein Lächeln, als würde sie eigentlich an etwas ganz anderes denken. Aber was mir besonders auffiel, das war ihr Schal, ein riesiger blauer Schal, der dreimal um den Hals gewickelt war.

»Kann man das kaufen?«, fragte sie noch einmal.

»Ja, klar doch. Bis auf den Turnbeutel. Viertel Öre pro Buchstabe.«

Sie lachte, und ich konnte meinen Blick nicht von dem Schal losreißen, sie trug im Mai einen Schal.

»Hast du die geschrieben?«

»Ja, das war ich. Ganz richtig. Fünf Kronen das Stück. Signiert zehn.«

Sie legte einen blauen Zehner in meine Hand. Da konnte ich

ebenso gut gleich zwei Werke signieren. Mit vielen Grüßen von Sebastian. Mai. Im zwanzigsten Jahrhundert.

»Ich wollt eigentlich nur eins«, lächelte sie.

»Schenk das andere deinem Liebsten. Oder jemandem, der dir auf dieser Welt wichtig ist.«

»Ich kann es ja Chico geben.«

»Chico?«

»Meinem Hund.«

Wieder lachte sie. Das Lachen gefiel mir, es war leise, wie das leise Schnurren einer Katze.

»Prima«, nickte ich. »Das sind einfache Gedichte. Aber ehrlich empfunden. Wie heißt du?«

»Vivi.«

Ich wollte noch mehr in ihre Exemplare schreiben. Ich versuchte die Zeit zu verlängern. Für Vivi, schrieb ich. Für Vivi von Sebastian. Oslo. Norwegen. Europa. Erdkugel. Universum. Easy Street.

»Hübscher Name«, sagte ich. »Vivi. Klingt fast wie Wir.«

»Sebastian ist auch nicht schlecht. Du bist nach einem Heiligen benannt worden.«

»Ich? Nach einem Heiligen?«

Wir blieben stehen und schauten aneinander vorbei. Ihr Schal verwirrte mich. Ich wollte ihr gerade sagen, wie scharf ich den fand, als Seb sich zwischen uns materialisierte. Er hüpfte auf und ab.

»Verdammt noch mal, Kim! Was wollte der Bulle denn?«

Ich versuchte mit ihm in Indianersprache zu kommunizieren. Ich versuchte ihn mit den Augen wegzuwedeln. Ich versuchte ihm gegens Schienbein zu treten. Aber es nützte alles nichts.

»Nun komm schon, Kim! Was wollte dieser Psychopath?«

»Die kosten fünf Kronen«, sagte ich so ruhig wie möglich. »Das Größte seit Karius und Baktus.«

»Ich hätte mir fast in die Hose gemacht, Kim. Mit den Taschen voll Shit. Was wollte das Arschloch denn, Kim?«

Er hatte sich an meinem Namen aufgehängt. Da war ein

Knacks in seiner Zunge und Staub auf seinem Zäpfchen. Und sie stand immer noch da, blätterte in dem Buch, schaute mich ab und zu an, den Kopf schräg gelegt. Ich gab auf.

»Eine Genehmigung«, sagte ich. »Er hat mich gefragt, ob ich vom Gewerbeamt eine Genehmigung habe.«

»Man braucht doch wohl keine Genehmigung, um mit einem Buch unterm Arm herumzulaufen!«

»Mit sechshundert Büchern. Und einer Schubkarre.«

»Nun hör aber auf, Kim!«

»Kim? Mit wem redest du denn?«

Erst jetzt entdeckte er Vivi. Er zögerte keine Sekunde.

»Wie wär's mit einem Buch? Drei Öre der Buchstabe! Das Größte seit Wergeland!«

Aber sie schaute ihn gar nicht an, sah nur mich, mit diesem schrägen Blick, den ich einfach nicht deuten konnte.

»Ciao, *Sebastian.* Übrigens ist er als Märtyrer im Colosseum gestorben.«

Und dann spazierte sie die Easy Street hinunter, als ob nichts gewesen wäre. Ich weiß nicht so recht warum, aber ich musste an den Schirokko denken, diesen Winterwind in Italien, der die Denkmäler die Arme um sich schlagen, die Klaviersaiten reißen und die Springbrunnen explodieren lässt. Sie zuckte ein letztes Mal mit dem Kopf nach hinten, um den langen Schal an Ort und Stelle zu befördern.

Seb war vollkommen verwirrt.

»Was soll das bedeuten? Colosseum? Wollen wir ins Kino?«

Ich konnte sie nicht mehr sehen. Sie war verschwunden hinter all diesen Menschen, die an so einem Samstag unterwegs sind, nur um sich zu zeigen.

»Und welchen Namen hast du benutzt? Habe ich da Sebastian gehört?«

»Ich habe zwei Bücher verkauft«, sagte ich. »Ich musste sie signieren.«

»Der große Schwindler ist nach Hause gekommen. Wir sehen uns vor Gericht.«

»Aber vorher gibt's ein Bier.«

»Das gibt es«, stimmte Seb zu. »Denn hier können wir nicht stehen bleiben. Ich meine, man kann vor dem Tanum stehen. Man kann vor dem Musikkhuset stehen.«

»Ich verstehe«, nickte ich.

»Man kann sogar vorm Studenten stehen. Aber nicht vorm Grand Café. Wir sind doch ordentliche Leute, nicht wahr?«

»Ich verstehe genau, was du sagen willst«, wiederholte ich.

»Das freut mich, Kim. Warum stehen wir hier eigentlich immer noch?«

Christian Krohg hatte sich schon lange wieder hingesetzt. Aber Gamla stand noch. Die alten Mauern von Gamla standen fest auf dem Stortorget, mit Bierdeckeln unter den Beinen, kariertem Rock, gelben Fingern und brauner Visage. Hier merkte ich am ehesten, dass ich nach Hause zurückgekommen war. Der halbe Liter kostete acht fünfzig. Ich war zwei Kronen lang weg gewesen. Ich gab einen aus.

Seb zog seinen Riechkolben aus dem Schaum und machte sich bereit.

»Märtyrer? Was hat die Lady eigentlich damit gemeint, Kim?«

»Bist du sicher, dass keiner die Bücher draußen klaut?«

»Ganz sicher. Niemand in Oslo lügt, sagte der Mann aus Oslo.«

Ich schlug ein Exemplar der Gesammelten Werke auf.

»Lathans Visionen«, las ich. »Fieber. Norwegischer Verlag. Ich nehme an, das ist autobiographisch?«

»Reine Dichtung. Absolute Fantasie. Ich schufte wie ein Sklave. Übrigens, gibt's da noch mehr, wo es die Spendierhosen gibt?«

»Geht der Verkauf so schlecht?«

»Wahnsinnige Kosten. Ich stecke bis zum Hals in Schulden.«

Ich warf schnell einen Blick auf das erste Gedicht und erkannte es wieder. Seb hatte es mir vorgelesen, irgendwann einmal im Steinzeitalter, als wir Runen in Herzen schnitten und in den Träumen der Mädchen Äpfel klauten. Jetzt war ich an der Reihe mit Vorlesen. Ich las so laut, wie ich nur konnte.

*Bist du schon mal aufs Rathaus geklettert und hast dabei gedacht*
*wie eine Gift speiende Kobra & dich*
*tot gelacht?*

Seb warf sich übers Tischtuch und riss mir die Poesie aus den Händen.

»Es reicht«, keuchte er. »Was hast du nur für eine schreckliche Stimme gekriegt, ich muss schon sagen.«

Aber so schnell gab ich nicht auf.

*»Ich sitze auf der Spitze eines Fahnenmastes und denke, mein Kopf ist im Himmel fest geschraubt.«*

Seb bekam plötzlich einen ganz sanften Gesichtsausdruck.

»Kannst du das auswendig? Sitzt du hier herum und zitierst den alten Sebastian, wie er aus deinem Herzen spricht?«

»Am besten gefällt mir der Schluss«, erwiderte ich. *»Wir sind alle im Gefängnis, wir kommen eines Tages alle ins Gefängnis!«*

»Es ist das erste Mal, dass ich meine Gedichte laut rezitiert höre«, sagte Seb.

»Hast du versucht, sie beim Gyldendal Verlag unterzubringen?«

Seb reckte den Hals und schaute mich gekränkt an.

»Da sieht man, wie lange du weg gewesen bist. Ich bin doch kein Börsenlakei. Schreibe keine Wunschgedichte für senile Lyrikfreunde.«

»Wie schön ist doch der Maien«, sagte ich.

»Genau. Ich habe einen eigenen Verlag. Gehört zum Kreis der Maulwürfe. Wir sehen im Dunkeln und sind unsichtbar im Licht.«

»Ich kaufe hundert Exemplare.«

Ich legte das passende Scheinbündel auf den Tisch. Da blieb es eine Viertelstunde lang liegen. Dann sagte Seb:

»Ich will auch gar nicht fragen, woher du das Geld hast.«

»Gut so.«

Seb zauberte es fort und beugte sich über seinen Halben.

»Wo hast du übrigens das Geld her?«

»Hör auf«, sagte ich. »Es ist echt. Ich habe es selbst ausprobiert.«

Neue Gläser kamen zum Vorschein, und eine Weile tranken wir schweigend. Das war so eine Stille, die irgendwie kurz vor dem Sprung stand, es gab ein Kabel zwischen uns, wie damals bei den Indianertelefonen, die wir aus alten Fischklößchendosen bastelten und dreihundert Meter Bindfaden, den wir von einem Fenster zum anderen zogen, von Skillebeck nach Solli, von Gabels nach Thomas Heftye, blaue Leinen, um Geheimnisse dran aufzuhängen.

»Wirst du eine Weile hier bleiben?«, fragte Seb.

»Ich denke schon. Und du bist also auf deine alten Tage Schriftsteller geworden. Dann kenne ich also ein Genie?«

»Sieht fast so aus. Bald wachsen mir Flügel. Ich kann es schon spüren.«

»Maulwurf mit Flügeln?«

»Du sagst es. Maulwurf mit Flügeln. Hier gibt es mehrere Genies. Das wird langsam eng.«

»Hast du schon viel verkauft?«

Seb schraubte seinen Blick in die Decke und zählte äußerst langsam an den Fingern ab. Das dauerte seine Zeit. Derweil konnte ich noch mehr Bier bestellen.

»Mal sehen. Eins an meine Mutter. Eins an meinen Vater. Eins an meine Schwester. Das sind wohl drei. Grob gerechnet zusammen zwölf Stück.«

»Der Schäferhund hat vier gefressen.«

»Und du hast hundert gekauft. Das ergibt einhundertundsechzehn. Die Norweger sind im Großen und Ganzen Schafsköpfe. Die wissen nicht, was gut für sie wäre. Die lesen nur Todesanzeigen. Eine fleißige Hand ist eingeschlafen.«

»Das ist nicht richtig«, bestätigte ich.

»Richtig? Richtig ist ein Wort, das wir nicht mehr benutzen, Kim. Wir haben es aus unserem Wortschatz gestrichen.«

»Na, dann ist es eben nicht nett.«

»Die Druckerei hat uns einen gedungenen Mörder auf den Hals gehetzt. Ich schulde denen fünfhundert.«

»Das lässt sich klären.«

»Wirklich?«

Ich zeigte ihm das Futter meiner Lotsenjacke, und Seb beugte sich weiter vor. Fast gab er Pfötchen.

»Wie ich schon sagte. Es ist gut, dass du wieder zurück bist, Karlsen. Da fehlte einfach eine Wand.«

Ich war selbst schuld. Ich musste raus zu den Herren. Ich ließ Sebs Hand los und navigierte um die Tische herum. Der Seegang nahm zu. Aber die Möwen waren nicht mehr da. Die Möwen waren fort. Das war ein Trost. Ich fand die richtige Tür. Ich musste in eine Kabine hinein. Das war eine Plackerei. Ich holte die Hose ein, vorsichtig wie eine Fahne. Das war eine Schinderei. Es zerrte am Röhrchen. Das war verrosteter Stacheldraht. Es waren Glasscherben im Urin. Ich biss mir auf die Zunge. Ich musste mich am Klopapier festklammern. Es kamen acht Tropfen. Ich rechnete aus, dass man sich mit einer Rolle dreihundertsechsundfünfzig Mal abwischen konnte. Sogar die Klopapierrollen waren seit dem letzten Mal größer geworden.

Dann watschelte ich zurück zum Tisch. Seb schaute mich argwöhnisch an.

»Ich schreibe zwar wie ein elendiger Turner. Aber du bist auch nicht gerade eine Reckstange, oder?«

Ich setzte mich, Seb prostete mir zu. Ich ließ das Glas stehen. Ich ließ das Glas vierzehn Sekunden lang stehen. Dann leerte ich es.

»Übrigens, wo sind denn die anderen Wände?«, fragte ich. »Fast habe ich das Gefühl, als würde es hier ein wenig ziehen.«

Aber bevor er antworten konnte, schmiss sich ein Mädchen auf die Bank. Seb leckte ihr gründlich das Gesicht ab und spendierte ihr ein Bier. Sie legte ihre Holzpantinen auf die Tischdecke und zündete sich die kleinste Kippe der Welt an. Dabei zitterten ihr nicht einmal die Hände. Ich war beeindruckt. Seb zeigte hektisch in alle Richtungen.

»Synnøve«, sagte er. »Das ist Synnøve und niemand sonst. Korrekturleserin bei Fieber. Norwegischer Verlag. Und dieser Gnom mit den großen Ohren und dem flackernden Blick, das ist Kim. Nachname Karlsen. Handelsreisender und Kredithai.«

Synnøve schwang die Füße vom Tisch herunter und nagelte ihren Blick in mir fest. Ich war offenbar voller Druckfehler.

»Ich bin Legastheniker«, sagte ich sicherheitshalber.

»Ich habe schon viel von dir gehört«, entgegnete sie.

»Das soll nicht wieder vorkommen.«

Sie schaute wieder Seb an. Sie sah hungrig aus.

»Heute war in Grønland Fangzeit. Wie viele Exemplare hast du denn verkauft?«

Seb schaute sich in alle Richtungen um und senkte die Stimme.

»Hundertvier.«

Synnøve klatschte in die Hände und wäre fast aufgesprungen.

»Beruhige dich!«, zischte Seb. »Die Druckerei kann einen Agenten hier in der Nähe haben!«

»Red keinen Quatsch«, widersprach Synnøve.

»Ich rede keinen Quatsch. Ich bin schlau und freue mich! Hast du gerade was über Grønland gesagt, über dieses legendäre Viertel von Oslo?«

»Helen kann endlich das Gras wachsen hören.«

»Aber warum sitzen wir dann um alles in der Welt noch hier rum? Mit stinkenden Kippen und leeren Gläsern.«

Wir brachen auf, hinaus in den Sonnenschein. Es war eine Lichtüberflutung. Die Besoffenen saßen am Dom und spielten Flaschendrehen. Der Markt war übersät von Tulpen und Karotten, und in irgendeiner Straße war immer noch ein Spielmannszug am Üben. Aber das war alles nicht der Grund, dass

Seb ein langes Gesicht zog. Es wurde lang wie eine Sprungschanze. Sämtliche Gedichtsammlungen lagen über den Bürgersteig verstreut. Seb hatte Recht gehabt. Sie waren nicht gestohlen worden. Es war die Schubkarre, die gestohlen worden war.

»Das ist ja wohl das Primitivste«, stöhnte Seb. »Das ist das Primitivste, was ich je erlebt habe.«

Er fing an, die vorbeigehenden Passanten zu beschimpfen. Er rief ihnen Namen hinterher. Das waren keine hübschen Namen. Er war sehr sprachbegabt. Er hatte einen großen Wortschatz. Er war Poet.

»Verdammte Rattenschweine! Verfluchte Neandertalerwichser!«

»Wichser mit chs!«, rief Synnøve.

»Nachttischlampengehirne! Kaffeefilterköpfe! Was habt ihr mit meiner Schubkarre gemacht! Verwichste Schweinekoteletts!«

»Koteletts mit drei t!«

Ich lachte brüllend. Ich lachte, dass mir die Tränen kamen. Es fehlte nicht mehr viel bis zu Barrikaden und Straßenkämpfen. Einen Augenblick lang überlegte ich, den Dom zu besetzen und mich an Christian IV. anzuketten. Stattdessen bekam ich Seb zu fassen und zog ihn in eine Toreinfahrt hinein.

»Du wartest hier jetzt ganz ruhig«, sagte ich.

Ich hinkte um die Ecke herum und fand Gresvigs Laden in der Storgata. Dort kaufte ich die größte Schubkarre, die sie hatten und ein solides Nummernschloss. Als ich zurückkam, standen Seb und Synnøve auf der Straße und pflückten Gedichte, es sah fast aus wie beim Beerensammeln.

»Ich wär dir dankbar, wenn ich eine Weile sitzen könnte«, sagte ich.

Und dann kletterte ich vorsichtig auf die Schubkarre, mit dem Turnbeutel und dreihundertvierundachtzig Exemplaren von Lathans Visionen als Tarnung auf dem Schoß.

»Geil«, sagte Synnøve.

»Mit ei«, sagte ich.

Und dann schoben sie mich durch die Stadt. Es juckte ein wenig in meinem Herzen, das musste eine der Kinderkrankheiten sein, die ich übersprungen hatte, der innere Keuchhusten. Und die Bäume, die es noch gab, waren verdammt grün.

»Jetzt wirst du die Maulwürfe kennen lernen«, sagte Seb mit Engelsstimme.

»Das ist eine Schubkarre«, sagte ich. »Und kein Kinderwagen. Vergiss das nicht.«

Er bestand darauf, mich auch noch die Treppen hochzutragen. Wir gelangten in einen Raum, der dichter voll gestellt war als ein Umzugswagen aus Vestlandet. Die Leute standen auf dem Fensterrahmen, sie gingen im Kühlschrank ein und aus, sie krochen den Boden entlang und hingen an den Wänden. Ich verlor Seb aus den Augen, noch bevor ich bis zwei gezählt hatte. Ich kannte niemanden, und niemand schien mich zu kennen. Genau so sollte es sein. Ich kniete ganz ruhig auf der Türschwelle, dann brauchte ich niemanden nach dem Weg zu fragen, wenn ich gehen wollte. Ich brauchte nur in aller Ruhe dem Geländer zu folgen, wenn die Zeit reif war. Ich glaube, ich war gut in Form. Ich nippte wohlerzogen an der Ration. Ich schaute mir die Leute an und hatte einen soliden Pulsschlag. Ich drehte mich im Einklang mit der Erdkugel. Ich war im Gleichgewicht. Ich hörte die Maulwürfe Gedichte lesen. Ich kapierte nichts. Und so sollte es sein. Synnøve quetschte sich vorbei, den Blick voller Radiergummi.

»Hier sitzt du?«, fragte sie. »Am Rande des Abgrunds.«

»Keine Sorge. Ich habe mich mit meinem Turnbeutel gesichert. Wer ist das eigentlich alles?«

»Alles sind alle. GeDicht & Das. Magazinfrosch. Fieber. Frustra. Befrei mich.«

»Hört sich wie ein Obduktionsbericht an.«

Ich reichte ihr die Flasche. Sie hielt sie mit beiden Händen fest, als sie trank. Synnøve war schon richtig. Ein dünnhaariger Typ mit hohen Geheimratsecken und kurzen Beinen kletterte auf den Herd und zog ein paar Papierbogen heraus. So was Ähnliches wie Stille legte sich über die Versammlung. Das stand ihr nicht.

»Ich ... ich möchte ein Gedicht vorlesen, das ich ... geschrieben habe«, flüsterte der Typ, und die Papiere wehten zwischen seinen Fingern. »Und das, was ich lesen will, heißt *Bekenntnisse eines Akrobaten.*

Der Titel gefiel mir. Ich faltete die Ohren auseinander. Er begann zu lesen. Er las klein und schüchtern.

*Ich kann auf den Händen stehen,*
*während ich esse,*
*auf dem Kopf, während ich singe.*
*Ich kann auf Zäunen*
*balancieren,*
*in Bäume klettern,*
*ich sitze, so lange ich will,*
*auf einer Kirchturmspitze.*

Aber dann war da plötzlich ein anderer Typ, der das Wort ergriff. Er spazierte einfach auf die oberste Etage der Bücherregale hinauf. Er hatte einen roten Bart und schwarze Augen, er war mager wie ein Bleistift. Er brüllte etwas vom Monolithen. Verwirrung kam auf. Alle Köpfe wackelten zwischen dem Herd und dem Bücherregal hin und her, es sah fast so aus wie bei einem Tennismatch. Der Herd verlor. Der Akrobat verkroch sich im Backofen, und der Mann auf dem Regal hob die Arme.

»Das ist Gard«, flüsterte Synnøve. »Er wohnt mit Helen zusammen.«

Es war Gards Zimmer. Es war Gards Stille. Er benutzte sie. Er benutzte sie, um sie voll zu brüllen.

»Zum Teufel mit dem Monolithen! Zum Teufel mit den Ideologien! Gratiskonzerte, Straßenzeitungen und Wohnkollektive sind revolutionär, aber nur solange sie eine Alternative zur rechteckigen Indoktrination und dem zentralisierten Geschwätz der Plastikgesellschaft bieten!«

»Manifest!«, schrien alle durcheinander. »Manifest!«

Gard hob erneut die Arme hoch und reinigte sich die Fingernägel am Applaus.

»Zum Teufel mit den Traditionen! Zum Teufel mit dem Privateigentum! Führer, Gurus und Propheten aller Richtungen preisen ihre Patentlösungen Seite an Seite mit Deodorants, Stereoanlagen und synthetischen Textilien an. Fanatismus und Gleichgültigkeit umarmen einander im Kampf bis zum bitteren Ende!«

»Manifest! Manifest!«

»Die nichtkommerziellen Verlage sollen das Gesicht der Gegenkultur werden. Die Verräter, das sind diejenigen, die in die Kathedrale pissen und sich gleichzeitig von der Börse kaufen lassen! Deren Gedichte stinken! Deren Geld stinkt! Wollen wir mit denen etwas zu tun haben?«

»Nein! Nein!«

»Lasst der Kunst freien Lauf! Von allen und für alle! Lasst zu, dass sie aus schmalen Spalten hervorquillt und durch offene Türen hinausquillt! Sorgt das nächste Mal, wenn die Herrscher sich Zahnpasta auf die Bürste schmieren, dafür, dass sie nach Schweinefutter schmeckt! Wenn sie ihren Haydn genießen wollen, dann sorgt dafür, dass es nach Rock und Kampfgesängen klingt!«

»Ja! Ja!«

Es kam Leben in die Bude. Gard konnte auf allen Händen laufen, und das tat er auch. Er ging auf den Händen, aber nicht auf seinen eigenen. Dann versank er in den Armen und verschwand. Eigentlich vermisste ich ihn nicht. Aber es war ein merkwürdiger Anblick.

»Historisch«, sagte Synnøve.

Sie hatte schon vor langer Zeit die Flasche losgelassen. Ich sah sie fallen. Ich saß da und sah sie fallen. Ich folgte ihr mit den Augen. Ich wartete, wartete auf den richtigen Moment.

Das machte ich immer. Und kurz bevor ich sie zersplittern hörte, wie eine Bombe auf den Membranen, lud ich den rechten Arm, schoss die Kralle heraus und landete den perfekten Griff.

»Historisch«, sagte ich.

Aber Synnøve war nicht mehr in der Nähe. Auch Seb konnte ich nicht sehen. Ich blieb sitzen. Ich trank einen der größeren Schlucke. Ich war der Meinung, dass ich das verdient hätte. Aber was ist eigentlich so schlimm an Haydn, dachte ich insgeheim. Schließlich hat er Vogel- und Froschquartette und so etwas geschrieben.

In dem Augenblick erhob sich ein Mädchen hinten in der Ecke. Sie wurde auf einen Stuhl gehoben.

»Erzähl ihnen, was du heute gehört hast«, sagte Gard. »Erzähl es ihnen, Helen.«

»Das war heute Morgen«, begann sie. »Ich habe ein Geräusch gehört. Und das kam aus dem Frognerpark. Ich habe ein Rieseln gehört, wie von einer Sanduhr. Das war die Erosion. Die Erosion hat eingesetzt.«

Sofort begannen alle zu rufen. Und zwar aus vollem Hals. Das waren Grønlands gemischte Maulwürfe.

Jetzt saß Helen auf Gards Schulter. Sie legte einen Finger hinter jedes Ohr und klappte sie nach vorn. Eigentlich waren sie ziemlich klein, aber sie sahen wütend aus.

»Und ich habe noch mehr gehört! Ich habe ein Knacken gehört. Und auch dieses Geräusch kam aus dem Frognerpark.«

Es war still wie in einer Federtasche.

»Und inzwischen weiß ich, was das war. Das war ein Riss. Es gibt einen Riss im Monolithen!«

Dann entstand ein ohrenbetäubender Lärm. Und ich war derjenige, der am lautesten von allen schrie. Ich war gut im Training.

»Zum Teufel mit dem Monolithen! Zum Teufel mit allen Monolithen!«

Aber da entdeckte ich etwas. Ich glaube nicht, dass die anderen es auch bemerkten. Wahrscheinlich war ich der Einzige, der es sah. Die Backofentür ging auf, und der dünnhaarige Poet steckte eine verbrannte Visage heraus, in den Händen hielt er eine Aschenflocke.

»Aber wenn ich mit beiden Füßen fest auf der Erde stehe«, murmelte er. »Aber wenn ich mit beiden Füßen fest auf der Erde stehe, dann wird mir schwindlig, und ich falle. Die Beichte eines Akrobaten. Vielen Dank.«

Und dann stürzte er zu Boden und war verschwunden.

Das war ungefähr der Moment, da die Ration irgendwie nicht mehr genügte. Ich ging vom Aquavit zum Kirschlikör über. Ich wusste, dass ich mich dem Abfahrtshügel näherte. Und gleichzeitig wusste ich, dass es zu spät war umzukehren. Das waren einige anstrengende Sekunden. Sie steckten wie verrostete Heftzwecken in der Hirnhaut. Aber es gelang mir einfach nicht, den Merkzettel zu deuten, der daran befestigt war. Dann war ich am Schmerz vorbei, das war eigentlich ganz einfach, hinterher ist immer alles ganz einfach. Ich war bereits auf der Piste.

»Verehrte Versammlung!«, rief ich. »Verehrte Versammlung!«

Ich stand im Fensterrahmen. Das Fenster war offen. Da draußen floss die Dunkelheit über den Himmel wie Öl über einen alten Spiegel.

»Ich möchte eine Rede halten! Ich möchte über Schnürsenkel sprechen! Es ist an der Zeit, über Schnürsenkel zu sprechen. Habt ihr schon mal darüber nachgedacht? Über Schnürsenkel? Diese hübsche Schlinge an unseren abgetretenen Schuhen. Diese zarte Blume, die jeden unserer Schritte schmückt. Ich sage euch, Schnürsenkel, das ist eine Frage auf Leben und Tod. Schnürsenkel, das ist Gottes zweiter Sohn, und es waren Zwillinge. Ich balanciere hier, ich balanciere hier zwischen dem Leben bei euch und dem Tod dort unten auf dem Asphalt. Maulwürfe und andere Nager! Wir balancieren! Und sind unsere Schnürsenkel dabei sorgfältig genug gebunden? Haben wir mit vorsichtigen, aber entschlossenen Fingern diesen empfindsamen Knoten geknüpft, so dass unsere kleinen Füßchen sicher am Abgrund entlang gehen können?«

Aber sicher hörte niemand, was ich sagte. Nicht einmal Helen mit dem Gehör schien sich darum zu kümmern. Sie hatte das Ohr in Gards Schoß gelegt und lauschte wohl einer vollkommen anderen Sprache. Vielleicht sprach ich ja auch nur mit mir selbst? Oder lag es daran, dass ich Sandalen trug?

Dann versuchte ich auf den Händen zu gehen. Das klappte nicht. Die Nacht der Wunder war vorüber. Das Wunschkonzert war beendet. Ich fand den Fußboden. Ich lag vor dem Bücherregal, ich starrte auf die Schallplattensammlung. Ich war nüchtern wie ein Denkmal. Mit meinem verkrüppelten Zeigefinger fummelte ich eine Scheibe heraus. Sie kam mir bekannt vor.

Sie roch nach Fußball, Äpfeln und Norwegischaufsätzen. Sie roch nach Fassbier, merkwürdigen Mädchen und verrosteten Automarken. Ich schaute mir das Cover näher an. *Beatles for sale*. Schals. Sie hatten dicke Schals umgewickelt und sahen alt und müde aus. Und ganz unten in der Ecke hatte jemand mit unbeholfenen Druckbuchstaben geschrieben: *LP Nr. 3, KIM KARLSEN.*

Ich kroch in einen anderen Raum, den Turnbeutel unterm Bauch wie ein seniles Känguru.

Und da tat ich das einzig Vernünftige, was man in so einer Nacht tun kann.

Ich fiel in Ohnmacht.

# Teil I

So fängt es an, so muss es anfangen, in meiner ersten Zwischenzeit, der großen Wartezeit: Ich bin krank gewesen. Ich habe die Masern gehabt. Ich liege im Bett, mein Gesicht ist angeschwollen, die Haut voller schmerzhafter Wunden, an denen ich nicht kratzen darf. Aber das Fieber ist weg, bald bin ich wieder gesund, ich fühle mich so leicht, genauso leicht wie all das Licht, das mein Zimmer erfüllt, vom Frühling draußen vor dem Fenster. Die Gardinen sind durchsichtig, die Bettdecke ist schwerelos, es ist ein Vormittag, ein ganz normaler Vormittag. Ich bin krank gewesen, jetzt bin ich bald wieder gesund. Auf einen Stuhl neben dem Bett habe ich den Plattenspieler gestellt. Die Batterien geben so langsam ihren Geist auf, an der Nadel hängt Staub. Ich habe alle meine Singles durchgespielt, von Pat Boones *Si si si* und Robertinos *O sole mio* bis Cliffs *Lucky lips* und *Summer Holiday.* Ich spiele *Lucky lips* noch einmal, ich habe es schon dreizehn Mal gespielt. Die Singles stehen in einem Ständer, der jenem ähnelt, in den meine Mutter sonntags das getoastete Brot stellt. Ich habe keinen Hunger. Ich habe seit fast einem Jahr nichts mehr gegessen, ich wiege ungefähr noch viertausend Gramm. Ich habe die Masern gehabt. Ich bin schon fast wieder gesund. Es juckt im Gesicht. Jetzt lese ich Bugs Bunny. Ich lese über Elmer Fudd. Das ist mein Held. Ich höre nicht, wie die Nadel über die innerste Rille kratzt. Ich höre nicht, wie Mutter von Zimmer zu Zimmer geht und Staub wischt. Ich lese von Elmer Fudd, einem einsamen und wütenden Schwein, ich lese von Elmer Fudd, er trägt fast den gleichen Hut wie Vater, wenn der zur Bank geht. Elmer Fudd wartet auf den Bus, es regnet, es ist kalt, er steht allein im strömenden Regen und wartet auf den Bus. Elmer Fudd kommt triefend nass nach Hause, er friert, er zittert, er hängt seinen Hut an einen Haken, er eilt fröstelnd ins Wohnzimmer. Seine Nase läuft, er niest, er ist kurz davor, krank zu werden. Dann steht Elmer Fudd unter der Dusche, das hilft, er fühlt sich gleich besser, er fasst wieder Mut, und Elmer Fudd fängt an zu singen, so wie er es immer unter der Dusche macht. Aber etwas ist mit seiner Stimme passiert. Sie trägt, seine sonst so zittrige Stimme dröhnt, sie trägt. Ihm wird von der Gewalt seiner eigenen Stimme fast schwindlig. Elmer Fudd singt, Elmer Fudd singt im Bad. Er niest und hustet und singt immer weiter, es ist ein Wunder, seine Stimme trägt, und sie trägt sehr weit. Leute kommen aus der ganzen Stadt zusammen, sie umringen Elmer Fudds Haus, sie hören zu, sie stehen im Regen und lauschen Elmer Fudds schöner, kräftiger Stimme, und sie können sich von diesem Erlebnis, Elmer Fudd zuzuhören, nicht losreißen, denn das klingt so schön, das ist vielleicht das Schönste, was sie jemals gehört haben. Agenten, Produzenten und Direktoren mit roten Jacken und schmalen Bärten verschaffen sich Zugang. Sie kommen mit Angeboten, sie überbieten sich gegenseitig, sie legen dicke Verträge auf den Tisch, sie wollen ihn haben, sie wollen seine Unterschrift, koste es, was es wolle. Die Welt wartet, die Welt steht ihm offen, da draußen ist sie, die Welt, im Regen, sie wartet auf ihn. Und von dem Tag an ist Elmer Fudds Leben wie verwandelt. Er hat sich erkältet.

Da klopft es an die Tür, und die Tür geht auf, bevor ich überhaupt Herein sagen konnte. Herein kommt Seb. Ich schiebe das Heft unter die Bettdecke, sinke ins Bett zurück. Seb steht mitten im durchsichtigen Licht, er hat Sandalen an den Füßen, er hat einen selbst gebastelten Sonnenschutz aus Pappe und einem Weckglasgummi auf der Stirn. Den klappt er hoch, geht zum Plattenspieler und hebt die Nadel ab.

»Cliff«, sagt Seb und schaut mich verstohlen an.

»You never ever be alone, 'cause you got lucky lips«, singe ich, aber ich fürchte, das klingt nicht besonders schön.

»Gunnar und Ola warten draußen«, sagt Seb. »Ich soll grüßen.«

»Grüß zurück«, flüstere ich.

»Die haben sich nicht mit raufgetraut. Haben Angst, angesteckt zu werden.«

»Und du nicht?«

»Nee. Ich stecke mich nicht an.«

»Hast du schon Masern gehabt?«

»Eine. Ich hatte eine Maser, eine Rötel und eine Windpocke. Alle am gleichen Fleck. Und ich soll von Ola fragen, wie es ist, mit so vielen Dalmatinerflecken in der Visage?«

»Liegt dieses Jahr viel Hundescheiße auf den Fußwegen?«

»Ich habe noch nie zuvor so viel Hundescheiße gesehen.«

»Habt ihr schon angefangen, Schlagball zu spielen?«

»Noch nicht. Wir warten auf dich. Ohne dich verlieren wir.«

Seb schiebt den Sonnenschirm zurecht und beugt sich weiter vor.

»Du siehst besser aus«, sagt er. »Gestern hast du noch wie eine gebratene Frikadelle mit Preiselbeeren ausgesehen. Heute siehst du nur noch wie eine Frikadelle aus. Was hast du denn da unter der Bettdecke?«

Ich hole Bugs Bunny heraus. Seb guckt mich streng an.

»Nächste Woche läuft im Frogner Zorro«, sagt er aber nur. »Zorro und der Doppelgänger. Ach übrigens, kannst du ein Geheimnis für dich behalten?«

Seb sieht plötzlich fast unglücklich aus. Er steht am Fenster und hält die Gardinen an Ort und Stelle.

»Aber logo«, sage ich.

»Ganz bestimmt?«

»Großes Indianerehrenwort.«

»Ich soll Geige spielen lernen.«

Ich schreie auf.

»Geige!«

»Psst! Schrei nicht so!«

Stattdessen flüstere ich.

»Geige? Wieso das denn?«

»Mutters Idee. Oder glaubst du, ich mache so etwas freiwillig?«

»Und was kriegst du dafür?«

»Fünf Kronen Taschengeld wöchentlich zusätzlich. Außerdem brauche ich nicht mehr abzuwaschen.«

»Ach so. Aber ausgerechnet Geige?«

»Du verrätst es doch niemandem?«

Ich hätte Seb gern von Elmer Fudd erzählt, von Elmer Fudd, der auf den Bus wartet, im Regen, sich erkältet, im Badezimmer singt und plötzlich weltberühmt wird. Aber da steht Mutter in der Tür, und ich komme nicht dazu, es zu erzählen, und mir kommt in den Sinn: Es gibt so viel, was ich nie habe sagen können.

Mutter hat in einer Hand einen Staubwedel, mit der anderen streicht sie sich eine Strähne aus der Stirn.

»Ich denke, du solltest langsam wieder gehen, Sebastian«, sagt sie leise. »Damit Kim gesund werden kann.«

»Ja«, nickt Seb. »Kim muss wieder gesund werden. Denn wir vermissen ihn.«

»Das hast du aber hübsch gesagt«, erwidert Mutter, und sie lächelt in einer Art, wie ich es noch nie zuvor gesehen habe.

Seb verbeugt sich tief, der Sonnenschirm schrammt fast über den Boden, und Mutter lacht. Sie sieht mich an, ihre Worte aber sind an Seb gerichtet.

»Bis Sonntag ist er bestimmt wieder gesund. Denn dann gibt es Schokoladenpudding, sein Leibgericht.«

Dann schleichen die beiden hinaus. Mutter schließt lautlos die Tür. Kurz darauf höre ich Gunnar, Seb und Ola die Svoldergate entlanggehen. Sie biegen um die Ecke, und ich höre ihre Stimmen, ihr Lachen, vor allem ihr Lachen, ich höre Ola, wie er von Roger erzählt, der die Siebte gleich dreimal gemacht hat und im Spielmannszug das Zimbal schlägt. Roger war mit dem Corps in Amsterdam, dort sollten sie in der Seemannskirche spielen. Jeder Teilnehmer bekam fünfzig Kronen Taschengeld. Roger ging auf geradem Weg in den Puff. Als der Dirigent feststellte, dass Roger all sein Geld bereits am ersten Abend ausgegeben hatte, wurde er zum Rapport bestellt, und der Dirigent fragte ihn, wofür er denn um alles in der Welt fünfzig Kronen ausgegeben habe. Roger überlegte, Roger überlegte viel zu lange. Er hätte ja sagen können, dass er es verloren hat, aber Roger dachte nach und hatte keine Chance. Der Dirigent musste ihn noch einmal fragen. Wofür hast du all das Geld ausgegeben, Roger? »Und wisst ihr, was Roger geantwortet hat?«, brüllt Ola. Sie sind an der Bygdøy allé stehen geblieben. »B-b-bananen! Roger hat geantwortet: B-b-bananen!« Ich höre das Gelächter immer noch. Ich höre die Schritte im Sand knirschen. Sie wollen zum Vestkant torget. Ich weiß, dass Seb ein Pfadfindermesser im Gürtel hat. Damit will er von den Autos die Markenplaketten abbrechen. Ich höre sie gehen, ich höre sie, bis sie am Springbrunnen in der Gyldenløvesgate vorbeilaufen, und noch ein merkwürdiger Gedanke kommt mir: Jetzt habe ich sie verloren.

Ich spiele noch eine Runde *Lucky lips*, und als das zu Ende ist, lese ich weiter im Bugs Bunny. Aber ich kann mich nicht so recht konzentrieren. Ich denke an alles, was da draußen passiert, alles, was geschieht, obwohl ich nicht dort bin; die Spielmannszüge, die durch die Straßen ziehen und für den siebzehnten Mai üben, unsere Jungs von Frigg, die in Buskerud ein Auswärtsspiel haben und gewinnen, die Nesoddfähren, die weiterhin verkehren, auch wenn ich nicht mitfahre, die Züge, die jeden Abend mit gelben Fenstern vorbeirasen, der Mond, der jede Nacht über Skillebekk aufgeht, als wenn nichts geschehen wäre. Das alles geschieht, und ich bin nicht dabei. Und ich denke, dass ich eigentlich gar keine Rolle spiele, alles geht trotzdem weiter wie zuvor, auch wenn ich nicht mitmache. Dieser Gedanke ist fast unerträglich, aber gleichzeitig verschafft er auch eine Art Erleichterung. Ich werde eigentlich nicht gebraucht. Ich bin frei.

Aber Elmer Fudd reist um die ganze Welt. Er wird auf den Flughäfen von schwarzen Limousinen abgeholt, er singt in den großen Städten, die Leute sind verrückt nach ihm, Elmer Fudd ist der Größte, Elmer Fudd ist ein Wunder. Aber niemand weiß, dass er seine Stimme verliert, wenn er wieder gesund wird. Deshalb muss er die Erkältung behalten. Und es gibt ein Bild, das ich nicht vergesse: Jeden Abend nach dem Konzert sitzt Elmer Fudd nackt in einem düsteren Zimmer am offenen Fenster, die Füße in eiskaltem Wasser.

Ich höre, dass Mutter weggehen will, die leeren Milchflaschen klirren. Da stehe ich auf, ziehe mir meine Frühlingssachen an, die im Schrank bereithängen, packe den Turnbeutel, öffne das Fenster und klettre an der Regenrinne hinunter. Ich sehe Mutters Rücken die Gabelsgate zu Jacobsens kolonial hin verschwinden. Und so gestaltet sich der Abschied, Mutters Rücken, und ich, der winkt, ohne dass sie es sieht. Das ist am besten so. Jensenius schiebt seinen roten Kopf zwischen die Gardinen im obersten Stockwerk und singt eine Strophe, um den Frühling zu preisen. Ich winke auch ihm zu. Ich bin krank gewesen, jetzt bin ich bald wieder gesund. Das Fieber hat den Körper verlassen, und ich fühle mich leicht, ich kann fliegen, wenn ich will. Ich gehe hinunter zur Karl Johan. Die Pernille hat geöffnet, ich sehe riesige Biergläser mit weißen Rollkragen, ich sehe die Gesichter unter den Sonnenschirmen, ich sehe, dass die Menschen heute glücklich sind, das muss am Licht liegen, diesem durchsichtigen Licht überall. Henrik und Bjørnstjerne haben sich die grünen Mäntel ausgezogen. Aus dem Studenten kommen Leute mit einem so riesigen Softeis heraus, dass sie es nur zu zweit tragen können. Ein Tennisball kullert in den Rinnstein. Ich gehe zum Anleger hinunter, an einer Trosse der Prinsen klingelt die Glocke, aber ich will nicht mit, noch nicht. Ich gehe weiter zur Festung hinauf, und da klettre ich auf die erstbeste Fahnenstange, die ich finde. Ich bin ein

Akrobat, ich bin ein Vogel, das Fieber hat mich aus seinen Klauen gelassen, ich bin fast gesund. Ich setze mich auf der kleinen Silberkugel ganz oben zurecht, und von hier aus kann ich ganz Norwegen sehen, ich kann die Felsen der Lofoten sehen, das Gebäude von Eidsvold und den Holmenkollbakken, ich kann Tryvannstårnet und Verdens Ende sehen, ich kann Gunnar, Seb und Ola über den Vestkant torget laufen sehen, mit einem Mercedesstern, der wie eine Gloriole in der brennenden Sonne leuchtet.

An diese Aussicht kann ich mich erinnern, und an das Bild von Elmer Fudd, die Füße in einer riesigen Wanne kalten Wassers, als ich in der Zellenecke hocke, so viele Jahre später, während der Zeit, die ich meine zweite Zwischenzeit nenne. Die Hose hängt mir in den Knien, ich habe Durchfall und sehe den Planeten selbst leuchtend in wüster Fahrt durch den Raum rasen. Und der Planet ist aus Glas und wird immer kleiner, bis ihn zwei weiße Finger auffangen, ihn in die Luft werfen, und der Mann mit den glatten Handschuhen seinen Kopf nach hinten lehnt, und die Riesenkugel landet direkt in dem Loch, wo früher einmal das linke Auge war. Er breitet die Arme aus, grinst breit und verbeugt sich tief. Ich ziehe die Hose hoch. Wir sind hier zu dritt. An der Wand liegt ein Schatten und applaudiert höflich.

Der Mann mit dem einen Auge zeigt auf mich. Er lacht laut. Ich habe keine Ahnung, was so witzig ist. Dann schließt er den Mund, ballt die Fäuste und hält den Atem an. Er will es noch einmal machen. Sein Gesicht verbeult sich, es schwillt an und ändert die Farbe. Er trägt einen Smoking. Er hat einen Zylinder und Lackschuhe an. Ich muss wieder die Hose runterlassen. Momentan vertrage ich nichts. Vielleicht habe ich etwas gegessen, vielleicht liegt es einfach nur an der Stimmung hier drinnen. Dann springt das Auge raus. Ich sehe, wie es sich löst, sehe die tiefe Öffnung in seinem Gesicht, die blutigen Fleischfalten, ich sehe, wie das Auge einen Bogen zu mir schlägt. Aber dieses Mal ist er zu spät dran. Er schafft es nicht mit den weißen Fingern. Ich höre, wie das Auge auf dem Steinboden zersplittert. Dieses Geräusch habe ich schon einmal gehört.

Der Mann mit dem Zylinder lässt die Arme hängen und sieht einen Moment lang verblüfft aus, fast enttäuscht. Dann wird er plötzlich ganz aufgeregt. Er verdeckt das Loch in seinem Gesicht mit der einen Hand, mit der anderen zeigt er wieder auf mich. Ich tue, als sähe ich das gar nicht, ich krieche mit der Hose im Schlepptau über den Boden, sie haben mir meinen Zorrogürtel weggenommen, sie trauen mir nicht, die trauen hier niemandem. Der Mann verfolgt mich mit dem einen Auge, dann fängt er an zu lachen, das ist fast das Schlimmste, das ist ein ziemlich unheimliches Lachen, es kommt stoßweise, wie elektrische Schläge, und dazwischen versucht er etwas in dieser Sprache zu sagen, die ich nicht verstehe.

Der Schatten, der dritte Schatten, zieht sich langsam an der Wand hoch. Es ist ein älterer Mann mit einem großen, schweren Kopf, der auf die Schultern hinunterzukippen droht. Er trägt einen weißen, zerknitterten Anzug, aber was mir besonders auffällt, sind seine Finger, lange, schlanke Finger, die nervös an den Händen hängen. Er stellt sich neben den Einäugigen, und nun sehen beide auf mich hinab, ich bin ein Masernfleck in viel zu großer Hose.

»Mein Name ist Lorenzo. Und dieser Herr hier, mein Freund, der Zauberkünstler, der uns so großzügig unterhalten hat, er bittet allergnädigst darum, deinen Schnürsenkel ausleihen zu dürfen.«

Der Mann, der sich Lorenzo nennt, spricht Norwegisch. Und so soll es sein. Hier ist alles möglich. Hier spuckt man Augen aus dem Gesicht, hier hat man Löcher im Kopf, hier spricht man natürlich Norwegisch. Ich zerre das Band aus dem rechten Wanderschuh und gebe es dem Zauberkünstler. Er schaut sich die Länge an und scheint zufrieden. Ruhig setzt er sich in die andere Ecke, möglichst weit von mir entfernt.

»Ich danke im Namen dieses unglücklichen Künstlers. Wir

müssen schließlich einen Rest von Würde zu erhalten versuchen, nicht wahr?«

Dann lehnt Lorenzo sich an die Wand, sein weißer Anzug wird zu einem grauen Schatten, und die Nacht kann hereinbrechen. Ich höre Geräusche aus den anderen Zellen, jemand singt, jemand weint, jemand schreit. Später, ich weiß nicht wann, sie haben mir auch die Uhr abgenommen, höre ich ein neues Geräusch, verrückte Kakerlaken, Bandwürmer aus Eisen, Ratten auf Raupenketten. Das sind Schlüssel, die Tür, die geöffnet wird. Zwei Männer kommen herein, sie nehmen Lorenzo mit. Ihre Schritte hallen den Flur entlang, sie gehen immer weiter, ich höre diese schweren Schritte den ganzen Rest der Nacht über, und ich glaube, ich schlafe. Ich schlafe in der Hocke, und ich glaube, ich träume von Zorro. Von dem Film, in dem er in eine Zelle eingesperrt wird und die Wände anfangen sich aufeinander zuzubewegen, ich sitze in der hintersten Reihe, zusammen mit Seb, Gunnar und Ola, die Wände kommen immer näher und näher, ich stehe auf dem Sitz, Zorro soll zerquetscht werden, ich stehe auf dem Sitz und schreie aus vollem Hals, und genau in dem Moment bricht der Film ab, Zorro zwischen den Wänden, Fortsetzung nächste Woche, wir pfeifen, wir schmeißen Papier und Bonbons und Kastanien auf die Leinwand, das ist ein Leben, und dieses Leben weckt mich auf. Um mich herum wimmelt es von Menschen, sie reden alle durcheinander, sie sind ganz aufgeregt. Und da sehe ich es. Der Zauberkünstler liegt in einer merkwürdigen Stellung in seiner Ecke. Das Loch fürs Auge ist weit aufgerissen, sein Gesicht ist dunkelblau, die Zunge wächst ihm wie ein grauer Pilz aus dem Mund. Jemand hebt ihn hoch, jemand schneidet die Schnur um seinen Hals durch. Das hat keine Eile. Sie tragen ihn hinaus. Sie lassen die Tür offen stehen. Ich habe gar nicht vor wegzulaufen.

Eine halbe Stunde später holen sie mich. Ich werde in einen Raum ohne Fenster geführt. An der Decke hängt ein Ventilator. Das ist wie im Film. Er sieht aus wie ein Propeller. Und ich stelle mir vor, dass wir gleich abheben, dass das nur einer dieser Träume ist, jetzt bin ich auf dem Weg zurück, mit dem Hubschrauber. Aber der Propeller funktioniert nicht. Der Schweiß läuft mir den Rücken hinunter. Ich habe Durst. Die Wachleute starren auf meinen rechten Fuß, meinen Schuh, den ohne Schnürsenkel. Hinter einem Tisch sitzt ein mürrischer Mann. Er blättert in meinem Pass, befummelt meinen Turnbeutel. Dann entdecke ich Lorenzo, er sitzt auf einem Holzstuhl an der Wand und stützt den Kopf in die Hände. Über dem linken Auge hat er einen Riss, Blutflecken auf dem weißen Anzug. Der Mann hinter dem Tisch beugt sich vor und schaut auf meine Füße, setzt sich dann schwerfällig wieder zurecht und beginnt zu reden. Als er fertig ist, gibt er Lorenzo ein Zeichen, und Lorenzo schaut mich an.

»Er sagt, dass du Italien beleidigt hast. Er sagt, dass du nackt in der Fontana di Trevi gebadet hast. Er sagt, dass du den Wein und die Hitze nicht verträgst und deshalb so bald wie möglich in dein eigenes Land zurückfahren sollst.«

Eine Weile bleibt es still. Ich nicke dem mürrischen Mann vorsichtig zu und sage *Si si si*. Er kippt den Inhalt des Turnbeutels auf dem Tisch aus. Damit ist kein großer Staat zu machen. Ich bekomme den Zorrogürtel, den Pass und die Uhr zurück. Aber die ist stehen geblieben. Die Zeiger hängen herab wie tote Fliegenbeine. Ich erwähne das lieber nicht. Ich möchte es mir nicht mit noch mehr Leuten verderben. Ich mache mich reisefertig. Der Mann sagt etwas, während ich den Gürtel umschnalle. Lorenzo steht langsam auf und kommt auf mich zu.

»Er fragt, ob du deinen Schnürsenkel wiederhaben möchtest.«

# 2

Ich wurde von alleine wach.

Das war fast das Schlimmste. Ich traute mich nicht, die Augen ganz zu öffnen. Begann erst einmal mit dem ersten Auge. Das andere ließ ich noch in der Dunkelheit. Ich hob das erste Auge ins Licht und konnte es nicht glauben. Ich lag in einer Eierpackung. Ich war ein Ei. Ich musste auch das andere Auge öffnen. Da sah ich, dass ich nicht in einer Eierpackung lag, sondern vor einer. Es waren merkwürdige Zeiten.

Langsam stand ich auf. Das hätte ich nicht tun sollen. Etwas riss. Ich hatte Eierschalen zwischen den Beinen, die Stiche spannten. Ich ging auf die Knie und fand eine Tür. Ich kletterte über die Türschwelle. Alles war so verdammt still. Nichts ist stiller als leere Flaschen. Ich nahm eine neue Tür ins Visier, und dort war das Klo. Ich packte den Knochen aus, schob mir eine Streichholzschachtel ins Maul und ließ es geschehen. Es geschah. Es kamen vier Tropfen. Die saßen ziemlich fest.

Ich schwankte in den nächsten Raum. Mitten im Zimmer lag ein Geigenkasten, er sah aus wie ein Kindersarg. Ich kniete mich vors Bücherregal, ein Merkzettel löste sich hinter der Stirn, und auf dem stand etwas in der Richtung, dass alles käuflich ist, dass selbst das Kostbarste käuflich ist. Es kommt nur auf den Preis an. Ich sah die Scheiben durch. Grateful Dead, Bowie, Garbarek & Vold, Doors, Loudon Wainwright III. Dann hatte ich das vielleicht doch nur geträumt.

Etwas, was verdächtig an frische Luft erinnerte, traf mich in die Augen, und ich ging in die Richtung. Das dauerte ungefähr eine Stunde. Ich landete auf einem schmalen Balkon. Dort lag Seb. Er war gerade dabei aufzuwachen. Es ist nie schön, Leute so aufwachen zu sehen. Es gibt zwei Dinge, die ich möglichst vermeiden möchte. Das eine ist, ansehen zu müssen, wie Leute aufwachen, wenn sie mit verquollenen, verwunderten Gesichtern aus dem Schlaf auftauchen und ein Wort auf den Lippen haben, das sie lieber nicht sagen sollten. Das andere ist, wenn sie ihre Butterbrote öffnen, wenn sie das knisternde Papier sorgfältig auseinander falten und sich über eine halbe Schnitte mit angetrocknetem Gouda beugen. Da rinnen ihnen die Geheimnisse aus den Augen, und ich will nichts von diesen Geheimnissen wissen, ganz und gar nicht.

Seb blinzelte mich an und ging ziemlich auf dem Zahnfleisch. Ich schaute in eine andere Richtung.

»Trübe Aussicht«, sagte ich.

»Polizeirevier von Grønland«, erwiderte Seb.

»Sind wir die Einzigen, die nicht festgenommen wurden?«

»Die Maulwürfe sind schon los, um Gedichte zu verkaufen. Wie viel Kilo wiegt dein Kopf?«

»Irre ich mich, wenn ich behaupte, dass heute Sonntag ist?«

»Wir halten den Ruhetag nicht heilig, Karlsen. Das Volk lechzt nach Poesie.«

»Und Schubkarren. Vergiss das nicht.«

Seb pulte sich Schlaf aus dem Gesicht.

»Ich habe nachgedacht«, sagte er. »Ich habe verflucht ernsthaft über eine Sache nachgedacht.«

Er wäre fast wieder eingeschlafen. Ich wartete. Ich hatte Zeit.

»Also«, fuhr Seb fort und zog sich am Geländer hoch. »Wenn du stirbst, dann bleibst du doch so, wie du bist, für alle Ewigkeit.«

»Du willst damit sagen, wenn du ein bisschen bescheuert bist, über die Bordsteinkante stolperst und krepierst, dann bist du für alle Ewigkeit ein bisschen bescheuert?«

»Genau das. Ein bisschen bescheuert für alle Ewigkeit. Gott macht ein Foto von dir, wenn du stirbst. Mit einem Riesenblitz. Und so bleibst du dann.«

»Gott?«

»Oder ein anderer Fotograf. Sei nicht so pingelig. Wenn du einen Kater hast und von einer Terrasse abstürzt, dann wirst du für alle Ewigkeit einen Kater behalten.«

»Erschreckend«, sagte ich.

»Hast du von dem gehört, der so groß war, dass er Knieschützer auf dem Kopf tragen musste? Nein? Na, dann eben nicht. Come along, Kim. Hier ist es zu niedrig.«

Ich folgte ihm auf den Dachboden hinauf. Wir fanden eine Leiter und eine Luke und kletterten aufs Dach. Dort setzten wir uns an den Schornstein, und natürlich hatte Seb einen Wein hinterm Ohr.

»Deine Gangart ist total abnorm, Kim. Hast du die Tanzschule immer noch nicht hinter dir?«

»Schlaghosen«, sagte ich. »Ich darf keine Hosen mit Schlag mehr tragen. Hab dadurch ’ne zu breite Beinführung gekriegt.«

»Dumme Angewohnheit«, sagte Seb.

Und dann sagten wir eine Weile gar nichts mehr. Das war gut so. Wir saßen auf dem Dach, hoch über der Stadt und hatten alles im Griff. Es war ein Sonntag, ein hellblauer Sonntag, mit weichem Himmel und freundlichen Winden. Aber mir war noch nie aufgefallen, dass es in Oslo so viele Kirchtürme gibt. Sie ragten überall hervor wie riesige Spritzen, die Engel bekamen die Psalmen intravenös verabreicht. Aber das sollte mich nicht stören. Das war ein Tag der Katzen, nicht der Hunde.

»Ist das hier der Sitz der Eierzentrale?«, fragte ich.

»Schalldämmung. Helen ist sehr geräuschempfindlich, weißt du. Sie hört, wenn Nixon furzt.«

»Hören ist nicht das Schlimmste.«

»Erinnerst du dich noch an Sound of Music?«, fragte Seb plötzlich.

»Verschon mich damit. Bitte.«

»Keine Panik. Mir ist nur die Lady gestern auf der Karl Johan wieder eingefallen. Die reinste Julie Andrews.«

»Jetzt halt aber das Maul!«

Seb lehnte sich seufzend zurück.

»Sound of Music im Colosseum. Dreitausend Taschentücher. Das war was, hey.«

»Von der Vorstellung habe ich immer noch ’ne Narbe im Ohr«, erwiderte ich.

»Helen arbeitet beim Film, weißt du. Töne. Viele Töne. Sie rennt mit Mikrofonen und so herum und dreht Knöpfe.«

»Hab schon kapiert, dass da was ist. Aber du hast dich nicht als Statist beworben? Als der autistische Rüpel im Hintergrund?«

»Unmöglich«, wehrte Seb ab. »Dafür reicht meine Zeit nicht. Ich habe ein Riesenprojekt am Laufen. Meine nächste Gedichtsammlung soll die Welt im Sturm erobern. Ich rechne mit dem Nobelpreis. Im schlimmsten Fall mit dem für den Frieden. Das wird ein starkes Stück, Kim.«

»Hast du schon angefangen zu schreiben?«

»Nee, noch nicht so richtig. Aber es brodelt. Rede bitte nicht drüber. Bis jetzt weiß es noch niemand.«

»Nicht einmal Synnøve?«

»Ich weiß es ja selbst kaum. Und mehr sage ich nicht.«

»Das war nicht viel.«

»Diese Stadt ist nicht wahr«, sagte Seb. »So weit bin ich schon gekommen. *Diese Stadt ist nicht wahr.*«

»Du hast Recht«, sagte ich.

»Aber sag mal, was ist eigentlich zwischen deinen vergammelten Beinen passiert?«

Ich überlegte. Es war merkwürdig. Ich konnte mich nicht daran erinnern, dass etwas passiert war. Es war ein schöner Tag. Wir saßen auf dem Dach. Es war der Tag der Katzen, nicht der Hunde. Diese Zeile gefiel mir. Diese Stadt ist nicht wahr.

»Ola und Gunnar?«, fragte ich nur.

Ein Wind riss sich los und galoppierte über die Häuser. Der schwarze Wetterhahn hinter uns wirbelte herum. Aber das nützte wenig. Er blieb am Schornstein festgeschraubt. Er folgte nur dem Wind. Ich erkannte mich in ihm wieder.

Seb spähte zum Himmel. Der Wind flaute ab. Der Wetterhahn zeigte Richtung Norden.

»Ola ist immer noch in Trondheim. Ich habe eine Weihnachtskarte von ihm gekriegt. Frö-ö-ö-hliche Weihnachten stand drauf. Und ein schö-ö-ö-nes neues Jahr. Ich glaube, Gunnar arbeitet seit einer Weile bei Jøtul.«

»Ist er nicht mehr an der Uni?«

»Schon lange nicht mehr. Ich sehe ihn nur selten. Und die Male, die wir aufeinander geprallt sind, blieb es bei wenigen Worten. Wenn du zu ihm sagst, wie schön doch das Wetter ist, dann fragt er, ob du eigentlich weißt, wie viel die Putzfrauen im meteorologischen Institut verdienen.«

»Oh Scheiße, Seb! Im Sommer fahren wir alle mit Interrail in den Süden, die ganze Bande! Wir vier! Was sagst du dazu?«

»Ich sage, dass das eine blöde Idee ist.«

Der Wetterhahn wirbelte erneut herum, ein schwarzer, verwirrter Vogel, zwischen Wind und Schornstein festgekettet.

»Wo hast du im Augenblick deine Zelte aufgeschlagen?«, fragte ich.

»Kein Problem, Kim. Du kannst bei mir campieren. Wenn du 'ne eigene Zahnbürste hast. In der Dopsgate.«

»Dopsgate? Gibt es wirklich eine Straße, die so heißt?«

»Sie ist sehr, sehr kurz.«

In dem Augenblick begannen die Kirchenglocken zu läuten. Alle gleichzeitig, das musste nach einem ganz raffinierten Plan ablaufen. Die anderen Vögel flogen von sämtlichen Häuserdächern auf und fielen in den Himmel. Nur der Wetterhahn blieb stehen. Er ließ sich keine Angst einjagen.

»Und wo bist du das letzte Jahr über gewesen?«, fragte Seb.

»In einem Puff in Florenz«, sagte ich.

Seb lachte laut und ausgiebig und glaubte mir kein Wort.

»Ja, natürlich. Deshalb ist der Herr im Schritt so abgenutzt. Ich brauche wohl gar nicht erst zu fragen, was du da getan hast?«

»Nein. Ich habe Klavier gespielt.«

## 3

Niemand wird im Regen nasser als ich. Ich war eine nasse Katze in Oslo, an einem Sonntagnachmittag in dem Frühling, als die Blumenboten Plateauschuhe trugen und Schminke auflegten. Es roch nach frisch geborenem Laub und altem Parfüm in der Stadt. Es roch nach sauren Desserts und lauwarmem Wasser zum Verdünnen. Der Glitnebakken war steiler als je zuvor. Die Blutbuche vor der Unibibliothek war rot wie ein Herzschlag, so hatte ich sie noch nie zuvor gesehen. Und ich wusste nicht, dass der Drammensveien so lang sein konnte.

Das letzte Stück nahm ich die Straßenbahn und stieg am Olaf Bulls plass aus. Die Bänke um den Springbrunnen herum waren leer. Nicht einmal die Besoffenen mochten heute rausgehen. Dann war ich in der Svoldergate angekommen. Ich trug keinen Schlüssel um den Hals. Ich hatte alle meine Schlüssel verloren.

Ich hinkte die Treppen hoch. Nahm immer nur eine Stufe auf einmal. Das Geländer war nicht sehr sicher. Aber die Wand hielt. Ich lehnte mich gegen sie. Ich kam zurück. Ich hatte Fieber. Ich war schwer, so schwer, ich war nur eine Uhr, die nachging.

Mein verkrüppelter Zeigefinger klingelte. Ich wartete. Ich hätte umkehren können. Ich hätte umkehren und weitergehen können. Das hätte ich tun können. Aber ich wartete. Ich hörte Schritte in der Wohnung. Sie klangen traurig, so wie Hausschuhe manchmal klingen, solche Hausschuhe, die man nicht wegwerfen möchte. Ich zählte bis dreiundzwanzig.

Mutter öffnete die Tür. Sie stand da, zuckte, starrte mich an. Ich guckte auf ein Stück abgeblätterter Farbe, das am Türrahmen flatterte.

»Du bist erkältet«, sagte Mutter, ganz leise.

Sie war plötzlich so alt, als ob ich ein Jahrhundert lang fort gewesen wäre. Ich war sicher der Einzige, der nicht älter geworden war. Ich war nur draußen gewesen und hatte im Park Verstecken gespielt. Ich bin gut im Versteckenspielen. Niemand hatte mich gefunden. Und jetzt war ich nach Hause gegangen, weil es Abend wurde.

»Hier ist eine nicht gerade unerhebliche Renovierung nötig«, sagte ich. »Und das Geländer ist auch ziemlich wackelig. Eines schönen Tages fällt jemand bis ins Erdgeschoss und zerschmettert sich den Schädel.«

Mutter nahm meine Hand. Ich konnte sie nicht umarmen, weil ich diesen verdammten Turnbeutel in der Hand hielt, ich konnte ihn auch nicht loslassen, sonst hätte etwas darin zerbrechen können, das Risiko wollte ich nicht eingehen, deshalb umklammerte ich den Turnbeutel.

Ich folgte ihr in den Wohnungsflur. Sie betrachtete mich, nicht mit einem Lächeln, sondern eher mit einem langsamen Seufzen. Dagegen war eigentlich nichts zu sagen. Sie hatte sicher Recht. Ich stand breitbeinig da und verursachte eine Pfütze auf dem Linoleum. Sie zeigte auf die Badezimmertür und schien ganz zaghaft zu lächeln.

»Niemand wird im Regen nasser als ich«, sagte ich.

»Das weiß ich, Kim. Das war schon immer so. Beeil dich. Dann mach ich dir inzwischen was Warmes zu essen.«

Ich ließ lange Zeit Wasser in die Wanne laufen, damit Mutter auch hören konnte, was für ein braver Junge ich war. Aber ich war nicht in der Lage hineinzusteigen. Ich schaffte es einfach nicht, den Verband zu wechseln. Der sah nicht schön aus. Am Röhrchen waren ein paar rote Flecken. Die Stiche hatten sich gelöst. Ich brannte. Ich hatte Fieber. Ich hörte Mutter in der Küche, Mutters Geräusche. Meine Zahnbürste stand noch da, weiche Borsten, ich legte sie artig in den Turnbeutel. Auch mein Handtuch hing dort, ein verschossenes Handtuch mit den olympischen Ringen drauf. Das war fast zu viel für mich. Ich zog das weiße Klavierhemd mit den schlaffen Rüschen auf der Brust an. Ich zog den Stöpsel aus der Wanne und schaute zu, wie das Wasser ablief. Ich wartete, ich wartete einfach nur.

So leise ich konnte, ging ich in die Küche hinaus. Mutter saß am Tisch. Ein Teller stand bereit, Würstchen und Kartoffelbrei, es gab Würstchen und Kartoffelbrei an einem Sonntag, und ich war nach Hause gekommen. Ich setzte mich vorsichtig, aber nicht besonders sicher hin. Mutter beobachtete mich genau. Es wurde bereits etwas anstrengend.

»Ist was passiert?«, fragte sie.

»Passiert? Nicht dass ich wüsste. Habt ihr schon gegessen?«

»Du hast dich verändert.«

Ich hatte nicht gerade Heißhunger. Mutter schaute mir zu, während ich versuchte zu essen. Ich zog die Pelle von den Würstchen, sie blieb an der Gabel hängen. Und als ich versuchte sie abzukriegen, blieb diese schrumplige Haut an meinen Fingern kleben. Das war eine Schufterei. Es schien, als müsste ich alles wieder neu erlernen, zu gehen, zu reden, glaubhaft zu lächeln, zu essen. Aber ich schaffte es nicht, es gelang mir nicht, die Pelle von den Würstchen abzuziehen.

»Ich mich verändert? Wieso?«

»Wo hast du das Hemd gekauft? Das ist hübsch. Es steht dir.«

»Seid ihr heute auf Nesodden gewesen?«

»Vater hat das Haus verkauft.«

Ich legte Messer und Gabel ein für alle Mal hin und schob den Teller zur Seite. Mutter schaute woandershin, aus dem Fenster, wo sie Aussicht auf andere Fenster hatte. Ich musste darüber nachdenken, das war eigentlich eine merkwürdige Aussicht, von Fenster zu Fenster, verbunden durch grüne Wäscheleinen, an denen im Regen Schnürsenkel zum Trocknen hingen. Seb sollte ein Gedicht über diese Aussicht schreiben.

»Wo ist Vater?«

Mutter schaute immer noch aus dem Fenster. Der Regen regnete einfach weiter. So langsam wurde es mir unheimlich.

»Du hast keinen Laut von dir gegeben, Kim.«

»Ich habe einen Brief geschrieben. Ich habe ihn im Continental in den Briefkasten gesteckt. Habt ihr den nicht gekriegt?«

»Das ist lange her, Kim. Wo bist du gewesen?«

Ihr Nacken war so dünn wie der Stiel eines Sektglases, und ich war überzeugt davon, dass er jeden Moment zerbrechen konnte. Es gab so viel, was zerbrechen konnte, ich musste vorsichtig sein, ich musste leise sprechen, ich musste die Hände ruhig halten, ich musste langsam atmen und die Herzschläge zählen.

»Ich wollte mit der Prinsen herkommen«, flüsterte ich. »Aber die ist auf Grund gelaufen. Sie ist im Bunnefjord auf Grund gelaufen. Da gab es ein schlimmes Unwetter. Stand denn nichts darüber in den Zeitungen?«

»Nein, Kim.«

»Wir mussten in die Rettungsboote. Mehrere Tage sind wir umhergetrieben. Bist du sicher, dass du nichts darüber gehört hast, Mutter? Stand wirklich nichts in den Zeitungen?«

Sie wandte sich mir zu. Zwei Stiche in ihren Mundwinkeln zogen die Lippen nach unten und nähten ihr Gesicht viel zu stramm zusammen.

»Ich habe Angst um dich gehabt, Kim.«

»Ich habe auch Angst gehabt, Mutter. Wir sind von einem italienischen Schiff aufgefischt worden. Am Leuchtturm Ildjernet. Die hatten Trockenfisch geladen. Und dann bin ich mit denen dahin gefahren.«

»Dahin?«

»Nach Italien, Mutter. Ich habe in Genua abgemustert und in Mailand wieder angemustert. Und am selben Abend habe ich versucht, in die Scala zu kommen. Aber es war absolut unmöglich, eine Karte zu kriegen. Alles war ausverkauft. Elmer hat da gesungen, Mutter. Elmer hat in der Scala gesungen.«

»Elmer? Von wem redest du, Kim?«

»Von Elmer Fudd! Aber ich bin nicht reingekommen. Und dann konnte ich ja ebenso gut noch nach Rom fahren. Und da habe ich eine Münze in die Fontana di Trevi geworfen. Einen richtigen Gullideckel. Es kam zu einer Überschwemmung.«

Ich weiß nicht, ob sie zuhörte. Ich glaube, ich hatte Fieber. Der Regen lief die Fenster hinunter, und ich sah, dass der Regen blau war wie ein Tintenfass, das am Rande des Himmels umgekippt war. Mutter saß nur da und sah mich an, es war nicht auszuhalten. Ich öffnete den Turnbeutel, aber die Toblerone war schon lange geschmolzen. Stattdessen holte ich die Venusstatue heraus und stellte sie auf den Küchentisch. Da stand sie zwischen den grauen Würstchen und Mutters unruhigen Händen.

»Die ist für euch.«

»Die ist aber hübsch.«

»Kann man auch als Aschenbecher benutzen.«

»Die passt bestimmt gut auf den Kamin.«

»Ja, nicht wahr? Das habe ich mir auch gedacht.«

»Oder vielleicht auf den Nachttisch.«

»Die kann überall stehen. Ist ganz egal. Du kannst auch eine Kerze reinstecken. Da oben. Siehst du?«

»Hast du keinen Hunger?«

Ich sah auf die schiefe Schulter, den dünnen Hals, die langen Arme. Made in Hongkong. Mir wurde übel. Ich hatte keinen Hunger. Die Würstchenpelle schrumpfte zusammen. Sie hatte die gleiche Farbe wie die Statue. Ich wusste es bereits, hier würde ich nicht lange bleiben.

»Hubert«, sagte ich nur. »Ist Onkel Hubert nach Hause gekommen?«

Mutter schaute wieder aus dem Fenster hinaus. Es war wirklich unheimlich. Ich überlegte, was jetzt wohl passieren könnte. So geht es mir manchmal, ich denke an alles, was plötzlich passieren könnte, und das ist nicht gerade wenig. Das ist ja gerade das Unheimliche. Man kann nie wissen.

»Er hat gestanden«, sagte Mutter. »Er ist aus Frankreich zurückgekommen und hat gestanden.«

»Das ist das Dümmste, was ich je gehört habe.«

»Du wusstest es die ganze Zeit, nicht wahr, Kim?«

»Sitzt er im Gefängnis?«

»Er ist eingewiesen worden. Zur Behandlung. Du wusstest von Hubert und dem Überfall?«

»Wo ist Vater?«

Mutter stand langsam auf und ging zur Speisekammer. Ich konnte nicht auf ihre Hausschuhe gucken. Ich schaute in alle anderen Richtungen. Ich kann solche Hausschuhe nicht ertragen, flache, behaarte Pantöffelchen, rosa und mit einem riesigen weichen Stoffpuschel auf dem Spann, und mitten auf jedem Stoffpuschel steckt ein glänzender Knopf, und das sieht aus wie zwei Augen, zwei Augen, die an einem dünnen Faden hängen. Ich ertrage das nicht, das ist fast noch schlimmer als Tanzschuhe und lange Schnürsenkel. Mutter holte eine Flasche Cognac und stellte zwei Gläser auf den Tisch.

»Nein danke«, sagte ich.

Sie schenkte sich selbst ein. Sie trank. Das sah einsam aus.

»Ich nehme Penicillin«, sagte ich schnell.

»Du bist doch nicht krank?«

»Ein bisschen Grippe. Auf dem Schiff hat es so gezogen. Aber es ist schon besser.«

»Du bist immer so eine Mimose gewesen, Kim.«

»Eine Mimose? Ich bin eine Mimose gewesen?«

»Erinnerst du dich noch, als du Masern hattest?«

»Nein. Ich hatte Mumps.«

Sie schenkte noch ein Glas ein. Sie wurde fast eifrig.

»Du hast vierzehn Tage im Bett gelegen. Und dann bist du eines Vormittags, als ich weg war, abgehauen. Wir haben dich überall gesucht. Und zum Schluss kam die Polizei mit dir zurück. Sie hatten dich bei der Akershus festning gefunden. Da hast du neben einer der Kanonen gelegen und geschlafen.«

»Daran kann ich mich gar nicht mehr erinnern. Wo ist Vater?«

»Du hast so ein schlechtes Gedächtnis«, sagte Mutter. »Das haben sie schon in der Schule gesagt. Du hast immer dein Sportzeug vergessen.«

»Daran kann ich mich noch gut erinnern.«

»Erinnerst du dich noch an Jensenius? Er ist tot.«

Plötzlich sah ich es vor mir. Jensenius, der stirbt. Ich konnte es hören, der Wal, der seinen letzten Seufzer ausstößt, einen Seufzer, der die Welt für einen Augenblick erzittern lässt. Und ich war mir sicher, dass ich wusste, wann das passiert war. Eine Nacht lag ich wach, jemand mit dem Namen Ana schlief neben mir, das war im Februar. Und da spürte ich, zwischen zwei Herzschlägen, dass sich das Zimmer neigte, die Gläser rutschten vom Tisch und zerbrachen auf dem Boden, die Notenhefte segelten durch die Dunkelheit wie weiße Fledermäuse. Sogar Ana wachte auf. Sie umklammerte mich, es war vierzehn Minuten nach drei, es war eine Nacht im Februar, zur Zeit des Winterwinds.

Mutter legte ihre Hand auf meine.

»Es war das Beste so. Er ist einfach eingeschlafen. Das war gleich, nachdem du weg warst. Im September.«

»Haben die nach mir gesucht?«

»Nein. Sie hätten dich sowieso nach ein paar Wochen rausgelassen.«

»Ich habe nur eine Scheibe kaputtgemacht, Mutter. Und ich wollte sie auch wieder zusammensetzen. Glaub mir, ich wollte alle Teilchen wieder zusammenkleben.«

»Großvater geht es schlecht, Kim.«

»Großvater? Aber der schafft es doch immer!«

»Er liegt im Vor-Frues-Hospital.«

»Großvater stirbt nicht«, sagte ich. »Großvater ist unsterblich.«

»Du sagst so viele komische Dinge, Kim.«

Ich wollte sie froh sehen. Ich wollte die Stiche in ihrem Gesicht lösen. Ich wollte reden. Ich war schon voll in Fahrt.

»Großvater überlebt uns alle! Wenn wir unter der Erde liegen und verfaulen, dann sitzt Großvater immer noch am Fenster und zählt Eisenbahnschwellen. Er schafft das. Keine Frage, er schafft das. Er ist wirklich unsterblich.«

»Rede nicht so, Kim. Bitte.«

Es war so verdammt still. Es war plötzlich so verdammt still. Sogar der Regen schlug lautlos gegen das Fenster.

»Wo ist Pym?«, flüsterte ich.

»Pym ist weggeflogen. Das Fenster stand offen. Das ist schon mehrere Wochen her.«

»Nicht schlecht«, sagte ich. »Das hätte ich dem alten Pym gar nicht zugetraut.«

Mutter ließ meine Hand los.

»Du hättest gern mal schreiben können, Kim.«

»Auf das italienische Postwesen kann man sich nicht verlassen. Die schmeißen die Briefe weg und sammeln die Briefmarken. Die Mafia, Mutter. Mit denen ist nicht zu spaßen.«

»Wird jemals etwas aus dir werden, Kim?«, fragte sie.

Sie sagte das einfach so, als hätte sie genau diese Frage das ganze letzte Jahr über auf der Zunge gehabt, und jetzt löste sie sich durch zwei Gläser Cognac.

»Wird jemals etwas aus dir werden, Kim?«, fragte sie.

»Wo ist Vater?«, fragte ich.

»Dein Zimmer ist bereit. Du bleibst doch eine Weile, oder?«

Ich ging hinein. Das Schlafsofa stand da mit seinen steifen Kissen und dem schlaffen Bauch. Auf dem Schreibtisch lag ein zerbrochener Bleistift neben der alten Federtasche. Und an allen Wänden waren Spuren der Pop-Poster, die dort gehangen hatten, verblichene Rechtecke, das ganze Zimmer sah aus wie ein verwaistes Museum. Ich konnte nicht schlafen. Die Dunkelheit war so verdammt hell. Das erinnerte mich daran, wie ich einmal dieses Zimmer betreten hatte, es war ein Abend in einer anderen Zeit gewesen, und ich hatte ein merkwürdiges Licht draußen vor dem Fenster gesehen, ein weißes, grelles Licht hatte die Welt erfüllt, und ich hatte nicht begreifen können, was das sein sollte. Ich dachte an Atomkrieg und Explosionen. Ich schob die Gardinen vorsichtig zur Seite, und unten auf der Straße waren sie dabei, einen Film zu drehen. Riesige Scheinwerfer waren auf dem Bürgersteig aufgestellt worden, die Kamera lief auf Schienen, und es wimmelte von Leuten. Ein Typ in schwarzem, abgenutztem Anzug mit schiefem Hut kroch auf allen vieren, einen Knochen zwischen den Zähnen. Später sah ich den Film, es war *Hunger*, aber niemand bemerkte das Gesicht im Fenster vom zweiten Stock, ein Schatten auf der Leinwand, der nicht hätte dort sein sollen. Das war nämlich ich.

Ich hörte Schritte, aber das war nicht Jensenius, der schwer in seiner Wohnung hin- und herwanderte und Opernarien sang, und ich musste auch nicht am nächsten Tag einen Aufsatz in Norwegisch abgeben. Es war nur Mutter, die von Zimmer zu Zimmer lief, und sie wischte heute Nacht keinen Staub.

Dann bin ich wohl doch eingeschlafen, denn ich hatte folgenden Traum, und das war nicht das erste Mal, und ich mochte ihn von Mal zu Mal weniger. Es fing eigentlich ganz gut an: Ich gehe einen Bürgersteig entlang, einen ganz normalen Bürgersteig, abgesehen davon, dass er nirgends hingehört, er ist irgendwie einfach nur da, der Bürgersteig, und ich bin der Einzige, der ihn benutzt. Dann passiert etwas, Wasser naht, Wasser steigt über die Bürgersteigkante, es umspült meine Füße. Und ich gehe einfach weiter auf dieser dunklen Wasserhaut, und jetzt kann ich die Bordsteinkante nicht mehr erkennen. Ich gehe auf dem Wasser. Ich schließe die Augen und gehe auf dem Wasser, ich wünschte, es würde mich jemand sehen, aber es ist niemand in der Nähe, es gibt nur mich hier auf diesem Bürgersteig, und ein Meer, das steigt. Dann trete ich daneben, ich verliere das Gleichgewicht, ich versinke. Immer wache ich in diesem Moment auf, ich wache mit einem Schrei auf, die Arme über den Kopf gereckt.

Es war bereits frühmorgens. Ich weiß nicht, was passiert ist, es war nur ein Traum, es war nur die Zeit, die Zeit, die vergangen war. Ich stand auf, zog mich an, schnürte wieder den Turnbeutel, überlegte einen Moment, ob ich nicht aus dem

Fenster klettern sollte, aber das wäre zu feige gewesen. Ich schlich mich durch die Wohnung. Vor Mutters und Vaters Schlafzimmer blieb ich stehen. Ich hätte eigentlich anklopfen sollen, tat es dann aber doch nicht. Schlich mich stattdessen leise hinaus wie ein tauber Dieb, der Angst vorm Dunkeln hat.

Doch auf der untersten Stufe blieb ich abrupt stehen. Ein Mann kam ins Haus hinein. Er holte einen Schlüssel heraus, öffnete den Briefkasten, der war leer. Er verharrte dort, starrte in den Briefkasten, als glaubte er, es könnte plötzlich eine Karte mit seltenen Briefmarken hineinsegeln, oder vielleicht eine gelbe Brieftaube.

Dann entdeckte er mich. Er schien ein wenig verblüfft zu sein, aber eigentlich nicht sehr. Vielleicht sahen wir ja einander ähnlich. Vielleicht hatte er genau das erwartet, mich hier zu treffen, an so einem merkwürdigen Tag, während der Rest der Stadt noch schlief. Er schloss den Briefkasten wieder. Ich ging zu ihm.

»Hey, Vattern«, sagte ich. »Hast du Pym gefunden?«

Er schüttelte lange den Kopf. Ich legte die Hand auf seine Schulter.

»Ich sag Bescheid, wenn ich ihn sehe.«

Vater beugte sich näher zu mir. Ich zog meine Hand zurück und überlegte, welchen Weg ich einschlagen sollte.

»Wo bist du gewesen?«, fragte er.

»Heißes Land mit sieben Buchstaben. Senkrecht.«

»Mutter hat sich Sorgen um dich gemacht.«

»Ich weiß. Aber um mich muss sich niemand Sorgen machen.«

Ich nahm die Haustür ins Visier.

»Willst du schon gehen?«, fragte Vater.

»Ich habe eine Verabredung!«, sagte ich schnell. »Grüß Muttern! Machst du das? Sag ihr, dass ich eine Verabredung habe und sie nicht wecken wollte.«

Ich lief hinaus und drehte mich nicht um. Ich glaube, es hatte aufgehört zu regnen. Niemand wird im Regen nasser als ich.

# 4

Seb hatte Recht. Die Dopsgate war kurz. Aber sie war steil. Ich stand am Fenster und sah den Juni wie einen beschwipsten Engel mit Grünalgen an den Fingern durch die Stadt schwanken. Doch die Aussicht gefiel mir nicht. Direkt unter dem Fenster war ein Steinmetz. Severinsen & Sohn. In diesem Jahr war Marmor angesagt. Marmor mit schwarzer Glasur und Goldbuchstaben. Meine Ellbogen wurden ganz deprimiert von den Inschriften. Anna Olsen. 1905–1974. *Unvergessen.* Das half Anna Olsen jetzt nicht mehr viel. Teodor Nilsen 1912–1971. *Tapfer lebtest du, tapfer starbst du. Danke.* Aber niemand hatte sich die Mühe gemacht, den Stein abzuholen. Der stand da schon seit drei Jahren. Doch ich zweifelte nicht daran, dass Teodor Nilsen tapfer gewesen war. Er hatte zwei Weltkriege überlebt. Dann starb er sicher mit einer Bierdose in der einen Hand und einer verrosteten Medaille in der anderen. *Ruhe in Frieden. Unersetzlich. Mein Sonnenstrahl. Meine Geliebte.* Es war fast nicht zum Aushalten. Jede Nacht hörte ich den Steinmetz, sie machten in dieser Branche reichlich Überstunden, das war ein harter Frühling. Aber am schlimmsten waren die Steine, die noch keinen Namen bekommen hatten. Sie standen einfach nur in Reih und Glied und warteten auf wen auch immer. Es waren diese stummen Steine, die mich wach hielten. Seb hatte die Wohnung vom Sohn gemietet. Severinsen war schon lange tot, es ging das Gerücht, dass er sich den Kopf aufgeschlagen hatte, als während der Olympiade

1952 einer der Steine umkippte. Ich schenkte diesem Gerücht gern Glauben, denn bestimmt konnte an einem Arbeitsplatz wie diesem viel passieren. *Severinsen. Du fielst auf deinem Posten. Dein Sohn.* Jetzt führte der Sohn den Laden, die Wohnung passte im Stil zur Straße, in der sie lag. Es war eng. Es gab genau Platz für sechzehn Schlafsäcke, drei Matratzen, einen Vervielfältiger für Matritzen, eine Stereoanlage, ein Bücherregal, einen Gaskocher und einen Geigenkasten. Der Geigenkasten verfolgte mich, er lag immer im Weg, und es war nicht besonders toll, in einem Schlafsaal für Maulwürfe aufzuwachen, über einen Geigenkasten zu stolpern, durchs Fenster hinauszublinzeln und dort glänzende Grabsteine ohne Namen zu sehen. Das Klo war auf dem Hinterhof. Aber ich hatte meine eigene Zahnbürste, mit weichen Borsten.

Ich zog meine Lotsenjacke an und ging hinaus. Es war ein Samstag. Es war dieser Frühling, der nur aus Samstagen bestand. Aber das nützte auch nichts. Ich schwitzte. Ich kratzte mich im Schritt. Ich sollte zu Dr. med. Vibeke Strøm in die Osterhausgata und den Zustand der Stiche überprüfen lassen. Ich hatte sie nach dem Zufallsprinzip ausgewählt. Hatte einfach die gelben Seiten aufgeschlagen, die Augen geschlossen und meinen verkrüppelten Zeigefinger hinabstoßen lassen. Er traf Dr. med. Vibeke Strøm, Praxis für Allgemeinmedizin. Das war auch egal. Ich hatte einen Termin bei Vibeke Strøm. Ich hatte seit vier Tagen nicht gepisst.

Ich schlich mich vorsichtig die Dopsgate hinunter, aber eigentlich war gar nichts verkehrt an der Straße, sie machte ihrem Namen keine Ehre. Es war leicht hinunterzugehen, es war schwer, sehr schwer, hinaufzusteigen. Ich durfte nicht vergessen, Seb zu sagen, dass er doch genau darüber ein Gedicht schreiben sollte. Es konnte beispielsweise *Die Dopsgate ist nur ein Bluff* heißen. Ich beschloss, dass das Gedicht *Unbekannter Soldat* heißen sollte.

Ich schlug den falschen Weg ein, lief direkt in den Holzwarenladen in der Osterhausgata. Machte in der Tür kehrt, als ich den süßen Geruch von Brettern roch, konnte aber noch denken: Hier lagern sie die Särge. Vielleicht gibt es zwischen allem einen Zusammenhang. Da lagern sie Grabsteine, hier lagern sie Särge. Und bei Vibeke Strøm, Dr. med., da stirbt man.

Ich fand den richtigen Eingang und nahm den Fahrstuhl hinauf ins oberste Stockwerk. Das war so ein Fahrstuhl mit klapperndem Gitter und zitterndem Pfeil, wie der Zeiger in einer Uhr, die Amok läuft. Der Fahrstuhl war 1937 gewartet worden, von einem, der sich Ludvig Hermansen nannte. Das beruhigte mich nicht. Die Unterschrift von Ludvig Hermansen wirkte nicht besonders sicher.

Dann war ich im Wartezimmer. Das sah aus wie all die Transitbereiche, durch die ich gegangen war. Ich fühlte mich nicht sehr viel gesünder als die anderen, die dort mit gefalteten Händen und stummem Blick auf unbequemen Stühlen saßen. Niemand freute sich darauf aufzustehen, und niemand fühlte sich wohl, wo er saß, und ich zweifelte stark daran, dass irgendeiner sich dorthin zurücksehnte, wo er herkam. Das war traurig. Das war tragisch. Und die Zeitschriften waren alt. Ich las mein Horoskop aus dem vergangenen Jahr. Aber es stimmte nicht. Es stimmte ganz und gar nicht. Da stand unter dem Zeichen der Jungfrau, dass der Januar gut für die Liebe sei, der Mai gut für die Kunst und der August gut für die Finanzen. Da kam ja sogar der Stomperud der Wahrheit näher. Und mir kam der Gedanke, dass es doch eigentlich schade war, dass man nicht noch einmal leben konnte. Dann hätte man vielleicht so einige Entgleisungen korrigieren können, gewisse Worte zurücknehmen und bestimmte Sachen ungeschehen sein lassen. Wenn man es genau betrachtet, ist das Leben eigentlich schlecht organisiert, weil man nie die Gelegenheit hat, aus Fehlern zu lernen. Man kriegt nur eine Übungszeit, und danach ist alles aus und vorbei, mit einem Stein von Severinsen & Sohn, auf dem steht *Ruhe in Frieden* oder *Wir folgen dir nach.* Schlechtes Patent. Seb sollte auch darüber ein Gedicht schreiben.

Jemand rief einen Namen. Niemand stand auf. Und es war

ein Mann, der da rief. Das musste Vibeke Strøms kranker Bruder sein. Er rief den Namen noch einmal. Er rief ungewöhnlich laut, mir fiel auf, dass die Leute in Oslo sich eine schlechte Angewohnheit zugelegt hatten, sie schrien herum.

»Elmer. Elmer Fudd.«

Das war ich. Ich war es, der schließlich die Zeitschrift auf das Tischchen legte und aufstand. Ich hinkte hinter dem weißen Kittel unter dem glatten, geraden Scheitel her. Die Tür wurde hinter uns geschlossen, und der Arzt wollte mir die Hand geben.

»Wo ist Vibeke Strøm?«, fragte ich.

»Sie ist leider erkrankt. Mein Name ist Carl. Carl Hultén.«

Ich fühlte mich verdammt reingelegt. Am liebsten wär ich auf dem Absatz umgekehrt. Carl Hultén sah aus, als hätte er gerade erst seine Prüfung bestanden, und die musste ziemlich schlecht ausgefallen sein, wenn er hier gelandet war, in einer braunen Praxis in der Osterhausgata mit Linoleum und alten Zeitschriften. Ich nahm mir vor, ein paar wohl überlegte Worte über den Fahrstuhl fallen zu lassen. Ich wollte ihn als eine persönliche Beleidigung bezeichnen, einen Elektroschock mit Gitter. Aber natürlich kam ich nicht dazu. Carl Hultén kam mir zuvor, alle kamen mir zuvor, so war es nun einmal.

»Und du heißt Elmer Fudd?«

»Sie sind nicht Ludvig Hermansens Sohn?«

»Wer? Ich bin Carl Hultén. Das habe ich doch gerade gesagt.«

»Darf ich Sie Vibeke nennen?«

»Vibeke Strøm ist krankgeschrieben. Habe ich das nicht auch schon gesagt? Ist es das erste Mal, dass du hier bist?«

»Es ist doch hoffentlich nichts Ernstes?«

»Mit Vibeke Strøm? Nein, nein. Warum fragst du?«

»Behandeln Sie sie? Ich meine, sind Sie ihr Arzt? Der Arzt der Ärztin?«

Jetzt wurde Carl Hultén fast sauer. Wir setzten uns jeder an eine Seite des Tisches. Sechzehn Kugelschreiber standen wie ein missglückter Blumenstrauß in einer blauen Vase.

»Das ist nämlich etwas, was ich schon immer wissen wollte«, fuhr ich fort. »Wer schneidet dem Friseur die Haare. Wer zieht dem Zahnarzt die Zähne. Wer kontrolliert die Kontrolleure? Interessante Frage, nicht wahr?«

»Wo ist das Problem?«, fragte Carl Hultén.

»Das Problem ist da unten«, sagte ich leise und zeigte diskret mit dem rechten Daumen abwärts.

Carl Hulténs Mundwinkel zuckten, das ergab so eine unansehnliche Grimasse, wie man sie nur zustande bringt, wenn man nicht so recht weiß, ob man gähnen oder sich übergeben soll. Dann kippte er seinen Stuhl nach hinten und lehnte sich gegen die Wand. Und als er so dasaß, kam mir das unangenehme Gefühl, dass ich ihn schon einmal gesehen hatte, in einem früheren Leben, damals, als ich doppelt sah und alles nur halb so groß war.

»Geschlechtskrankheit?«, fragte er.

»Nicht direkt.«

»Dann musst du wohl mal die Hose ausziehen. Damit wir uns die Dinge angucken können.«

Ich fühlte mich immer unwohler, und das will schon etwas heißen. Ich hatte sogar Lulu zusehen müssen, wie sie jeden Abend im roten, stinkigen Licht stand, Strümpfe und Slip herunterzog und sich wahnsinnig langweilte. Und während ich die Gürtelschnalle öffnete, meine selbst leuchtende Zorrogürtelschnalle und die Hose fallen ließ, schnipste Carl Hultén plötzlich mit den Fingern, als hätte er den tiefen Teller, den Käsehobel und das Löschpapier gleichzeitig erfunden.

»Jetzt hab ich's!«, rief er. »Jetzt hab ich's! Du bist aufs Vestheim gegangen, nicht wahr? Und du warst es, der an jenem Abend mit dem Skelett getanzt hat. Als die Public Enemies gespielt haben. Du warst es! Wie hast du dich genannt, Elmer Fudd?«

»Sie müssen sich irren«, sagte ich.

»Ich vergesse nie ein Gesicht. Ich war es nämlich damals, der dich rausgeschmissen hat. Ich war MP. Erinnerst du dich?«

»Ich kann mich nicht daran erinnern.«

Ich zog die Unterhose aus. Sie war neu, hatte ein komisches Muster mit kleinen Figuren, die aussahen wie Vögel, ich hatte mir bei Dressmann neunzehn Unterhosen im Angebot gekauft. Carl Hultén kam um den Tisch herum, er lachte, dann lachte er nicht mehr. Vielleicht hörte er in diesem Moment ein für alle Mal auf zu lachen. Er starrte auf den Verband, das Röhrchen und die schrumplige Schnecke. Ich starrte an die Decke.

»Was ist da denn passiert?«

Jetzt schrie er nicht mehr. Wofür ich eigentlich dankbar war.

»Mutter wollte einen Knopf annähen«, sagte ich.

Carl Hultén zog sich Gummihandschuhe an, band sich eine grüne Schürze und einen Mundschutz um. Er studierte die Dinge ungefähr eine Dreiviertelstunde lang. Anschließend wusch er sich mit Terpentin und zog einen schwarzen Anzug an.

»Wie lange dauert es, bis ich stehen kann?«, fragte ich.

Carl Hultén schrieb etwas auf ein Formular und gab es mir.

»Stehen kannst du schon. Aber es wird eine Weile dauern, bis du gehen kannst.«

Ich begriff, was er meinte. Fast gefiel mir Carl Hultén. Er formulierte seine Sätze so schön. Ich wollte gern entgegenkommend wirken.

»Sie verwechseln mich mit meinem Bruder«, sagte ich. »Mit meinem Zwillingsbruder. Wir sind eineiig, haben aber nicht den gleichen Vater. Er heißt Schweinchen Dick. Mein Zwillingsbruder, wie gesagt.«

Carl Hultén wirkte erschöpft. Er schob den Kugelschreiber wieder in den Strauß und beugte sich über den Tisch vor.

»Die Fäden können im Ullevål Krankenhaus gezogen werden. Nimm die Überweisung mit. Und verlieb dich in der Zwischenzeit nicht.«

Jetzt enttäuschte er mich. Er war plump. Ich schob die Papiere in die Tasche, bezahlte in bar – so langsam begann mein Kapital zu schrumpfen – und ging hinaus. Das Wartezimmer hatte sich nicht verändert. Es gibt Orte, die verändern sich nie.

Es gibt Menschen, die verändern sich nie, und zwar solche, die warten. Ich streckte denjenigen, die da noch saßen, aufmunternd den Daumen entgegen und ging die Treppen hinunter.

Ich fand Seb auf der Karl Johan. Er war an diesem Samstag nicht allein. Vom Egertorget bis zum Studenten standen die Maulwürfe dicht an dicht wie die Tramper vor Rom. Es war die ganze Bande von der Feier in Grønland plus ein paar hundert Genies zusätzlich. Da war »Befreie mich« und »Fieber« und »Die Frustrierten«. Da gab es Schubkarren und Stände, Lesungen und Theater. Aber es sah nicht so aus, als ob der Verkauf besonders gut laufen würde. Vielleicht waren sie ihrer Zeit auch voraus. Vielleicht wurden sie falsch verstanden. Vielleicht hatten sie nicht die Erlaubnis vom Gewerbeamt. Vielleicht war es auch ganz einfach zu heiß. Und am Grand hatte sich ein bleicher Wachtturm in den Strom verirrt, ein klapperdünnes Gespenst, das in einem langen Lodenmantel von der Art, wie ihn die Leute niemals ausziehen, dahinschmolz. Seb stand mit nacktem Oberkörper da und grölte immer das Gleiche. Er sah von hinten aus wie eine siamesische Harfe.

Ich schob ihm meinen krummen Zeigefinger zwischen die dritte und vierte Rippe.

»Das ist ein Überfall. Poesie oder Bier!«

»Bier!«, johlte Seb.

Wir fanden schließlich einen Tisch im Dasslokket. Ich bestellte zwei Kuchen. Seb bat um vier Halbe.

»Und der Verkauf läuft mit deiner neuen Schubkarre?«, fragte ich höflich.

Seb wurde sauer.

»Harte Konkurrenz heute«, sagte er.

»Du meinst den Wachtturm?«

»Genau. Ich meine den Wachtturm. Ich meine, diese Leute sind ziemlich link. Ich gehe doch auch nicht in ihr Zelt und pusche da meine Bücher. Oder mache ich das, hä? Mache ich das etwa?«

»Nein, aber vielleicht wär das gar keine schlechte Idee?«

»Aber die, die kommen einfach angelatscht. Drängeln sich vor. Am Samstagvormittag auf der Johan. Das nenne ich frech. Die sind doch verdammt noch mal nicht mal Mitglied im Kreis der Maulwürfe!«

»Vielleicht haben sie ja die Erlaubnis vom Gewerbeamt?«, warf ich ein.

»Ach wirklich? Findest du, der Typ sieht so geschäftsmäßig aus?«

»Er läuft im Juni im Mantel rum. Loden. Das ist kein dummer Junge. Ich tippe auf Börsenkontakte.«

Bier und Kuchen kamen auf den Tisch. Und um uns herum summte es. Es war hektisch, alle waren auf dem Sprung zum ganz großen Samstag, da lag etwas in der Luft, da war etwas mit den Menschen, alle waren auf dem Sprung zu dem ganz großen Sommer, mit sich pellenden Schultern, braunen Rücken und weißen Hüften. Plötzlich geriet ich in so eine Schwindel erregende Laune, ich prostete allen zu, ich mochte die allermeisten, es gelang mir sogar, zwei Exemplare von Lathans Visionen an zwei Mädchen am Nachbartisch zu verkaufen, sie lächelten mir zu, ich war in sprühender Laune, ich bestellte noch mehr Bier, ich war in Topform.

»Diese Grabsteine da vor dem Fenster. Über diese Grabsteine musst du ein Gedicht schreiben«, sagte ich.

Seb lehnte sich über sein Glas.

»Findest du?«

»Keine Frage. Engel und Steinblöcke. Flügel und Erde. Vögel im Mutterboden. Oder?«

»Warum schreibst du es nicht selbst?«

»Du bist das Genie. Hast du die Inschriften gesehen? Ruhe in Frieden. Hörst du? Ruhe in Frieden. Die Regenwürmer sind sowieso still.«

»Hast du was getrunken?«

»Denk mal drüber nach. Flügel aus Stein. Flügel aus Erde. Da ist doch was dran.«

»Gibst du einen aus?«

Wir bestellten weitere Gläser. Seb schrieb Gedichte auf Bierdeckel. Ich ließ ihn in Ruhe. Ich hatte genug damit zu tun, zu beobachten, wie der Frühling die Easy Street hinunterwanderte, mit Polaroidsonnenbrillen, Goldkettchen, Plateauschuhen und dickem Bauch. Aber das war noch nichts gegen die Hüte der Damen, der Damen, die von Halvorsen und Samson kamen, nichts konnte mich mehr verwundern als diese Damen, ich bewunderte sie, sie waren verrückter als ein Maulwurf im Smoking. Und sie konnten dort flanieren, die Easy Street hinunter, ohne von den verschiedensten Schutzmännern angehalten zu werden. Die Damen konnten burgunderfarbene Samtnester tragen, vertrocknete Rhabarberblätter, ausgestopfte Möwen, rosafarbene Helme, dem, was sie auf ihre blauen Dauerwelllen pressten, waren keine Grenzen gesetzt, kerzengerade stolzierten sie die Karl Johan an so einem Samstag entlang. Ich glaube fast, sie gefielen mir.

Unser Tisch war plötzlich voll. Die meisten kannte ich von der Feier in Grønland. Synnøve Korrektur saß bereits auf Sebs Schoß. Helen mit dem Gehör hatte ihre Ohren aufgesperrt, sie horchte wohl, ob es noch mehr Bier gab, Gard war dabei, ein neues Manifest zu verfassen, es sah aus, als dirigierte er ein Symphonieorchester, ein anstrengender Mann. Jemand gratulierte mir zu der Rede, jemand schlug mir auf den Rücken, ein Typ von »Mein Freier Wille« wollte mir eine Spalte in der nächsten Nummer freihalten.

»Das wird wohl schwierig«, sagte ich.

»Ja? Hat Fieber, Norwegischer Verlag dich schon gekauft?«

»Nicht direkt. Hab im Augenblick nämlich etwas Probleme mit dem Pissen.«

Aber plötzlich hielten alle die Klappe, es entstand eine peinliche Stille, der bleiche Poet aus dem Backofen war gekommen, er setzte sich an den äußersten Rand, bestellte einen Kaffee mit Sahne, es war nicht mehr viel von einem Akrobaten an ihm, er starrte auf die Tischdecke, während alle anderen ihn böse anguckten. Und natürlich war es Gard, der das Wort ergriff.

»Stimmt das, Arve?«

Der, der Arve hieß, senkte den Kopf, wenn es möglich gewesen wäre, ihn noch tiefer zu senken. Er hatte hohe Geheimratsecken, sah aus wie der jüngste Greis der Welt. Er gab keine Antwort.

»Dann stimmt es also?«

Das war richtig unheimlich. Ich überlegte langsam, was Arve denn wohl gemacht haben könnte, das musste mindestens eine Unterschlagung gewesen sein, selbst Mord war nicht ganz ausgeschlossen. Ich beschloss, auf jeden Fall zu Arve zu halten.

»Ich frage dich zum dritten Mal«, nervte Gard. »Stimmt es? Antworte wie ein Mann!«

Der dünnhaarige Poet nickte langsam, stand auf, bevor Kaffee und Sahne kamen, und schlich mit gesenktem Kopf davon. Und es blieb noch eine ganze Weile still. Ich beugte mich zu Seb hinüber.

»Was hat er gemacht?«, fragte ich leise. »Hat er kleinen Kindern die Bonbons geklaut? Oder seinen Vater umgebracht und mit seiner Mutter geschlafen?«

»Schlimmer.«

»Schlimmer? Gibt es noch Schlimmeres?«

»Er hat ein Manuskript beim Gyldendal Verlag eingereicht.«

Und da sah ich sie, die mit dem Schal im Mai. Jetzt war es Juni, und sie trug immer noch ihren Schal. Sie kam die Karl Johan hinunter, ging vorbei, es war Vivi, sie sah mich nicht, denn sie war nicht der Typ, der nach links und rechts Ausschau hält, sie brauchte sich nicht umzuschauen, denn sie war es, die gesehen wurde, sie ging einfach da entlang und wurde gesehen. Die Taxifahrer streckten ihre fetten Gesichter aus den Fenstern und pfiffen grell, Matrosen drehten bei, und die Kellner ließen das Tablett mit mindestens fünfzehn Halben fallen. Aber Vivi schaute nur nach vorn, sie zögerte nicht, und die Leute wichen zur Seite aus, wenn sie kam.

»Ich habe gesagt, er hat ein Manuskript bei Gyldendal«, sagte

Seb. »Sag mal, stimmt was nicht? Hast du Probleme mit dem Nacken?«

Ich kam nicht dazu, eine Antwort zu geben. Ich stürmte zwischen den Tischen davon, bahnte mir einen Weg und holte sie am Studenten wieder ein. Ich hätte ihr eine Hand auf die Schulter legen können, eine leichte Hand, dann hätte sie sich umgedreht, misstrauisch, vielleicht wütend, aber wenn sie mich dann wiedererkannt hätte, wäre ein Strahlen in ihr Gesicht getreten, und genau in dem Moment hätte ich gesagt: Kommst du mit in den Studenten? Oder zum Mond? Ich gebe einen aus. Aber das tat ich nicht. Der Mut verließ mich. So ist es nun einmal mit mir. Ich bleibe jäh an der Absprungkante stehen. Der Mut verlässt mich. Ich bestehe nur aus Anfängen. Sie, die Vivi hieß, bog in die Universitetsgata ein. Ich ließ ihr einen Vorsprung. Dann folgte ich ihr von neuem. Ich schlich mich an den Häuserwänden entlang, ich war der sichtbarste Mann in Norwegen, ich war ein schreibender Schatten in Lotsenjacke und Sandalen. Aber Vivi drehte sich nicht um. Sie drehte sich nie um. Sie ging die Treppen zur Nationalgalerie hinauf, und die riesige Tür fiel mit einem lautlosen Knall hinter ihr ins Schloss. Ich lief über die Straße, ging hinein und konnte gerade noch ihren Rücken sehen, wie er im ersten Stock verschwand. Ich hängte die Lotsenjacke an die Garderobe und ging ruhig die Treppen hinauf. Ich überlegte, was sie wohl an einem Samstagvormittag im Juni hier in der Nationalgalerie zu suchen hatte. Ich hörte leise Schritte von irgendwoher und ging ihnen nach. Das war nur ein Aufseher, und mir kam in den Sinn, dass alle Museumswärter einander ähnlich sehen, vielleicht gehören sie alle zu einer Familie, sie sind immer blass, sie haben müde Augen, sie schlurfen, sie tragen knarrende Schuhe, sie haben spitze Adamsäpfel. Ich eilte an ihm vorbei, kam zu Tidemand & Gude, dort war sie nicht. Ich ging weiter zu Munch, auch dort war sie nicht. Ich latschte von Saal zu Saal, das war wie ein Labyrinth, ich marschierte im Kreis, der Aufseher wurde langsam misstrauisch, sein Adamsapfel rutschte in den weißen

Hemdkragen. Ich blieb bei einem Bild stehen und starrte es mit ernster Miene an, um so natürlich wie möglich zu wirken, trat einen Schritt zurück und stützte den Kopf schräg in eine Hand, ungefähr so soll man sich ja in einem Museum verhalten. Der Aufseher lächelte, sein Adamsapfel kam wieder zum Vorschein. Ich hinkte weiter, und schließlich fand ich sie, sie stand im hintersten Raum, vor einem Gemälde, das ziemlich hässlich aussah. Sie hatte einen kleinen Notizblock in der Hand, und auf diesen schrieb sie etwas, während sie das Bild sorgfältig in Augenschein nahm. Und ich blieb im Türrahmen stehen, versteckt wie ein verfluchter Spanner, und ich überlegte, was ich sagen könnte, wenn ich jetzt zu ihr ginge, ob ich überrascht tun sollte und behaupten, dass ich jeden Samstag hierher käme, was für ein Zufall, oder ob ich die Wahrheit sagen sollte, dass ich ihr gefolgt sei. Aber so weit kam ich erst gar nicht. Denn genau in dem Moment, als ich mich entschieden hatte und den ersten Schritt machen wollte, hörte ich ein merkwürdiges Bellen, ein ekliges Geräusch, fast wie ein Rülpsen, einen Hund, der rülpste. Aber das Schlimmste war, dass Vivi von diesem Lärm aufzuwachen schien, sie wandte sich der anderen Tür zu, so dass ich sie im Profil sehen konnte, und sie lächelte, ihr ganzes Gesicht war ein einziges Lächeln, sie starrte die Tür am anderen Ende des Raumes an, und da kamen sie zum Vorschein, eine Dame in einem engen schwarzen Kostüm, auf dem Kopf trug sie einen breiten, flachen Hut, ungefähr wie eine LP mit Halbkugel drauf, und ihr Gesicht war weiß geschminkt, ich tippte auf Mutter, Vivis Mutter. Aber das war noch nicht das Schlimmste. Sie hatte einen Hund bei sich, einen rülpsenden Hund, das war nicht nur ein Pudel, das musste ein Königspudel sein, das war der größte Pudel, den ich je gesehen habe, das musste Chico sein. Und es sah so aus, als kämen Mutter und Hund direkt vom Friseur, beide waren frisch frisiert, aber jedenfalls hatte die Mutter keine rote Schleife um den Schwanz, das war immerhin schon etwas. Mir war schon ganz schlecht, und dabei kam das Schlimmste erst noch. Vivi hockte sich hin, sie ging vor diesem Tier auf die Knie, und dieser riesige Broiler rollte eine hellrote Zunge aus und leckte Vivi ausgiebig das Gesicht, und es sah fast so aus, als würde ihr das gefallen, sie ließ sich abschlecken, sie lachte, und als Chico keine Lust mehr hatte, stand Vivi auf, schob ihren Schal zurecht, sagte etwas zu ihrer Mutter, und beide blieben stehen und starrten das Gemälde an, sogar Chico schaute auf das hässliche Gemälde. Ich hatte gar nicht gewusst, dass Hunde hier Zutritt haben. Aber vielleicht war es ja, wenn man es näher betrachtete, ein außergewöhnlich intelligentes Tier, vielleicht eins, das auch noch lesen konnte. Dann gingen sie, Mutter und Tochter, Arm in Arm, einen Königspudel an der Goldkette. Sie gingen durch die andere Tür hinaus. Ich ließ sie gehen. Und als ich sie nicht mehr hören konnte, hastete ich zu dem Bild, das Vivi angeschaut und zu dem sie sich Notizen gemacht hatte. *Ludvig. Ludvig Karsten. Grablegung Christi. Kopie nach Ribera. 1906.* Kopie, dachte ich. Also Betrug. Und es war diese grüne Farbe in dem Bild, die mich noch kränker werden ließ, eine giftige grüne Farbe, die in den Augen brannte. Ich hatte hier nichts mehr zu suchen. Ich ging hinaus, nahm meine Lotsenjacke mit, die Sonne schien wie eine Flitterlawine, und ich merkte, dass ich pissen musste, der Urin von vier Tagen drückte gegen den Apparat. Ich kroch auf Knien zur Karl Johan, Glasscherben waren im Röhrchen, es war schlimmer, als im Reißverschluss festzustecken, wenn du bei minus achtzehn draußen pinkelst. Jetzt hatten wir plus zwanzig. Ich war ein geschlagener Mann. Da beugte sich eine wollene Gestalt über mich, ich sah nur einen dunklen Mantel, einen ovalen Kopf und gefaltete Hände.

»Soll es heute vielleicht der Wachtturm sein?«, fragte eine Stimme. »Es ist niemals zu spät.«

Aber bevor ich antworten konnte, schob sich eine andere Gestalt auf die Bühne. Jemand war aufgebracht und wedelte mit langen, dünnen Armen.

»Mach meinen Kumpel nicht an! Hörst du! Hau ab, zurück in dein Zelt!«

Der Wachtturm lief zum Grand hinunter, und Seb half mir hoch. Aus irgendeinem Grund schaffte ich es, stehen zu bleiben.

»Du siehst ziemlich daneben aus. Taxi oder Krankenwagen?«

»Klo«, sagte ich. »Gib mir ein Klo.«

»Wird erledigt. Wir haben eine Riesenveranstaltung im Hades viseklubb. Da gibt's reichlich Klos. Schaffst du es bis dahin?«

Da war etwas mit einem rosa gestrichenen VW-Bus. Da war etwas mit einer Fahrt aufs Land. Und dann balancierte ich endlich auf der Rinne im Keller vom Høvikodden, zermalmte ein Exemplar von Sebs Sammlung zwischen den Zähnen und ließ Tropfen für Tropfen explodieren. An der Wand hing ein Plakat mit dem Bild von einem Pissoir, aber da stimmte etwas nicht, das Pissoir stand auf dem Kopf, vielleicht war ich es auch, der auf dem Kopf stand. *Surrealismus August-Oktober* stand in dicken Buchstaben drauf. Und in kleinen: *Marcel Duchamp. Fontäne.*

Über mir war die Veranstaltung in vollem Gange. Jemand las Gedichte, jemand verkündete lauthals ein Manifest, jemand schlug auf eine Gitarre, mehrere klatschten. Die Veranstaltung näherte sich dem Ende, als ich den kranken Zapfen eingepackt und mich nach oben in den Saal geschlichen hatte. Es war brechend voll. Auf der Bühne stand Gard, und er war mit dem Monolithen noch nicht fertig, er war aufgeregt, er wurde mindestens neunzehn Mal von ohrenbetäubendem Applaus unterbrochen. Es hieß Tod dem Monolithen und Ich auf dem Monolithen, mein Gott, er wiederholte das Wort Monolith, bis es sich nach einem alkoholfreien Getränk und nicht nach Sprungschanze anhörte. Plötzlich stand Seb neben mir, er sah aus wie ein Nervenzusammenbruch.

»Bist du gleich dran mit Lesen?«, fragte ich, um ihn aufzumuntern.

»Krise im Anmarsch. Die Musik ist nicht gekommen.«

»Die Musik? Der Knabenchor? Der Spielmannszug?«

»Der Flügel, du Schwachkopf. Mein Begleiter ist unpässlich.«

Erst jetzt sah ich es, hinter Gard, ein schwarzes, glänzendes Instrument, ein Schiff auf der Bühne.

»Er ist in Lysaker gestolpert«, sagte Seb.

»Wer?«

»Christian Kuppel. Mit dem boshaften Spitznamen die Gans.«

»Die Gans! Du machst Scherze! Sag, dass du Scherze machst! Das ist nicht wahr!«

»Ich studiere. Er spielt. Und jetzt ist er k.o. Und das ist verdammt noch mal nicht das erste Mal!«

Das war genau so ein Moment, in dem man es nicht mehr schafft zu denken. Der Kopf ist wie leer gefegt, aber die Hände sind bereit. Das ist ein guter Augenblick. Einer der schönsten. In dem man sich entscheidet. Ich sagte:

»Geh hoch und lies, Seb. Ich mache den Rest.«

Seb schaute mich nur an, seine Augen wurden immer größer, aber er hatte keine andere Wahl. Gard war fertig mit dem Frognerpark, die letzte Lesung des Abends wurde angekündigt. Das war Seb. Der Autor von Lathans Visionen. Es sah aus, als gäbe er auf, mühte sich zum Mikrofon hin. Er hatte keine andere Wahl, er fing an zu lesen. Ich hörte nicht zu, aber es klang so schön, er las leise, langsam, zögernd, fummelte ein wenig, stockte bei einigen Worten, ich sah, wie die Mädchen unruhig wurden. Das war elektrisch. Ich musste an Lorenzo denken, an die zerfledderten Notenhefte, die er mir gab, die Unterrichtsstunden in dem kalten Zimmer, an den Winterwind, die Tonleitern, die Finger, an Ana, die mit einer heißen Suppe kam. Ana, der ich viel zu viel versprach, und ich, der ich mit einem Schal um den Hals am Klavier saß, weil ich immer erkältet war. Dann war Seb fertig, er blieb stehen, aber er schaute nicht zum Publikum, er sah mich an. Ich war in Topform. Ich schob die Hände in die Taschen und schlenderte auf die Bühne, während Seb herunterkam. Wir gingen aneinander vorbei, aber ich schaute in eine andere Richtung, zum Flügel, diesem schwarzen Schiff, und ich setzte mich dran, grub die Hände aus und hielt sie über die Tasten, der krumme Zeigefinger ragte aus der Hand wie ein riesiger Angelhaken, und alles war Stille. Ich ließ ihnen ihre Stille. Ich sah sie nicht. Das Licht schien auf mich. Und ich ließ die Stille wachsen. Sie wurde zu einem Feuer. Ich würde es löschen. Also fing ich an.

Ich begann klassisch. Ich begann mit einem Solfeggio, von Ph. Em. Bach, dem Sohn seines Vaters. Es entstand eine gewisse Unruhe im Saal, es gab Anzeichen für die ersten Tomaten. Aber als ich beim vierten Takt auf dem Hocker stand, gaben sie sich zufrieden. Das Solfeggio hört sich nämlich wahnsinnig schwierig an. Ist es aber nicht. Das ist die reinste Gymnastik. Ich machte ihnen nur etwas vor. Ich huschte mit den Fingern auf und ab und beeindruckte sie. Und als ich diese Barockpflaume mit Kern in eine satte, aber äußerst kurze Version von Lucky lips übergehen ließ, hatte ich das Publikum in der hohlen Hand. Ich konnte tun, was ich wollte. Das war direkt unheimlich. Ich hätte die schwarzen Tasten aufessen können. Ich hätte den Kopf auf den Deckel legen können. Ich hätte schlampig spielen können. Aber das tat ich nicht. Ich fuhr nämlich mit Rondo Amoroso fort, dieser zarten, merkwürdigen Melodie, die sich so außergewöhnlich leicht anhört, die aber sandgestrahlte Finger und Tasthaare in den Ohren erfordert. Rondo Amoroso. Für Mutter. Von Sæverud. Ich fand, das passte irgendwie. Und mitten im Stück gibt es ein paar Takte, die genau wie Dave Brubeck klingen, er muss sie geklaut haben, der Schmarotzer. Aber zum Schluss wird es zu schwierig, deshalb ging ich brav über in Mood Indigo und legte meine ganze Seele hinein, hier und jetzt, ich ließ diese langsamen, zähen Akkorde in einen traditionellen Blues übergehen, C-Dur natürlich, und das kann ich, das ist das Einzige, was ich kann, das kann ich auswendig, ich bin ein Schwindler. Aber ich klang gut an diesem Abend, dafür, dass ich ein Schwindler bin, mit dreieinhalb Stücken im Repertoire, mechanischen Fingern und einer Seele, die höchstens zwei Gramm wiegt. Ich griff die Bluesakkorde mit links, Daumen und kleiner Finger, parallel, parallel, und mit der Nase hackte ich ein stetes C ganz oben, das war nur Quatsch, aber es war vielleicht ganz realer Quatsch, und als ich nicht mehr konnte, genehmigte ich mir drei saure Akkorde aus *Waterloo*, schlug den Deckel zu, kletterte auf den Flügel, schob die rechte Hand zwischen die Knöpfe der Lotsenjacke und verbeugte mich so tief, dass ich die Sandalen küssen konnte.

Und dann setzte der Applaus ein.

Und ich verbeugte mich noch einmal und zeigte, dass alles nur Quatsch war, das war nur auswendig gespielt, und ich nahm den Applaus entgegen, mit der Hand auf dem Herzen.

Dann weiß ich nicht mehr viel, bis ich im Frognerpark war. Da war wieder etwas mit einem rosa angemalten VW-Bus. Da war etwas mit irgendeinem Nachspiel, Manifesten, Holzhacken und Altpapiersammlung. Da war etwas mit Napoleon und seinem Heer. Ich stolperte allein über einen Rasen. Es roch verbrannt. Die letzten Bänke lagen umgestürzt im Gras. Es war eine warme Nacht. Ich manövrierte ein paar lächerliche Tore zwischen die schlafenden Enten. Alles war blau und gelb. Es musste grün werden. Eine Sonne war auf dem Weg. Die Welt war voll mit träumenden Vögeln und verliebten Igeln. Das Colosseumkino sah aus wie ein Ei, ein hart gekochtes Dinosaurierei, es fehlte nicht viel, und Julie Andrews würde sich losreißen und Edelweiß für drei Stimmen und eine Heugabel singen. So eine Nacht war das.

Irgendwo brannte es. Der Monolith brannte. Ich hinkte an der Fontäne vorbei, alle Stufen hoch. Und da waren sie, Norwegens Maulwürfe. Sie standen um die Flammen versammelt, die an Vigelands Untermenschen emporzüngelten. Und es war ein ziemlich lebhaftes Feuer. Das würde eine magere Obsternte in Oslo 2 werden dieses Jahr. Die Leute schleppten ganze Bäume heran. Seb versuchte mir vor lauter Begeisterung die Lotsenjacke herunterzureißen. Gard dirigierte die Truppen, Helen stand dabei, die Ohren parat, und gab ihm Zeichen.

»Maulwürfe!«, rief Gard. »Maulwürfe! Die Zeit ist gekommen. Die Zeit ist abgelaufen! Jetzt! Jetzt pissen wir!«

Alle öffneten ihren Hosenstall, zogen die Hosen runter und feuerten auf den Monolithen los. Es zischte hässlich. Die Enten flüchteten, und die Igel zogen ihre Nasen hinter ihren privaten Stacheldraht zurück.

»Er platzt!«, johlte Gard. »Er fällt!«

Aber der Monolith blieb stehen. Er war nur etwas verbrannt und feucht am Stamm. Es entstand eine trübsinnige Stille, die Maulwürfe zogen sich wieder ordentlich an, und der Monolith stand. Aber plötzlich zeigte Gard auf mich.

»Du! Du hast nicht gepisst! Hast du schon mal was vom Tropfen gehört? Von dem Tropfen, der den Monolithen dazu bringt zu schwanken?«

»Ich habe gespuckt«, erwiderte ich. »Dicken Rotz auf den Monolithen.«

Und da war plötzlich der Frognerpark voll mit Autos. Sie hatten blaues Licht auf dem Dach, und in jedem waren mindestens fünfzehn Uniformen, und insgesamt waren es ungefähr zwanzig Fahrzeuge. Wir zerstreuten uns in alle Winde, wenn es denn so viele Winde in Oslo gibt. Aber ich blieb im Zentrum des Sturms. Ich versteckte mich hinter der nächstliegenden Dame. Sie wies mich nicht ab, aber sie war auch nicht besonders warm. Zumindest hielt sie den Mund. Die Schutzleute liefen in der hellen Nacht mit erhobenen Schlagstöcken herum. Ich blieb bei meiner Dame liegen, sie verpetzte mich nicht.

Das dauerte eine Sekunde oder ein Jahr. Es war nur eine Wartezeit. Und die Zeit steht still, oder sie läuft an dir vorbei, hinter deinem Rücken, wie ein Schwindler mit freundlicher Miene. Dann rückten die Polizeiwagen wieder aus dem Park aus und steuerten Majorstua an. Ich verließ meine Dame, sie sagte nichts, so soll es sein. Ich schlenderte über das Gras, merkte, wie feucht es war, es war bereits früher Morgen, es war eigentlich ein schöner Morgen, er öffnete sich wie eine blaue

Blume mit abgenutzten Staubgefäßen. Das war noch vor den Kirchenglocken, das war vor dem Frühstück, dem Kater und den schlechten Nachrichten. Ich wankte allein umher, mutterseelenallein, und ich spürte das Schwindel erregende Gefühl, das mich immer überkommen hatte, wenn ich als Kind *Lasse allein in der Welt* gelesen hatte, dieses Gefühl, dass alles möglich ist, du kannst tun und lassen, was du willst, bis du begreifst, wie Einsamkeit buchstabiert wird, mit einem a.

Dann war ich nicht mehr allein. Es kam jemand. Ich hockte mich hinter einen Fliederbusch. Aber das war kein Schutzmann. Ich sah einen Mann, der den Kies entlangging und in die Luft spähte. Ich sah einen Mann, der dem Gras nicht traute. Ich sah einen Mann, der etwas in der Tasche seines grauen Mantels hatte. Er blieb stehen, holte eine Hand voll Brotkrümel hervor und streckte die Hand aus. Aber es kam kein Vogel. Es kam kein gelber Vogel. Ich hätte fast losgeheult, ich hätte übers Gras rennen sollen, zwischen den weißen Bänken hindurch, wie ein hoffnungsloser Reservespieler, ich hätte Vattern an den Schultern packen und ihn schütteln sollen. Pym ist abgehauen, Vattern, dein Vogel ist weggeflogen, das Fenster stand offen, er ist weg, das Fenster stand offen, so etwas kommt vor. Doch ich tat es nicht. Ich lag auf den Knien hinter dem Fliederbusch. Und ich sah Vater, wie er mit der Hand voller Brotkrümel dastand. Aber es kam nie ein Vogel. Er ging weiter, über die Brücke, er starrte in den Himmel. Der Himmel war blau. Es war ein schöner Morgen. Bald würde der Monolith die Sonne aufspießen.

Es war unheimlich still, als ich zurück in die Dopsgate kam. Selbst der Steinmetz, Severinsen jr., machte Pause. Die Schlafsäcke lagen wie fette Larven auf dem Boden, aber ich hatte so meine Zweifel, ob wirklich sehenswerte Schmetterlinge daraus schlüpfen würden. Das waren nur Maulwürfe im Exil. Ich schlich mich hinaus in das, was Küche genannt wurde. Dort saß Seb am Gaskocher und rührte mit einem schlaffen Finger im Kaffee, er hatte eine solide Beule über dem linken Auge. Ich setzte mich vorsichtig hin.

»Dachte schon, die hätten dich geschnappt«, sagte Seb.

»An der Beule wirst du noch viel Spaß haben. Ich meine, wenn du auf der Johan verkaufst. Die leuchtet rot, wenn alles ausverkauft ist.«

»Mach mal halblang. Beruhige dich. Was ist denn passiert?«

»Habe ein Mädchen getroffen. Bin mit zu ihr gegangen.«

Seb schaute mich lange an.

»Die Lady, die letztens ein paar Bücher gekauft hat, die mit dem riesigen Schal? Was hat sie da eigentlich über diesen Sebastian gesagt? Den heiligen Sebastian? Ist das ein Hund?«

»Erinnerst du dich noch dran, wie das Colosseum gebrannt hat, Seb? Oh Scheiße, da war was los.«

»Und wir kriegten schulfrei. Die ganze Schule kriegte frei, und dann sind wir nach Majorstua hochgerannt und haben das Feuer angeguckt. Schon verrückt. Wann war das?«

»Dreiundsechzig. Wir hatten Werken in der Stunde. Und erinnerst du dich, wie die Kuppel runtergekommen ist? Ist wie ein albernes Ei geplatzt. Welcher Film lief da eigentlich?«

»Welcher Film? Was weiß ich. Geht es dir gut, Kim?«

»Sag mal, was hast du da eigentlich von der Gans gelabert?«

»Die war nicht schlecht, die Show, die du da hingelegt hast, Kim. Ich hatte kein Wort von Klavier und so geglaubt, als du das erzählt hast. Aber jetzt glaube ich dir.«

»Du darfst nicht alles glauben, was du hörst.«

»Ich dachte, das wäre nur Bluff, das mit dem Puff in Florenz.«

Ich fühlte mich plötzlich hellwach, wie es ein Schlafloser empfindet, wenn er aufgegeben hat, einschlafen zu können, das war ein ziemlich panisches Gefühl.

»Stimmt«, sagte ich. »Ich habe geblufft. Aber was hast du da noch mal über die Gans gesagt?«

Seb beugte sich zwischen leeren Flaschen, schmutziger Wäsche, Brotrinden und Matrizen hinunter. Er kam mit dem Geigenkasten wieder hoch, legte ihn sich sorgfältig auf den Schoß und öffnete den Deckel vorsichtig. Und ich sah, wie Seb sich das glänzend polierte Instrument unters Kinn schob, er schien das Kinn direkt dagegenzupressen, lockerte den Ellbogen und strich ein paar tiefe Töne. Das klang nicht schlecht. Seb schaute mich an, mit schrägem Kopf.

»Du hast das Geheimnis bewahrt«, sagte er leise. »Dass ich Geige gespielt habe.«

»Ist doch klar, dass ich das nicht ausquatsche«, sagte ich.

»Es gibt heutzutage nicht viele, die halten, was sie versprechen. Danke, Kim.«

»Bitte. Kriege ich jetzt die Verdienstmedaille des Königs?«

»Du wirst deine Belohnung noch kriegen. Das verspreche ich.«

Und dann spielte Seb. Ich weiß nicht was, ich weiß nur, dass es so verdammt schön war. Es war eine leise, langsame Melodie, ich glaube, sie war ziemlich traurig, aber das machte nichts, denn in dem Augenblick brach die Sonne durchs Fenster, ein Orchester aus Licht und Staub. Ich hätte am liebsten wieder angefangen zu heulen. Wir saßen am Küchentisch, in der Dopsgate, es war ein Sonntag angebrochen, nur eine Klammer in der Geschichte, ein Bindestrich in der Bilanz, aber Seb spielte Geige, und der Raum war sonnenerfüllt.

»Siciliano«, sagte Seb.

»Die Gans«, sagte ich.

»Wir spielen ab und zu zusammen.«

»Ihr spielt zusammen? Du und die Gans?«

»Die Gans spielt Orgel. Ich spiele Geige. Davon wird man nicht gerade reich. Im Großen und Ganzen kommen Kost und Logis dabei heraus. Aber es klingt gar nicht so schlecht.«

»Und was sagtest du, wo ihr spielt?«

»Bei Beerdigungen.«

## 5

Ich zählte die Laternenpfähle. Ich kam auf neunhundertdreiundzwanzig. Dann gab ich auf. Vielleicht lag es daran, dass ein verlauster Hund dort stand und einen anpinkelte. Vielleicht lag es auch daran, dass der Busfahrer das Radio einschaltete, und natürlich lief Waterloo. Und alle Passagiere schienen aufzuwachen, lächelten einander an und wippten mit dem Fuß ein wenig im Takt mit. Das war einer dieser grauen Tage.

Ich musste das letzte Stück gehen, an einem Park vorbei und durch eine Allee, an solchen Orten gibt es immer eine Allee. Das riesige Gebäude lag am Rande eines Waldes, eines schwarzen, unbeweglichen Waldes, von dem dennoch ein Rauschen zu hören war, bereits jetzt fühlte ich mich unwohl. Ich erkannte die Gerüche, bevor ich durch die Tür war, die Medikamente, das Mittagessen, schlechter Atem, gebohnerte Fußböden, abgebissene Nägel, alte Kartenspiele. Ich kannte die Speisekarte, und ich freute mich nicht darauf. Das war schlimmer als ein Wartezimmer.

Ich meldete mich im Empfang an und wurde von einer Pflegerin durch die Flure geführt. Ich ging mit geschlossenen Augen, denn ein paar der Türen standen offen, und ich mochte nicht in die Zimmer schauen. Irgendwo blubberte ein Labskaus vom Vortag. Ich wäre am liebsten so schnell es ging wieder weggekommen. Aber es war noch weit zu gehen.

Onkel Hubert saß im Wintergarten. Er saß im Wintergarten, und es war Frühling. Er hatte eine karierte Decke über den Beinen, trug einen abgewetzten Schlafrock und gestrickte Fingerhandschuhe. Der Nacken war gebeugt, und sein Hinterkopf verlief irgendwie in einer Art zerbrechlichem Halbkreis. Jemand hatte Onkel Hubert abgehobelt und ihn grau lackiert.

»Jetzt wird er sich aber freuen«, sagte die Pflegerin und stellte sich mit verschränkten Armen und unruhigen Holzpantinen an die Tür.

Ich hatte keine Blumen dabei. Ich hatte auch kein Obst und keine Pralinen dabei. Ich setzte mich einfach auf die Fensterbank, und Onkel Hubert hob seinen Blick, das dauerte eine Weile, und seine Augen lagen so tief im Schädel, dass er wahrscheinlich auch die Pflegerin sehen konnte, die hinter ihm stand und aufmunternd lächelte. Ich weiß nicht, ob er mich wiedererkannte. Er sagte kein Wort. Und ich wusste nicht, was ich hätte sagen sollen.

»Schöne Aussicht«, sagte ich. »Hübscher Ort hier.«

Onkel Hubert wirkte unruhig, winkte mich mit einem kleinen Finger zu sich heran. Ich beugte mein Ohr zu ihm herab.

»Steht sie immer noch da?«, flüsterte er.

»Sie steht da.«

»Alte Schnepfe.«

Plötzlich begann er ungewöhnlich laut zu reden, fast schrie er, das sage ich doch immer, alle in Oslo und Umgebung hatten angefangen zu schreien, alle außer Mutter.

»Ja, hier sitze ich nun und studiere das Tierleben. Viele bedrohte Arten gibt es hier. Ich fotografiere sie nämlich. Da! Da ist doch tatsächlich eine Giraffe!«

Onkel Hubert zeigte auf den Wald, legte die Hände vors Gesicht, als hielte er eine Kamera, und machte mit dem Mundwinkel Knipsgeräusche. Er machte ungefähr achtzig Fotos. Die Krankenschwester schüttelte langsam den Kopf und wollte sicher, dass ich das auch tat. Ich schaute auf den Waldrand.

»Schönes Tier«, sagte ich. »Weißt du, warum die Giraffe so einen langen Hals hat?«

»Nein. Das musst du mir sagen.«

»Damit er bis zum Kopf reicht.«

Keiner von uns lachte.

»Da hast du Recht. Aber das Zebra gefällt mir am besten. Das Zebra und der Elefant. Äußerst sympathisch.«

Er ließ die Handschuhe in den Schoß fallen und lächelte. Ich beugte mich noch näher.

»Pumpen sie dich mit Medikamenten voll, Onkel Hubert?«

Es schien, als würde er nicht ganz verstehen, was ich da sagte. Er sah fast wütend aus.

»Wie heißt du?«, fragte er nur.

»Wie ich heiße?«

»Bist du Journalist? Kommst du vom Verein für die bedrohte Tierwelt? Kannst du dich ausweisen?«

»Ich bin doch Kim. Kim Karlsen.«

Onkel Hubert sah mich lange an.

»Codewort«, sagte er. »Wie lautet das Codewort?«

Ich war kurz vorm Aufgeben.

»Nesodden«, sagte ich.

Das klappte nicht. Onkel Hubert fotografierte irgendwelche Tiere im Wald und hatte mich wohl vergessen.

»Zwei Schritte vor und einen zurück«, sagte ich.

Jetzt wandte er sich der Schwester zu.

»Wer ist dieser Idiot?«, schrie er.

»Pym«, sagte ich. »Es flog ein kleiner Pfau durchs Fenster.«

Onkel Hubert stand langsam auf, legte sich die Decke über die Schultern und breitete die Arme aus.

»Das ist mein lieber Neffe«, predigte er und zeigte auf mich. »Ich möchte ihm gern mein Zimmer zeigen. Und könnte ich bei der Gelegenheit gleich eine Ente in Orangensoße bestellen, den ausgezeichneten Wein des Hauses und eine einfache Eisbombe zum Dessert?«

Die Pflegerin wickelte die Decke fester um ihn, und Onkel Hubert ließ das geschehen.

»Hervorragender Service in diesem Hotel«, sagte er. »Kommst du?«

Sein Zimmer lag im Erdgeschoss. Die Schwester folgte uns bis zur Tür. Sie hatte die Schlüssel.

»Und vergesst die Backpflaumen nicht, wenn ich drum bitten darf«, sagte Onkel Hubert und schob mich über die Türschwelle.

Die Tür wurde hinter uns geschlossen, und Onkel Hubert stand mit krummem Rücken da, das Ohr am Schlüsselloch und horchte auf die Schritte. Dann setzte er sich aufs Bett und atmete schwer.

»Das ist eine Plackerei«, sagte er. »Nur gut, dass ich nicht so viel Besuch bekomme.«

Er lachte lautlos. Er schüttelte sich. Ich lachte nicht. Ich lachte überhaupt nicht. Ich setzte mich auf den einzigen Stuhl und schaute mich um. Das war ein elendes Zimmer. Da gab es ein Bett, einen Stuhl, einen Schrank, vier Wände, graues Linoleum, eine gelbe Decke und ein Fenster mit Gittern. Onkel Hubert hörte auf zu lachen. Er hatte wohl bemerkt, dass ich nicht lachte. Er hatte wohl bemerkt, dass ich mich nicht wohl fühlte.

»Glaubst du, ich bin dumm?«, fragte er plötzlich.

»Dumm? Ganz und gar nicht. Ach übrigens, wie geht es dir eigentlich?«

»Ich war eine Woche im Gefängnis. Dann habe ich eine Gabel aufgegessen und mit dem Psychologen geredet, und dann wurde ich hierher gebracht. Ein nettes Plätzchen. Solange ich der bin, von dem sie glauben, dass ich es bin. Du verstehst doch, was ich meine?«

»Absolut. Du machst das prima.«

»Was mache ich prima?«

»Der zu sein, von dem du glaubst, es zu sein. Aber wer bist du?«

»Ich bin Hubert. Der größte noch lebende Maler der Welt.«

Wieder fing er an zu lachen. Er lachte so ungefähr eine Dreiviertelstunde lang, er brauchte das ganze Bett, um darin zu lachen. Dann stand er auf, zog die Gardinen vor und legte mir eine Hand auf den Kopf, als wäre er mindestens der Papst.

»Und was hat der junge Mann seit dem letzten Mal so getrieben?«

Er sagte junger Mann. Er ließ die Hand auf meinem Kopf liegen. Ich bekam Gänsehaut unter den Füßen.

»Ich habe in einem Puff in Florenz Klavier gespielt«, sagte ich.

Hubert ließ mich los und stellte sich mit dem Rücken zu mir.

»Wir brauchen hier nicht aufzuschneiden«, sagte er mürrisch. »Hier können wir sein, wie wir sind. Hier können wir ehrlich sein. Verstanden?«

Und dann sagten wir eine Stunde lang nichts mehr. Onkel Hubert schaute mich an. Ich schaute ihn an. Wir lächelten und schauten aneinander vorbei. Es gab Lärm auf dem Flur, etwas zerbrach, ein Schrei, jemand lief, fiel hin. Ich konnte mich an die Geräusche erinnern. Onkel Hubert saß stoisch da und sah relativ freundlich drein. Da fragte ich:

»Und du kriegst die Zeit hier rum?«

»Kein Problem. Ich studiere die alten Meister. Hörst du das Sausen der Geschichte?«

»Nein«, sagte ich. »Kann ich nicht behaupten.«

»Munch. Hertervig. Picasso. Die ganz Großen.«

Onkel Hubert rieb sich die Hände und bekam fast Farbe im Gesicht.

»Und Karsten«, sagte ich schnell. »Ludvig Karsten.«

»Der auch. Ein großer Maler. Verrückt, aber groß.«

»Was war eigentlich das Besondere an ihm?«

»An Karsten? Die Farben. Ausschließlich die Farben. Unser größter Kolorist. Munch pflegte immer zu sagen, dass Karsten ein größerer Kolorist war als er selbst, aber er hatte es eher unterm Kragen.«

»Unterm Kragen?«

»Nerven. Träume. Erinnerungen. Wie wär's mit einem Stückchen Schokolade?«

Onkel Hubert holte einen Schokoriegel aus der Nachttischschublade.

»Hat deine Mutter mitgebracht. Sie ist die Einzige, die mich besucht hat. Es ist eigentlich schade um sie. Eigentlich viel zu schade.«

Er murmelte. Ich musste mich wieder näher zu ihm herabbeugen.

»Schade? Was meinst du damit, Onkel Hubert?«

»Sie hat aufgegeben, Kim. Sie hat anderen zuliebe aufgegeben. Sie hätte eine große Schauspielerin werden können. Da bin ich mir ganz sicher. Übrigens traurig, die Sache mit Großvater. Er liegt in Vor Frues, und das ist sicher die letzte Haltestelle für einen alten Ehrenmann.«

»Was hast du da über Mutter gesagt?«

»Ich habe sie 1946 bei einer Theateraufführung im Elisenberg gesehen. Fräulein Julie. *Heute Abend ist Fräulein Julie wieder verrückt. Total verrückt!* Lieber Kim. Sie war fantastisch. Die Angebote stapelten sich. Aber leider lag das von deinem Vater ganz oben.«

»Ist es denn schlau, vor dem Mittagessen Schokolade zu essen?«, fragte ich. »Das verdirbt doch den Appetit. Du hast schließlich Ente und Backpflaumen bestellt. Und Eisbombe.«

Onkel Hubert sah enttäuscht aus.

»Dann muss ich es selbst essen.«

Er wickelte das Stanniolpapier ab. Und da sah ich es. Onkel Hubert war normal geworden, er war unangenehm normal. Die Knoten waren verschwunden, nicht ein einziger Aufhänger mehr. Es hieß nicht mehr zwei Schritte vor und einen zurück. Es war fast schön, das anzusehen. Er faltete das Silberpapier vorsichtig auf, brach ein Stückchen ab und schob es sich in den Mund. Das war beinahe unheimlich. Denn plötzlich wusste ich nicht mehr, ob er jetzt schauspielerte oder ob er es da draußen im Wintergarten getan hatte.

Er aß die ganze Schokolade auf, faltete dann das Papier ordentlich zusammen, schaute mich lächelnd an.

»Könntest du mir einen kleinen Gefallen tun, Kim?«

»Einen Gefallen? Aber klar doch. Natürlich kann ich das.«

Onkel Hubert schaute durch die Gardinen nach draußen, er schlich sich zur Tür, lauschte, legte drei Finger auf den Mund.

»Pst«, sagte er.

Er öffnete den Schrank, beugte sich hinunter und holte ein kleines Päckchen in Packpapier hervor, nicht größer als ein A4-Bogen. Wieder lauschte er an der Tür, spähte durch die Gardinen. Dann legte er die Ware in meine Lotsenjacke und bat mich, im Zimmer auf und ab zu gehen. Was ich auch tat.

»Sieht gut aus«, sagte Onkel Hubert. »Das merkt niemand. Ich kann mich doch auf dich verlassen, nicht wahr?«

»Selbstverständlich.«

Er senkte die Stimme und kam näher.

»Also, alles, was du tun sollst, ist, dieses Päckchen in meine Wohnung zu bringen. Der Schlüssel liegt im Sicherungskasten im Küchenaufgang. Und ich gehe davon aus, dass du das mit größter Diskretion behandelst.«

»Aber natürlich, Hubert. Steht deine Wohnung denn leer?«

»Ja. Du schließt einfach auf, gehst hinein und legst das Päckchen ins Schlafzimmer.«

»Unters Bett?«

»Von mir aus. Und kein Wort. Kein Wort zu niemandem. Den Rest regle ich.«

»Und deine Wohnung steht leer, ja? Es wird wohl noch eine Weile dauern, bis du nach Hause kommst?«

»Deshalb bitte ich dich ja um diesen Gefallen, mein lieber Kim. Ich vertraue dir. Und du öffnest das Päckchen auch nicht, nicht wahr?«

»Ich bin schließlich ein Mann von Ehre.«

»Gut!«

Plötzlich fing Onkel Hubert wieder an, ungewöhnlich laut zu sprechen. Er trottete vor und zurück, zog die Gardinen zur Seite und ließ seine Stimme dröhnen.

»Es sieht ganz so aus, als ob sich das Essen verspäten würde! Aber vielleicht kann ich dir stattdessen einen kleinen Drink anbieten?«

Das war ungefähr das Beste, was er bis jetzt gesagt hatte.

»Gern auch einen großen«, sagte ich.

»Cognac? Gin? Whisky?«

»Vielleicht einen Gin? Es ist lange her, seit ich das letzte Mal einen Gin getrunken habe.«

»Dann nehmen wir doch zwei Gin!«

Onkel Hubert holte zwei Plastikbecher aus der Nachttischschublade, drehte den Wasserhahn auf und ließ das Wasser laufen, während er mich anschaute und irgendeinen alten Schlager summte.

»Jetzt wird uns was Starkes aber schmecken«, sagte er.

Und dann füllte er die Becher mit Wasser, gab mir einen und hob den Ellbogen um neunzig Grad.

»Prost, Kim!«

Ich stand auf.

»Prost, Onkel Hubert! Pass auf, dass du dich nicht betrinkst!«

Ich nahm den Bus zurück in die Stadt. Der Hund stand immer noch am gleichen Laternenpfahl. Aber der Himmel hatte sich um zwei Zentimeter verschoben.

Ich ging schnurstracks zu Huberts Wohnung in Marienlyst. Der Schlüssel lag im Sicherungskasten. Aus irgendeinem Grund klingelte ich erst einmal. Es kam niemand, um zu öffnen, und wer hätte das auch sein sollen. Trotzdem klingelte ich noch einmal. *Hubert Karlsen* stand auf dem Türschild. Dann sperrte ich auf, schloss die Tür leise wieder hinter mir, wie ein Dieb.

Es war, als würde ich nach einem viel zu langen Sommerurlaub wieder nach Hause kommen, dieser dumpfe Geruch nach Abwesenheit, die Zeit, die anscheinend stillgestanden hatte und langsam anfing zu verrotten, ein paar tote Topfpflanzen auf den Fensterbänken, Insekten, Staub, der fiel, und die weißen Tücher über den Möbeln, es sah aus wie in einer Totengruft. Ich ging von Raum zu Raum, schlich dahin, als könnte eine einzige jähe Bewegung alles in sich zusammenfallen lassen. Ich öffnete die Tür zum Schlafzimmer. Es war lange her, dass hier jemand geschlafen hatte, Huberts Pantoffeln standen ordentlich nebeneinander vor dem Bett, ein gelber Pyjama lag auf einem Stuhl, mehr war nicht übrig. An den Wänden hingen ein paar seiner alten Bilder, aus der Zeit, als er Illustrationen für Zeitschriften gezeichnet hatte, da gab es junge Mädchen in Not und schüchterne Krankenschwestern und Ärzte, die schief grinsten, während sie in Herzen schnitten. Ich legte das Päckchen unter das Bett und setzte mich auf den Stuhl, neben den Pyjama. Ich war müde. Ich war kurz vorm Einschlafen, da entdeckte ich Huberts altes Fotoalbum, es lag auf dem Nachttisch, und ich blätterte darin und dachte: Dieses Album, diese gelben Fotos, das war das Letzte, um das Hubert sich noch gekümmert hat, bevor er sich verabschiedete und ein Idiot auf Vollzeit wurde. Ich hatte diese Bilder nie zuvor gesehen, und jetzt schien sich etwas geradezu in mir festzusetzen, ich weiß nicht genau, aber das war wohl nur die Zeit, die stillstand, Brackwasser, Rost. Ich sah ein Bild von Mutter, ich erkannte sie kaum wieder, sie stand auf einer Bühne, in einem langen Kleid, die Hände über dem Kopf. *Fräulein Julie* hatte Hubert darunter geschrieben. Es gab auch ein Bild von mir dort, ich liege im Bett und bin krank, ich habe Masern, ich versuche mich hinter einer Zeitschrift zu verstecken. Es gab Bilder von dem Haus auf Nesodden. Mutter und Vater stehen unter dem Apfelbaum, sie umarmen sich, Vater hat ein kleines Pflaster auf dem Kinn, Mutter ist auf den Schultern von der Sonne verbrannt, eine Haarspange will sich lösen, sie lachen und scheinen auf mich zuzukommen. An anderer Stelle finde ich ein Bild von Gunnar, Seb, Ola und mir. Wir stehen mitten auf der Svoldergate, die Arme vor der Brust verschränkt, das Haar in die Stirn gekämmt, wir sehen sehr ernst aus, ein regelrechter Nekrolog. *The Beatles* hatte Hubert darunter geschrieben, in Anführungszeichen. Und da gibt es Bilder von Hubert, aber Hubert ist nie richtig drauf, als wäre er entweder gerade auf dem Weg zum Fotoapparat oder als wollte er soeben abhauen. Auf den letzten Seiten sind alle Fotografien herausgerissen, es sind nur noch Reste vom Leim zu sehen, und Huberts schiefe Handschrift: Henny.

Ich legte das Album zurück und blieb sitzen, musste an das Päckchen unter dem Bett denken. Ich hatte bereits eine Entscheidung getroffen. Ich konnte nicht anders. Ich war schon dabei. Ich war ein Schnüffler, ich schlich mich von hinten an die Leute heran und las ihre Gedanken, ich öffnete die Briefkästen und las Briefe, die gar nicht für mich bestimmt waren, ich brach in Schlafzimmer ein und stahl Träume.

Vorsichtig wickelte ich das Packpapier auf. Ich traute meinen eigenen Augen nicht. Auf der einen Seite des Bogens war ein Aquarell, in Blau, eine Hand mit einem erhobenen Zeigefinger und ein spitzes Frauengesicht, das besorgt auf den ekligen Finger schaut. Und oben in der Ecke stand *Picasso.* Auf der Rückseite des Bogens war eine Schwarz-Weiß-Zeichnung, nackte Frauengestalten, eine von ihnen mit schräg gehaltenem Kopf, als hinge sie an einem unsichtbaren Seil. Und damit nicht genug, das Gesicht des einen Mannes war in groben Strichen gezeichnet, ein Mann im Schatten, er sah aus wie ein Mann mit bösen Absichten. Und schräg in der rechten Ecke stand die Signatur: *Picasso.*

Schnell packte ich das Bild wieder ein. Und dann schlief ich doch, nicht wie ein Stein, sondern wie ein Schwamm, in Onkel Huberts verstaubtem Doppelbett.

# Teil II

Früher hatten die Tage ihre eigene Farbe. Der Montag war gelb, der Mittwoch war grau, der Samstag war blau. Wenn ich die Augen schloss, sah ich den Kalender wie eine Farbpalette vor mir, die jeden siebten Tag von vorn anfing. Denn die Farben wechselten nicht von Woche zu Woche, es waren immer die gleichen Farben, vielleicht mal stärker, mal schwächer, je nach Jahreszeit. Aber sie waren da, die Farben, daran gab es keinen Zweifel, und oft fragte ich mich, ob ich wohl die gleichen Farben mein Leben lang sehen würde, ob die Tage immer so sein würden, Wiederholungen, Kopien, ungefähr wie die Nacherzählungen in der Schule, und am allerschlimmsten: deren Verbesserung. Wer nämlich mit h schreibt, ist dämlich. Immer immer mit zwei m. Nie ohne h. Das waren die schlimmsten Worte. Immer. Nie. Und der Sonntag war der schlimmste aller Tage. Ich wünschte mir oft, ich wär farbenblind. Denn wenn mich jemand fragte, an einem Sonntag, welchen Tag wir haben, dann musste ich antworten: Heute ist es braun.

Das lag an Mutters Schokoladenpudding. Sie kochte ihn einen Tag vorher, am blauen Samstag, stellte ihn die Nacht über in den Kühlschrank, holte ihn Sonntagmorgen heraus und ließ ihn auf der Arbeitsplatte in der Küche stehen, damit er bis zum Essen um vier Uhr Raumtemperatur annehmen konnte. Der Schokoladenpudding, das war mein Albtraum. Ich konnte die Sahne nicht in der Milch ertragen, diese Klumpen, die aus der braunen Flasche hüpften und ins Glas plumpsten wie deine eigene Kotze. Ich konnte von der Haut auf dem Kakao ohnmächtig werden, Zellophanpapier, das sich über den Mund legte und mir nahezu den Atem nahm. Ich konnte fast hysterisch werden von Schalenstückchen im Apfelmus, diese Äpfel, die ich auf Nesodden selbst gesammelt hatte, diese braunen Äpfel, die immer im feuchten Gras lagen, dieses Stückchen Schale, das jedes Mal in meiner Portion landete und sich am Gaumen festsetzte, und das war dann, als versuchte ich eine Pyramide runterzuschlucken. Aber das alles war nichts gegen den Schokoladenpudding, der im Laufe der Nacht obendrauf eine dicke, eingetrocknete Schicht bekommen hatte, durch die man nur mit großer, zielgerichteter Kraft den Löffel stechen konnte. Das schmeckte nach Untergang, Katastrophe, das war einer meiner finstersten Momente. Ich kam nach Hause vom Skilaufen, aus dem Frognerpark oder, wie meistens, vom ziellosen Herumlaufen durch die leeren Straßen der Stadt, die Sonntagsstraßen, die geschlossene Stadt, Blätter, Wind, Hundescheiße, die nackten Bäume in der Bygdøy allé, wie schwarze Skelette oder eine Armee von Vogelscheuchen, denn all diese Sonntage verbinde ich mit dem Herbst, mit den Gerüchen und sonderbaren Träumen, mit Straßen ohne Adresse, ohne Himmel. Es ist also so ein Sonntag, ich komme zum Essen nach Hause, ich bin durch diese Straßen gelaufen, im Regen, der an mir herunterrinnt, ich bin Regen, ich kämme mir den Regen aus dem Haar, diesen Regen, den ich nie loswerde, und Mutter ruft aus der Küche: pass nur auf, dass du dich nicht erkältest, und wo bist du gewesen! Ich antworte vielleicht: in den Straßen, nirgends, im Regen. Es ist Herbst, und ich spiele *Summer Holiday* auf dem Plattenspieler. Vater erklärt aus dem Wohnzimmer: es ist vier Uhr, Kim. An solchen Sonntagen esse ich wenig, auch wenn es Huhn gibt, auch wenn es Koteletts gibt, denn ich weiß, was mich erwartet, Schokoladenpudding. Vater sitzt mir direkt gegenüber, er redet nie bei Tisch, er macht immer nur eine Sache zurzeit, und jetzt isst er. Mutter sagt etwas, vielleicht erzählt sie von einer Radiosendung am Abend zuvor. Dann fragt sie mich nach der Schule, ob ich dieses Jahr im Werken Weihnachtsgeschenke basteln werde. Aber sie bekommt keine Antwort, und Mutters Stimme versandet langsam, während sie *Zwei kleine Italiener* summt, dieses Lied macht mich krank, noch kränker, da ist sogar *Barndomsminner fra Nordland* einen Tick besser, und ich beschließe nie, niemals mehr das Wunschkonzert anzuhören. Dann ist es still, abgesehen von der Uhr an der Wand hinter mir, deren sprödes, zaghaftes Ticken macht die Stille noch deutlicher, so wie die Sterne den Himmel sichtbar machen, das ist sonderbar. Und ich denke an alles, was jetzt geschehen kann, genau jetzt. Es kann Krieg kommen, die Sirenen werden jäh alles übertönen und uns in den Keller jagen. Es kann ein Feuer ausbrechen, es gibt nichts, was das verhindern könnte, Jensenius schläft vielleicht mit einer Zigarette ein, die fällt auf den Teppichboden, fängt Feuer, so etwas kann passieren. Oder es kann an der Tür klingeln, und Onkel Hubert kommt herein, und dann entsteht ein einziges Chaos, und der Schokoladenpudding wird vergessen, und ich bin gerettet. Aber das geschieht nicht. Es hätte geschehen können, aber solche Dinge passieren dann doch nicht, nicht an einem Sonntag im September in Skillebekk. Das Einzige, was geschieht, das ist der Schokoladenpudding. Mutter stellt ihn vor Vater, sein Gesicht erhellt sich augenblicklich, als wäre er richtig überrascht, aber das ist er nicht, das ist nur ein Teil des Spiels, er hat sich nämlich immer wieder in die Küche geschlichen, um das Dessert in Augenschein zu nehmen, denn Schokoladenpudding ist das Beste, was er sich vorstellen kann, deshalb glaubt er, dass es auch für mich das Beste sein muss. Jetzt sticht er hinein, und es entsteht ein ekliges, saugendes Geräusch, als trete jemand mit dem Fuß in ein Moor, während der Löffel die braune Haut durchdringt, allein das Geräusch genügt, dass sich alles um mich herum dreht, ich muss mich am Stuhl festhalten, die Welt gerät aus dem Gleichgewicht. Dann reicht Vater die Schüssel weiter zu mir, und es gibt etwas, was ich auf keinen Fall tun darf, und das weiß ich. Ich darf nicht in der Grube weitergraben, die Vater geschaufelt hat, so dass ich nach innen kommen könnte, unter die Haut, unter die braune Schale, denn das, was da unten ist, das ist eigentlich gar nicht so schlecht. Ich weiß nicht warum, aber es ist mir nicht erlaubt, und ich frage nicht mehr nach dem Grund. Ich muss meine Portion nehmen, und ich schließe die Augen und die Ohren, als ich den Löffel durch die Haut presse, die Erde erbebt, es macht Pling in der Schüssel, und ich kippe diesen zitternden dunkelbraunen Stoff auf meinen Teller, und dann kommt das Schlimmste: es zu essen. Ohne weiter nachzudenken – obwohl das unmöglich ist –, schiebe ich den vollen Löffel so schnell ich kann in den Mund, um den Schmerz kurz zu halten. Und da passiert es. Es passiert jedes Mal. Ich versinke, so ist es zu sterben, denke ich jedes Mal. Ich versinke, ich verschwinde, das Ticken der Uhr verschwindet wie Schritte, die eine leere Straße immer weiter entlanggehen, und ich bin unter Wasser, ich sehe eine Landschaft, von der ich nichts wusste, ein Fisch mit Menschenaugen gleitet an meinem Körper vorbei, ich sinke durch Trauben von Quallen hindurch, die Strömung drückt mich nach unten, in Spiralen, und ich bin allein, diese Gewissheit, verlassen zu sein, macht mich schwer, ich sinke, und der einzige Trost ist der Gesang der Wale, aber der ist viel zu weit entfernt, denn das Meer ist so unglaublich groß. Ich versuche nach oben zu gucken, aber ich kann den Punkt nicht entdecken, wo ich die Oberfläche durchbrochen habe, das Licht reicht nicht bis zu mir. Zum Schluss spüre ich glatte Steine unter den Füßen, und große grüne Blätter klopfen mir auf den Rücken, ich schlucke und schlucke, ein Schmerz ist hinter den Augen, den ich nicht ertragen kann, ich stoße mich ab, ich steige, die Arme an die Seiten gepresst, den Mund geschlossen, ein Astronaut, das Licht wird stärker, die Augen sind Nadelkissen, in die jemand immer wieder etwas hineinsticht, ich schlucke, schlucke, und endlich durchstoße ich die Oberfläche, stoße mit dem Kopf gegen das blendende Licht, und für eine Sekunde sehe ich Mutter und Vater dort sitzen, mit Taucherbrille und Schnorchel, ich erkenne alles wieder, ich erkenne sie wieder, ich weiß, dass es nur ein Sonntag ist, ein ganz normaler Sonntag, ich sehe, wie die Schüssel mit dem Schokoladenpudding um den Tisch geht und sich wieder nähert, Vater lächelt aufmunternd, Mutter summt immer noch *Zwei kleine Italiener*, und ich höre mich selbst sagen: Nein danke, ich bin satt.

An all das erinnere ich mich, als das Eisentor, ein verrostetes Eisentor, hinter mir ins Schloss fällt und ich noch Lorenzos betrübte Stimme hören kann: *Er fragt, ob du deine Schnürsenkel wiederhaben möchtest?* Ich stehe in einem engen Durchgang, den die Sonne zwischen den hohen Gebäuden ausgeschnitten hat. Die Hitze beugt meinen Nacken, das jähe Licht zerschneidet mir die Augen. Die Abwässer laufen am Bürgersteig entlang, der Gestank beißt mir ins Gesicht. Ich hinke in merkwürdiger Schrittfolge vor mich hin, der eine Fuß schleift hinterher, und dann tu ich das einzig Vernünftige, das ich nur tun kann, ich schüttle die Wanderschuhe von den Füßen und sehe sie den braunen, stinkenden Bach hinuntersegeln wie zwei besohlte Boote, und ich kann den Blick nicht von ihnen abwenden, bis sie in einem Gully verschwinden. Ich richte mich auf. Reibe mir die Augen. Der Durchgang heißt Vicolo del Divino Amore. Lorenzo steht ein Stück entfernt, er schüttelt langsam den Kopf. Sein weißer Anzug wird fast eins mit dem Licht. Dann winkt er mir zu, ich folge ihm, es ist merkwürdig, es ist fast, als hätte ich gar keine andere Wahl. Ich hätte den anderen Weg nehmen können. Aber ich weiß nicht, wo ich bin. Ich weiß nicht, wohin diese engen Gassen führen. Also folge ich Lorenzo, barfuß, durstig, verwirrt. Er bleibt vor einem Schuhmacher stehen, der an einer Ecke seinen Laden hat. Er schiebt mich hinein, und der Geruch nach Leder ist fast betäubend. Ein kleiner, fetter Mann kommt zum Vorschein, er hält ein Messer in der einen Hand, er hat eine riesige Schürze umgebunden, die früher einmal weiß war, er sieht eher wie ein

Schlachter als wie ein Schuster aus. Lorenzo sagt etwas, und mir wird klar, dass die Rede von meinen Füßen ist, denn beide senken ihren Blick in diese Richtung. Ich rolle meine Zehen ein und versuche zu lächeln. Der Schuhmacher, der aussieht wie ein Schlachter oder vielleicht auch wie ein Henker, holt sogleich einen Kasten mit Schuhen und stellt ihn vor mich. Da sind gebrauchte Schuhe in jeder Fasson, Damenschuhe, Herrenschuhe, schwarze, braune, rote, hochhackige, flache, mit Schnürsenkeln, die aussehen wie Trauben, wie Schlangenbrut, das ist widerlich. Er muss ein Henker sein, und das sind die Schuhe der Toten. Mir wird ganz schlecht von diesen Schuhen, von dieser makabren Auswahl an Fußbekleidungen, den Toten gestohlen, bevor sie zum Armenfriedhof transportiert wurden, wo die Särge, Mietsblöcken gleich, übereinander gestapelt werden, der Slum der Toten. Welche Wege sind diese Schuhe gegangen, bevor sie hier endeten? Wie viele Paar Socken sind in diesen Schuhen zerschlissen worden? Diese Gedanken kommen mir. Während Lorenzo und der Schuster neben mir stehen, nicken und lächeln, und schließlich kann ich doch nicht barfuß durch die Welt spazieren. Sie ist voll mit Glasscherben. Sie ist voll mit Hundescheiße. Ich wühle in dem Kasten und finde schließlich ein Paar Sandalen, ich schnalle sie mir unter, während Lorenzo bezahlt. Dann sind wir wieder auf dem Weg, ich folge Lorenzo durch die engen, windschiefen Gassen, vorbei an wahnsinnigen Springbrunnen, durch Säulengänge hindurch, in denen es nach Pisse und Staub stinkt, zwischen Ruinen hindurch, das ist ein Labyrinth, und ich folge Lorenzo, er ist mein Dolmetscher, er ist mein Führer, und er führt mich zum Marktplatz, zum Campo di Fiori, auf dem die Verkäufer bereits ihre Buden zusammenpacken und den Rest ihrer Waren wegspülen. Und es macht mich so trübsinnig, zuschauen zu müssen, wie der Markt sich leert, dieser ganze Aufbruch, nur die Gerüche bleiben hängen, ein Jahrmarkt von Gemüse, Fisch, Geschlachtetem, Polaroidsonnenbrillen und der Jungfrau Maria. Aber die Katzen huschen weiterhin in den Abfall, in die Gerüche hinein, das ist die Stadt der schwarzen Katzen, die Stadt der schwarzen Katzen mit den gelben Augen. Ich mag sie, ich mag Katzen. Lorenzo geht in eine Bar, er hält mir die Tür auf, und ich folge ihm. Das ist ein dunkler Raum, mit dunklen Männern, deren Gesicht voller Sonne ist. Wir setzen uns an ein Fenster und bekommen gleich eine Flasche Wein auf den Tisch gestellt. Um ein Bier muss ich erst bitten. Lorenzo schenkt ein und sagt etwas zu den Nächstsitzenden. Sie bekreuzigen sich seufzend, alle heben ihr Glas, ich auch, und ein paar Sekunden lang ist es ganz still. Lorenzo spricht weiter, alle hören ihm aufmerksam zu. Er legt ein Bündel Geldscheine auf den Tresen, die Leute kommen heran, lassen das Bündel anwachsen. Lorenzo trinkt aus und schenkt sich erneut ein. Mitten auf dem Markt steht eine schwarze Statue, sie scheint das Licht anzusaugen.

»Ich habe ihnen von unserem Freund erzählt«, sagt Lorenzo. »Er ist immer hier gewesen. Ich habe für uns beide Geld hingelegt. Damit sein Name auf seinem Grab steht.«

»Wo hast du Norwegisch gelernt?«, frage ich.

»Wo hast du diesen Finger her?«, fragt Lorenzo und beugt sich über meine Hand.

»Das ist eine lange Geschichte. Sehr lang.«

»Alle Geschichten sind lang«, erwidert Lorenzo. »Niemand kann sagen, wo sie anfangen. Niemand weiß, wo sie enden. Der Zauberkünstler ist tot, aber die Geschichten über ihn werden weiterleben. Vielleicht ist es am besten so. Alle, die heute hier sind, werden ihre eigene Geschichte über den berühmten Zauberer erzählen. Einer wird sagen, er habe sein Auge in den Tiber geworfen, sei dann in seinen eigenen Kopf gekrochen und verschwunden. Ein anderer wird sagen, er habe Roulette mit seinem Auge gespielt, ein Vermögen gewonnen und sei irgendwohin gereist, wo neue Geschichten über ihn entstehen würden, niemand wisse wohin. Andere werden sagen, er habe sich spät in der Nacht geirrt, habe das gesunde Auge herausgenommen und wandere jetzt blind unter Roms Brücken entlang.

Und ich werde dann sagen, dass es an unserem letzten Abend in Trastevere geschah. Ich spielte Klavier, und unser Freund provozierte einen Skandal. Er ließ das Auge in die Drinks der Damen fallen, stahl Cocktailkirschen und stopfte sie sich in den Kopf. Wir wurden rausgeworfen, die Polizei erschien, wir kamen in die Ausnüchterungszelle, und dort zauberte er sich in die große Dunkelheit hinein. Sein bester, aber leider letzter Trick.«

Eine neue Flasche wird auf den Tisch gestellt. Lorenzo trinkt lange, dann schaut er zu mir auf.

»Und du wirst deine eigene Geschichte erzählen. Und vielleicht sind sie alle gleich wahr.«

»Ich habe meinen Finger bei einer Prügelei kaputtgemacht. Ich habe verloren. Das ist schon lange her.«

»Ich war reisender Pianist«, sagt Lorenzo. »Ich habe überall gespielt. Auf dem Schiff nach Amerika, im Zirkus, in Jazzclubs, Konzertsälen, Restaurants. 1961 kam ich nach Norwegen, nach Oslo, und habe dort in der Klavierschule unterrichtet. Vier Jahre lang. Und so habe ich deine merkwürdige Sprache gelernt.«

Ich lasse das Glas auf den Tisch fallen.

»Das ist nicht wahr?«

»Nicht wahr? Was soll nicht wahr sein? Glaubst du mir nicht?«

»Hattest du die Gans als Schüler? Ich meine einen Christian?«

»Christian? Einen dicken Jungen mit weichen Fingern? Und einer Mutter, die immer dabei sein wollte? Doch, er hat bei mir angefangen. Aus ihm kann einmal etwas Großes werden. Oder nichts. Genau wie aus unserem Freund, dem Zauberer.«

Lorenzos Gesicht erscheint fast schwarz gegen den weißen Anzug, es liegt in Falten, es ist zerknittert wie die Jacke, das graue Haar ist aus der Stirn gestrichen, die Augen sind ganz ruhig, der Mund ruht auf dem Kinn. Er ist der freundlichste Mensch, den ich seit langem erlebt habe. Er macht mir Angst.

»Ich muss nach Hause«, sage ich schnell. »Ich muss Christian grüßen.«

»Du hast kein Geld.«

»Ich trampe. Ich kann laufen.«

Lorenzo leert die Flasche und schaut aus dem Fenster. Der Markt ist menschenleer. Aber die Katzen sind noch da, die schwarzen Katzen mit den gelben Augen. Und die dunkle Statue steht immer noch dort, das ist Bruno, Giordano Bruno, eine Taube sitzt auf seinem Kopf, wie überall auf der Welt. Es ist die gleiche Taube, die sich auf Welhaven und Wergeland niedergelassen hat, auf Bjørnstjerne und Henrik, auf Christian Krohg, den kleinen Wutkopf, und auf dem Monolithen. Lorenzo legt Geld auf den Tisch.

»Du kannst nach Norwegen fahren. Oder du kommst mit mir nach Florenz.«

Ich bin so bestürzt über alles, die Tauben, Lorenzo, das Geld, den Wein, dass ich kaum weiß, was ich sagen soll.

»Sag mir einen einzigen guten Grund, warum ich nach Florenz fahren soll!«

Lorenzo lächelt, sein Mund verschwindet fast in den Falten.

»Ich kann dir mehrere sagen, lieber Freund. Ana, zum Beispiel. Und Lulu. Und Botticelli. Sie werden dir gefallen. Und ich. Ich spiele dort. Und ich werde dir das Klavierspielen beibringen. Verzeih, dass ich so direkt bin, aber ich sehe es als Herausforderung an. Meine letzte Chance. Ich bin ein alter Mann. Ein Schüler mit so einem Finger, das ist meine letzte große Chance. Du bist meine letzte Chance.«

Lorenzo ist bereits aufgestanden. Ich weiß nicht, was ich sagen soll. Ich schaue meinen Finger an. Ich wusste nicht, dass er so Aufsehen erregend ist. Aber das ist er. Jetzt kann ich es sehen. Er ist grotesk. Er ragt wie ein Fragezeichen aus der Hand hervor, ein Fragezeichen mit einem schmutzigen, abgebissenen Nagel daran.

»Ich muss jetzt gehen«, sagt er. »Um mich von dieser Stadt hier zu verabschieden. Morgen in aller Frühe fahre ich nach Florenz. Von der Stazione Termini. Geh nach Norwegen, oder komm mit mir. Das musst du entscheiden.«

Lorenzo ist aus der Tür, bevor ich etwas habe sagen können. Ein Geldbündel liegt vor mir auf dem Tisch. Ich strecke den Finger in die Luft. Es funktioniert immer noch. Es kommt mehr Wein. Ich bleibe dort sitzen, bis sie schließen. Dann trägt mich jemand hinaus auf den Campo di Fiori. Es ist Nacht in Rom. Die Katzen huschen an mir vorbei, gelbe Augen von allen Seiten. Und über den Himmel, den unsichtbaren Himmel, sehe ich Zorro heranreiten, Tornados Mähne flackert wie ein Nordlicht, und mit einem Seufzer verschwinden beide hinter dem Petersdom. Dann schlafe ich auf den Pflastersteinen ein und wache in einer gerösteten Marone wieder auf. Ich liege zwischen den Buden, die Menschen sind mit ihrem Gemüse, ihren Einwegfeuerzeugen und Kadavern zurückgekommen. Und die Katzen sind verschwunden. Sie haben im Laufe der Nacht Flügel bekommen, jetzt bilden sie einen schwarzen Schwarm rechts von der Sonne, die die erdfarbenen Fassaden erglühen lässt. So verschwanden auch die Dinosaurier, sie schrumpften zusammen, ihnen wuchsen Flügel, sie flogen davon und tauchten als Tauben wieder auf. Ich liege Bruno zu Füßen, er steht über mir, die Arme verschränkt, eine Bibel mit dem Gewicht einer Tonne in der Faust. Bruno, der aufgrund eines Missverständnisses hinsichtlich des Universums, eines lächerlichen Details, auf dem Scheiterhaufen landete. Und ich muss an Elmer denken, Elmer Fudd mit den Füßen im kalten Wasser und Bruno in den Flammen, ich muss an all die Helden denken, vielleicht gibt es ja zu viele Helden. Da kommt ein anderes Gesicht zum Vorschein, es beugt sich über mich, das ist die Maronenverkäuferin, sie hält mir eine geröstete Marone hin, die Schale ist verbrannt und aufgeplatzt, das graue Innere quillt heraus wie ein kaputtes Auge. Da sehe ich, dass sie gar keine Dame ist, es ist ein Mann, mit steifer Perücke und einem Kilo rosa Schminke auf Mund und Visage schief verschmiert. Nichts ist mehr, was es zu sein scheint. Alles ist etwas anderes. Transvestiten verkaufen geröstete Maronen. Er streckt die Zunge aus, sie klappert unangenehm nahe vor meinem Gesicht. Ich bedanke mich, pfeife eine Melodie über blühende Kastanien in der Bygdøy allé, klemme mir den Turnbeutel unter den Arm und krabble hinunter zum Tiber. Das graue Wasser schäumt unter den Brücken, ein paar Angler stehen am Ufer, sie fangen nichts, nur Sonne in den Augen, und da entdecke ich meine Schuhe, meine Wanderschuhe. Sie tauchen dort auf, wo der Fluss eine Biegung macht, unter dem Ponte Garibaldi, bei der Isola Tiberina, sie werden an der Stelle herumgewirbelt, wo der Fluss abbiegt, zwei Wanderschuhe, ein schief gelaufenes Paar, der eine ohne Schnürsenkel. Und da treffe ich eine Entscheidung, beim Anblick meiner armseligen Wanderschuhe. Ich schiebe die Hände in die Taschen, ich habe immer noch etwas von Lorenzos Geld übrig. Ich finde ein Taxi und bitte den Fahrer, mich zur Stazione Termini zu fahren.

# 6

Ich wachte in Huberts Bett auf, und es war bereits Vormittag, ich war schweißgebadet, und der Staub hing in Trauben am Sonnenlicht, das den Raum mit einem weißen Summen erfüllte. Ich wankte hinaus in den Flur, aber der Anblick der weißen Laken, die über den Möbeln lagen, war einfach unerträglich. Ich riss sie runter und legte sie ein für alle Mal in den Kühlschrank. Als ich ging, nahm ich den Schlüssel mit.

In der Dopsgate war Severinsen jr. mit einem neuen Grabstein beschäftigt. Ich schlich vorbei, aber er entdeckte mich trotzdem, stand auf und grüßte mit seiner Mütze, als ob wir alte Bekannte wären. Das gefiel mir nicht. Ich beschloss, ihn gar nicht zu beachten, und bog ab in den Hauseingang. Aber damit noch nicht genug, ganz und gar nicht. Gard kam die Treppen hinunter, und ich hatte keine Chance abzuhauen. Die letzten Stufen sprang er plötzlich hinab und hielt mich fest.

»Genau nach dir suche ich«, sagte er.

»Und jetzt hast du mich gefunden. Herzlichen Glückwunsch.«

»Was möchtest du zuerst hören, die gute oder die schlechte Nachricht?«

»Ist mir egal, Hauptsache, es handelt sich nicht um den Monolithen.«

Gard öffnete den Bart für ein Lächeln, ließ aber meine Schulter nicht los. Er war reichlich aufdringlich und außerdem einen halben Meter größer als ich.

»Du spielst gut Klavier«, sagte er. »Verdammt gut.«

»War das die gute oder die schlechte Nachricht?«

»Aber du bist nicht so gut, dass du unbedingt auf dem Deckel tanzen musst. Was denkst du eigentlich, wer du bist?«

»Elmer«, sagte ich.

»Wer?«

»Vergiss es.«

»Genau das werde ich nicht tun. Du hast nämlich den ganzen Flügel kaputtgemacht, Mann. Der hat voll den Riss gekriegt.«

Ich konnte nicht anders, ich musste lachen. Er sah aus wie ein zwei Meter großer Igel. Sein Mund war nicht zu sehen, seine Stimme schien irgendwie von einer anderen Stelle zu kommen, ich schaute mich um, vielleicht stand ja jemand hinter mir. Gard wurde noch wütender, er knetete meine Schulter und stampfte auf der Stelle. So langsam wurde ich müde, und der Tag war noch jung.

»Ja, lach nur«, rief er. »Bald wirst du heulen. Hörst du? Die Veranstalter wollen uns nämlich kein Honorar bezahlen. Sie verrechnen das mit dem Schaden am Flügel. Und wir brauchen die Knete! Was machen wir also?«

»Ich bezahle«, sagte ich.

Gard ließ mich los und ging drei Schritte zurück.

»Du bezahlst? Zweitausend?«

»Selbstverständlich. Ich bin ein Mann der Ehre. Geh auf die Straße und warte dort.«

Ich watschelte die Treppe hoch. Gard blieb stehen, starrte mir nach. Er sah fast enttäuscht aus.

»Was hast du eigentlich mit deinem Bein gemacht?«, schrie er plötzlich.

»Du hast die schlechte Nachricht vergessen«, sagte ich.

Die Tür stand offen, es war still in der Hütte. Ein paar halb nackte Tiere lagen mit geschwollenen Augenlidern und Erde unter den Fingernägeln auf dem Boden. Aber die Ruhe war trügerisch. Ich konnte den Steinmetz hören, ich wusste, dass ich hier nicht lange bleiben würde. Ich fand eine Rolle Scheine im Turnbeutel, ging zum Fenster und warf sie hinunter.

Gard stand auf dem Bürgersteig und fing sie auf. Ich schloss das Fenster, bevor er etwas hatte sagen können. Und genau in dem Moment klingelte das Telefon.

Das konnte nicht für mich sein, also nahm ich ab. Es war für mich. Es war Seb. Er klang leicht hysterisch.

»Anruf vom Vestre-Krematorium. Beerdigung in einer Dreiviertelstunde. Und die Gans ist wieder voll gedröhnt. Sieht keinen Unterschied zwischen Orgel und Zahnbürste. Du kannst doch auch Orgel spielen, Kim? Bitte sag, dass du Orgel spielen kannst!«

»Hab ich noch nie versucht.«

»Du hast viel Zeit zum Üben. Es hängt ein zweiter Anzug in der Speisekammer.«

Der Tag war sowieso schon versaut.

Ich kam zum Krematorium wie ein Schornsteinfeger im Zweireiher. Der Kirchendiener schaute mich nicht direkt freundlich an, als er mir den Weg auf die Empore hoch zeigte. Dort saß Seb in einem ebenso hässlichen Anzug und zupfte an der Geige. Die Gans lag unterm Hocker und war auf die ruhige Art abgefüllt. Es war mindestens dreißig Kilo her, dass ich die Gans gesehen hatte. Sein Kopf ragte aus einer Tonne hervor. Zu zweit rollten wir ihn in eine Ecke. Noch zwanzig Minuten, bis die Vorstellung beginnen sollte.

»Das wird schon klappen«, sagte Seb. »Das klappt. Ich spiele die Lieder für die Gemeinde auf der Geige. Leiden, sanfter Schein und große weiße Engelsschar. Du übernimmst das Intro. Spiel ein paar traurige Akkorde, spiel, was du kannst, aber nicht Abba oder Ellington. Kapiert?«

Ich setzte mich an die Orgel und zog ein paar hundert Hebel, bevor ich einen Ton fand. Ich ließ probeweise die ersten Takte vom Solfeggio durchlaufen. Es klang wie die Fähre nach Kopenhagen.

»Das klappt nicht«, sagte ich. »Hast du es mit Mund-zu-Mund-Beatmung versucht?«

Seb war kurz vorm Heulen.

»Die Gans hatte zwei Pillen. Eine rote und eine grüne. Aber dann hat er vergessen, welche Farbe ein Upper und welche ein Downer ist. Kapierst du? Er hat die grüne genommen. Und drei Minuten lang gekokst. Er wird erst in ein paar Tagen aufwachen.«

»Aber dann können wir doch die rote nehmen, oder? Wenn wir erst einmal angefangen haben, meine ich.«

Seb wühlte in den Taschen der Gans und fand die rote Kapsel. Er gab sie mir. Er sah nicht sehr fröhlich aus.

»Langweilig wird es jedenfalls nicht«, sagte er.

Ich schluckte die Tablette. Und hörte Geräusche.

Der Sarg wurde auf den Katafalk geschoben. Die Schwarzgekleideten schlichen herein und füllten den Raum mit Knistern, Husten und unterdrücktem Weinen. Mir war ganz feierlich. Ich schaute übers Geländer, und alle Nacken dort unten wurden zu einem einzigen Nacken, einem riesigen, gebeugten Nacken, dem Nacken an sich. Es war nicht voll, ungefähr wie bei der Fünfuhrvorstellung im Frognerkino. Der Pfarrer trat vor und tröstete die erste Bank. Seb stand mit gefalteten Händen da. Es gab einen Spiegel an der Orgel, so einen wie im Auto. Aber ich hatte keinen Führerschein. Der Pfarrer bestieg die Kanzel und tauchte im Spiegel auf. Er winkte mir zu. Da entdeckte ich einen Nacken da unten, ganz hinten, einen Nacken, der sich von den anderen unterschied, er war nicht gebeugt, er war von einem riesigen Schal verdeckt. Das war sie. Das war Vivi. Der Pfarrer winkte mir erneut zu. Seb flüsterte mir etwas ins Ohr. Es entstand Unruhe. Vielleicht ist es ihr Onkel, der gestorben ist, dachte ich. Oder eine Kusine ihrer Mutter. Oder aber sie ist von ihrer Familie ganz einfach ausgestoßen worden und muss sich jetzt mit einem Platz ganz allein auf der hintersten Bank begnügen. Diese Gedanken schossen mir durch den Kopf.

»Spiel!«, flüsterte Seb. »Spiel!«

Und ich spielte. Ich spielte um alles in der Welt. Ich war inspiriert. Und ich muss sagen, es klang schön. Es klang so schön, dass sich alle da unten umdrehten, um zu sehen, wer denn da spielte. Ich vergaß vollkommen meinen verkrüppelten Finger, ich spielte Orgel im Vestre-Krematorium, und das war so schön, dass sogar Seb vor Begeisterung stöhnen musste, es fehlte eigentlich nur noch, dass der Deckel des Sarges sich hob.

»Es reicht!«

Seb hing über mir.

Und dann gab es Reden und Gesang, und Seb spielte fast genauso schön wie ich, und ich dachte, dass wir The Snafus noch nie so nah gekommen waren, unserer Band, das hier war The Snafus live, im Vestre-Krematorium.

Es war vorbei. Der Sarg versank im Boden, und die Versammlung schlurfte den Mittelgang entlang. Ich kletterte die Stufen hinunter und fand Vivi unter den Bogen der Längswand. Sie hatte mich bereits gesehen.

Ich gab Pfötchen.

»Mein herzliches Beileid«, sagte ich. »Gottes Wege sind unergründlich.«

Sie sah mich lange an, meine Hand hing lose in der Luft.

»Ich studiere Kunstgeschichte. Ich bin nur hier, um mir Alf Rolfsens Fresken anzusehen.«

Ich schaute mich um. Die Wände waren mit riesigen Höhlenmalereien bedeckt.

»Ich wollte sehen, wie die Bilder in ihrem eigentlichen Zusammenhang funktionieren«, erklärte sie. »Aber du hast das kaputtgemacht.«

Ich begriff nicht so recht, was sie meinte. Hinter mir waren laute Stimmen zu hören.

»Du bist doch nicht besoffen?«

Sie sagte das einfach so. Der Kirchendiener riss die Kränze an sich und verschwand durch eine Tür.

»Ich bin Kim Karlsen. Kann ich dich wiedersehen?«

Sie musterte mich, schien Lineale in den Augen zu haben.

»Du bist merkwürdig«, sagte sie. »Ich kann nicht sagen, ob ich dich eigentlich mag.«

»Ich bin Kim Karlsen«, wiederholte ich. »Im Grunde meines Herzens bin ich gut.«

Sie drehte sich der Wand hinter dem Katafalk zu. Dort war eine Hand gemalt, ganz oben in der Ecke, eine kranke Hand ohne Arm, eine einsame Hand, eine Amputation im Himmelsraum.

»Halb sieben am Nationaltheater«, sagte sie. »Mittwoch.«

Dann ging sie. Vivi ging. Und Seb kam. Er hatte die Gans unterm Arm und den Pfarrer im Schlepptau. Der Pfarrer zeigte mit dem größten Zeigefinger der Welt auf mich, er war noch größer als der Monolith.

»Du bist eine Schande!«, rief er. »Ihr seid alle zusammen eine Schande!«

Jetzt musste ich ihn einfach etwas fragen, was ich schon immer hatte wissen wollen, und das war doch eine gute Gelegenheit.

»Dieser Kragen«, begann ich. »Dieser merkwürdige Kragen, den Sie da um den Hals tragen, ist der nicht schrecklich unbequem?«

Aber ich bekam keine Antwort. Der Pfarrer war plötzlich verschwunden, und ich folgte Seb und der Gans eine Wendeltreppe hinunter in einen Raum, in dem es sehr heiß war. Seb begann sofort zu schwitzen. Die Gans lehnte sich an die Wand, schaute mich an und lachte laut. Er war der Einzige, der lachte. Er war wirklich fett geworden.

Seb setzte sich neben mich. Jemand schob einen Sarg in einen Ofen. Jemand schaufelte die Asche aus einem anderen Ofen. Der Boden war übersät mit Blumen.

»Das war der Rausschmiss«, sagte Seb. »Ein für alle Mal. Und ich mache dir keinen Vorwurf, Kim. Das war genauso gut mein Fehler.«

Er zeigte auf die Gans. Die Gans hatte sich einen Kranz um den Hals gelegt.

»Hawaii!«, rief ich. Jetzt war ich derjenige, der schrie. »Hawaii!«

Ich krabbelte zu ihm hinüber.

»Ich soll dich von Lorenzo grüßen«, sagte ich.

»Was für ein Lorenzo?«

»Lorenzo. Dein Klavierlehrer. Im Klavierinstitut. Erinnerst du dich nicht mehr an ihn!«

»Schön, dich wiederzusehen, Kim. Bist du geschrumpft seit dem letzten Mal?«

»Ich glaube, du bist derjenige, der größer geworden ist.«

»Er frisst zu viele Krabben mit Mayonnaise bei den Partys nach den Beerdigungen«, sagte Seb.

Ich rüttelte an dem Kranz, den er um den Hals trug.

»Lorenzo«, sagte ich. »Das Klavierinstitut. Du musst dich doch noch an ihn erinnern?«

Die Gans fing wieder an zu lachen.

»Du musst reichlich geschrumpft sein, Kim. Ich kann dich ja fast nicht mehr sehen.«

Ich gab auf. Ich wandte mich Seb zu. Jemand in blauem Overall kippte Asche in eine Urne. Da war etwas mit dem Geruch, da war etwas mit der Hitze. Eine Heftzwecke wurde in meine Stirn gedrückt, und ich sah einen Merkzettel mit undeutlicher Schrift.

»Was ist passiert?«, fragte ich vorsichtig.

Seb legte mir den Arm um die Schulter. Das war schön, das gefiel mir.

»Nichts anderes, als dass wir uns einen neuen Ferienjob suchen müssen.«

»Habe ich nicht gut genug gespielt?«

»Du hast *Summer Holiday* gespielt.«

# 7

Es waren neunundneunzig Fahrgäste aus dem Untergrund heraufgekommen. Und alle sahen gleichermaßen verblüfft aus. Das war eigentlich merkwürdig. Als sie die Treppen heraufgekommen waren, mit einem sauren, muffigen Wind im Rücken, und als sie dem weichen, in sich leuchtenden Abend begegneten, seinen dröhnenden Geräuschen und dem ovalen Himmel, da war es genau, als wären sie von den Toten auferstanden. Ein ganzer Friedhof war da unten erwacht, hatte sich die Erde vom Gesicht gewischt und war bereit für eine Verabredung auf der Karl Johan. Vivi war bereits zwanzig Minuten zu spät. Ich zählte die Spatzen in einem Busch. Es waren einhundertundneun Stück. Ich zählte die Blutäderchen im Blick eines Freaks auf der nächsten Bank. Nach einem Auge gab ich auf. Ich warf einen Stein in den Krater, wo die Pernille einmal gewesen war. Ich konnte ihn nicht landen hören. Vivi kam um acht Uhr.

»Hallo!«, sagte sie nur. »Hast du lange gewartet?«

»Bin auch gerade erst gekommen«, sagte ich.

»Schön!«

Sie schob ihren Arm unter meinen. So nah waren wir uns noch nie gewesen. Und so gingen wir die Karl Johan hinunter, an einem Abend im Juni, vorbei an den gelben Bänken, auf denen die Faulpelze saßen und hinter uns herglotzten, unter den grünen Laubkronen, in denen die Vögel wie verstaubte Juwelen schief an den Ästen hingen.

»Wir mussten Chico zum Tierarzt bringen, weißt du.«

»Er ist doch wohl nicht krank?«

»Er ist alt. Nur eine Entzündung im Auge.«

»Na, das ist ja gut. Dass es nichts Ernstes ist, meine ich. Wie lang ist eigentlich ein Hundejahr?«

»Er ist 1962 geboren. Und das heißt, dass er eigentlich achtzig Jahre alt ist.«

»Dann geht er wohl bald in Pension, oder?«

»Chico? Oh nein, der doch nicht. Er soll bei der Grand-Prix-Ausstellung in Sjølyst noch mitmachen. In der Veteranenklasse. Warum gehst du so merkwürdig?«

»Alter Schaden. Nicht der Rede wert.«

»Oh doch. Ich rede gern über Dinge, die nicht der Rede wert sind.«

Vivi ging schnell. Ich konnte kaum meine Sandalen mitschleifen. Ich fragte mich, wohin wir eigentlich gingen.

»Ich bin mit den Füßen zuerst geboren worden«, sagte ich. »Nur eines von tausend Kindern wird mit den Füßen zuerst geboren. Ich sollte eigentlich einen Klumpfuß haben. Aber stattdessen war dann der eine Fuß zwei Zentimeter kürzer. Reichlich Glück, nicht wahr? Ich meine, einer von tausend zu sein.«

»Mit den Füßen zuerst? Geht das?«

»Das geht. Ich habe vier Tage Wasser getreten, bevor ich geradewegs rausspaziert bin. Und seitdem bin ich kaum noch zu Hause gewesen.«

»Hast du Geschwister?«

»Mutter reichte es mit mir. Wohin gehen wir eigentlich?«

»In der Nationalgalerie ist eine Ausstellung von Ludvig Karsten eröffnet worden. Weißt du, wer Ludvig Karsten ist?«

»Nein«, sagte ich. »Wer ist Ludvig?«

»Er konnte mit den Augen hören. Er konnte das Licht hören, die Farben, die Schatten. Ich schreibe meine Semesterarbeit über ihn.«

Aber ich konnte die Gemälde nicht hören, als wir in die Nationalgalerie gingen. Ich hörte nur schlurfende Füße und leise Stimmen, dieses Summen und Flüstern, das wie eine Fliege im

Ohr beginnt und sich dann zu einem Schneesturm im Hinterkopf ausweitet. So ist es immer in Museen, Wartezimmern und Krematorien. Es war kaum Platz, alle bewegten sich langsam, zwei Meter von den Wänden entfernt, es sah fast aus wie ein Tanz, eine Polonaise seitwärts. Ich legte mich in Vivis Windschatten, verlor sie jedoch nach einer halben Runde aus den Augen. Denn genau da hing ein sonderbares Bild. *Der weiß gekleidete Mann.* Das war der Harlekin, der Clown, über den niemand lacht, sondern der ausgelacht wird. Der Narr, der angefeuert wird. Der treue Diener, der von jenen, denen er dient, verhöhnt wird. Ich stand da vielleicht eine Stunde, vielleicht auch nur eine Sekunde. Auf jeden Fall verursachte ich einen Stau. Ich brach die Regeln, ich ging nicht weiter. Ich war ein Blutpfropf in Sandalen. Das war nicht gewünscht. Ich entschuldigte mich damit, dass ich farbenblind sei, ich bräuchte frische Luft auf den Augen, manche werden schneeblind, ich werde farbenblind. Schließlich fand ich einen Stuhl am Ausgang und setzte mich hin. Und sofort stellten mir die Leute alle möglichen Fragen und verlangten alles Mögliche von mir. So ist es immer. Ich werde jedes Mal für jemand anderen gehalten, das ist auf die Dauer ziemlich anstrengend. Wenn ich auf der Straße nur stehen bleibe, um mir eine zu drehen, werfen mir die vorbeigehenden Passanten Geld zu. Betrete ich ein Café, beispielsweise die Kaffistova, bestellen die Gäste sofort noch mehr Saft bei mir und bitten mich, die Tische abzuräumen, und schmeißen schließlich mit Kuchen nach mir. Wenn ich im Frognerpark spazieren gehe, habe ich früher oder später eine amerikanische Touristengruppe am Hacken, die von mir verlangt, dass ich doch wissen müsste, wie hoch der Monolith ist und wie viel er wiegt. Und wenn ich mich auf einen Stuhl in der Nationalgalerie setze, um meine Augen auszuruhen, dann glauben die Leute natürlich sofort, dass ich ein Professor oder ein Museumswärter bin. Sie fragten mich, wo sie ihre Jacken aufhängen können. Sie fragten, wo die Toiletten sind und wie hoch Ludvig Karsten gehandelt wurde, ob ich ein Taxi besorgen und ihnen die Tür aufhalten könnte. Und ich tat, als wäre ich der, für den sie mich hielten, denn ich bin ein höflicher Junge. Ich bin gut erzogen und außerdem träge. Es dauert so lange zu erklären, wer man eigentlich ist. Also zeigte ich in alle Richtungen, gab den Garderobieren Anweisungen, begrüßte die Leute und würde auf keinen Fall für einen Quadratmeter Ludvig Karsten in Farbe unter fünfzigtausend gehen.

Da entdeckte ich Vivi. Sie stand in einem anderen Raum, eine ganze Horde von Samtkordanzügen stand dicht um sie herum. Das mussten die Kunstgeschichtsstudenten sein. Sie unterhielten sich gesittet, nickten und taten so, als begutachteten sie höchst intelligent die Gemälde, Titel und Kataloge, doch dem war nicht so, sie begutachteten vielmehr Vivi. Sie war der Mittelpunkt, um den sich alles drehte, und sie warf nicht einen einzigen Blick in meine Richtung. Aber plötzlich löste sich die Versammlung auf, widerstrebend, und bewegte sich seitwärts die Wände entlang in diesem Tanz, der immer unheimlicher wurde, ich glaube, Ludvig Karsten konnte froh sein, dass er schon tot war.

Nur Vivi blieb stehen, mit dem Rücken zu mir, und ein Geschöpf stellte sich neben sie, er war der Grund für den Aufbruch gewesen. Er drängte sich ihr auf, und sie ließ es geschehen. Er trug eine Smokingjacke, einen Isländerpullover, eine Lodenhose und hohe, geschnürte Lederstiefel. Vielleicht war das der Grund, dass ich ihn nicht mochte, seine Schnürbänder mussten mindestens acht Meter lang sein, sie sahen fast aus wie Bootstrosse. Er flüsterte Vivi etwas ins Ohr, und sie ließ noch mehr zu, sie erlaubte ihm, mit einem Finger ihre Wange entlangzustreichen, über das Kinn, bis hinunter zum Schal, den sie auch hier drinnen trug. Dann nahm er die Hand wieder an sich, langsam, hielt den Finger gegen das Licht, einen langen, schlanken Finger, er studierte ihn, als hätten sich Vivis Gesichtszüge darauf abgezeichnet. Ich hätte fast ein Rad geschlagen. Vivi legte die Hände auf den Rücken, es sah beinahe so aus, als würde sie lachen, aber das tat sie nicht, denn gerade als ich zwischen zwei älteren feinen Damen hindurchkriechen wollte, die mich aufforderten, die Treppe zu fegen, drehte Vivi sich um und sah mich geradewegs an. Und ich wusste, dass sie wusste, dass ich die ganze Zeit dort gesessen hatte. Sie kam auf den Stuhl zu, auf dem ich immer noch saß, zog den Schal über die Schulter, hektisch, als schüttle sie etwas Unangenehmes von sich, eine Klette, einen Stempel, und blieb vor mir stehen.

»Lass uns gehen«, sagte sie nur.

Und wir gingen. Wir gingen durch die stillsten Straßen, in denen vor uns nur die Katzen gewesen waren. Aus irgendeinem Grund waren wir nicht in der Lage, den Weg nach Hause zu finden, irgendeine Zentrifugalkraft drückte uns nach außen, als wäre die ganze Stadt an diesem sanften, milden Abend eine Trockenschleuder. Schließlich endeten wir am Akershus, und ich legte meine Lotsenjacke ins Gras, damit Vivi auf ihr sitzen konnte. Der Himmel stand schräg gegen Kolsås, die Farben versanken ins Schwarze, die letzte Nesoddfähre war auf dem Weg in den Fjord hinaus. Wir hatten immer noch nichts gesagt. Ich zündete mir eine an. Ich überlegte, ob das wohl der Anfang war.

Ich sagte:

»Wenn ich ein Hund wäre, dann wäre ich jetzt einhundertundsechzig Jahre alt.«

Vivi lachte.

»Gefiel dir die Ausstellung?«

»Schöne Farben«, sagte ich. »Karsten war ein großer Kolorist, aber Munch hatte mehr unterm Kragen, wenn man es genau betrachtet.«

Vivi schaute mich lange an.

»Wo hast du das gelesen?«

Ich zeigte Richtung Flughafen Fornebu. Zwei Lichter schwankten über der Rollbahn.

»Ein Flugzeug«, sagte ich. »Stell dir vor, wenn das jetzt genau in diesem Moment abstürzt. Explodiert. Und wir könnten nichts machen. Nur hier sitzen und zugucken. Solche Gedanken kommen mir. Dir auch? Dass alles geschehen kann? Und du kannst dabei nicht einen Furz tun. Ich glaube übrigens, dass ich farbenblind bin.«

»Na, jedenfalls gefiel dir der Harlekin.«

Plötzlich wurde ich schrecklich froh. Sie hatte mich gesehen. Sie hatte mich im Blick behalten.

»Der erinnert mich an einen, den ich mal gekannt habe«, sagte ich.

»Und wen?«

»Das ist eine viel zu lange Geschichte. Ich kann mich auch nicht mehr so genau erinnern. Aber ich mag gern Bilder mit Menschen drauf.«

»Das ist eine Kopie nach Watteau. Karsten hat sie im Louvre gemalt.«

»Eine Kopie? Hat der Mann denn nur Kopien gemacht?«

Vivi setzte sich näher zu mir und wurde ganz eifrig.

»Das ist nicht nur eine Kopie. Das ist eine *Interpretation*. Er interpretiert die alten Meister. Genau wie ein Pianist ein Musikstück von Mozart oder Beethoven interpretiert. Oder nicht? Du interpretierst doch auch, wenn du Orgel spielst.«

»Ich interpretiere Cliff Richard. Vergiss es. Ich kann nicht spielen.«

»Du hast gespielt. Ich habe dich gehört.«

»Der Pfarrer hatte alle Organisten im ganzen Østlandet angerufen. Aber sie waren von einer Epidemie dahingerafft worden. Ansteckender Tennisarm. Ich war der Letzte, den er angerufen hat. Wir sind gefeuert worden.«

»Wer schreibt eigentlich Gedichte, du oder Sebastian?«

Das Flugzeug war schon lange gelandet. Aber vielleicht würde der Bus in die Stadt hinein einen Unfall haben. Das konnte auch passieren. Das macht mir immer Angst. Dass alles jederzeit passieren kann. Sogar wenn du schläfst, kann es passieren, das ist einfach schrecklich.

Ich sagte:
»Ich habe einen Onkel, der ist Maler.«
Vivi war sofort interessiert.
»Wie heißt er?«
»Er ist wohl nicht besonders berühmt. Hubert. Er hat früher Illustrationen für Wochenzeitschriften gemalt. Jetzt kopiert er die großen Meister.«
»Und wen?«
»Picasso. Aber die Zeitschriften gefielen mir besser.«
Ich sah die Lichter in der Stadt verschwinden, eins nach dem anderen, und ich überlegte, was wohl hinter all diesen Fenstern vor sich ging, in denen die Gardinen zugezogen waren wie abgenutzte Bühnenvorhänge. Vielleicht ermordete jemand gerade einen Menschen, vielleicht verliebten sich zwei, oder sie lagen Rücken an Rücken in alten Pyjamas, an denen ein Knopf fehlte, vielleicht lag jemand schlaflos allein im Bett und schlug mit dem Kopf gegen die Dunkelheit.
Der Mond kam zum Vorschein, ein gelber Reißzahn im schwarzen Himmelsmaul. Die Wellen schlugen gegen die Anlegerpfosten, das ist ein Geräusch, das mir gefällt, ich lauschte ihm.
»Was ist das Erste, an das du dich erinnerst?«, fragte Vivi plötzlich.
»Dass ich lachte. Jemand kitzelte mich unter den Füßen, als ich geboren wurde.«
»Red keinen Blödsinn! Ich meine es ernst. Du zerredest immer gleich alles.«
Ich musste überlegen.
»Dass ich ein Zweiörestück verschluckt habe«, sagte ich. »Ich glaube, ich war drei. Es sah aus wie Schokolade. Also habe ich es gegessen. Danach saß ich neunzehn Stunden am Stück auf dem Topf. Die ganze Familie hielt Wache. Sogar die Wochenschau kam und machte Aufnahmen. Das stimmt. Und genau um zwölf Uhr am nächsten Abend machte es Pling. Daran erinnere ich mich. Ein lautes Pling im Topf, ungefähr wie

eine Kirchenglocke. Mutter wusch die zwei Öre in Terpentin und grüner Seife, und Vattern eröffnete ein Konto und zahlte sie ein. Er arbeitet bei der Bank, weißt du. Ich frage mich, wo wohl die zwei Öre jetzt sind.«

Vivi rutschte noch näher.

»Was ist das Erste, an das du dich erinnerst?«, fragte ich.

»Ein leeres Schwimmbecken. Mein Vater hatte im Garten einen Swimmingpool gebaut. Das war am Tag, an dem er fertig sein sollte. Ich bin die Stufen in das leere Becken hinuntergekrabbelt. Ich erinnere mich an die grünen Kacheln, und es war kühl, obwohl es doch mitten im Sommer war. Und dann begann plötzlich das Wasser reinzuströmen. Sie hatten mich nicht gesehen. Ich saß in einer Ecke vom Becken und merkte, wie das Wasser anstieg. Es roch eklig. Aber ich hatte keine Angst. Ich fand es nur merkwürdig. Es war alles zusammen so merkwürdig.«

Vivi lehnte sich an mich. Es war schön, so dazusitzen. Ich hätte den Rest der Nacht so sitzen bleiben können. Wir konnten sehen, wie das Licht über die Stadt kam, von hinten, wie ein durchsichtiger Fächer. Dann fing ich an zu sprechen.

»Frierst du?«, fragte ich.

»Nein.«

»Wirklich nicht? Bist du sicher, dass du nicht frierst?«

»Ganz sicher. Frierst du vielleicht?«

»Ganz und gar nicht. Ich hab nur gedacht, dass du möglicherweise frierst.«

»Willst du deine Jacke haben? Du kannst gern deine Jacke nehmen. Ich muss nicht darauf sitzen.«

»Nee, nee. Brauch ich nicht. Aber vielleicht könntest du mir deinen Schal leihen. Wenn du nicht frierst, meine ich.«

Vivi sprang auf, schaute auf mich runter, sie schien die Schulterblätter zusammenzuziehen, ich sah, dass ihre Hände fast weiß waren.

»Ich muss nach Hause«, sagte sie und ging den Hügel zum Rathausplatz hinunter.

Ich schnappte mir meine Lotsenjacke und hinkte hinterher. Ich überlegte, ob Vivi vielleicht norwegische Meisterin im Wettlauf war. Ungefähr beim Nationaltheater holte ich sie ein.

»Ich wusste nicht, dass du doch gefroren hast«, keuchte ich. »Du hättest das doch sagen können.

»Ich habe nicht gefroren. Ich friere nicht. Es ist spät. Ich muss nach Hause.«

»Ich bringe dich nach Hause. Ist doch klar, dass ich dich nach Hause bringe.«

Und wieder schob sie ihren Arm unter meinen. Ich beschloss, lieber nichts mehr zu sagen. Das war sicher am besten so.

Wir gingen zur T-Bahn hinunter. Wir waren die Einzigen. Nichts ist trübsinniger als leere Bahnsteige, nicht einmal das Nichts ist so trübsinnig. Es war kalt da unten, aber ich fragte nicht wieder, ob sie friert.

»Ich fürchte, die letzte Bahn ist schon weg«, sagte ich.

Vivi ließ meinen Arm los und begann auf dem Bahnsteig hin- und herzugehen. Das erinnerte mich an irgendeinen Film, den ich nicht noch einmal sehen wollte.

»Vielleicht sind wir ja eingesperrt«, sagte sie. »Und ich komme zu spät nach Hause!«

»Ich weiß eine Abkürzung«, sagte ich.

Es wunderte mich eigentlich, dass sie mitkam. Wir sprangen auf die Bahnschwellen und gingen die Schienen entlang in den Tunnel. An den feuchten Mauerwänden hingen Lampen. Es war ziemlich viel Abstand zwischen den einzelnen Lampen, so viel, dass es dunkel wurde, bevor wir die nächste erreichten. Ich glaube nicht, dass Vivi die Ratten sah. Ich sah sie. Ich war nur froh, dass ich keine Hosen mit Schlag trug. Sogar die Ratten waren seit früher größer geworden.

»Ist es noch weit?«, fragte Vivi.

Ich schaute zur Decke hoch.

»Ecke Bogstadveien, Oscarsgate«, sagte ich. »Wir haben bald die Hälfte geschafft.«

Vivi wollte weiter. Sie klammerte sich an meinen Arm, und

wir gingen bis zur nächsten Lampe. Eine Fledermaus fegte vorbei. Vivi schrie.

»Nur ein Schmetterling«, sagte ich. »Die werden hier unten so. Fett und schwarz.«

»Ich habe Angst.«

»Du brauchst keine Angst zu haben. Ich bin ja hier.«

Ich sagte das so, aber es machte offenbar keinen großen Eindruck. Ich merkte, wie sie zitterte. Ich wollte von etwas Nettem reden.

»Es ist doch verrückt, sich all die Leute vorzustellen, die direkt über unseren Köpfen schlafen, findest du nicht?«, versuchte ich es.

»Gibt es hier Ratten, Kim?«

»Absolut nicht. Pst! Hörst du das? Kannst du hören, wie sie träumen?«

Wir blieben stehen und lauschten. Von irgendwoher kam ein Geräusch. Und das war nicht Vivis Zittern, und es waren nicht die Träume der Stadt. Ich brauchte gar nicht erst das Ohr auf die Schienen zu legen, um sagen zu können, was es war.

»Die letzte Bahn ist wohl doch noch nicht weg«, sagte ich.

Der ganze Tunnel erzitterte. Die Wagen näherten sich. Ich zog Vivi mit mir, plötzlich konnte ich laufen, ich sah eine rote Lampe zwischen zwei Wandleuchten, und auf die liefen wir zu. Die Wagen kamen in einer Kurve zum Vorschein. Vivi schrie. Wir erreichten die rote Lampe, das war ein Notruf und eine enge Nische. Ich konnte Vivi hineinschieben, es war gerade eben Platz für zwei. Ich presste mich fest an sie, und in dem Augenblick donnerten die Wagen vorbei, sie streiften meinen Rücken, ich hielt Vivi fest, und erst als das hämmernde, schneidende Geräusch nur noch ein Echo von Majorstua her war, wurde mir klar, dass wir dastanden und uns küssten, unter einer roten Lampe, neben einem Notruf, unter dieser Stadt, die nicht wahr ist. Wir küssten uns, und das war ziemlich verrückt, ich weiß nicht, ob Vivi lachte oder weinte, vielleicht beides zugleich. Dann ließ sie mich ganz plötzlich los, fast wütend, und schob mich zur Seite. Ich zeigte auf den Notruf.

»Du kannst von hier zu Hause anrufen«, sagte ich. »Wir sind in der Hjelmsgate.«

Aber Vivi war bereits unterwegs, ich stolperte hinter ihr her, und hinter der nächsten Kurve offenbarte sich die Haltestelle Valkyrien, das war ein herrlicher Anblick, es war fast feierlich. Wir kletterten auf den Bahnsteig, so ist es also, ein Maulwurf zu sein, dachte ich, ein echter Maulwurf. Aber das konnte ich Vivi nicht mehr sagen, sie lief bereits die Treppen hinauf, wobei sie sich wütend braunen Staub von den Kleidern und dem Gesicht abbürstete.

»Du bist ja nicht ganz gescheit!«, rief sie. »Du bist ja nicht ganz gescheit!«

»Die Fahrpläne haben sich seit früher auch geändert«, sagte ich. »Alles hat sich geändert.«

»Du hättest uns umbringen können! Du hättest uns beide umbringen können!«

Vivi hielt ein Taxi an und sprang auf den Rücksitz. Ich konnte mich gerade noch hineinzwängen, bevor mir die Tür gegen die Stirn schlug.

»Holmenkollveien«, sagte Vivi.

Sie ließ sich auf den Sitz sinken und sah mich nur schweigend an.

»Ich hab doch versprochen, dich nach Hause zu bringen«, sagte ich. »Ganz nach Hause.«

Sie seufzte tief. Irgendwie schien sie aufzugeben und lehnte ihren Kopf an meine Schulter. Und so blieben wir sitzen, während das Taxi den Hügel hinaufkletterte, auf dem die Holzzäune weiß sind wie ein Reklamelächeln und spitz wie Bajonette. Ich sah, dass die Apfelbäume in voller Blüte standen. Ich sah, dass das Gras auf der anderen Seite der Zäune so grün war. Das Taxi hielt an einem riesigen Steintor, fast einem Triumphbogen. Ich öffnete die Tür, und Vivi schlüpfte hinaus. Wir blieben ein wenig aneinander hängen, zögerten.

»Ich bezahle«, sagte ich.

»Du bist komisch«, sagte sie.

»Und nicht ganz gescheit. Wann kann ich dich wiedersehen?«

»Ich weiß nicht, ob ich mich traue«, sagte Vivi.

Und dann ging sie auf das Grundstück. Ich sah, wie zwei Fenster hell wurden in dem Haus, das hinter einer Hecke aus hohen Pappeln lag. Ich hörte einen Hund bellen. Dann war Chicos Auge wohl wieder in Ordnung. Und ich sah es vor mir, wie Vivi sich hinkniete und Chico ihr den Staub vom Gesicht leckte.

Der Taxifahrer steckte den Kopf aus dem Fenster.

»Sollen wir hier die ganze Nacht stehen?«

Da fiel mir ein, dass ich pleite war. Ich war pleite, setzte mich auf den Rücksitz und begegnete einem verkniffenen Blick im Spiegel.

»Zuerst zu Vor-Frues-Hospital«, sagte ich.

Der Fahrer verschwand aus dem Spiegel und verdrehte seinen Nacken nach mir.

»Vor-Frues-Hospital?«

»Mein Großvater liegt im Sterben. Meine Schwester und ich sind schon dort gewesen. Und jetzt muss ich meine Mutter holen. Ich fürchte, es geht dem Ende zu.«

Wir rollten hinunter in die Stadt. Der Mond war gewachsen, er war gelb und fett, und ich überlegte, dass ja der gleiche Mond jetzt über Florenz schien, ganz oben auf dem Dom balancierte und Lulu zum Träumen brachte, Ana dazu, Amok zu laufen, und Lorenzo, zu viel Grappa zu trinken.

Wir hielten vor dem Vor-Frues-Hospital an.

»Ich komme gleich mit meiner Mutter zurück«, sagte ich. »Es dauert nur einen Augenblick.«

Aber ich kam nicht zurück. Ich kletterte über den Zaun, ich schlich mich durch Einfahrten, ich lief in Sackgassen, ich fürchtete schon, ich hätte mich verlaufen. Aber dann stand ich zwischen den Denkmälern bei Severinsen, und der Sohn lag schlafend neben der Steinfräse, er hatte eine Flasche im Arm, und der ganze Himmel ruhte auf seinem Gesicht. Ich wollte ihn nicht wecken. *Ruhe sanft. Seine Herrlichkeit erwartet uns.* Ich schlich mich ganz leise vorbei und fand den richtigen Aufgang.

Seb saß im Schlafsack unter dem Fenster, mit tiefen Augenhöhlen, den Bleistift hinterm Ohr, den Schoß voller Papier. Er war nicht mehr richtig da gewesen seit dem Krematorium, er schlich mit zerfurchter Stirn herum und gab kryptische Zitate von sich. Ich ließ mich neben ihm niedersinken.

»Ich habe mit einem Gedicht über die Dopsgate angefangen«, flüsterte er. *Diese Straße ist ohne Sinn. Diese Straße ist nicht wahr.* Denke, das könnte so eine Art Refrain werden.«

»Nicht schlecht. Was reimt sich auf Sinn? Dahin? Da drin? Königin?«

»Red keinen Quatsch. Komm mir nicht mit Reimen und so einem Blödsinn. Du möchtest wohl am liebsten ein Wunschgedicht, was? *Diese Straße, ein rostiger Schuhanzieher in der stinkenden Galosche der Stadt.* Bin ich genial, oder hab ich das nur irgendwo geklaut?«

»Ich glaube, du bist genial.«

»Schon komisch, aber manchmal hab ich das Gefühl, als würde ich alles, was ich aufschreibe, irgendwie klauen. Ich habe jetzt beschlossen, dass ich nichts mehr lese. Ab jetzt gibt's nur noch leere Zettel und Bleistifte. Du siehst abgekämpft aus, Karlsen.«

»Musste aus einem Taxi abhauen. Pleite.«

»Da haben wir was gemeinsam, Kumpel.«

»Ja. Du siehst auch abgekämpft aus. Das zehrt.«

»Ich meine pleite. Wir sind beide pleite. Und morgen auf dem Wagen sind noch zwei Plätze frei. Melden wir uns?«

»Haben wir eine Wahl?«

»Nee, die haben wir nicht.«

Ich breitete die Lotsenjacke über mich, sie roch nach Gras und Vivi, und legte mir den Turnbeutel unter den Kopf, er roch nach alten Schuhsohlen, roten Würstchen und Elefantenbier.

»Kannst du dich noch an Hubert erinnern?«, fragte ich. »An meinen lieben Onkel Hubert?«

»Der immer fünf Schachteln Streichhölzer brauchte, um eine Zigarette anzuzünden? Den großen Meisterdieb? Aber logo kann ich mich an den erinnern.«

»Er ist eingewiesen worden. Sie pumpen ihn mit Dope voll. Er glaubt, er ist Picasso.«

»Oh Scheiße.«

»Genau. Er hat Kopien von Picassozeichnungen gemacht. Und mit Picasso signiert.«

»Jeder hat so sein Päckchen«, sagte Seb.

»Ich glaube, heute Abend verzichte ich aufs Zähneputzen«, sagte ich.

»Mach das. Schlechter Atem ist nur von Vorteil beim Klaviertransport.«

»Dann also gute Nacht, Seb.«

»Du, Kim? Warst du heute mit deiner Flamme aus? Mit dieser Vivi?«

»Genau.«

»Du willst nichts erzählen?«

»Wir waren in der Nationalgalerie.«

»In der Nationalgalerie? Dann bist du also verliebt?«

»Gute Nacht, Sebastian.«

Aber wir schliefen nicht. Seb spitzte drei Bleistifte an, bis nichts mehr von ihnen übrig war, und ich lag da und dachte an Vivi. Ich weiß nicht, was ich dachte. Ich dachte einfach nur so an Vivi. Das war eigentlich ganz schön. Und mir war so, als sähe ich einen gelben Vogel, der im Fensterrahmen saß und auf uns aufpasste. Und plötzlich war er weg, vielleicht verschmolz er auch einfach nur mit dem Licht da draußen.

Ich drehte mich zu Seb um.

»Hast du Klaviertransport gesagt?«

# 8

»Das wird nichts«, sagte der Fahrer.

Es war viel zu heiß. Die Treppe war zu steil. Der Flügel war zu schwer.

»Nicht die geringste Chance«, sagte der Hilfsarbeiter und schaute Seb an.

»Unmöglich«, sagte Seb und boxte mir in den Rücken.

»Vollkommen unmöglich«, sagte ich, schob die Hände in die Taschen, und die ganze Mannschaft musterte den Kerl, der absolut den Flügel in den Keller schaffen wollte.

Er stand an den Türpfosten gelehnt, die Smokingjacke hing schief, die Manschettenknöpfe waren geöffnet, die weinrote Fliege lag wie ein verbranntes Insekt in der Halsgrube. Er versuchte jünger auszusehen, als er war. Er sah älter aus. Er trug ein Toupé. Das war ganz verschwitzt. Er starrte finster auf den Flügel, der war hochkant gestellt und an einem Eisenrahmen festgezurrt.

»Ich höre, was ihr da sagt«, meinte er nur.

Dem Fahrer gefiel das nicht. Niemandem gefiel das. Es war zu heiß.

»Die Treppe ist zu schmal«, sagte der Fahrer.

»Und zu steil«, sagte der Hilfsarbeiter. »Viel zu steil.«

»Und der Flügel ist zu schwer«, sagte Seb.

»Viel zu schwer«, sagte ich. »Und zu breit. Viel zu breit.«

»Ich höre, was ihr da sagt«, wiederholte der Typ und sah nicht besonders munter dabei aus.

»Das ist die schlimmste Treppe, die ich je gesehen habe«, sagte der Fahrer.

»Schlimmer als die Wendeltreppe in der Kirche von Sagene«, sagte der Hilfsarbeiter. »Viel, viel schlimmer.«

»Und dazu noch so verdammt eng«, sagte Seb.

»Enger als das Handschuhfach im Bedford«, sagte ich.

Der Kerl löste sich langsam vom Türrahmen. Seine schwarzen Schuhe waren abgetreten, die Schnürbänder offen. Die Bügelfalte in der Hose war ein für alle Mal verschwunden, das weiße Hemd hatte dunkle Flecken, ich tippte auf Champagner oder viel Schweiß, wahrscheinlich beides. Wir waren ganz oben auf dem Hügel.

»Wollt ihr einen Drink?«, fragte er.

Es war der heißeste Tag in diesem Jahr. Die Vögel hockten unbeweglich im Schatten, man konnte im Bunnefjord Würstchen kochen, auf der Karl Johan schmolz der Asphalt, und vier Gardesoldaten waren vor dem Schloss in Ohnmacht gefallen. Es war ein Montag.

»Könnte schon schmecken«, sagte der Fahrer.

»Da sag ich nicht Nein«, sagte der Hilfsmann.

»Ich hab auch nichts dagegen«, sagte Seb.

»Danke für die Einladung«, sagte ich.

Der Kerl holte Saft und eine ganze Flasche Wodka. Offensichtlich zollfrei. Wir setzten uns in die niedrige Hollywoodschaukel auf der Terrasse und tranken. Die Stadt da unten war fast nicht zu sehen, die Hitze war ein riesiger Radiergummi, der alle Konturen verwischte. Ich sah nur den rostigen Staub von all den Tennisplätzen, er hing in der Luft wie rote Masernpunkte. Und nach dem vierten Drink entdeckte ich die schwarzen Pappeln, vier Schwerter, die zitternd in den Himmel ragten. Und ich konnte Vivi sehen, die an einem Swimmingpool saß, unter einem weißen Sonnenschirm. Vielleicht war das auch nur eine Luftspiegelung. Es war heiß. Es war ein Montag. Es war Wodka im Glas.

»Letzte Woche klingelte bei mir die Nachbarin an der Tür«,

sagte der Fahrer. »Eine richtige Meckertante. Witwe, Zeugin Jehovas und all so was. Sie war schon über die Türschwelle, bevor ich nur Piep sagen konnte. Da sitzt ein Mann im Park, keuchte sie. Das sitzt ein Mann im Park auf einem Stein! Und damit schleppte sie mich ans Fenster, und drüben im Park saß tatsächlich ein Mann auf einem Stein. Ja, und?, fragte ich. Der sitzt seit gestern da!, keifte die Alte. Ja, und?, fragte ich. Das ist doch nicht *in Ordnung!*, erwiderte sie. Was sollen wir nur tun? Das kann ich Ihnen sagen, erklärte ich und schob die Alte raus, fuhr zur Arbeit, und als ich zurückkam, da saß der Kerl immer noch auf dem Stein und starrte in die Luft. Und am nächsten Morgen saß er auch da, er blieb den ganzen Tag über auf dem Stein sitzen. Er saß da auch noch die ganze Nacht, und da tauchte bei mir wieder die Nachbarin auf. Sie war vollkommen erledigt, hatte seit drei Tagen nicht geschlafen, es fehlte nicht mehr viel zu einem Zusammenbruch. Er sitzt immer noch da!, schrie sie. Was sollen wir tun? Und die Lady fing an zu heulen. Und damit nicht genug, sie fing an, zu Gott zu flehen, redete in Zungen und all so was. Und am nächsten Morgen rief sie die Bullen. Sie kamen mit der Grünen Minna, der Kerl saß auf seinem Stein, ganz friedlich und nüchtern. Also fuhren die Bullen wieder ab, und die Nachbarin bekam ihren Nervenzusammenbruch, wurde vom Krankenwagen abgeholt und alles, und seitdem habe ich sie nicht wiedergesehen. Und am gleichen Abend stand der Mann vom Stein auf, schlenderte in Richtung Stadt und verschwand. Was sagt ihr dazu, Jungs?«

»Vielleicht war es ja ihr Sohn?«, meinte der Hilfsarbeiter.

»Bestimmt war es ihr Sohn«, stimmte Seb zu. »Ist sicher von ihr als Kind genervt worden und wollte sich jetzt rächen. Echt geil!«

»Vielleicht hat sie geglaubt, es wär Jesus«, sagte ich.

Der Fahrer leerte sein Glas und spuckte eine Kippe aus.

»Und ich behaupte, einem Mann muss es erlaubt sein, auf einem Stein zu sitzen. Ein Mann muss so lange er will auf einem Stein sitzen dürfen. Das ist das Recht eines jeden Mannes.«

Wir standen alle gleichzeitig von der Hollywoodschaukel auf und gingen langsam ins Wohnzimmer. Der Flügel stand hochkant. Der Kerl hatte sich die Smokingjacke ausgezogen, saß in einem tiefen Sessel und starrte auf die Treppe in den Keller.

»Na, *so* steil ist es nun auch wieder nicht«, sagte der Fahrer.

»Hab schon Schlimmeres gesehen«, sagte der Hilfsarbeiter. »Die Treppen im Konzertsaal der Aula sind viel schlimmer. Viel, viel schlimmer.«

Wir justierten die Riemen, befestigten die Haken am Eisenrahmen und schleppten den Flügel zur Türschwelle. Der Fahrer und der Hilfsarbeiter nahmen die unteren Positionen ein, Seb und ich mussten oben gehen. Wir verlagerten das Gewicht nach vorne, es zog im Nacken, alle Muskeln in den Beinen schmerzten. Die ersten acht Stufen ging es ganz gut, aber dann kippte der Flügel. Der Fahrer schrie, er wurde an die Wand gedrückt. Der Hilfsarbeiter versuchte dagegenzuhalten. Das war aber unmöglich. Er klappte wie eine Büroklammer zusammen und kniete auf der neunten Stufe. Da gab es nur eins zu tun, und das taten wir auch. Wir duckten uns, rutschten aus den Riemen, scheuerten uns den Nacken wund und hechteten zur Seite. Der Flügel schien zwischen uns in der Luft hängen zu bleiben, bevor er mit aller Wucht die Treppe hinunterdonnerte. Das sah nicht schön aus, klang aber noch viel schlimmer. Er knallte gegen die Wände, der Deckel löste sich, das Untergestell brach auseinander. Es begann mit der Heldenballade und endete mit der Schicksalssymphonie in Fis-Dur ganz unten im Keller. Die Tasten lagen über den Boden verstreut wie Zähne nach einer Prügelei. Und die Stille, die dann folgte, sie war fast das Schlimmste, sie klang sauer, sie setzte sich fest, das Echo wollte einfach nicht aus diesem Haus verschwinden. Aber da hörten wir etwas anderes. Wir hörten lautes Lachen. Wir starrten einander an, lange, dann guckten wir vorsichtig hinauf ins Wohnzimmer. Da stand der Typ, gekrümmt, er lachte, er brüllte vor Lachen, er schlug sich auf die Schenkel, er hickste, er war kurz davor, verrückt zu werden.

Wir schlichen uns vorsichtig an ihm vorbei und nahmen an der Tür unsere Position ein. Wir warteten, dass der Kerl aufhören würde zu lachen. Das dauerte seine Zeit. Es war heiß. Es war ein Montag.

»Ich hole das Schadensformular«, sagte der Fahrer.

»Das ist nicht nötig. Das ist absolut nicht nötig. Ich wollte den Flügel im Keller haben. Und jetzt steht er im Keller. Saubere Arbeit, Jungs.«

Und dann kam er zu uns und gab jedem Einzelnen die Hand.

»Wollt ihr noch was zu trinken?«, fragte er. »Und dann könnt ihr den Fernseher aus dem ersten Stock runtertragen.«

Das wollten wir nicht. Wir wollten raus. Er winkte uns noch nach.

Wir setzten uns auf das Trittbrett und drehten uns eine. Der Hilfsarbeiter rechnete die Stunden aus, und ich und Seb kriegten einen Hunderter zum Teilen.

»Ich denke, wir sollten es ein paar Tage ruhig angehen lassen«, sagte der Fahrer. »Kapiert? Macht Ferien. Kommt nach dem Sommer wieder.«

»Ich frage mich nur, warum er eigentlich diesen blöden Flügel in den Keller runter haben wollte?«, meinte der Hilfsarbeiter.

»Ein Mann muss so lange auf einem Stein sitzen dürfen, wie er will«, sagte der Fahrer.

Seb fuhr mit dem Bedford in die Stadt. Ich wollte lieber gehen. Ich wanderte langsam zwischen Jägerzäunen, Tennisplätzen und akkurat geschnittenen Büschen dahin. Ich musste an die Hitze in Rom denken. Es war, als liefe ich eine steile Treppe mit Erdnussbutter unter den Schuhsohlen hinab. Aber zum Schluss fand ich doch noch Vivis Haus. Und sie war keine Fata Morgana. Sie saß im Schatten des Sonnenschirms am Swimmingpool, hinter den schwarzen Pappeln, und las in einem dicken Buch. Es war ein langer Weg dorthin. Sie las noch eine ganze Weile weiter, auch nachdem sie mich gesehen hatte. Ich blieb am Rand des Schwimmbeckens stehen.

»Hallo«, sagte ich. »Bin gerade zufällig vorbeigekommen. Störe ich?«

Vivi schaute auf, schob die Sonnenbrille die Nase hinunter und legte das Buch in den Schoß.

»Ich lese fürs Examen«, sagte sie.

Sie trug weiße Shorts und einen roten Rollkragenpullover. Ich trat näher. Die Tür zum Haus stand offen. Mir war so, als sähe ich hinter den Gardinen im ersten Stock ein Gesicht.

»Ich kann dich abfragen«, sagte ich schnell.

Ein riesiger Grill war auf einer Plattform hinter dem Swimmingpool aufgebaut. Der Rasen war geföhnt. Der Kies handverlesen. Ich stand auf Marmorfliesen. Aber das Schlimmste, das war das Hundehaus. Es hatte Säulen. Es war riesig. Ich tippte auf vier Zimmer, Küche und Kellergeschoss. Es sah leer aus.

»Vielleicht«, sagte Vivi. »Übrigens, danke für den Abend.«

»Wie geht es Chico bei der Hitze?«

»Er ist schon wieder beim Tierarzt. Probleme mit dem Magen. Durchfall.«

»Hübscher Pool«, sagte ich.

Ich war bis unter den Sonnenschirm gelangt. Ich setzte mich neben sie und warf einen Blick in das Buch, das sie gerade las, *Gombrich, The Story of Art.* Es war aufgeschlagen bei Antonio Pollaiuolo, *The martyrdom of St. Sebastian,* eine Altartafel. Das war nicht besonders lustig. Ein Typ mit nach innen verdrehtem Blick war nackt an einen Pfahl gebunden, und um ihn herum stand eine ziemlich anrüchige Bande und beschoss ihn mit Pfeil und Bogen. Ich blätterte weiter, und auf der nächsten Seite kam eine Schwarz-Weiß-Reproduktion von Botticellis Venus.

»Du wirst über Botticelli geprüft«, sagte ich.

Vivi lehnte sich im Liegestuhl zurück und schob die Sonnenbrille an den rechten Platz.

»1445 geboren«, sagte sie. »In Florenz. Renaissance. Gestorben 1510. Sein berühmtestes Gemälde ist die Geburt der Venus. Eine malerische Interpretation des griechischen Mythos.«

»Erzähl mir, wie sie aussieht.«

»Wie die Venus aussieht? Sie ist mit weichem Pinselstrich gemalt. Sie ist fast durchsichtig. Schon möglich, dass sie schön ist.«

»Sie ist schön, weil sie nicht vollkommen ist. Vergiss ihre Schulter nicht. Das *Bild* ist vollkommen, aber sie nicht. Ihre Schulter ist schief. Der Arm sitzt falsch und ist viel zu lang. Das ist ihre Schönheit.«

Ich klappte das Buch zu, und Vivi schaute mich ganz überrascht an. Ich glaube, sie war beeindruckt. Ich wusste nicht, welcher Teufel mich ritt, es war wohl die Hitze, denn ich hob den Arm, zeigte mit meinem verkrüppelten Finger auf mich und strich ihr vorsichtig über das Gesicht, den Wangenknochen entlang, über das Kinn, zum Hals hinunter. Vivi wollte mich gerade wegschubsen, da kam ein Mensch aus dem Haus heraus. Ich verbarg meine Hand schnell hinter dem Rücken wie ein Taschenmesser. Es war ihre Mutter. Sie trug einen gelben Bikini. Sie ging geradewegs an uns vorbei auf den Swimmingpool zu, und ohne zu zögern, sprang sie kopfüber hinein. Ich hörte kaum einen kleinen Platsch, nur ein leises Seufzen, als das Wasser sich über ihr schloss. Sie tauchte auf der anderen Seite wieder auf, und dann schwamm sie ungefähr sechzig Mal hin und her.

Irgendwie fand ich, dass ich etwas sagen musste.

»Flotte Mutter«, sagte ich.

»Vielleicht hat sie ja Angst, alt zu werden«, sagte Vivi.

»Ist das nicht zu heiß? Mit dem Rollkragen?«

»Letztes Mal hast du mich gefragt, ob ich friere.«

Ich legte ihr das Buch wieder in den Schoß.

»Und dann darfst du das Haar nicht vergessen. Die Haare, das ist ihr Kleid. Das Haar, das ist der *Wind*. Der Wind wird in ihrem Haar sichtbar.«

»Woher weißt du das alles?«

»Von meinem Onkel. Ich habe dir von ihm erzählt. Er hält mir jedes Mal, wenn wir uns sehen, eine kleine Vorlesung.«

»Ich würde ihn gern einmal kennen lernen.«

Vivis Mutter kletterte aus dem Wasser. Sie blieb lange stehen und trocknete sich ab, dann kam sie zu uns. Ich stand auf und wedelte mir den Schweiß von den Händen. Ich stand im Schatten. Sie stand in der Sonne. Wir gaben uns zur Begrüßung die Hand. Sie sagte, sie heiße Mona. Ich hieß an diesem Tag Kim.

»Du schuldest mir achtundvierzig Kronen«, sagte sie.

Ich verstand gar nichts.

»Achtundvierzig Kronen?«

»Das Taxi. Das ist natürlich wieder zurückgekommen. Ich musste achtundvierzig Kronen bezahlen.«

Ich war froh, dass es so heiß war. In dieser Hitze konnte man nicht mehr erröten. Ich war bereits rot. Sie hielt mir die hohle Hand hin, und dieses Mal nicht, um mich noch einmal zu begrüßen. Ich senkte den Kopf, biss mir auf die Zunge, zog den Fünfziger heraus und gab ihn ihr.

»Hast du zwei Kronen, Vivi? Für das Wechselgeld.«

»Trinkgeld«, sagte ich. »Stimmt so.«

Mona sah mich an. Sie lächelte.

»Das ist aber lieb von dir.«

Sie gab Vivi das Geld.

»Lade ihn davon ein«, sagte sie.

Dann ging sie zurück ins Haus, warf sich einen Bademantel über die Schultern und schob vorsichtig die Glastüren wieder hinter sich zu.

Ich drehte mich zu Vivi um. Sie reichte mir den Fünfziger. Und ich nahm ihn. Sie hielt meine Hand drei Sekunden lang fest, dann ließ sie los. Ich knüllte den Schein zusammen und schob ihn in meine Tasche.

Ich sagte:

»Wusstest du, dass es nicht möglich ist, einen Bogen Papier

zehnmal zusammenzufalten? Wusstest du das? Selbst wenn er größer ist als der Nordpol. Das geht ganz einfach nicht.«

»Das wusste ich nicht«, sagte Vivi leise.

»Jetzt weißt du es. Es ist unmöglich.«

Ich ging zum Tor. Der Weg dorthin war doppelt so lang, wie der Weg von dort gewesen war. Ich beschloss, langsam zu gehen. Ich beschloss, mich nicht umzudrehen. Aber als ich den halben Weg hinter mir hatte, da bog ein schwarzer Mercedes in die Einfahrt ein, parkte auf dem Kies, und heraus sprang ein sonnengebräunter Mann in Bermudashorts mit Anzugjacke und weißem Hut. Ich tippte auf Old Daddy. Und Daddy hatte Big Dog bei sich, den Königspudel Chico. Das war vielleicht ein Leben hinter mir. Vivi und ihre Mutter kamen angelaufen, sie liefen direkt an mir vorbei, und die ganze Familie lag vor dem gekräuselten Tier auf den Knien. Und niemand bemerkte mich, abgesehen von diesem Tier, es zerrte an der Leine, es keuchte, es stand auf den Hinterbeinen und veranstaltete mit den Vorderpfoten das reinste Schattenboxen, seine Zunge war mindestens einen Meter lang und grün, für ihre achtzig Jahre war diese Töle ziemlich fit. Ich ging an ihnen vorbei, die Hände auf dem Rücken. Ein Hund kam, der andere ging. Ich ging bis nach Majorstua hinunter. Ich kaufte mir bei Esther eine Limonade und ein Nusseis. Auf dem Weg hinaus fiel mein Blick auf die Aftenposten, die an der Tür hing. Auf der Titelseite war das Foto von einem Typen, den ich wiedererkannte. Er saß in voller Montur an einem Flügel, im Hintergrund leuchtete Munchs Sonne. Und unter dem Bild stand: *Erstes Konzert des Pianisten NN nach zehn Jahren wurde zu einem Fiasko.* Ich mochte nicht weiterlesen. Ich schlenderte weiter zum Urrapark und setzte mich auf einen Stein vor einem verbrannten Fliederbusch. Unten auf dem Schulhof spielten zwei Klassen Schlagball. Das war das Schönste, was an diesem Tag passierte. Ich sah den Tennisball, der adrett in die Luft geworfen wurde, ich sah dünne Finger, dic den Schläger umklammerten, die Augen, die dem Flug des Balles folgten, das Gewicht, das von einem Fuß zum anderen wechselte, den schmächtigen Körper, der sich nach hinten beugte und in voller Anspannung verharrte. Doch da klingelte es zur Pause. Ich blieb sitzen. Sogar von hier konnte ich den Geruch nach Kreide, altem Schulbrot, nach trockenen Schwämmen und ausgetretenen Turnschuhen riechen. Die Sonne ergoss sich über den Himmel, fast unsichtbar. Der Boden war knochentrocken. Die Vögel standen am Springbrunnen Schlange.

Jemand kam die Treppe vom Schulhof hoch, mit engem Mantel und brauner Tasche unter dem Arm. Ich wollte gerade das Feld räumen, denn ich hatte keine große Lust, längere Gespräche mit dem Werk- und Klassenlehrer darüber zu führen, wie viele Prüfungen ich seit dem letzten Mal bestanden hatte, und über meine Pläne für die Zukunft und über alte Sünden. Es war zu heiß. Aber als die Gestalt sich näherte, sah ich, dass es niemand anderes als die Gans war. Und die Gans sah, dass es niemand anderes als ich war. Er blieb an dem niedrigen Zaun stehen, und wir musterten uns gegenseitig.

»Musstest du nachsitzen?«, rief ich.

»Was redest du da?«

»Musstest du nachsitzen, oder hast du wieder in der ersten Klasse angefangen?«

»Ich vertrete den Musiklehrer«, schrie die Gans.

»Aber nur, wenn du nüchtern bist«, schrie ich zurück.

Die Gans sah beleidigt aus. Der Mantel hing ihm wie ein Zelt vom Hals bis zu den karierten Strümpfen runter. Sein Kopf warf einen großen Schatten.

»Du warst auch nicht so ganz ohne, oder? Wo hast du übrigens spielen gelernt?«

»Bei Lorenzo! Erinnerst du dich noch an Lorenzo? Ich soll schön von ihm grüßen.«

»Von wem quatschst du da?«

»Na, von Lorenzo! Im Klavierinstitut. Du hast doch bei ihm gelernt, oder?«

»Ich war nie im Klavierinstitut. Ich bin zu Svae gegangen.«

»Svae! Aber Svae war doch die Tanzschule! Bist du auch in die Tanzschule gegangen?«

Die Gans schob die braune Tasche mit dem Riemen drum unter den anderen Arm. Ich fragte mich, ob er wohl Butterbrote, Bleistifte, Hausschuhe und eine Stimmgabel in der Tasche hatte. Aber ich fragte lieber nicht. Stattdessen sagte ich:

»Wie ist es eigentlich im Lehrerzimmer?«

»Ruhig«, erklärte die Gans. »Sie haben jetzt Auslegware.«

Die Antwort gefiel mir.

»Tut mir Leid, dass ihr gefeuert worden seid«, rief ich.

»Schon in Ordnung. Du hast dein Bestes gegeben.«

»Wirklich, habe ich das? Woher willst du das wissen?«

Die Gans wurde wieder ganz unruhig.

»Warum hockst du eigentlich hier?«

»Muss ich einen Grund haben?«

»Nein, nein. Ich frage nur so. Ist heiß heute. Übrigens, schöner Ausblick. Alte Häuser und so.«

Die Gans grinste und ging rüber zum Kindergarten. Ich schrie ihm nach, ich hatte mir auch eine schlechte Angewohnheit zugelegt, ich schrie.

»Einem Mann muss es erlaubt sein, auf einem Stein zu sitzen! Das ist sein gutes Recht!«

# 9

Eines Vormittags, als ich auf der Fensterbank saß und Topfpflanze spielte, während Seb mit Schubkarre und Poesie unterwegs war, kam Severinsens Sohn unten die Straße entlang. Er blieb stehen. Er hatte mich bereits gesehen.

»Ich brauche Hilfe!«, schrie er.

Ich tat, als hätte ich nichts gehört.

»Ich brauche Hilfe!«

Der Sohn hatte auch eine kräftige Stimme. Ich überlegte, ob man die wohl bekam, wenn man Steine für Tote zerschnitt. Die Tauben flogen in der ganzen Stadt hoch. Ich gab auf.

»Was willst du, Sohn?«

»Komm runter! Dann werde ich es dir sagen.«

Ich tat, wie er gesagt hatte. Ich kam herunter. So bin ich. Jemand ruft: Komm runter. Und ich komme runter. Ich folgte ihm in den Betrieb. Dort setzte er sich auf eine Säule, holte ein riesiges Butterbrotpaket aus der Tasche, legte es sich auf die Knie und packte es aus, ganz langsam, so wie ein Kind ein Geschenk öffnet, um die Freude hinauszuzögern oder aber die Enttäuschung. Dann hielt er eine Scheibe mit Leberpastete und Gurke gegen das Licht, die Zunge kam im Mundwinkel zum Vorschein und schmatzte, all das tat er, während ich ihm dabei zusah.

»Ich wusste gar nicht, dass du verheiratet bist«, sagte ich.

Der Sohn sah mich an.

»Was sagst du da?«

»Vergiss es. Soll ich das Butterbrot für dich halten? Soll ich die Krümel wegbürsten?«

Der Sohn aß noch drei Scheiben, eine mit Kaviarcreme und zwei mit Ziegenkäse. Er faltete das Papier sorgfältig zusammen und legte es zurück in die Tasche. Dann zeigte er auf einen der Steine, die noch keinen Namen bekommen hatten.

»Da liegt das Problem«, sagte er. »Der Kunde möchte, dass ich mir die Inschrift ausdenke. Und ich habe wohl bemerkt, dass ihr Verrückten in der Dopsgate es mit Gedichten und so treibt, deshalb habe ich mir gedacht, ob du nicht vielleicht einen Vorschlag hast. Ich bezahle natürlich dafür.«

»Stimmt es, dass Severinsen senior auf seinem Posten starb?«, fragte ich.

Der Sohn goss Kaffee aus einer Thermoskanne ein und gab mir auch eine Tasse.

»Das ist wohl wahr. Der Draht ist gerissen, als sie einen Stein auf die LKW-Ladefläche hieven wollten. Vattern stand drunter und versuchte ihn aufzufangen.«

»Und was steht auf seinem Grab?«

»Ruhe in Frieden«, sagte der Sohn.

»Das kann man doch noch einmal benutzen. Ruhe in Frieden, meine ich. Das ist doch eigentlich ganz schön.«

Der Sohn schüttelte den Kopf und spendierte eine Zigarette.

»Diese Kunden sind ein wenig speziell, weißt du. Sie konnten sich über die Inschrift nicht einig werden. Deshalb haben sie das Ganze mir überlassen. Menschen sind schon merkwürdig, nicht wahr?«

»Wer ist denn eigentlich gestorben?«

»Das ist doch gleich. Die Toten sind tot. Ein Stein ist ein Stein. Schmerzlich vermisst. Was ist damit?«

»Und sieh mal, wo du gelandet bist. Wie wäre es mit *Wir kommen bald nach.*«

»Ich glaube nicht, dass ihnen das gefällt. Sie wollen irgendwas Originelles haben. Etwas, was noch nicht so oft benutzt wurde. Tod, wo ist dein Stachel? Nein, das geht nicht.«

»Resta con noi, o signore, perché si fa sera.«

Der Sohn schob den Kopf vor.

»Was ist das?«

»Das ist Italienisch.«

»Aber was bedeutet das?«

»Herr, bleibe bei uns, denn es will Abend werden.«

Der Sohn schaute zum Himmel und kratzte sich am Kinn.

»Da haben wir's«, sagte er. »Herr, bleibe bei uns, denn es will Abend werden. Herrlich. Das sitzt. Das wird mein bester Stein.«

Er blätterte ein Bündel Zehner auf und schob es mir hin.

»Du hast Talent!«, rief er wieder. »Willst du einen Job bei mir? Ich brauche noch einen Mann. Ich meine es ernst. Deine Zukunft liegt in dieser Branche, Junge! Glaub meinen Worten!«

Und da ging ich zurück in die Dopsgate, packte meinen Turnbeutel, legte eine Nachricht für Seb hin und nahm ein Taxi nach Marienlyst. Ich hatte Huberts Schlüssel. Und seine Wohnung stand leer. Das war nur recht und billig. Ich schloss auf.

Hier war es gemütlich. Hier konnte ich bleiben. Hier würde mich niemand finden. Ich ging ruhig umher in dem, was einmal Huberts Welt gewesen war, und ich vermisste ihn. Ich probierte ein paar Sessel aus. Ich machte das Radio an, aber das Geräusch fremder Stimmen gefiel mir nicht, ich schaltete es wieder aus. Ich schaltete ein paar Lampen an, obwohl das nicht nötig war, hier gab es genug Licht. Ich wischte sogar ein bisschen Staub. Ich fühlte mich zu Hause. Ich schaute aus dem Fenster. Die Aussicht gefiel mir. Es war das oberste Stockwerk. Ich konnte die Nordmarka, den Holmenkollen und das NRK sehen. Ich fand einen Weinballon in der Speisekammer. Er roch etwas sauer, aber ich genehmigte mir trotzdem ein Glas. Ich konnte nicht klagen. Es schmeckte. Das war wieder so ein Samstagvormittag. Ich saß am Küchentisch, und ein kühler Wind wehte mir durch den Kopf. Ich machte Pläne. Ich verwarf sie. Dann machte ich neue Pläne. Ich legte sie ab. Ich legte sie vorsichtig beiseite. Ich dachte, dass das Leben zu lang ist, um sich zu langweilen. Es will noch nicht Abend werden. Ich dachte an Eisenbahnlinien und Schnürsenkel und daran, dass die Welt sich weiterdreht. Sie dreht sich weiter. Als ich aus dem Fenster guckte, konnte ich unten Menschen sehen. Sie gingen weiter. Und ich dachte an all das, was in diesem Moment passierte, dass alles gleichzeitig passierte, dass jemand jetzt starb, jetzt die Augen aufsperrte und Schmerzen und ein Bewusstsein hatte, bevor der Radiergummi kam und ihn ausradierte, während andere einfach weitergingen, während die Welt sich weiterdrehte. Und das ist der Grund für unsere Einsamkeit, sagte ich leise zu mir selbst, und ich wusste genau, was ich damit meinte. Denn wir wissen nichts voneinander. Wir wissen nicht genug voneinander. Mir ging es gut.

Ich schlenderte ins Schlafzimmer und guckte unter das Bett. Aber das Päckchen war nicht da. Es war weg. Ich lag ziemlich lange da und guckte, sah aber nur Staubknäuel, die aufstiegen und wieder fielen. Ich ging noch einmal durch die Räume. Ich konnte nicht sehen, dass sonst noch etwas verschwunden war. Ich wurde ganz unruhig. Mich überfiel ein merkwürdiges Gefühl, wie man es bekommt, wenn man meint, etwas vergessen zu haben, etwas Entscheidendes. Ich zog die Gardinen vor. Ich hatte achtzehn Kronen in der Tasche. Ich ging hinunter nach Majorstua, um Brot, Leberpastete und Gurken einzukaufen.

Das Erste, was ich sah, war eine Schubkarre. Das Zweite, was ich hörte, war Seb. Er war an diesem Tag größer als Dante. Er verkaufte Poesie in der Schnapsschlange. Das Dritte, was ich sah, war, dass er mich entdeckt hatte. Er kam auf mich zugerannt.

»Kim, Kim! Was reimt sich auf Kim?«

»Trimm«, sagte ich.

Wir setzten uns auf die Schubkarre. Seb war auf Hundertachtzig. Er warf Gedichtsammlungen unters Volk.

»Neue Verkaufsstätte?«, fragte ich höflich. »Die Schnapsschlange ist lang.«

»Rat mal, was hier passiert ist, Kim. Ich sage: Du sollst raten, was hier passiert ist!«

Ich musste raten.

»Yoko Ono ist vorbeigekommen?«

»Nix da.«

»Kronprinz Harald und Sonja haben drei Liter Wodka gekauft?«

Seb sprang vor Begeisterung auf.

»Ich habe eine Sammlung verkauft!«, sagte er.

»Herzlichen Glückwunsch.«

Ich stand auch auf und schüttelte ihm die Hand.

»Ich habe eine Sammlung an Jens verkauft!«

»An Jens? Den berühmten Schnulzensänger Jens Book-Jensen?«

Seb machte sich frei.

»An Jens Bjørneboe! Er hat eine Sammlung gekauft! Ich habe ihm gleich dreißig gegeben! Was sagst du dazu?«

»Ich sage, dass der Weg ab jetzt nur noch in eine Richtung geht«, sagte ich. »Und zwar nach oben. Ich werde dir die Leiter halten.«

Seb ließ sich wieder auf der Schubkarre nieder. Ich setzte mich neben ihn.

»Und du? Geht es dir auch gut?«, fragte Seb.

»Gottes Wege sind unergründlich«, sagte ich.

Seb wurde fast wütend.

»Was hat Gott denn damit zu tun? Wer hat Lathans Visionen geschrieben? Etwa Gott?«

»Ich habe es nicht so gemeint. Übrigens, wie ist es mit dem gelaufen, der sein Manuskript an Gyldendal geschickt hat?«

»Abgelehnt«, sagte Seb. »Er ist out. Ist nach Lurøy gezogen und Briefträger geworden.«

»Das ist ein hartes Leben«, sagte ich.

Seb sagte nichts, denn Gard kam aus dem Alkoholladen und nahm Kurs auf uns.

»Alles klar, Jungs?«, fragte er.

Wir bestätigten, dass dem so war, uns gerade jetzt aber jemand in der Sonne stünde. Er trat nicht zur Seite.

»Und wie geht es Helen?«, fragte ich höflich.

»Schlecht«, sagte Gard. »Frankreich und China haben ein paar Atombomben in die Atmosphäre gesprengt. Helen hat Kopfschmerzen.«

»Grüß sie«, sagte ich. »Hat sie es eigentlich mal mit Ohropax versucht?«

Gard gab keine Antwort. Er zeigte auf Seb.

»Was ich noch sagen wollte«, sagte er. »Zwei Dinge. Du musst zur Druckerei. Heute Abend ist die Sommerausgabe des Manifests fertig.«

Seb wurde sofort kreidebleich.

»Nicht ich! Die bringen mich um! Ich schulde ihnen noch achthundert Kröten!«

»Du bist der Einzige, der in der Stadt ist. Und wir müssen das Programm fürs Festival in Arendal vorbereiten. Der VW-Bus kommt Donnerstag aus der Werkstatt. Ich rechne mit dir, Seb.«

Gard trug den Rotwein zur Straßenbahn und verschwand den Kirkeveien hinunter. Seb saß mit gesenktem Kopf und schmalen Schultern da.

»Kim«, flüsterte er. »Kommst du mit? Zur Druckerei? Kommst du mit?«

»Na logo. Was meinst du, soll ich mich bewaffnen?«

Seb fasste ein wenig Mut.

»Sag ich doch immer«, erklärte Seb. »Die Dinge kommen wieder ins Lot, seit du nach Hause zurückgekehrt bist. Ich wusste es doch.«

Die Straßen waren bereits menschenleer. Es sah aus, als wäre die Stadt evakuiert worden. Wir waren die Einzigen, die noch geblieben waren. Wir saßen auf einer Schubkarre voller Gedichte. Das war nur noch ein Samstagnachmittag in Norwegen.

»Ich habe noch eine Verabredung«, sagte ich.

»Dann bis bald. Ich rechne mit dir, Kim.«

Ich ging hinunter zu Vor-Frues-Hospital, kaufte für das letzte Geld sechzehn Apfelsinen und meldete mich im Empfang. Großvater lag in Zimmer 12. Eine Nonne mit hohem Kopfschmuck und schwarzen Holzschuhen führte mich dorthin. Das war ein freundlicher Ort. Hier wurde nicht mehr als nötig gesprochen. Die Nonne öffnete die Tür und zeigte auf das Bett am Fenster. Da lag Großvater und löste Kreuzworträtsel. In dem anderen Bett schlief ein weißhaariger Mann, die Bettdecke bis zum Kinn hochgezogen, die Hände zum Boden baumelnd. Ich ging leise zu Großvater und setzte mich auf einen Hocker.

»Fluss in Italien mit zwei Buchstaben?«, fragte er.

»Po.«

Er schrieb mit breitem Lächeln.

»Populäre schwedische Musikgruppe?«

»Abba. Mit zwei b.«

Und Großvater schrieb. Und lächelte noch breiter.

»Schön, dass du gekommen bist, Kim.«

Er legte die Zeitschrift auf den Nachttisch und drehte mir den Kopf zu. Sein Gesicht war ganz weiß. Aber es waren die Augen, die mir auffielen. Es waren die größten Augen, die ich je gesehen hatte. Es waren zwei Spiegel, und ich sah mich selbst darin.

»Tut es weh?«, fragte ich.

»Noch nicht. Es wird wohl irgendwann wehtun. Aber das geht vorbei.«

»Hast du Angst?«

»Überhaupt nicht, Kim. Das habe ich mein ganzes Leben lang gewusst.« Großvater sank ins Bett zurück, und ich deckte ihn zu. Er schaute zur Decke. Da gab es nicht viel zu sehen. An der Wand hing ein schwarzes Kreuz. Das machte auch nicht viel her. Der Mann in dem anderen Bett schnaufte schwer durch die Nase. Eine tief stehende Sonne schien ins Fenster, direkt auf Großvaters Auge.

»Das hast du schön gesagt«, sagte ich.

»Wie ist es so draußen?«, fragte Großvater.

»Es ist nicht mehr so wie früher«, antwortete ich. »Entweder die Züge sind eingestellt worden, oder sie entgleisen.«

»Das dachte ich mir schon.«

Großvater schloss die Augen und legte seine Hand auf meine. Ich wollte ihm gern etwas erzählen.

»Ich habe den Zug von Rom nach Florenz genommen«, sagte ich. »Das war vielleicht eine Fahrt.«

»Wie lang ist eigentlich ein Leben?«, murmelte Großvater. »Wird es in Metern gemessen? Es ist nicht so leicht, aus dem Leben schlau zu werden, Kim.«

Ich beugte mich näher zu ihm, denn ich war mir nicht sicher, ob er überhaupt hörte, was ich sagte. Und ich wollte seinen Bettnachbarn nicht durch lautes Rufen wecken.

»Der Zug fuhr von Termini los«, flüsterte ich. »Da gibt es mindestens dreißig Gleise, Großvater, und ich bin von Bahnsteig zu Bahnsteig gelaufen und habe mich schließlich noch in den letzten Wagen werfen können.«

»Die Welt ist viel zu groß geworden, Kim.«

»Und ich kam in ein Coupé mit drei alten Damen. Ich glaube, es waren Schwestern. Sie trugen alle Schwarz und hatten einen Schleier vorm Gesicht, fast wie ein kleines Mückennetz. Wir fuhren aus der Stadt, vorbei an riesigen Mietskasernen mit Bäumen auf der Veranda und kleinen Wellblechhütten, in denen Menschen wohnten. Und dann fuhren wir in einen langen Tunnel.«

»War der Zug pünktlich, Kim?«

»Und als wir den passiert hatten, da waren wir plötzlich mitten auf dem Land. Rom lag hinter uns. Ich konnte es nicht mehr sehen. Ich sah nur Äcker und Weinfelder, Großvater. Und dünne Kühe. Die waren so dünn, dass sie fast das Euter auf dem Rücken trugen! Und ganz oben auf einem Bergkamm, da stand eine Reihe Zypressen, das sah so schön aus. Sie sahen aus wie riesige Schwerter, die jemand einfach da abgestellt hatte.«

»Aber war der Zug pünktlich, Kim?«

»Und genau um zwölf Uhr holten die drei alten Damen ihre Stullen hervor, die sie mitgebracht hatten. Sie hatten Wein dabei, Käse und Brot. Und hart gekochte Eier. Und ich durfte mit ihnen essen.«

»Das war aber sehr freundlich von ihnen«, sagte Großvater.

»Sie kannten mich nicht, haben mir aber trotzdem Essen und Wein gegeben. Wir haben aus der gleichen Flasche getrunken, Großvater.«

»Du hast viel erlebt, Kim.«

»Aber das war noch nicht alles, Großvater. Als wir gegessen und getrunken hatten, da holte die Älteste der Damen eine Vase heraus. Doch das war keine gewöhnliche Vase, das war nämlich eine Urne. Sie hatte sie im Koffer, oder in etwas, das aussah wie eine Hutschachtel. Sie erzählten mir, dass es ihr Bruder sei, er sei gerade gestorben. Er war ein berühmter Zauberer, der gestorben war, während er weiße Tauben aus seinem Zylinder gezaubert hatte. Und jetzt befanden sich die Schwestern mit dem Wenigen, was von ihm übrig war, auf dem Weg nach Hause.«

»Die haben ja merkwürdige Traditionen da draußen in der weiten Welt«, sagte Großvater. »Aber war der Zug auch wirklich pünktlich?«

»Auf die Sekunde, Großvater. Möchtest du eine Apfelsine?«

»Eine Apfelsine? Nein, aber du kannst meinem Kumpel eine geben.«

Ich schaute zum anderen Bett. Da gab es keinerlei Veränderung.

»Er schläft«, sagte ich.

Großvater winkte mich zu sich heran.

»Rolf ist ein berühmter Künstler«, flüsterte er.

»Was fehlt ihm denn?«

Großvater war empört.

»Fehlt? Uns fehlt gar nichts. Das Einzige, was hier fehlt, ist ein kleiner Schnaps.«

Er hielt meinen Arm fest und senkte seine Stimme noch mehr.

»Aber den kriegen wir hier nicht. Wir sind im Kloster gelandet, weißt du. Und dann auch noch im Frauenkloster!«

Jetzt brummte Großvater schmunzelnd.

»Mal sehen, was ich da machen kann«, sagte ich.

Er wurde lauter und ganz eifrig.

»Was wollte ich noch sagen? Ach ja, Rolf ist weltberühmt. Er ist eigentlich aus Deutschland, aber schon vor dem Krieg nach Norwegen gekommen. Er musste aus seinem Vaterland fliehen, Kim. Übrigens hat er ein paar tolle Heringe gemacht. Keiner kann so schöne Heringe machen wie Rolf. Und jetzt plant er, eine Statue aus Eisenbahnschienen zu bauen. Möglichst von der Nord-Norge-Bahn, wie er sagt. Das soll das längste Kunstwerk der Welt werden. Gib ihm eine Apfelsine, Kim. Mach das.«

Ich ging leise zu dem anderen Bett. Großvater beobachtete mich genau. Er sah verschmitzt aus. Ich legte eine Apfelsine auf den Nachttisch, neben einen Skizzenblock. Und in dem Moment wachte Rolf auf, ergriff die Apfelsine und sah mich geradewegs an.

»Begrüße Kim!«, rief Großvater. »Meinen Enkelsohn. Ein richtiger Lausebengel und der Lügenbold der Familie, aber im Grunde seines Herzens gut, Rolf.«

»Danke«, sagte der alte Mann leise. »Danke für die Apfelsine.«

Er fing sofort an sie zu schälen. Er hatte schöne Finger, mit denen er die Schale in langen Streifen herunterzog. Er lächelte.

»Blutapfelsine«, flüsterte er zufrieden und richtete sich ein wenig im Bett auf.

Und dann trennte er sie vorsichtig auseinander und legte die Schnitze auf die Bettdecke. Und als er fertig war, bildeten sie ein Frauengesicht, ein Portrait, fast wie eine Ikone. Das Gesicht sah zunächst traurig aus, aber dann drehte Rolf eines der Apfelsinenstückchen um, und das Gesicht lächelte. So einfach war das. Rolf gefiel mir sofort.

»Was hab ich gesagt?«, rief Großvater von seinem Bett aus. »Er ist weltberühmt!«

»Ich habe noch fünfzehn Apfelsinen«, sagte ich.

Rolf schüttelte langsam den Kopf, während er die Hände wieder auf die Bettdecke legte.

»Mein ganzes Leben lang habe ich Bilder gemacht«, sagte er. »Aus allen möglichen Materialien. Eisen, Kupfer, Silber, Stein. Ich habe Bilder von Frauen und Brücken gemacht. Und von Fichten. Norwegischen Fichten. Nichts kommt norwegischen Fichten gleich. Aber der Hering stand meinem Herzen doch am nächsten. Der Hering und Netze. Bist du jemals auf den Lofoten gewesen, mein Junge?«

»Nein«, antwortete ich.

»Ich bin 1935 dorthin gefahren. Um Tran zu kaufen. Und da habe ich es gesehen. Die Heringe. Die Netze. Und Männer, die sie gemeinsam rauszogen. Und die Natur. Ich wollte die Lofotenwand dekorieren. Aber das ist mir nicht erlaubt worden.«

Er schwieg, betrachtete lange Zeit die Apfelsinenboote, drehte den Mund wieder anders herum, und das Gesicht veränderte sich.

»Aber das hier ist das erste Mal, dass ich von meiner Kunst leben kann«, sagte Rolf.

Und dann aß er gleich das ganze Gesicht auf, Schnitz für Schnitz, und er lachte dabei, er lachte laut, und auch Großvater fing an zu lachen. Die beiden alten Männer brüllten vor Lachen, während das Apfelsinengesicht von der Bettdecke verschwand. Anschließend schliefen sie ein. Ich schlich mich hinaus, verabschiedete mich von den Nonnen, und am Ausgang stieß ich auf Mutter.

»Kim«, sagte sie nur. »Du hier?«

Wir blieben auf der Treppe stehen und wussten nicht so recht, was wir machen sollten.

»Ja«, sagte ich. »Ich war hier.«

»Wie geht es Großvater?«

»Er ist guten Mutes. Er hat einen neuen Freund. Ich glaube, die haben viel Spaß miteinander.«

Eine Weile blieben wir stumm. Wir scharrten sozusagen mit den Hufen. Mutter zupfte meinen Jackenkragen zurecht und bürstete ein paar Staubflocken weg.

»Wo wohnst du?«, fragte sie.

»Wo ich wohne? Bei Seb. In der Dopsgate.«

Sofort wurde Mutter ängstlich und misstrauisch. Ich fragte mich, wer sich wohl diesen Namen ausgedacht hatte.

»Dopsgate? Heißt die so?«

»Ja, natürlich heißt die so. Steht auch auf dem Straßenschild. Dopsgate.«

»Das hast du dir nicht nur so ausgedacht, Kim?«

»Die steht im Stadtplan, Mutter. Du kannst eine Karte hinschicken. Aber sie ist sehr kurz.«

Sie schien sich ein wenig zu beruhigen. Kam mit einem schnellen Lächeln auf mich zu. Sie trug eine Sonnenbrille. Es war ein schöner Abend. Das Licht lag ruhig unter dem Himmel. Die Straßen zwischen den Gebäuden lagen leer da, und die niedrige Sonne färbte all die traurigen Fenster bunt.

»Ich wusste nicht, dass du Fräulein Julie gespielt hast«, sagte ich plötzlich.

Mutter sah mich an. Fast erschrocken. Ich bereute meine Worte. Fing schnell wieder an zu reden, bevor sie etwas sagen konnte.

»Darüber musst du mir mal was erzählen«, sagte ich. »Es gibt so viel, was ich nicht weiß.«

»Bist du bei Hubert gewesen?«

»Ja. Er ist doch nicht nach Hause gekommen?«

»Nein. Warum fragst du? Du hast ihn doch gesehen. Glaubst du, er wird jemals wieder gesund?«

»Ich weiß es nicht. Aber er weiß sicher selbst am besten, ob er gesund ist oder nicht.«

»Glaubst du das wirklich?«

»Nein«, sagte ich.

»Worüber hast du mit Großvater geredet?«

»Wir haben Kreuzworträtsel gelöst, und ich habe seinen neuen Freund kennen gelernt. Und dann ist er eingeschlafen. Kommt Vater nicht?«

»Er sucht nach Pym.«

Ich regte mich auf.

»Kannst du ihm nicht sagen, dass das keinen Zweck hat? Der ist weggeflogen. Dafür sind Vögel da. Er kann sich einen neuen kaufen und ihn Pym II. nennen.«

»Ich habe es versucht, Kim, glaub mir, ich habe es versucht. Aber das nützt nichts.«

Eine Weile blieben wir schweigend stehen. Eine Nonne ging an uns vorbei. Niemand hat einen so geraden Rücken wie eine Nonne. Ich überlegte, ob ich vielleicht Mönch werden sollte. Ich war bereits auf dem besten Wege, vielleicht sollte ich den Schritt ganz wagen, Mönch werden, mit Einzelzelle, Holzbett und abgestandenem Wasser. Es gab schon genug Wahnsinn in dieser Welt. Das waren so meine Gedanken. Die Welt minus Kim Karlsen würde vielleicht ein besserer Ort sein. Das war eigentlich ein trauriger Gedanke.

»Großvater ist inzwischen bestimmt wieder aufgewacht«, sagte ich.

»Ja, das ist er sicher. Und dann erzählt er mir immer alles, was er geträumt hat. Und weiß nicht mehr, dass es nur Träume waren. Er kann manchmal ziemlich starrköpfig sein.«

»Er wird uns noch alle überleben«, sagte ich. »Das wette ich.«

Mutter mochte das offenbar nicht hören. Ich schaute ihre Tasche an, die sie mit beiden Händen umklammerte, fast wie einen Schild vor sich hielt.

»Du hast es sicher eilig?«, fragte sie.

»Ja, so ziemlich«, antwortete ich. »Ich habe angefangen Kunstgeschichte zu studieren.«

Mehr sagte ich nicht. Denn ich weiß, wer lügen will, sollte möglichst wenig sagen.

»Aber du hast doch wohl Zeit, einmal mit uns zu essen. Du bist so dünn geworden. Vielleicht am Sonntag?«

»Nur, wenn es keinen Schokoladenpudding zum Nachtisch gibt«, sagte ich.

Mutter lachte. Ich lachte auch. Wir verstanden uns.

»Das geht in Ordnung«, sagte sie. »Warum hast du denn nie gesagt, dass du keinen Schokoladenpudding magst? Ich dachte, das wäre dein Leibgericht.«

Mir fiel ein, dass es das erste Mal war, dass ich sie mit Sonnenbrille sah. Sie trug sonst nie eine Sonnenbrille, schaute immer direkt in den Himmel, ohne zu blinzeln. Aber ich sagte nichts dazu. Ich dachte an alles, was wir nicht voneinander wissen, an alle Missverständnisse, alles, was wir nicht sagen, und das ist es, was unser Leben ausmacht. Das war ein deprimierender Gedanke. Ich wurde ganz traurig. Ich überlegte, ob ich lieber ganz aufhören sollte zu denken.

»Hast du Apfelsinen dabei?«, fragte ich.

»Ja«, sagte Mutter. »Großvater isst so gern Apfelsinen. Das ist fast das Einzige, was er im Augenblick isst.«

»Ich muss jetzt los, Mutter. Tschüs!«

Ich beugte mich kurz zu ihr und spazierte dann so schnell ich konnte auf die Straße hinaus. Ich drehte mich nicht um. Das hatte ich inzwischen gelernt. Das ist eine harte Kunst.

Ich fand die Druckerei in der Skippergata. Seb wartete mit der Schubkarre bereits im Hinterhof. Er war bleicher als sonst. Er zitterte. Aber ich glaube, er freute sich, mich zu sehen. Wir gingen ins Haus. *Print A/S* lag im obersten Stockwerk. Davon gab es sechs. Die Fahrstuhltür stand offen. Seb wollte eintreten.

»Erklär mir bitte, worum es bei dem Auftrag hier geht«, sagte ich.

»Wir sollen die Manifeste abholen, die wir mit nach Arendal nehmen wollen.«

»Das werden wir ja wohl schaffen.«

»Das sagst du so. Ich rechne damit, dass wir in einer Mülltüte rausgetragen und in den Akerselva geschmissen werden.«

»Erzähl ihnen, dass Bjørneboe heute ein Exemplar gekauft hat«, sagte ich. »Wenn sie anfangen, wegen der Kröten zu nerven. Das hilft bestimmt.«

»Das glaubst du. Die sind eiskalt, Kim. Die scheuen vor nichts zurück.«

»Wie viel schuldest du ihnen eigentlich?«

»Zweitausend«, sagte Seb ganz leise.

»Zweitausend!«

»Schrei nicht so. Ich bitte dich, Kim. Schrei solche Zahlen nicht so laut! Du musst sie ganz ruhig sagen, sozusagen nebenbei, du darfst sie nicht nervös machen. Sag noch einmal zweitausend, Kim, ruhig und ordentlich.«

»Zweitausend.«

»Noch einmal. Zweitausend. Sprich mir nach. Zweitausend Kronen. Und sonst nichts.«

»Zweitausend Kronen ist ein sehr kleiner Betrag im Vergleich zum Verteidigungsetat«, sagte ich. »Zweitausend, das ist eine lächerlich kleine Zahl im Vergleich zur chinesischen Bevölkerung.«

»Sehr witzig, Kim.«

»Aber wie hast du das geschafft? Ich meine, ich habe dir doch vor einem Monat erst achthundert Kröten gegeben.«

»Ich habe zwei neue Auflagen bestellt. Ich bin größenwahnsinnig geworden. Ich habe noch dreitausendneunhundertundfünfunddreißig Exemplare liegen.«

»Das ist eine ganze Menge«, sagte ich. »Aber eigentlich nicht so schrecklich viel, wenn du daran denkst, wie viele Abführtabletten die Norweger im Jahr schlucken.«

»Was redest du da, Kim?«

»Wusstest du das nicht? Norwegen ist das Land in der Welt mit dem höchsten Verbrauch an Abführtabletten. Ich glaube, so um die zwei Millionen im Jahr. Stell dir das vor, Seb. Stell dir das mal vor.«

Seb setzte sich auf eine Stufe und drehte sich mit zittriger Hand eine Zigarette.

Ich setzte mich neben ihn und wollte ihn aufmuntern.

»Schreib doch ein Gedicht über Apfelsinenboote«, sagte ich.

»Apfelsinenboote? Kim, ich bin müde.«

»Blutapfelsinen. Vergiss das nicht. Blutapfelsinen. Ich werde heute Nacht reisen, auf dem Apfelsinenboot, durch Regen, der aussieht wie Blut. Wie klingt das?«

»Schrecklich«, sagte Seb.

Wir gingen hoch in den sechsten Stock, zu Print A/S, traten ein, ohne anzuklopfen, ich meinte, dadurch würden wir irgendwie die Oberhand behalten. Die Räume waren eng wie ein Schuhkarton, der Lärm der Maschinen hämmerte uns gegen die Augen, und die Walzen spuckten Papier aus. Und in dem Moment, als wir durch die Tür traten, kam ein fetter Kerl im Perlonhemd auf Seb zugestürzt und hielt ihm eine dicke Faust direkt vors Gesicht.

»Zweitausend!«, schrie der Kerl. »Glaubst du, das hier ist ein Spielzeugladen?«

Seb starrte die Faust an und war bereits geschlagen. Ich hatte das Gefühl, dass ich jetzt gefragt war.

»Hier ist überhaupt nicht die Rede von einem Spielzeugladen!«, schrie ich.

Der Mann drehte sich sofort zu mir um. Seb sah vollkommen verängstigt aus.

»Und wer bist du?«

»Darauf können wir später zurückkommen, Per Print«, sagte ich.

Er blieb einfach stehen, sah mich an, hob dann seinen Bauch mit beiden Händen hoch und ließ ihn mit einem ekligen Geräusch wieder fallen, das klang ungefähr, als würden sechzehn Kilo rosa Wackelpudding auf den Boden geworfen. Ich hatte deutlich das Gefühl, dass ich die Oberhand hatte, ich führte mit einem Punkt.

»Per Print?«, murmelte er empört. »Ich heiße Henry. Henry Jespersen! Ich leite diese Bude hier! Was denkst du denn, wer du bist? Napoleon?«

Ich reichte ihm die Hand.

»Elmer Fudd. Nett, Sie kennen zu lernen.«

Wir gaben uns die Hand. Wir ließen sie wieder los. Es vergingen ein paar Minuten, bevor er wieder etwas sagte.

»Es ist mir scheißegal, wer du bist!«, schrie er. »Das Einzige, was ich wissen will: Habt ihr meine Zweitausend dabei?«

»Auch darauf können wir später zurückkommen«, sagte ich.

»Darauf zurückkommen? Wollt ihr etwa *zurückkommen,* oder was zum Teufel willst du damit sagen? Ihr seid doch hier!«

»Mir gefällt Ihre Sprache nicht«, sagte ich kurz.

Seb stand auf meinem Fuß.

»Ach so, ja«, sagte der Dicke, der sich Henry nannte. »Feiner Pinkel, was? Aber besonders fein siehst du nicht gerade aus.«

»Du aber auch nicht, Per Print.«

Jetzt fehlte nicht mehr viel, dass er mir eine scheuerte. Es war an der Zeit, die Taktik zu ändern.

Ich zeigte auf Seb.

»Dieser Mann wird einmal berühmt werden, Henry. Glaube meinen Worten.«

»Ja, und? Es ist mir doch scheißegal, ob er berühmt wird oder im Klo endet! Ich will meine Zweitausend!«

»Aber überleg doch mal, Henry, wenn dieser wortkarge Mann eines Tages weltberühmt ist, und das wird einmal so sein, dann kann er sagen: Bei Print in der Skippergata, da hat alles angefangen. Und Henry Jespersen war wie ein Vater zu mir.«

»Habt ihr nun das Geld oder nicht?«

»Nein«, sagte ich.

In dem Moment geschah etwas. Es wurde ganz still. Die Maschinen hielten an. Wir blieben reglos stehen und blinzelten herum, als blendete uns die Stille. Und bevor wir unsere Stimmen wiederfanden, tauchte ein armer Schlucker zwischen den Walzen auf, in blauem Overall, die Fresse voller Druckerschwärze, mit einem dicken Putzknäuel in den Händen.

»Also ihr seid das, für die wir diesen anarchistischen Scheiß drucken müssen«, sagte er.

»Ja, genau!«, rief Henry. »Für diese verdammten Faulpelze müssen wir uns den Arsch aufreißen!«

»Und dann könnt ihr ordentliche Arbeiter nicht einmal bezahlen. Wollen wir sie durchsuchen, Henry?«

»Ja, echt guter Vorschlag, mein Junge! Wir durchsuchen sie!«

Seb und ich trauten unseren eigenen Ohren nicht. Wir trauten unseren eigenen Augen nicht. Das war Gunnar. Das war kein anderer als Gunnar, der da mit seinem Putzknäuel über unseren Köpfen wedelte und sein schwarzes Gesicht zu einem breiten Grinsen öffnete.

»Gunnar!«, riefen wir. »Gunnar!«

Henry wurde ganz verwirrt und misstrauisch.

»Kennst du die? Kennst du diese Paviane?«

»Wie hast du meine Kumpel genannt?«, fragte Gunnar und trat einen Schritt vor. »Paviane? Hast du Paviane gesagt?«

Henry war auf dem Weg in die Ecke. Henry war angeschlagen.

»Sind jetzt alle gegen mich? Was hat das zu bedeuten? Ist das ein Komplott?«

Gunnar legte ihm seine riesige Hand auf den Kopf und erklärte mit butterweicher Stimme:

»Das regeln wir schon, Henry. Kein Grund zur Aufregung. Gib den Jungs eine Frist. Sagen wir, einen Monat.«

»Davon kann gar nicht die Rede sein! Das hier ist kein Spielzeugladen. Wir reden von *zweitausend*! Die kriegen ihre Drucksachen erst, wenn sie bezahlt haben!«

»Lieber Henry«, sagte Gunnar. »Was würdest du denn dazu sagen, wenn wir uns weigern, nächste Woche Überstunden zu machen, und außerdem ganz, ganz langsam arbeiten?«

Jetzt ließ sich Henry auf einen Hocker sinken und blieb dort sitzen. Er musste nicht lange überlegen.

»Okay. Okay! Einen Monat Frist. Nicht eine Sekunde länger. Nehmt euer Geschmiere, und haut ab!«

Seb war bereits dabei, zwei Kartons hinauszutragen. Gunnar schälte sich aus dem Overall und half mir, den Rest der Ware in den Flur zu schaffen.

»Wir sehen uns Montag!«, rief er Henry zu.

Aber Henry Jespersen saß immer noch auf dem Hocker, den Kopf in den Händen, und redete mit sich selbst.

»Ich werde lieber wieder Bibeln drucken«, sagte er. »Bibeln und den Wachtturm und den Kriegsruf. Die sind in Ordnung, die Jungs. Da gibt es keine Probleme.«

Wir ließen Henry in Ruhe und stapelten die Kartons in den Fahrstuhl. Seb lief um Gunnar herum und traute seinen eigenen Augen nicht.

»Wie lange arbeitest du schon hier?«, rief er glücklich.

»Eine Woche. Eine Woche lang habe ich die bürgerliche Propaganda ertragen müssen.«

»Haltet mich da raus«, sagte ich. »Ich bin nur Volontär und Leibwächter.«

»Das ist stark. Das ist wirklich stark!«

Seb war vollkommen außer sich.

»Diese Manifeste könnt ihr als Klopapier benutzen«, fuhr Gunnar fort. »Glaubt ihr denn, die Arbeiterklasse braucht dieses individualistische Gelaber?«

»Ich liebe dich!«

Seb hing an Gunnars Hals, und Gunnar musste ihn abschütteln.

»Dann lass uns jetzt losfahren. Oder wollt ihr hier noch rumknutschen?«

»Ich gehe!«

Seb lief im Zickzack die Treppen hinunter und pfiff die Internationale. Gunnar und ich nahmen unseren Platz in dem engen Käfig ein, ich zog das Gitter vor. Wir sanken. Es zitterte eklig. Wir mussten uns festhalten. Da entdeckte ich ein Schild an der Wand, das Fahrstuhlzertifikat, und ich kannte den Namen, Ludvig Hermansen, Oslo, 1937. Die Schrift war etwas unsicher.

»Drei Personen. Maximal einhundertundachtzig Kilo«, sagte ich. »Wie viel wiegst du, Gunnar?«

»Siebzig. Und du kannst ja wohl als halbe Person durchgehen. Die Frage ist, wie viel der Müll hier wiegt.«

Ich hob einen Karton hoch. Er schien mir ziemlich schwer zu sein.

»Was meinst du?«, fragte ich.

Gunnar griff einen und überlegte. Wir kamen am vierten Stock vorbei.

»Zwölf Kilo«, sagte Gunnar.

»Zwölf mal fünf. Macht sechzig. Und ich wiege auch sechzig.«

»Genauso viel wie der Dreck«, sagte Gunnar. »Scheiße, du kannst doch in den Siebzigern nicht mehr Bakunin aus dem Hut ziehen. Heute sind andere Zeiten, Kim.«

»Plus siebzig von dir. Das macht einhundertundneunzig. Wir haben zehn Kilo Übergewicht.«

Wir konnten Seb die Treppen hinunterlaufen hören. Er pfiff immer noch die Internationale. Wir waren im dritten Stock.

»Und was willst du damit anfangen?«, fragte Gunnar.

»Du musst abnehmen. Ich wiege sechzig. Die Manifeste wiegen sechzig. Verdammt, haben 1937 alle Leute sechzig Kilo gewogen?«

»Die Zwischenkriegszeit, das waren nicht gerade fette Jahre«, sagte Gunnar.

Da stoppte der Fahrstuhl plötzlich und schaukelte wie ein Jo-Jo am Seil. Wir schlugen mit dem Gesicht gegen die Wand, und es wurde vollkommen dunkel. Wir hingen zwischen dem dritten und dem zweiten Stock.

»Lebst du noch?«, flüsterte ich.

Ich konnte keinen Zentimeter weit gucken. Vorsichtig streckte ich die Hand aus und traf Gunnar im Gesicht.

»Das ist meine Nase und nicht der Notknopf, du Idiot!«

Wir fanden den Alarm. Er funktionierte nicht. Seb kam wieder hochgestapft.

»Hey, Jungs! Seid ihr da?«

»Wo zum Teufel sollten wir sonst sein?«, rief Gunnar. »Hol Henry!«

Es dauerte eine Weile, bis er zurück war. Wir setzten uns auf die Kartons und warteten.

»Vielleicht nicht so schlau, hier zu rauchen«, sagte ich.

»Bestimmt nicht sehr schlau.«

Dann ertönte ein hässliches Quietschen von dem Kabel über uns, und manchmal spürten wir, wie der Fahrstuhl schaukelte. Ich wurde langsam seekrank.

»Hast du Ola mal gesehen?«, fragte ich.

»Am ersten Mai. Ich war am Stand auf dem Solli plass. Da ist er vorbeigekommen.«

»Dann ist er also in der Stadt.«

»Er ist nicht im Zug mitgelaufen.«

»Oh Mann, stell dir vor, wenn die ganze Bande im Sommer auf Interrailtour gehen würde, hey! Was meinst du dazu?«

Da hörten wir endlich Geräusche draußen, Füße, die trampelten, jemand, der hinfiel, laut fluchte, das musste Henry Jespersen sein.

»Seid ihr da?«, rief er.

Ich bekam Angst. Gunnar wurde wütend.

»Natürlich sind wir hier!«, schrie er. »Glaubst du, wir sind spazieren gegangen?«

»Immer mit der Ruhe! Keine Panik! Hört ihr mich?«

»Hörst du mich, Henry?«, schrie Gunnar. »Ich schreibe das hier voll als Überstunden auf. Plus Zulage!«

»Ich auch«, schrie ich. »Seb, ruf unseren Anwalt an!«

»Aber das ist doch nicht meine Schuld!«

Henry war kurz vorm Zusammenbruch. Gunnar stand auf und trat gegen das Gitter.

»Ach nein? Und wann wurde dieser Fahrstuhl das letzte Mal gewartet? 1937? Dafür bist du verantwortlich!«

»Ihr habt Übergewicht!«

»Nimm das zurück, Henry Jespersen! Sonst hetz ich dir die ganze Gewerkschaft auf den Hals!«

»Schon gut, schon gut. Beruhigt euch. Bleibt ganz still sitzen. Ich werde den Hausmeister holen.«

Wir hörten schwere Schritte die Treppe hinunter. Dann hörten wir, wie Seb wieder die Internationale pfiff. Er war wirklich gut.

»Hör auf!«, brüllte Gunnar.

»Ich wollte euch nur ein bisschen bei Laune halten«, erklärte Seb. »Es ist wichtig, den Kontakt zur Umwelt nicht abbrechen zu lassen.«

»Wir kommen schon klar!«

Seb pfiff jetzt stattdessen Waterloo. Es gab einen neuen Ruck im Fahrstuhl. Wir begannen miteinander zu sprechen.

»Wie geht es dir eigentlich?«, fragte ich.

»*Eigentlich?* Ich renn doch nicht mit einem Thermometer im Hintern rum«, erwiderte Gunnar.

»Nee. Natürlich nicht. Ich auch nicht.«

»Aber du setzt auf die Anarchisten?«

»Ich setze auf niemanden.«

»Ach so. Dann setzt du also sozusagen auf dich selbst?«

»Da gibt es auch nicht viel drauf zu setzen«, erklärte ich.

»Das stimmt. Du musst dich entscheiden, nicht wahr? Für welche Seite du bist. Und wenn du glaubst, dass du dich nicht entscheiden musst, hast du dich bereits für die falsche Seite entschieden. Kapiert?«

»Ich bin immer noch für Frigg«, sagte ich.

Gunnar seufzte schwer, er seufzte so schwer, dass der Fahrstuhl nachgab. Ich klammerte mich an ihn.

»Wo ist Henry geblieben?«, flüsterte ich. »Seb!«, rief ich.

Aber niemand antwortete. Gunnar legte mir einen Arm auf die Schulter.

»Das wird schon gut gehen«, sagte er. »Ich bin ja hier.«

»Schön, dass du das sagst. Ich vertraue dir. Wiegst du eigentlich siebzig mit oder ohne Schuhe?«

»Wo bist du eigentlich abgeblieben?«, fragte Gunnar.

»Ich war nur ein bisschen rastlos«, erklärte ich.

»Aber wo bist du verdammt noch mal die ganze Zeit gewesen?«

»Hab Tonleitern geübt«, sagte ich. »Chromatische.«

Und da fielen wir. Es ging verdammt schnell. Wir hörten, wie das Kabel riss. Dann hörte ich nichts mehr.

# Teil III

Ich erinnere mich an ein Herbarium, das ich selbst gebastelt habe, in der Pappwerkstatt. Ich gehörte nicht gerade zu den Besten, aber ich schaffte es jedenfalls, einen Umschlag mit steifem Rücken so zusammenzukleben, dass ich später gepresste Blumen hineinlegen konnte. Deshalb verbinde ich den Geruch von diesem braunen Leim immer mit Frühling, mit Bürgersteigen voller Sand und Buschwindröschen, die ich im Kongsskog auf Bygdøy fand und unter dem achten Band des Familienhandbuchs platt presste. Aber in der Holzwerkstatt, da gehörte ich zu den Schlechtesten. Ich war der Schlechteste. Während Gunnar den besten Baseballschläger der Stadt zuwege brachte, Seb ein Bücherregal tischlerte und Ola Trommelschläger schnitzte, kämpfte ich mit einer Teakfigur, die niemals wirklich stimmte. Zunächst hatte mich die Aufgabe mit Mut und Spannung erfüllt: Ich hatte einen viereckigen Holzklotz. Der sollte zu einem Seehund werden. Ich wollte etwas schaffen, was noch niemand vor mir gemacht hatte. Dieser Klotz sollte von meinen eigenen Händen umgeformt werden. Des Nachts träumte ich davon. Ich hatte Bilder von Michelangelos Skulpturen im Familienhandbuch gesehen, Michelangelos *David*, und es war für mich ein Rätsel, dass so ein Menschenkörper in einem Marmorblock, einem Stein zu finden war. Jetzt habe ich mein eigenes Rätsel: Ich soll einen Seehund in einem Teakklotz finden. Den ersten Herbst säge ich die Ecken ab, dann schneide ich mit einem scharfen Messer die

Seiten entlang. Der Winter kommt, ich bekomme zu Weihnachten Langlaufschlittschuhe, bin jeden Abend im Frognerstadion und höre aus allen Lautsprechern *Let's twist again* und sehe den Mädchen beim Eiskunstlauf zu, wie sie schiefe Achten auf der Innenbahn drehen. Aber ich komme nie durch die Kurven, ich rutsche jedes Mal in die Schneewälle vor den Tribünen, es ist unmöglich. Nach Weihnachten fange ich mit grobem Sandpapier an. Ich habe bereits meine Spuren im Holz hinterlassen. Es ist nicht mehr irgendein Klotz. Er ist dabei, ein Seehund zu werden. Im April schaffe ich nur wenig, denn Ostern falle ich kopfüber in die Spalte an der Kobberhaughütte und schneide mir beide Hände auf. Als der Sommer kommt, ist immer noch nur schwer zu erkennen, was es werden soll, aber ich sehe ein inneres Bild von dem Seehund, dem Geheimnis des Holzes, das ich mit ihm teile. Ich lerne in diesem Sommer den Kopfsprung, mache meinen Freischwimmer, tauche zwei Meter weit und bringe eine Qualle mit an Land. Die vertrocknet in der Sonne und sieht zum Schluss wie eine verwelkte, durchsichtige Blume aus. Im Herbst wechsle ich vom groben zum feinen Schleifpapier. Ich will sorgfältig vorgehen, ich will nichts dem Zufall überlassen. Es regnet fast jeden Tag, abends spazieren wir die Straßen entlang, haben nichts zu tun, werfen vielleicht mal eine Straßenlaterne kaputt. An dem Tag, als der Schnee kommt, glaube ich, dass ich fertig werde. Wir haben freitags in der letzten Stunde Werken. Ich bin unruhig, kann kaum die Hände still halten. Ich stehe in einer Ecke für mich, ich stehe immer in einer Ecke, der Werklehrer hat mich schon lange aufgegeben. Aber er ist ein netter Mann. Ich glaube, in seinem tiefsten Inneren versteht er mich. Zumindest sagt er jedes Mal, wenn er an mir vorbeigeht: Die Zeit wird es schon richten, Kim. Und das habe ich beherzigt. Jetzt ist die Zeit gekommen. Ein leichter Strich mit dem feinsten Schleifpapier, und ich habe einen Seehund aus einem ganz gewöhnlichen Holzklotz hervorgezaubert. Ich bin aufgeregt und nervös, und als ich zum letzten, vorsichtigen Strich ansetze, mit dem rauen Papier, das ich mir um zwei Finger der rechten Hand gewickelt habe, da geschieht das Fatale: Ich drücke zu hart. Ich drücke viel zu hart, und der Seehund ist verschwunden. Es gibt keinen Seehund mehr. Vielleicht war da mal ein Seehund, eine Sekunde lang, ohne dass ich ihn gesehen habe. Aber jetzt wird er zu etwas anderem. Jetzt ist es zu spät. Ich laufe nicht mehr Schlittschuh, gewinne dafür ein Skiwettrennen in Idealzeit und bekomme einen Pokal. Und die Zeit läuft schneller. Ich komme nicht mehr mit. Ich schmirgle weiter mit grobem Sandpapier. Ich weiß nicht, was es werden soll, aber ich sage dem Werklehrer, dass ich stattdessen jetzt einen Vogel machen will. Sonntags gibt es Schokoladenpudding zum Dessert, und ich denke an Quallen. Als der Schnee verschwindet, das Wasser überall heruntertropft und ich nachts wach liege, benutze ich wieder die kleinste Säge und schneide einen tiefen Spalt ganz unten aus und einen schmalen Streifen ganz oben. Das soll ein Vogel werden, ein Storch. Beim Werken an einem Mittwoch höre ich plötzlich Sirenen, sie kommen von allen Seiten, es klingt wie Krieg. In der Pause sehen wir Flammen und schwarzen Rauch über der Stadt. Wir laufen in die Richtung, nach Majorstua, Oslos gesamte Bevölkerung ist auf den Beinen. Das Colosseumkino brennt. Die Leitern sind am Gebäude hochgefahren, zwei Feuerwehrleute balancieren auf dem Kuppelrand. Wir halten den Atem an. Das Colosseum brennt. Dann gibt es jemanden, der schreit, die beiden Feuerwehrmänner werfen sich auf die Leiter, und kurz darauf explodiert die Kuppel, sie platzt wie ein Ei, und die Hitze schlägt uns ins Gesicht. Und bevor alles in sich zusammenstürzt, sehe ich, dass im Kino *Die zehn Gebote* mit Charlton Heston und Yul Brynner läuft. *Du sollst nicht lügen.* Den Frühling über arbeite ich mit verschiedenen Schleifpapierstärken, und als sich der siebzehnte Mai nähert und ich fünfzehn Chinaböller, acht Knallfrösche und zehn Knallerbsen gekauft habe, finde ich wirklich, dass es einem Vogel ähnlich sieht, einem Storch. Aber ich bin noch nicht ganz zufrieden. Ich schmirgle weiter, und zu einem bestimmten Zeitpunkt, ich kann nicht genau sagen wann, denn alles geht wie gesagt in diesem Frühling schrecklich schnell, bin ich an dem Vogel bereits vorbei. Es ist nicht mehr ein Storch, es ist nur noch etwas, was überhaupt nichts ähnlich sieht. Es folgen Nachmittage mit langen blauen Schatten. Es folgen Abende mit Oper im Radio. Bald ist es wieder Sommer. Ich bin ungeduldig, ich weiß nicht mehr, was ich da eigentlich mache. Aber ich arbeite weiter, ich stehe in meiner Ecke und reibe rum an dem, was einmal ein Seehund werden sollte, dann ein Storch wurde und nun nur noch ein unförmiger Holzklumpen ist, ein Splitter. Ola ist fast fertig mit seinen Trommelstöcken, Seb hat das größte Bücherregal der Schule gebaut, und Gunnar hat bereits seinen Namen in seinen Baseballschläger gebrannt, in den besten Baseballschläger der Stadt. Nachts träume ich nichts, die Blumen im Herbarium sind schon lange zu Staub zerfallen, ich esse nichts, ich gehe nicht aus. Mutter fragt sich, ob ich wohl krank bin, und geht mit mir zum Arzt. Aber der kann nichts finden. Er horcht meinen Rücken ab und fragt, ob ich früher schon einmal krank gewesen bin. Mutter sagt, dass ich im Jahr zuvor Masern hatte. Der Arzt schaut in meine Unterhose, lässt das Gummiband mit einem leisen Knall zurückschnellen und fragt, ob mich etwas bedrückt, beispielsweise des Nachts. Ich kann nicht schlafen, sage ich. Hinterher, während ich mich wieder anziehe, flüstert er lange mit meiner Mutter, die mit großen Augen zu mir hinüberguckt. Auf dem Heimweg spendiert sie mir ein Softeis und sagt, dass demnächst einmal Vater mit mir reden wird. In dieser Nacht schlafe ich doch irgendwann, während ich Vater im Wohnzimmer hin- und herlaufen höre. Und in der letzten Stunde Werken vor den Sommerferien hole ich mir das feinste Schmirgelpapier, es fühlt sich fast wie Seide an, und ich putze ganz vorsichtig, so vorsichtig ich nur kann, und wie groß ist meine Verwunderung, als der letzte Staub zu Boden fällt und ich nichts mehr in den Händen halte, nichts, aber auf eine sonderbare Art und Weise bin ich auch erleichtert, erleichtert und zufrieden.

Und genau so ein Gefühl, eine leere Ruhe fühle ich auch, als ich in Lorenzos Zimmer sitze, in Florenz, in der *Via dei Cimatori*, im Hotel de Lanzi, und Klavier spielen lerne. Lorenzo steht hinter mir, er schiebt meine Finger auf die Tasten und lässt sich besonders viel Zeit, wenn er zum Krüppel kommt. Er nimmt seine Aufgabe ernst. Wir fangen mit den einfachsten Tonleitern an, er erklärt mir die Tasten. Stundenlang, Tag für Tag übe ich Tonleitern. Wir bekommen Essen und Wein von Ana ins Zimmer gebracht. Sie arbeitet hier im Haus. Sie macht vieles. Und jedes Mal, wenn sie leise hereinkommt, kann ich mich nicht mehr auf die Fingerstellung konzentrieren, der Daumen scheint festzusitzen, und der Krüppel trifft drei Tasten gleichzeitig. Ana bleibt meistens in der Türöffnung stehen, wenn sie eigentlich gehen soll, sie steht da und schaut mich an, während sie sich mit der Hüfte anlehnt, und die Tonleitern fallen auseinander. Schließlich muss Lorenzo sie hinausjagen, und ich höre, wie sie auf dem Weg die Treppen hinunter lacht. Am Abend sehe ich Lulu bei ihrer Show zu, die Lorenzo mit langsamen Akkorden begleitet. Lulu hat sieben Vorstellungen, eine für jeden Wochentag. Am Montag ist sie Harlekin, unruhig, melancholisch. Am Dienstag ist sie Balanzone, das ist meistens ein schlechter Tag, sie verkleidet sich als weiser Mann und redet viel zu viel. Am Mittwoch ist sie Columbina, das sich aufopfernde Dienstmädchen. Donnerstag kommen immer am meisten Leute, da hat sie viel Glück. Am Freitag ist sie Brighella, viel zu ernst, das Publikum fühlt sich angeschmiert, sie kommen nicht hierher, um noch trauriger zu werden. Am Samstag ist sie Pulcinella, mit großen Gesten und lautem Weinen. Und am Sonntag ist sie Stenterello, die Puppe, das Hätschelkind der Stadt, vulgär und spröde zugleich, Sonntag ist wohl ihr bester Tag. Mir gefällt der Montag am besten, ich mag den Harlekin. Doch eigentlich ist es jeden Abend die gleiche Vorstellung, nur in unterschiedlicher Verkleidung. Sie braucht viel Zeit, bis sie zur Sache kommt. Das Publikum fängt bereits nach zwei Minuten an zu pfeifen, wenn Lulu immer noch nicht ihr Cape abgeworfen hat. Aber unter dem Cape trägt sie nur einen rosa Slip in der Größe einer Briefmarke, und dann pflegt die Stimmung sofort wieder zu steigen. Lulu heißt eigentlich gar nicht Lulu, das ist ihr Künstlername, sie erklärt, dass sie möglichst nicht wiedererkannt werden möchte, und lacht lange und betrübt. Sie sagt, dass sie das nur macht, um Geld zu verdienen, damit sie ihre eigene Theatertruppe gründen kann, ihre eigene Commedia dell'Arte. Alle hier wollen etwas anderes. Keiner will hier bleiben, in der Via dei Cimatori. Hier ist alles nur vorläufig. Hier ist alles nur ein Übergang, ein Wartezimmer. Übrigens ist es Lulu, die versucht, mir Italienisch beizubringen, abends, nachdem sie die teilnahmslosen Männer im Saal aufgetaut hat. Ich kann bereits neun Worte. *Resta con noi o signore perché si fa sera.* Das steht auf einem Straßenschild um die Ecke. Ich glaube, sie mögen mich hier. Ich bin ein Lehrjunge. Lorenzo lehrt mich das Klavierspielen, Lulu bringt mir die Sprache bei, Ana lehrt mich alles andere. Lulu trinkt Vecchia Ramegna Brandy, während sie sich die weiße Schminke aus dem Gesicht wäscht, und redet über die Zukunft, über die großen Pläne, über alles, was noch geschehen wird, wenn sie erst einmal genug Geld gespart hat und von hier fortkommt. Der Mond geht hinter dem Dom auf, nirgends ist der Himmel schwärzer als hier. Dann gehe ich in mein Zimmer hoch. Ich kann nur selten schlafen. Ich höre die Geräusche aus den anderen Zimmern, das mechanische Schnaufen, es klingt fast wie Tonleitern, das sind nur Übungen, Fingerübungen. Stattdessen setze ich mich ans Fenster und schaue auf die Via dei Cimatori hinunter, und da unten in der Dunkelheit ist immer Licht bei dem Schildermacher, dem Graveur, er sitzt gebeugt unter der Lampe und ritzt Buchstaben und Namen in kleine Messingschilder. Das ist eigentlich ein trauriger Anblick, dieser Mann im schwarzen Anzug, der Glühdraht, die Stempel. Und weil ich sowieso nicht schlafen kann, denke ich an die Zeit, da ich als Blumenbote durch Oslos Straßen fuhr, denn ich kann die Namensschilder an den Türen nicht vergessen, prächtige Visitenkarten in Kupfer und Messing, immer blank geputzt, an den Türen fest verschraubt. Und diese Schilder haben etwas an sich, was mich an Grabsteine, an Friedhöfe erinnert, ich weiß nicht so recht warum, vielleicht, weil ich den Tag vor mir sehe, an dem das Schild abgeschraubt und weggeworfen wird und ein neuer Name stattdessen an die Tür kommt, und ich überlege, ob ich wohl auch mal eine Tür haben werde mit meinem Namen darauf, Kim Karlsen. Der Mond fällt hinter eine Wolke, und der Schildermacher löscht endlich sein Licht und geht nach Hause. In so einer Nacht kommt Ana zu mir. Sie klopft nicht an, sie betritt einfach still das Zimmer, setzt sich auf das Bett, und bevor der Morgen graut, habe ich ihr bereits zu viel versprochen. Vielleicht ist es mein Fehler, dass jemand an mich glaubt.

Am nächsten Tag meint Lorenzo, dass ich lange genug Tonleitern geübt habe. Er klingt fast feierlich. Überreicht mir drei Notenhefte. Rondo Amoroso, Mood Indigo und Solfeggio. Er bittet mich, mit Rondo Amoroso anzufangen. Er spielt das Stück ein paar Mal. Ich denke nicht, dass ich das schaffe. Jetzt bist du dran, sagt Lorenzo. Enttäusch mich nicht, sagt er. Eines Tages wirst auch du für Lulu spielen. Dann tauschen wir die Plätze, ich stottere durch die ersten Takte, die spröde, monotone Melodiefolge. Lorenzo korrigiert. Er lässt beiläufige Bemerkungen fallen. *Ruhig,* sagt er, *espressivo.* Es ist bereits Winter geworden. Es zieht vom Fenster her, das ist der Schirokko, der Winterwind, er bringt die Kälte vom Fluss mit. Eines Tages fängt es an zu regnen. Ich erkälte mich. Ana kommt mit Tee und Honig. Ich sitze in Lorenzos kaltem Zimmer und spiele Rondo Amoroso. Ana ist jede Nacht bei mir. Ich habe ihr zu viel versprochen. Ich verspreche ihr noch mehr. Sie will auch nicht hier bleiben. Sie redet immer davon, woanders hinzufahren. Ich bin offenbar der Einzige, der hier bleiben will. Ich verspreche, sie mitzunehmen.

Eines Vormittags bricht Lorenzo den Unterricht ab und möchte, dass ich mit hinausgehe. Er meint, ich bräuchte eine

Pause, ich hätte sie verdient, er sagt, dass ich große Fortschritte mache. Ich bin die Erkältung immer noch nicht los. Also krieche ich in meine Lotsenjacke, leihe mir einen gelben Schal von Ana und einen weißen Regenschirm von Lulu. Ich folge Lorenzo. Er will mir etwas zeigen. Wir kommen beim Schildermacher vorbei, der sitzt in seiner engen Bude, einer Kammer, kaum größer als ein Koffer in der Wand. Seine Fingerspitzen brennen, es ist ziemlich unheimlich. Und plötzlich grüßt er mich, er schaut auf, lächelt, als wären wir alte Bekannte. Ich tu so, als sähe ich ihn gar nicht. Lorenzo biegt in die Via dei Calzaiuoli ein, ich laufe, um ihn wieder einzuholen. Die Straßen sehen aus wie Korridore, und der Regen erleuchtet sie mit einer grauen Glut. Wir überqueren die Piazza della Signoria, ich sehe Michelangelos *David*, im Regen, eine mittelmäßige Kopie, ein weißer Schatten im Winterregen. Wohin wollen wir?, frage ich. Lorenzo antwortet nicht. Er nimmt mich mit in die Uffizien. Wir erklimmen eine steile Steintreppe, die Stufen sind von all jenen, die vor uns hier gewesen sind, ganz ausgetreten, es riecht nach Staub und Kälte. Wir passieren die hohen Galerien im ersten Stock, hier hängen die Porträts dicht an dicht an den Wänden, und wenn man schnell an ihnen vorbeigeht, sieht es aus wie ein Zeichentrickfilm. Lorenzo bleibt erst in der Sala del Botticelli stehen. Hier setzt er sich auf eine Bank und zeigt auf ein Gemälde direkt vor uns. Ich lasse mich neben ihm nieder.

»Das wollte ich dir nur zeigen«, erklärt Lorenzo ruhig.

Es ist Botticellis *Geburt der Venus*. Wir bleiben sitzen und schauen das Bild an, dieses durchsichtige Gemälde, diese gewichtlose Gestalt, die aus einem grünen Meer aufsteigt, während Wind und Engel sie an Land schieben und langsam Blumen herabfallen, vom Himmel oder von ihrem Haar.

»Was fällt dir als Erstes auf?«, fragt Lorenzo.

»Ihre Zehen«, sage ich. »Sie hat ziemlich lange Zehen.«

Lorenzo schüttelt lachend den Kopf.

»Schau richtig hin.«

»Die Hand auf dem Herzen«, sage ich. »Oder ihre Haare. Oder die fette Dame, die sie in Empfang nimmt.«

»Das ist Flora«, erklärt Lorenzo. »Die Frühlingsgöttin. Die Göttin der Blumen.«

»Jetzt hab ich's. Ihr Blick. Alle sehen sie an, aber sie sieht nirgendwo hin. Und außerdem hat sie so spitze Ellbogen.«

»Das erste Mal, als ich sie sah, war ich zehn Jahre alt«, erzählt Lorenzo. »Unsere Lehrerin hat die Klasse mit hierher genommen in die Sala del Botticelli. Sobald ich die Venus sah, zeigte ich auf ihre Schulter und ihren Arm und sagte: Sie ist hässlich. Sie ist eine Missgeburt! Die Lehrerin gab mir eine kräftige Ohrfeige und schickte mich nach Hause. Und seitdem bin ich immer wieder hierher gekommen.«

»Du hattest Recht«, sage ich. »Die Schulter ist nicht in Ordnung.«

»Nein, ich habe mich geirrt. Es ist gerade die Schulter, die ihr die Schönheit verleiht. Sie ist notwendig. Siehst du die Linie entlang ihres Gesichts, sie setzt sich in der Schulter und den Arm hinunter fort. Sie ähnelt nichts anderem und ist deshalb perfekt.«

»Hast du mich hierher geführt, um mir das von ihrer Schulter zu erzählen?«

Lorenzo muss wieder lachen.

»Mir fiel nur Botticellis Venus ein, als ich zum ersten Mal deinen Finger sah.«

Lorenzo lacht weiter. Ein Museumswärter geht langsam in knarrenden Schuhen vorbei, er räuspert sich und wirft uns Blicke zu.

»Komm«, sagt Lorenzo. »Wir brauchen was zu trinken!«

# 10

Ich sah ein Gesicht. Es war viel zu nahe. Es hing an einer Schnur. Ich bekam große Angst. Ich schloss die Augen wieder. Da fiel ich hintenüber, ganz langsam, obwohl ich doch keinen Fallschirm hatte, nur einen weißen Regenschirm, ich fiel durch das Laub, feuchtes Laub, und ich hatte den Mund voller Wind und Strohfeuer. Als ich das nächste Mal die Augen öffnete, waren zwei Gesichter da. Sie hatten das gleiche Lächeln. Sie hatten so große Hände. Sie wollten mich hochheben. Das kitzelte. Sie wollten mich ins Licht heben. Da fuhr mir eine Sonne durch den Kopf, und ich war unter den Lebenden.

»Wo bin ich?«

»Im Ullevål-Krankenhaus«, sagte die Krankenschwester mit freundlicher, deutlicher Stimme.

»Und wie geht es uns?«, fragte ich.

Der Arzt saß auf der Bettkante und fummelte an meinem Handgelenk herum. Ich konnte seinen Namen nicht herausbekommen. Die Schwester hieß Hedda, das stand zumindest auf ihrem Schild, das sie hoch oben auf der Brust trug.

»Du hast Glück gehabt«, sagte der Arzt. »Nur eine leichte Gehirnerschütterung. Außerdem haben wir gleich die Fäden gezogen.«

Ich versuchte aufzustehen. Das ging nicht.

»Fäden gezogen?«

»Da unten. Deshalb bist du etwas benebelt. Von der Narkose.«

Ich versuchte etwas zu spüren. Ich spürte gar nichts. Das war unheimlich. Ich fühlte nur, dass der Verband und das Röhrchen weg waren.

»Wie würden Sie die Situation charakterisieren?«, fragte ich höflich.

»Zufrieden stellend. Du kannst morgen gehen. Aber du solltest es vermeiden, dich in nächster Zeit aufzuregen.«

Ich wollte mich dumm stellen. Nur dann bekommt man die richtige Antwort.

»Meinen Sie wütend? Darf ich nicht mehr wütend werden?«

»Du verstehst schon, was ich meine«, sagte der Arzt.

»Sollte ich lieber nicht, oder darf ich auf keinen Fall?«

»Wir sagen lieber auf keinen Fall. Sicherheitshalber. Zu deinem eigenen Besten.«

»Ist es gefährlich?«

»Nein. Es tut weh.«

»Aber es wird wieder gesund?«

»Frisch wie ein Fisch«, sagte der Arzt.

Mir gefiel dieser Vergleich nicht. Er gefiel mir ganz und gar nicht. Mir kamen eklige Gedanken. Ich dachte an Hechte und an Haken mit Ködern dran, fetten Regenwürmern, gefunden auf dem Friedhof. Ich wollte den Arzt zurechtweisen, ihm ein paar wohl artikulierte Worte über seine unfeine Sprache sagen, aber da deckte die Krankenschwester mich zu, und der Arzt ging weiter zum nächsten Bett. Erst jetzt bemerkte ich, dass hier noch drei lagen. Vielleicht fehlte uns allen das Gleiche? Ich beschloss, mich in keinerlei Gespräch mit ihnen verwickeln zu lassen. Doch als die Weißen gegangen waren, lugte ein dünner Kopf aus der nächstgelegenen Bettdecke hervor.

»Und was fehlt dir, mein Junge?«

Ich tat, als hätte ich nichts gehört. Er wiederholte seine Frage acht Mal. Ich gab auf.

»Gehirnerschütterung«, sagte ich.

Aus allen Betten erklang Gelächter.

»Gehirnerschütterung? Wo hast du denn dein Gehirn, wenn ich fragen darf. Zwischen den Beinen?«

Es folgte noch lauteres Lachen. Da wollte sich offensichtlich jemand totlachen, denn keiner sah hier besonders gesund aus. Ich gab keine Antwort. Ließ sie lachen.

»Zwei Prostata, ein Katarrh und eine Gehirnerschütterung!«, gluckste mein Nebenmann. »Hast du zu oft den Kopf geschüttelt?«

So langsam wurde es hier drinnen unerträglich. Die Betten standen nicht still. Ich konnte nicht verstehen, dass so alte Männer so kindisch sein konnten. Ich musste dem ein Ende setzen.

»Ich habe im Fahrstuhl festgesteckt!«, rief ich.

Es nützte nichts. Sie fielen fast aus ihren Betten. Aber dann hatten sie sich totgelacht. Es wurde ganz still. Sie lagen steif auf ihren Laken und starrten an die Decke. Es war sechs Uhr. Es war Besuchszeit. Durch die Tür quollen Familien und Angehörige herein und steuerten jeweils ein Bett an. Sie hatten Bananen bei sich, Strickzeug, Zeitschriften und Fotoalben. Und sie redeten nicht mit Prostata oder Katarrh, sie redeten miteinander, während die älteren Herren immer kränker aussahen.

Seb kam zwei Minuten vor Ende der Besuchszeit. Er hatte eine kleine Flasche Magenbitter dabei, Profils Liederbuch, *Lieder vom Völkerkampf* und Blumen von Henry Jespersen.

»Ich bin noch nicht tot«, sagte ich.

»Nee, nee, ich finde, du siehst richtig frisch aus«, sagte Seb. »Auf welcher Station liegt eigentlich Gunnar?«

»Gunnar? Der steht am Stand. Für die Fahrstuhlmonteure. Das riecht verdammt nach Streik.«

Seb schraubte heimlich den Verschluss ab. Auch den Strohhalm hatte er nicht vergessen. Es war so simpel. Ich war sofort etwas angeschickert.

»Er hat sich nichts gebrochen?«

»Hör zu«, begann Seb seine Erzählung. »Er ist *auf* dir gelandet, verstehst du. Ohne Verletzungen. Und du bist auf den Manifesten gelandet. Ich soll von sämtlichen Maulwürfen aus Oslo und Umgebung grüßen. Es laufen bereits die heißesten Gerüchte über dich.«

»Glaub ihnen nicht, Seb.«

»Nein? Aber ich bin doch derjenige, der sie verbreitet. Dein heldenhafter Einsatz, um die Wahrheit unters Volk zu bringen, ist nicht unbeachtet geblieben. Du bist keinen Zoll gewichen, Kim. Sie wollen dich als Hauptredner in Arendal haben.«

»Wer will mich wo haben?«

»Gard. In Arendal, beim Festival im Juli.«

»Ich muss pissen«, sagte ich.

Ich ließ mich vorsichtig aus dem Bett kippen. Ich war ein trauriger Anblick im hellblauen Krankenhauspyjama, vier Nummern zu groß und einen Knopf zu klein. Und noch trübsinniger wurde ich, als ich die Füße in die Krankenhauspantoffeln steckte. Sie standen auf dem Fußboden bereit, sahen aus wie zwei Schildkröten mit Schirmmütze.

»Soll ich dir helfen?«, fragte Seb.

»Jetzt schlage ich gleich um mich«, erwiderte ich. »Hast du eine Streichholzschachtel?«

Seb gab mir eine Packung und sah besorgt aus.

»Mach erst Feuer, wenn ich gegangen bin«, sagte er ganz, ganz leise.

Ich schlurfte auf den Flur hinaus, und die Krankenschwester Hedda kam sofort zum Vorschein und zeigte mir den Weg. Ich versperrte mit dem Fuß die Tür, schob die Streichholzschachtel zwischen die Zähne, packte das Geschenk aus, schloss die Augen und ließ es geschehen. Und es ging einfach wunderbar. Es plätscherte und lief. Ich stand da und glotzte. Ich verlor fünfzehn Liter. Das war eine ganze Menge. Jemand klopfte an die Tür. Wieder Hedda.

»Alles in Ordnung?«, rief sie.

Ich legte das Geschenk an seinen Platz, hatte nicht vor, es umzutauschen. Es passte. Ich öffnete die Tür, Hedda stand immer noch davor. Ich glaube, ich hätte sie küssen können, aber glücklicherweise besann ich mich im letzten Augenblick, außerdem sah sie mich äußerst misstrauisch an.

»Du hast eine Streichholzschachtel im Mund«, sagte sie.

Ich ließ sie auf den Boden fallen.

»Ich versuche mir das Rauchen abzugewöhnen«, erklärte ich. »Weißt du, was Glück ist, Hedda?«

Darauf konnte Hedda keine Antwort geben.

»Glück ist, wenn die Schmerzen aufhören«, sagte ich.

Dann lief ich zurück in mein Bett. Ich konnte laufen. Da saß Seb und aß Abendbrot, zwei halbe Scheiben mit Leberpastete und zwei halbe Scheiben mit Schnittkäse, der schon harte Ränder hatte. Die Besuchszeit war vorbei. Die anderen Gäste waren gegangen. Ich ließ Seb in Ruhe essen. Ich konnte laufen. Ich machte mehrere Runden, bevor ich unter die Decke schlüpfte.

»Wieso liegst du eigentlich auf der Urologischen?«, fragte Seb. »Ich dachte, du hättest dir den Kopf gestoßen?«

Ich schaute ihn lange an.

»Eigentlich ist ein merkwürdiges Wort«, sagte ich.

»Was?«

»Eigentlich ist eigentlich ein merkwürdiges Wort. Es sät Zweifel. Es wirft einen Schatten über die ehrlichste Person. Was meinst du *eigentlich*?«

»Hast du eine Vollnarkose gekriegt, oder haben sie sich mit einer Lokalbetäubung der linken Gehirnhälfte begnügt?«

»Kann es sein, dass du mit den anderen Herren hier geplauscht hast?«

Seb beugte sich näher zu mir.

»Ich glaube, die sind tot«, flüsterte er.

»Sie haben sich totgelacht, bevor du gekommen bist. Übrigens – hast du das Gedicht über die Apfelsinen geschrieben?«

»Irgendwie komm ich damit nicht in Gang. Ich bin nun mal nicht so ein Obstlyriker.«

»Eine Apfelsine schälen«, sagte ich. »Ein Butterbrotpaket

öffnen. Das ist Stoff, um drüber zu schreiben, Seb. Das steife Butterbrotpapier, das zur Seite gestrichen wird, wie eine knisternde weiße Blume. Der Nagel, der sich in die Apfelsinenschale drückt, der Saft, der läuft, die blutigen Boote. Das ist kein Kleinkram, Seb.«

»Willst du noch was, oder kann ich den Rest essen?«

»Jede einzelne Apfelsine ist ein Mysterium, Seb. Und jedes einzelne Butterbrotpaket ist ein Geheimnis.«

»Wie wär's mit einer Banane?«

»Banane? Eine Banane ist doch keine Poesie. Eine Banane ist doch verdammt noch mal keine Poesie!«

Hedda kam herein und wollte Seb rausschmeißen.

»Ich hab die Schubkarre draußen stehen«, sagte er. »Kommst du mit in die Dops?«

»Nix da. Ich werde morgen entlassen. Und dann fahr ich nach Marienlyst.«

»Okay. Du brauchst nichts zu erklären. Ich kapier schon.«

Seb kreuzte die Finger und stand auf.

»Nein«, widersprach ich. »Du kapierst gar nichts. Und nimm die Blumen wieder mit. Gib sie Severinsens Sohn.«

## 11

Ich sah, wie die Stadt erwachte. Ich sah, wie die Stadt sich langsam den Schlaf aus den Augen rieb. Die Gardinen wurden zur Seite gezogen, Gesichter kamen in den Fenstern zum Vorschein, die Augen, noch erschöpft von der Nacht, schätzten den Tag ab und fanden ihn erträglich. Der Geruch nach Kaffee und Brot erfüllte die Welt. Es fanden Gespräche statt. Radios wurden eingeschaltet. Der Schuster setzte sich an seine Maschine und besohlte einen schiefen Lackschuh. Im Blumengeschäft wurden Kränze und Sträuße fertig gemacht. Der Pfarrer erklomm die Treppe zur Kirche in zwei Sprüngen. Und der Postbote kam mir entgegen, die Taschen voller Träume, mit Briefmarken darauf. Ich war auf dem Weg den Kirkeveien hinunter, von Ullevåls Höhen hinab in Marienlysts Ebenen. Ich fühlte mich ein bisschen genial, als könnte ich auf dem Wasser gehen. Der Asphalt war noch feucht von der Nacht, Tau auf schwarzem Asphalt. Das frühe Licht hatte Flügel. Es war Montag. Es sollte ein schöner Tag werden.

Ich klingelte bei Hubert und fühlte mich ziemlich blöd dabei. Trotzdem klingelte ich noch einmal, als erwartete ich, mich selbst in der Tür zu treffen. Ich traf niemanden. Es war so still dort. Ich musste wieder unters Bett gucken. Das Bild war nicht da. Ich öffnete ein Fenster. Das würde ein schöner Tag werden, vielleicht einer der schönsten überhaupt. Es gab einfach viel zu wenige solcher Tage. Und ich wollte ihn nicht kaputtmachen. Ich legte mich lieber schlafen.

In dem Moment, als ich die Augen schloss, schlief ich sofort ein, denn ich träumte, und das ist der einzige Beweis dafür, dass man geschlafen hat. Es war ein Traum von einem Wald, er ist voller Wind, die Bäume stehen dicht beieinander, die Zweige wachsen ineinander. Ich traue mich nicht hineinzugehen, laufe an der grünen, wogenden Wand entlang, ich will zwischen die Bäume, traue mich aber nicht. Ich rufe, aber es ist kein Laut zu hören. Ich sehe einen Baum, einen schiefen, nackten Baum, er steht am Rande des Waldes, ich gehe zu ihm, und als ich nahe genug herangekommen bin, entdecke ich, dass jemand meinen Namen in die Rinde geritzt hat. Ich lehne mich an den glatten Stamm und schlafe so ein.

Ich werde von einem Vogel geweckt. Er singt. Ich nehme an, dass es Pym ist. Dann höre ich meine eigene Stimme, ich rufe. Ich stand schnell auf, jemand klingelte an der Tür. Es war erst halb elf. Ich hatte drei Minuten lang geträumt. Ich schlich auf den Flur, lauschte. Wieder klingelte es. Ich riss die Tür auf. Es war Vivi.

»Hallo, Kim«, sagte sie.

Sie trug eine kleine Tasche über der Schulter. Ihr Haar trug sie anders, im Nacken zu einem Knoten gebunden. Es war, als sähe ich ihr Gesicht zum ersten Mal. Sie trug Turnschuhe, blaue, mit langen weißen Schnürbändern. Sie hatte ein gelbes Tuch um den Hals.

»Wie hast du mich gefunden?«, fragte ich.

»Versteckst du dich?«

»Nein, wieso?«

»Ich habe deinen Freund getroffen. Den, der Gedichte schreibt. Sebastian. In der Dopsgate. Er hat mir erzählt, dass du hier wohnst. Sollte ich nicht kommen?«

»Doch. Natürlich. Seb kann erzählen, was er will.«

»Willst du mich nicht reinlassen?«

Sie trat über die Schwelle, blieb stehen und schaute sich um. Ich schloss die Tür. Sie ging weiter in die Wohnung hinein. Ich lief hinter ihr her. Sie studierte Huberts Illustrationen. Ich wollte etwas sagen, über das Wetter oder über ihre Haare. Sie kam mir zuvor.

»Warum hast du nicht gesagt, dass du pleite bist?«

»Geld ist nicht alles«, sagte ich.

Das war ziemlich dumm gesagt. Das muss so mit das Dümmste gewesen sein, was ich je gesagt habe. Vivi drehte sich zu mir um und schenkte mir ein kurzes Lächeln.

»Du hättest es einfach sagen können, dann hätte ich das Taxi bezahlt.«

»Vergiss es.«

»Nein. Ich finde, du hättest es sagen können.«

»Ja. Ich werde es nächstes Mal sagen.«

»Wie viel brauchst du?«

»Ich will kein Geld.«

»Kannst du mir nicht einfach sagen, wie viel du willst?«

Sie ließ nicht locker. Fast stampfte sie mit dem Fuß auf. Ich wurde ganz müde davon. Schaute aus dem Fenster. Das Licht war kräftig, schmerzte. Es waren schmutzige Regenspuren auf den Fensterscheiben.

»Zweitausend«, sagte ich.

»Gut! Ich schreibe dir einen Scheck aus. Ist das in Ordnung?«

Sie setzte sich an den Wohnzimmertisch, holte ein Scheckheft und einen Kugelschreiber aus der Tasche und schrieb. Dann gab sie mir das Papier. Es lautete über zweitausendfünfhundert Kronen. Und es war das erste Mal, dass ich sah, wie sie hieß, mit ganzem Namen. Sie hieß Vivi Våge. Sie packte schnell alles wieder ein und ging zum Fenster.

»Ich kann von hier aus fast unser Haus sehen«, sagte sie.

»Die Hundehütte?«

Vivi antwortete nicht. Sie stand mit dem Rücken zu mir. Ich schob den Scheck in die Gesäßtasche.

»Möchtest du ein Glas Apfelwein?«

»Nein danke.«

Aber ich wollte eins. Ich holte ein Glas aus der Küche, und

als ich wieder ins Wohnzimmer zurückkam, war sie nicht mehr da. Ich sah, dass die Tür zum Schlafzimmer offen stand. Ich ging hinein. Vivi lag im Bett. Sie hatte ihre blauen Turnschuhe ausgezogen. Es sah fast so aus, als schliefe sie. Ich legte mich vorsichtig daneben.

»Schläfst du?«, fragte ich leise.

»Nein. Es ist schön so.«

»Ja. Es ist schön so.«

Danach sagten wir eine ganze Weile nichts mehr. Das war schön so. Dieser Tag hatte eigentlich erst angefangen. Wir atmeten ruhig. So blieben wir liegen. Ich hatte das Gefühl, dass ich trotzdem etwas sagen sollte.

»Hast du von Elmer Fudd gehört?«

Vivi drehte sich zu mir um, stützte sich auf die Ellbogen.

»Elmer Fudd? Nein. Wer ist das?«

»Ein kleiner Kerl, der Opernsänger wurde.«

Ich trank von Huberts Apfelwein. Vivi wollte nichts. Sie wollte nur mal schnuppern. Dabei fiel ihr etwas ein. Sie erzählte:

»Ludvig Karsten hat mal zwanzig Flaschen Schnaps zu den Pennern in einer Unterkunft in Kopenhagen geschmuggelt. Wahrscheinlich taten sie ihm einfach Leid.«

»Gut gemacht«, sagte ich. »Fast gefällt er mir schon.«

»Abgesehen davon, dass sich zwei von ihnen in der gleichen Nacht beinahe zu Tode soffen.«

»Gute Taten können manchmal unheimlich sein«, sagte ich.

Plötzlich nahm Vivi meine Hand.

»Kannst du mir nicht mehr über Botticelli erzählen?«

Ich schloss die Augen. Es war heiß im Zimmer. Die Sonne knallte wie eine Lichtlawine auf die Fensterscheibe. Sie ließ meine Hand nicht los.

»Sein Vater war Gerber«, sagte sie. »Enthäutete Tiere, kratzte die Innereien heraus und präparierte die Häute. Botticelli lernte von ihm alles über Häute. Sieh dir die Venus an. Sie ist Haut. Haut ist Haut, die auf eine Leinwand gespannt wurde. Weißt du übrigens, was Botticelli bedeutet?«

Vivi lehnte ihren Kopf an meine Schulter und schob die Hand hinunter auf den Bauch.

»Tonne«, sagte ich. »Botticelli bedeutet Tonne. Ein Spitzname. Eigentlich hieß er Alessandro Filipapi. Und dann haben sie ihn Botticelli genannt. Die kleine Tonne.«

»Tonne?«, flüsterte Vivi. »Das passt irgendwie gar nicht zu ihm.«

»Nein, das stimmt. Alle Namen lügen. Und geliebte Kinder haben viele Namen. Die Griechen nannten die Venus Aphrodite. Die Schaumgeborene. Die Göttin des Meeres.«

»Zorro«, sagte Vivi leise.

Sie war anscheinend mit etwas beschäftigt. Sie fummelte an meinem Gürtel herum.

»Und Aphrodite war mit Hephaistos verheiratet. Dem Gott des Feuers. Ein hinkender, potthässlicher Kerl. Schon verrückt, nicht? Feuer und Wasser.«

»Der leuchtet ja von allein«, flüsterte Vivi.

»Erinnerst du dich an Robertino? O sole mio. Romantica. Der eine der Engel oben in der Ecke ähnelt ihm. Als er noch sehr jung war, meine ich. Er hieß eigentlich Roberto Loreti.«

»Die leuchtet ja von allein. Deine Gürtelschnalle.«

»Ja, die ist selbst leuchtend. Im Dunkeln. Damit ich auch den Weg nach Hause finde.«

»Können wir die Gardinen zuziehen?«

Ich musste aufstehen. Ich ging zum Fenster. Von dort ging ich zur Tür. Ich war aufgeregt. Ich konnte kaum stehen. Die Haut war zu klein. Oder viel zu groß. Ich konnte nicht, noch nicht. Vivi lag im Bett und guckte mich misstrauisch an. Plötzlich stellte ich fest, dass ich eine Uhr hatte, ich tat, als wäre ich schrecklich erschrocken und stöhnte laut.

»Oh Scheiße! Jetzt komme ich zu spät!«

Vivi musterte mich mit schmalen Augen.

»Jetzt komme ich zu spät«, wiederholte ich. »Zu Hubert. Meinem Onkel. Ich habe versprochen, ihn heute zu besuchen. Es ist doch heute Montag, oder?«

Vivi sah mich weiter so komisch an, auf die Ellbogen gestützt, aber eigentlich starrte sie gar nicht mich an, sondern die Gürtelschnalle, Zorro, ich schaffte es nicht, still zu stehen.

»Willst du mitkommen? Zu Onkel Hubert?«

Sie stand langsam auf, als langweilte sie sich entsetzlich, und schob die Füße in die Turnschuhe. Und da kniete ich mich hin und band ihr die Schnürsenkel zu, ich tat es, weiße, flache Bänder, und ich fummelte ziemlich lange damit herum, denn es ist so eine Sache, einem anderen die Schnürsenkel zu binden, das wird irgendwie spiegelverkehrt, das erfordert Konzentration, ist fast wie bei den Vätern, die ihren Söhnen das Schlipsbinden beibringen sollen, aber die können sich hinter die Söhne stellen und haben somit wieder die richtige Perspektive, das kann man nicht immer machen, wenn man anderen die Schuhe binden will. Ein paar Mal blieb ich mit dem gekrümmten Zeigefinger stecken und musste von neuem anfangen. Vivi ließ mich machen. Zum Schluss hatte ich zwei schöne Schleifen zustande bekommen. Vivi stand schräg über mir, wie ein Fahnenmast, und ich lag auf dem Boden. Sie klopfte mir auf den Kopf.

»In Ordnung«, sagte sie nur. »Ich komme mit. Fährst du?«

Sie hatte direkt vor dem Hauseingang geparkt, quer auf dem Bürgersteig. Alle Kinder von Marienlyst hatten sich um das Auto versammelt.

»Ich habe Apfelwein getrunken«, sagte ich. »Der war ziemlich stark.«

Vivi setzte sich hinters Steuer. Ich nahm den Platz neben ihr ein. Die Kinder standen wie ein Wald um uns herum. Sie schrieben das Autokennzeichen in gelbe Notizbücher. Es war ein Jaguar, Typ E, convertible. Vivi startete, und die Kinder glitten mit einem Seufzer zur Seite.

»Der war sehr stark«, wiederholte ich. »Der Apfelwein, meine ich. Ist aus Fallobst von Nesodden gemacht. Wurde fast fünf Jahre gelagert. Ich tippe auf vierzig Prozent. Der kann fast auf eigenen Beinen laufen.«

Wir fuhren bereits am Sjølyst vorbei, als ich zu Ende gesprochen hatte. Auf einem riesigen Plakat war ein Bild von einem Pudel und einem Schäferhund, die beide ihre Vorderpfoten in die Luft reckten und ziemlich bescheuert aussahen. Die Hundeausstellung sollte am nächsten Wochenende stattfinden. Ein Erlebnis für die ganze Familie. Des Menschen bester Freund.

»Und Chico ist hart am Trainieren?«, fragte ich.

»Chico wird langsam etwas vergesslich«, erklärte Vivi. »Wir müssen ihm so einiges wieder neu beibringen.«

»Männchen oder Weibchen?«

»Rüde. Hast du Lust, mit zur Ausstellung zu kommen?«

»Ich würde da nur verlieren. Ich bin nicht stubenrein. Verdammt geiler Schlitten, übrigens. Muss einige Mäuse gekostet haben.«

»Hab ich von meinen Eltern gekriegt, als ich achtzehn wurde. Unter einer Bedingung: dass ich nicht anfange zu rauchen.«

»Das nenn ich 'nen Deal. Wie schnell kriegst du ihn?«

»Zweihundertdreißig. Hast du was zu rauchen?«

Ich zündete zwei Zigaretten an und gab ihr eine. Dann wurde ich nach hinten gedrückt, die Glut zischte zwei Sekunden lang auf meinen Lippen, ich spuckte die Kippe aus, und das war ungefähr die Zeit, die wir brauchten, um zu Onkel Huberts Hotel zu gelangen. Vivi parkte am schwarzen Wald, der regungslos dastand, ohne Wind, und ich überlegte, was wohl auf der anderen Seite des Waldes war, an so einem Tag, der das Ende der Welt zu sein schien.

»Ist er sehr krank?«, fragte Vivi.

»Nur ein bisschen verwirrt. Und noch eins. Sag nichts von der Wohnung. Dass ich da wohne, meine ich. Okay?«

»Gibt es noch mehr, was ich nicht sagen soll?«

»Vielleicht reden wir lieber nicht über Nesodden, den Apfelwein und Picasso. Vor allem nicht über Picasso. Ich glaube, das ist das Beste.«

»Worüber sollen wir denn dann reden?«

»Über das Wetter«, erklärte ich. »Er ist unglaublich interessiert am Wetter.«

»Er weiß, dass du kommst?«

»Er wartet auf mich«, sagte ich.

Onkel Hubert war in seinem Zimmer. Er saß auf dem Bett und kaute langsam an einer Scheibe Brot mit Schnittkäse. Er trug diesen trübsinnigen Morgenmantel und war unrasiert, sein Gesicht war voller Pickel. Die Krankenschwester schloss die Tür hinter uns, und Hubert warf nervöse Blicke in alle Richtungen. So blieb er sitzen, bis die Schritte auf dem Flur verhallt waren. Dann legte er die Brotscheibe unters Kopfkissen, kletterte aus dem Bett und kam zu mir.

»Kim!«, rief er. »Das ist aber eine Überraschung! Ich habe nicht geglaubt, dich noch einmal wiederzusehen! Nie und nimmer!«

»Kann ich mir schon denken, Hubert. Aber hier bin ich.«

Er lehnte sich an meinen Gehörgang.

»Wer ist das, diese Person, die da mit dir gekommen ist?«, flüsterte er. »Sie ist doch nicht von der Polizei? Oder, Kim?«

»Das ist nur eine Freundin von mir, Hubert«, beruhigte ich ihn. »Sag Vivi Guten Tag, Hubert.«

Vivi hatte die Hand schon bereit. Hubert studierte sie gewissenhaft, bevor er sie nahm.

»Eine Ehre, so hohen Besuch zu kriegen«, sagte er. »Mein Name ist Hubert Karlsen. Habt ihr vor, hier ein paar Tage zu verbringen?«

»Ich heiße Vivi Våge. Nett, Sie kennen zu lernen.«

Es war das erste Mal, dass ich sie ihren ganzen Namen sagen hörte, und es schien, als veränderte sie sich, als sie ihn sagte, oder als sähe ich sie dadurch in einem anderen Licht. Sie wirkte plötzlich älter, ich bemerkte einen Schatten unter ihren Augen. Fast bekam ich Angst. Hubert ließ ihre Hand nicht wieder los. Ich musste etwas sagen.

»Nein, wir werden wohl heute noch zurückfahren«, sagte ich.

Vivi zog an ihrer Hand. Das nützte nichts.

»Hubert, jetzt musst du wohl mal loslassen«, sagte ich. »Oder hast du Karlsons Superkleber benutzt?«

Er ließ nicht los. Er verstand den Scherz nicht.

»Schönes Wetter heute«, sagte Vivi.

Hubert schnaubte. »Schönes Wetter? Es gibt kein Wetter. Das ist nur eine Lüge, ein Gerücht. Was ist eigentlich Wetter?«

Vivi sah mich verzweifelt an.

»Sonne«, sagte sie. »Regen. Wind.«

Ich fand, das war eine gute Antwort.

»Und Schnee«, fügte ich hinzu.

»Und wann wollt ihr heiraten?«, fragte Hubert ungeduldig.

Ich musste dazwischengehen. Ich zog Hubert mit mir ans Fenster. Vier alte Männer gingen am Waldrand entlang. Und nirgends gehen Menschen so langsam wie an solchen Orten. Vivi setzte sich auf den Hocker am Waschständer.

»Ich habe das Päckchen unter dein Bett gelegt, Hubert.«

»Ja, darum habe ich dich ja gebeten. Du wirst deinen Lohn dafür erhalten, wenn du in den Himmel kommst.«

»Soll das jemand abholen?«, fragte ich schnell.

Hubert lehnte sich an den Fensterrahmen. Die Sonne schien ihm mitten ins Gesicht. Es sah plötzlich aus wie eine Maske, eine weiße Maske mit kleinen schwarzen Löchern darin, ein Sieb. Er bemerkte es nicht, das Licht.

»Frag nicht weiter«, sagte er. »Was du nicht weißt, macht dir keine Sorgen.«

»Bist du dir da ganz sicher, Hubert?«

Ich konnte solche Gespräche einfach nicht ertragen. Sie ziehen sich dahin. Sie finden nie ein Ende. Es ist die Zeit, die dahinrinnt, die Zeit, die leckt. Ich bereute es schon, dass wir gekommen waren. Und dabei hatte dieser Tag so schön begonnen. Ich hatte gesehen, wie die Stadt erwacht.

Vivi stand vom Hocker auf und kam zu uns.

»Kim hat mir erzählt, dass Sie die alten Meister studieren«, sagte sie.

Ich konnte sehen, wie es Hubert durchzuckte. Er guckte langsam und verstohlen zu mir rüber, seine Augen wurden ganz schmal und schwarz.

»Ich bin nur ein einfacher Handlanger der Regenbogenpresse«, sagte er. »Meine Spezialität sind Oberärzte mittleren Alters mit einem Grübchen im Kinn. Auf dem Gebiet gehöre ich zu den Besten im Land, wenn ich das selbst sagen darf.«

Jetzt kam die Krankenschwester mit einem Tablett. Darauf stand Huberts rosarotes Dessert: drei Bomben und lauwarmes Wasser. Es war Zeit zu gehen.

Vivi redete erst wieder, als wir Skøyen erreicht hatten. Meine Augen waren voller Wind.

»Wir fahren zum Herregårdskroa«, sagte sie.

Wir stellten den Wagen am Vigelandmuseum ab und schlenderten zwischen den Sonnenschirmen hoch, fast Arm in Arm. Und plötzlich fragte ich mich, welches Bild wir wohl abgaben, denn alle Gesichter waren uns zugewandt, vergessen waren Krabbenbrote und Apfelkuchen, vergessen war der Weißwein und das schale Bier, denn jetzt kamen wir, und die Blicke folgten uns wie Magneten. Ich versuchte uns von außen zu sehen, Vivi und Kim, im Herregårdskroa, an einem Vormittag im Juni mit hoch stehender Sonne und niedriger Stirn. Aber es gelang mir nicht, ich sah nur Vivi, ich sah nicht mich, das war ein einziges Durcheinander, es war wie spiegelverkehrt schreiben. Es gelang mir nicht, uns so zu sehen, wie die anderen uns sahen.

Wir bekamen einen Tisch unten bei den Blumenkästen. Ich bestellte einen Halben, Vivi wollte eine Selters. Die fetten Möwen standen schräg in der ruhigen Luft.

»Verdammt, er tut mir so Leid«, sagte ich. »Es ist einfach zu schrecklich.«

»Tu das nicht.«

»Warum nicht?«

»Es nützt nichts. Es macht alles nur noch schlimmer.«

Die Gläser kamen auf den Tisch. Ich hatte nichts außer einem Scheck in der Gesäßtasche. Vivi musste bezahlen.

»Jetzt versteh ich nicht so ganz, was du meinst«, sagte ich.

Ich schaute hinunter in die grüne Pfütze. Ein paar alte Damen standen mit ihren braunen Brottüten am Rand und pfiffen leise Melodien. Das machte mich fast trübsinnig. Sie trugen dicke Mäntel und große Schuhe mit Zeitungspapier darin.

»Wusstest du, dass sich Schwäne und Enten miteinander paaren?«, fragte Vivi plötzlich.

»Schwäne und Enten? Das ist nicht wahr. Das geht doch gar nicht.«

»Doch«, sagte sie. »Das ist wahr. Nachts. Unter den Büschen da hinten. Und die Jungen, die dabei herauskommen, das sind ganz merkwürdige Vögel. Sie können nicht fliegen, und schwimmen können sie auch nicht. Sie sinken geradewegs auf den Grund. Aber sie sind ganz niedlich anzusehen.«

Vivi schaute woanders hin. Sie hielt ihr Glas mit beiden Händen umklammert.

»Der ganze Teich ist voll davon«, fuhr sie fort. »Es gibt bald keinen Platz mehr für noch mehr.«

In dem Moment hörte ich ein leises Platschen, und etwas Weißes fiel in mein Bier. Ich schaute hoch. Dort breitete sich eine übergewichtige Möwe aus und nahm Kurs auf den Fjord.

Vivi schaute mich kurz an.

»Trinkst du nichts?«

»Doch, doch. Woher hast du diese Geschichte?«

»Das weiß ich nicht mehr. Vielleicht hab ich sie nur geträumt. Ich weiß es nicht.«

Sie starrte mich über den Rand ihres Glases an. Ich hob meins, schloss die Augen und trank aus. Und plötzlich sah ich vor mir die Möwe, der eine Art Schnur aus dem Schnabel hing, die Flügel voller Blut, vom Tag, als ich hierher zurückgekommen war.

»Willst du mit auf die Hütte fahren?«, fragte Vivi.

Ich stellte das Glas hin und öffnete die Augen.

»Wann?«

»Heute Abend.«

Es ging mir schon gleich besser. Aber das hielt nicht lange an. Ich hatte ihn nicht kommen sehen, er stand plötzlich hinter Vivi, als hätte er sich direkt vom Himmel heruntergelassen.

Es war der Typ aus der Nationalgalerie. Und dann tat er wieder das Gleiche, und hier draußen im Licht, unter den Menschen, war es noch ekliger anzusehen. Er strich mit dem Finger langsam über Vivis Gesicht, von der Schläfe die Wange hinunter, und Vivi wandte sich ihm ganz ruhig zu, als wäre es genau das, worauf sie sich gefreut hatte. Der Kerl hob die Hand und betrachtete seine Finger. Er sah mich nicht.

»Ich habe gewartet«, sagte er nur.

»Und ich habe die ganze Zeit hier gesessen«, sagte Vivi.

Er hatte sich ein rotes Tuch um die Stirn gebunden. Es fehlte nur noch eine Klappe über dem Auge. Ich beschloss, ihn heimlich Schwarzer Bill zu nennen.

»Wir waren um ein Uhr verabredet. Ich war um eins hier. Ich habe bis halb zwei gewartet. Dann bin ich gegangen. Und jetzt bin ich zurückgekommen. Meine Zeit ist kostbar. Wollen wir gehen?«

Vivi beugte sich über den Tisch vor.

»Wir treffen uns um sechs Uhr am Auto. In Ordnung?«

Sie stand auf und ging zum Ausgang, bevor ich überhaupt hätte antworten können. Ich sah, wie sie ihren Arm unter seinen schob. Ich hörte, wie er lachte, so ein gekünsteltes Lachen. Ich ließ sie gehen. Aber ich ließ sie nicht in Ruhe. Als sie außer Sichtweite waren, lief ich hinterher. Ich holte sie auf dem Frognerplatz wieder ein. Ich schlich von einem Laternenpfahl zum nächsten. Es war ein Heimspiel. Ich kürzte durch Hinterhöfe ab, kletterte über Zäune, ich war der perfekte Schatten, schaffte es sogar noch, unterwegs den Scheck einzulösen. Sie spazierten immer noch Arm in Arm. Sie gingen zum Uranienborgveien. Dort gingen sie zum Hauseingang eines älteren Mietshauses mit grauen Fenstern und sechs Stockwerken. Ich lief über die Straße, zur Tür. Sie war geschlossen. Es standen keine Namen an den Klingelknöpfen. Ich lauschte. Wieder hörte ich dieses Lachen, Schwarzer Bill lachte, laut und lärmend. Ich hörte, wie ihre Schritte die Stockwerke hinauf verschwanden, dann hörte ich nichts mehr. Ich drückte den untersten Knopf. Ich wartete. Es erklang ein Summen, und ich schob die Tür auf. Ganz hinten im Flur stand ein Greis in Unterhemd mit Hosenträgern. Ich ging zu ihm.

»Was wollen Sie?«, fragte er.

»Ich komme vom Tierschutzverein«, sagte ich. »Hatten Sie, haben Sie oder werden Sie in Zukunft möglicherweise ein Haustier haben?«

»Meine Frau ist tot«, sagte der alte Mann.

»Mein herzliches Beileid.«

»Aber wir haben einen Goldfisch gehabt. Jonas hieß der. Er ist 1969 gestorben. In der gleichen Nacht, als sie auf dem Mond gelandet sind. Meine Frau ist am nächsten Tag gestorben. Kann das etwas Ansteckendes gewesen sein?«

»Das kann man nie ausschließen«, sagte ich. »Gottes Wege sind unergründlich.«

»Das war schön gesagt. Das war wirklich schön gesagt!«

»Alte Weisheiten rosten nicht.«

»Sagten Sie Tierschutzverein?«

»Das ist richtig.«

»Ich wusste gar nicht, dass der Tierschutzverein sich mit so etwas beschäftigt. Das ist ja viel netter als die Zeugen Jehovas.«

»Sie sind mir eine große Hilfe gewesen«, sagte ich. »Auf Wiedersehen.«

Wir gaben uns die Hand, der Mann zog sich in die Dunkelheit der Wohnung zurück, und ich ging langsam die Treppen hinauf. Als ich zum obersten Stockwerk kam, sah ich ihre Schuhe vor der Tür stehen; die hohen Lederstiefel und die flachen blauen Turnschuhe. Und es war der Anblick dieser zwei Paare, der mich auf der Stelle umdrehen ließ, ich mochte nicht warten, ich mochte nicht einmal durchs Schlüsselloch gucken. Außerdem war mein Bauch etwas durcheinander. Diese Stadt war schuld. Ich ließ mich am Geländer hinuntergleiten und lief hinüber zu Krølle, suchte die Herren auf, trank einen Halben, suchte erneut die Herren auf und stürmte in die Sonne hinaus.

Es war nichts passiert, es war immer noch die gleiche Sonne, die gleiche Hitze, es waren immer noch die gleichen säuerlichen Straßen, und der Asphalt vibrierte wie schwarzer Wackelpudding. Es war erst halb vier.

Ich ging durch den Schlosspark. Ich sah ein paar halb nackte Gestalten im spärlichen Gras. Das erinnerte mich daran, dass die Zeit vergangen und nur ich stehen geblieben war. Ich war nur ein Astronaut, der ins Weltall hinausgeschickt worden war, und die Zeit hatte mich nicht zu fassen gekriegt, so war es nun einmal. Ich sah die Karl Johan, eine lockere Schnur, die vom Schlossbalkon bis zum Minutenzeiger der Freia-Uhr reichte. Menschen balancierten auf diesem Seil. Sie hielten sich am Licht fest.

Als ich über den Egertorget ging, wäre ich fast mit einem Kühlschrank zusammengestoßen. Der Kühlschrank hatte zwei Füße mit Schuhen dran und Arme, die Broschüren verteilten. Der Kühlschrank drängte auch mir eine Broschüre auf. Es war Reklame für Elektrogeräte, für Norske Hvitevarer. Ich warf die Broschüre weg und wollte gehen. Der Kühlschrank kam hinter mir her. Ich wurde von einem Kühlschrank angegriffen. Es war immer noch Montag.

Ich hörte eine hohle Stimme aus dem Kühlschrank.

»K-k-kim K-k-karlsen? Bist d-d-du d-d-das?«

Ich musste stehen bleiben. Starrte diesen Kühlschrank an, der reden konnte und meinen Namen wusste.

»K-k-kannst du den K-k-kühlschrank öffnen, K-k-kim?«

Der Kühlschrank war aus Pappe und sah sehr unbequem aus. Inzwischen hatten sich schon einige Menschen um uns herum versammelt. Jemand warf uns Geld zu. Es gab Ansätze zum Applaus. Ich riss die Tür auf, und in dem Kühlschrank stand Ola. Er schwitzte ganz fürchterlich, war ziemlich wacklig auf den Beinen und konnte nur mit Mühe atmen.

»Hast du denn kein Bier im Kühlfach?«, fragte ich.

»D-d-das bin nur ich hier d-d-drinnen. Es ist verd-d-dammt heiß hier.«

»Dann lass uns lieber ein Bier kaufen!«

Ich schob meinen Kopf zu ihm hinein. Er hatte Recht. Es war die reinste Sauna. Ich half ihm, den Kühlschrank auszuziehen. Er ließ es geschehen. Ich glaube, er war nur froh darüber. Es dauerte seine Zeit. Schließlich bekam ich die Tür von ihm los, legte sie zusammen, und dann warf ich den ganzen Kühlapparat in den nächsten Mülleimer. Ola blieb auf der Stelle stehen, verdächtig schwankend. Ich hob die Münzen auf, verbeugte mich tief und packte Ola unterm Arm. Wir landeten beim Scotchman. Dort war es für einen Mann, der gerade seinen Job als Kühlschrank beendet hatte, dunkel genug.

»Ein G-g-glück, d-d-dass d-d-du mich gefunden hast«, sagte Ola.

»Wie lange geht das denn schon?«

»B-b-bin vor ein p-p-paar M-m-monaten in die Stadt g-g-gekommen. Habe letzte W-w-woche d-d-den Job bei M-m-manpower gekriegt.«

»Du hast also Trondheim hinter dir gelassen?«

»Oder umgekehrt. B-b-bin von K-k-kirsten g-g-geschieden. Rausgeworfen.«

Ich konnte nichts anderes tun, als noch ein Bier zu kaufen. Ich ließ Ola in aller Ruhe trinken. So sollte es sein. Dann sagte Ola:

»W-w-war schön letztes M-m-mal, d-d-danke schön!«

»Kein Grund, sich zu bedanken. Ich meine, ich bin derjenige, der sich bedanken sollte.«

»Aber w-w-wo b-b-bist d-d-du d-d-danach abgeblieben?«

»Du stotterst ja schlimmer als je zuvor«, sagte ich.

»Ach Qu-qu-quatsch! Ich b-b-bin nur so v-v-verdammt froh!«

»Ich bin nach Nesodden gefahren, um Äpfel zu pflücken. Und dann bin ich stattdessen auf einem Schiff nach Italien gelandet.«

»Ich b-b-bin nur so v-v-verdammt froh! So froh b-b-bin ich schon seit vielen M-m-m ...«

»Minuten?«

»M-m-monaten nicht m-m-mehr gewesen!«, rief Ola.

»Seit Jahren!«, rief ich. »Komm, lass uns jetzt gehen und den alten Seb begrüßen!«

Wir marschierten rüber in die Dopsgate. Severinsens Sohn war mit einem neuen Grabstein beschäftigt. Und Seb saß hinter heruntergelassenen Gardinen, und das Einzige, was in dem Zimmer leuchtete, waren die weißen Blätter und ein blasses Gesicht. Ich versteckte Ola hinter mir.

Seb schaute nicht auf.

»Die Sonne stört«, murmelte er. »Das hier sind dunkle Gedichte. Ich wollte das nur mal sagen.«

»Rate mal, was ich heute im Kühlschrank gefunden habe?«, fragte ich.

Seb hörte wahrscheinlich gar nicht, was ich sagte. Er schien auf dem letzten Loch zu pfeifen. Er hatte Zuckungen im kleinen Finger. Er begann laut vorzulesen.

»Du wirst geboren mit Flügeln des Bluts. Du lebst mit Flügeln des Lichts. Die Toten haben Flügel aus Erde. Langsam gleiten sie unter den Sternenhimmel des Grases.«

»Und diese Stadt ist nicht wahr«, sagte ich.

Ich ging zu Seb und legte zwanzig Hunderter auf den obersten Bogen.

»Was ist das?«, fragte er.

»Muss ich alles erst erklären? Geld, um Henry Jespersen zu bezahlen, du Hohlkopf.«

»Hast du eine Bank überfallen? Ich frage ja nur. Oder wächst das jetzt an den Bäumen?«

»Rate mal, was ich heute im Kühlschrank gefunden habe?«, fragte ich noch einmal.

Seb schob den Bleistift hinters Ohr, er war müde.

»Leberwurst«, sagte er. »Gurken. Und zweitausend Kronen.«

»Du hast noch einen Versuch frei.«

»Gouda. Kaviarcreme. Bananen. Elefantenspuren. Muss ich jetzt dreimal raten?«

Ich zeigte zur Tür. Seb drehte seinen Kopf langsam in die Richtung. Und da stand Ola, die Hände auf dem Rücken und das breiteste Grinsen im Gesicht, das je in der Dopsgate an einem Montag präsentiert wurde.

»S-s-seb! S-s-seb! H-h-hier b-b-bin ich!«

Seb stand langsam auf und wankte auf ihn zu, hob Olas Arme und tanzte durch den Raum.

»Das muss gefeiert werden!«, rief Seb. »Meine Herren, das muss gefeiert werden!«

Er ließ Ola los und wandte sich mir zu.

»Schließlich sind wir steinreich! Wo wollen wir anfangen? Die Welt gehört uns. Sie liegt uns zu Füßen. Wo wollen wir anfangen?«

Ich guckte auf meine Sandalen und erinnerte mich an eine Verabredung.

»Ich muss gehen«, sagte ich leise.

Seb kam näher und drehte mir sein linkes Ohr zu.

»Ich hör wohl nicht richtig? Muss da jemand gehen?«

Ich schaute in eine andere Richtung.

»Ich muss in eine Ferienhütte.«

Seb tanzte um mich herum.

»Du willst in eine Ferienhütte? Ausgerechnet an dem Tag, an dem du Ola in einem Kühlschrank gefunden hast?«

Seb lief zu Ola.

»Was hast du eigentlich in dem Kühlschrank gemacht?«

»Ich h-h-habe da g-g-gearbeitet. Aber jetzt h-h-habe ich g-g-gekündigt!«

»Ach so. Natürlich. Und der Pilger da will aufs Land und Würstchen grillen. Kim, du enttäuschst uns aber sehr.«

»Wir können bei mir feiern!«, sagte ich. »Bei Hubert. Und dann müssen wir Gunnar zu fassen kriegen. Wir können doch nicht ohne Gunnar feiern, oder!«

»Wann? Los sag, wann?«

»Am Samstag! Ich habe Unmengen an Apfelwein! Die habe ich selbst gepflückt!«

Seb überlegte.

»Genehmigt. Mit einigen Zweifeln. Aber die Zweifel kommen dem Angeklagten zugute. Wir werden Gunnar Rauchsignale senden. Du darfst auf deine Ferienhütte. Aber hüte dich vor den Mücken.«

Ich wollte an ihm vorbeirennen, doch Ola hielt mich auf, bevor ich so weit kam.

»H-h-hast du eine F-f-freundin?«

»S-s-sieht s-s-so aus«, antwortete ich.

## 12

Erst als ich durch die Straßen lief, wurde mein Herz wieder schwer, wurde zu einem Angelhakenherz. Ich dachte an die Schuhe im obersten Stockwerk, an die zwei Paare; die hohen Lederstiefel, die flachen Turnschuhe. Das war fast zu viel. Meine Gedanken kamen ins Rotieren, meine Augen stießen überall an, und ausgerechnet die riesige Truhe bei dem Schuster, zu dem Lorenzo mich mitgenommen hatte, musste ich vor Augen haben, die Truhe war mit alten Schuhen gefüllt, Schuhe, die die Leute einfach abgeschüttelt und stehen gelassen hatten. Ich fand den Jaguar am Vigelandmuseum. Es war sechs Uhr. Ich kam nie zu spät. Vivi war nicht da. Ich setzte mich breitbeinig auf den Beifahrersitz und stellte mich darauf ein zu warten. Ich wartete lange. Ich sah Menschen in den Herregårdkroa kommen und gehen, ihre Gesichter brannten vor Ungeduld. Ich sah den Monolithen, er sah aus wie ein lang gestreckter Luftballon, der in der Nachmittagshitze vom Himmel hing. Ich sah Kinder, die Fußball spielten, sie benutzten die weißen Bänke als Tor und die Enten als Eckfahne. Ich dachte an alles, was ich sagen wollte, wenn Vivi endlich kam. Ich würde gar nichts sagen. Ich würde nichts sagen, bevor sie etwas sagte.

Ich wartete. Es dauerte. Die Schatten wurden länger, selbst die Schatten waren seit früher länger geworden. Ich holte eine Zigarette heraus, fand aber kein Feuer. Ich wartete. Ich öffnete das Handschuhfach und suchte darin herum. Ich hatte Glück.

Unter der Straßenkarte fand ich eine Schachtel Streichhölzer. Ich schob sie auf. Es lagen nur schwarze Streichhölzer darin. Ich legte die Schachtel wieder zurück in das Handschuhfach. Ich wartete.

Vivi kam sechs Minuten nach sieben. Sie setzte sich wortlos ans Steuer und fuhr los.

Ich sah sie nicht an.

»Was hast du gemacht?«, fragte ich.

Sie bog auf den Kirkeveien ein. Ich sah ihre Hand auf dem rundlichen Schaltknüppel zwischen uns.

»Willst du nicht mit?«

»Doch.«

Wir fuhren Richtung Norden. Ich biss die Zähne zusammen und schloss die Augen. Als ich sie wieder öffnete, waren wir an Gjelleråsen vorbei. Wir waren auf dem Land. Da bemerkte ich, dass sie den Knoten im Haar gelöst hatte und ihr Haar jetzt wie eine goldene Fahne vom Hinterkopf abstand.

»Was habt ihr gemacht?«, fragte ich. »Wer ist er?«

Vivi begann wieder über Ludvig Karsten zu sprechen.

»Manchmal musste er etwas an seine Bilder dranstückeln. Die Leinwand war zu klein. Das Motiv war zu groß.«

»Ja, und?«

»Ich finde nur, es ist schön, sich das vorzustellen. Bist du sauer?«

»Was habt ihr gemacht?«

Vivi bog in die Tankstelle von Skedsmo ein. Sofort waren vier Männer um den Jaguar versammelt. Sie füllten Benzin nach, sie putzten die Windschutzscheibe, sie kontrollierten das Öl, sie überprüften den Reifendruck, es fehlte nicht viel, und sie hätten mir noch die Haare gekämmt und Vivi die Fingernägel geputzt.

Dann fuhren wir durch einen Wald. Blutige Kadaver lagen an der Straßenseite, Vögel, Katzen, Igel, Eichhörnchen, Hasen, es war der reinste Friedhof. Langsam wurde ich autokrank.

»Er malt mich«, sagte Vivi. »Ich sitze Modell für ihn.«

Ich wurde noch kränker. Ich dachte mir so meinen Teil und sagte ihn auch.

»Modell? Sitzt du nackt Modell für ihn?«

Ich musste es einfach sagen. Ich hatte Kiesel im Mund.

Vivi lachte. Aber ich konnte das Lachen nicht hören. Es war nur eine Grimasse. Sie beugte sich zu mir.

»Nein, ich sitze nicht nackt. Er malt nur ein Porträt von mir. Vater hat es zu meinem Geburtstag bestellt. Hast du nicht Lust zu kommen?«

Ich war so erleichtert. Ich war so froh. Ich zog mich im Sitz hoch und rief gegen den Wind, und der Wind packte mein Herz und übte damit Hammerwerfen.

»Ja«, rief ich.

In einer Kurve sank ich wieder zurück.

»Ist es noch weit?«

»Wir sind gleich da. Die anderen sind bestimmt schon angekommen.«

Ich begriff nicht.

»Die anderen?«

»Die anderen Studenten. Das ist die Hütte vom Tutor an der Uni. Ich habe heute Morgen meine schriftliche Note gekriegt.«

Ich lehnte mich im Sitz zurück und schaute in den Himmel. Da war nichts Besonderes zu sehen. Es hätte jeder x-beliebige Himmel sein können. Er war einfach nur blau.

»Ich habe meinen Schlafsack vergessen«, sagte ich.

Vivi hatte Recht. Die anderen waren schon angekommen. Die Hütte lag unten an einem flachen See, in der Ecke eines grauen Nadelwalds. Die anderen hatten schon angefangen, etwas zu grillen, was aussah wie ein ganzer Ochse. Ich kannte keinen von ihnen. Sie trugen noch ihre Samtkordanzüge. Wir parkten am Lattenzaun und gingen einen schmalen Weg hinunter. Einer der anderen kam uns entgegen. Er breitete die Arme aus und umfasste Vivi mit den Fingerspitzen.

»Ich habe schon gedacht, du kommst gar nicht mehr«, sagte er.

»Doch, doch«, sagte Vivi.

»Schön, dass du gekommen bist, Vivi. Wir haben alle schon auf dich gewartet. Du bist doch nicht enttäuscht?«

»Nein«, sagte Vivi.

»Du hast es im Mündlichen auf cum laude gebracht, oder?«

Vivi machte sich mit einer Schulterdrehung frei.

»Ich habe einen Freund mitgebracht«, sagte sie. »Er heißt Kim.«

Eine Hand wurde gehoben. Ich nahm sie.

»Petter. Tutor an der Uni. Kunstgeschichte. Und was studierst du?«

Vivi antwortete, bevor ich etwas sagen konnte.

»Er ist Organist. Er spielt bei Beerdigungen.«

Petter ließ meine Hand los.

»Das ist ja lustig«, sagte er und schaute wieder Vivi an. »Hast du Hunger?«

In dieser Nacht geschah alles schnell. In dieser Nacht geschah viel. Ich hatte keinen Hunger. Ich lief mit einer Thermostasse zwischen den Studenten herum und bekam nachgeschenkt. Ich ging in Gespräche hinein und wieder hinaus. Vivi war immer irgendwo anders. Ich redete über Mücken, das war etwas, wo ich mitreden konnte. Ich legte mein Wissen über Mücken lang und breit dar und zeigte ihnen so einige Tricks. Mücken müssen von der Seite getötet werden, gegen die Sonne, damit man keinen Schatten wirft. Jemand gähnte und zog sich zurück. Die Dunkelheit kam nur langsam in dieser Gegend, sie schlich sich aus dem trockenen Wald heran und ließ sich aus dem breiten Himmel fallen. Jemand zündete ein Lagerfeuer an. Ich fand einen Fahnenmast. Ich lehnte mich daran. Jemand kam vorbei, blieb stehen.

»Marcel Duchamp hat es ein für alle Mal erledigt«, sagte jemand. »Es hat keinen Sinn, heutzutage ein Pissoir auszustellen. Das ist reaktionär!«

Jemand anderes tauchte auf und wurde fast wütend.

»Ist es überhaupt möglich, noch etwas *Neues* zu machen? Ist nicht alles schon einmal gemacht worden? Wird nicht alles zur Nachahmung?«

Mehrere mischten sich ein. Es wurde voll auf dem Rasen um die Fahnenstange.

»Alles muss noch einmal neu gemacht werden!«, rief jemand. »Originalität ist ein verdammtes bürgerliches Vorurteil! Die Künstler des Mittelalters haben nie ihre Werke signiert!«

Aber ich konnte Vivi nicht sehen. Ich ging zum Wasser hinunter. Ich setzte mich dorthin. Ich bereute es, keine Angel mitgenommen zu haben. Ein Klumpen Würmer und ein Korkenschwimmer oder ein goldener Blinker, das wäre in einer Nacht wie dieser was gewesen. Ich sah Ringe da draußen, einen gekrümmten, glänzenden Rücken, und die Ringe legten sich um den Mond.

Da kam Leben in die Hütte oben. Gelbe Nebelscheinwerfer fegten über das Gelände, Motoren brüllten auf, Flaschen wurden zerschlagen. Ich ging langsam zu den anderen zurück. Da war ein Streit im Gange. Ein Volvo Amazon hatte tiefe Spuren im Gras hinterlassen. Eine Bande mit nacktem Oberkörper wollte Schnaps. Der Tutor versuchte sie zur Vernunft zu bringen. Dann versuchte er sie loszuwerden. Das klappte nicht. Das machte die Sache eher noch schlimmer. Plötzlich stand Vivi neben mir.

»Wo bist du gewesen?«, fragte sie.

»Nirgends«, antwortete ich.

Es kam zum Handgemenge. Vivi hielt mich am Arm. Ich machte mich los und ging zu Petter. Inzwischen herrschte eine merkwürdige Stimmung. Alles war möglich. Ich leerte die Thermostasse und warf sie über die Schulter.

»Sind die durch die Prüfung gefallen?«, fragte ich.

Aber Petter antwortete nicht. Der Typ, der vor ihm stand, drehte sich zu mir um. Er wirkte nicht besonders freundlich, aber es sah so aus, als amüsierte er sich prächtig.

»Du willst wohl besonders schlau sein, was?«, fragte er.

Der Typ kam näher. Er hatte ein Messer im Gürtel, das mir

nicht gefiel. Ich hatte nur Zorro auf der Schnalle. Seine Freunde umringten uns. Ich sah einige Mädchen im Volvo. Ich hörte Musik aus der Anlage, ich glaube, es war Waterloo.

»Wollen wir ein Unterhöschen hissen?«, fragte der Kerl.

Petter war verschwunden. Ich stand vor dem Typen. Er trat von einem Fuß auf den anderen.

»Unterhöschen?«, fragte ich. »Hast du ein Unterhöschen dabei?«

»Willst du mich verarschen? Versuchst du mich zu verarschen, Kleiner? Hier gibt's ja wohl genug Unterhosen. Wir nehmen eine von hier, verstanden!«

Er kam noch näher. Bald konnte er nicht mehr näher kommen. Er hielt mir die Hände vors Gesicht.

»Ich verarsch dich nicht«, sagte ich.

»Und was machst du dann? Wo ist deine Schnalle? Wollen wir ihr Höschen am Fahnenmast hissen? Oder hast du keine Schnalle?«

»Ich verarsche dich nicht«, wiederholte ich. »Ich lache über deine Karre. Das ist das schlimmste Vehikel, das ich je gesehen habe. Oh Scheiße.«

Der Typ schien ein wenig in sich zusammenzusinken. Dann riss er sich am Riemen, es sah aus, als wär ihm plötzlich eine sehr gute Idee gekommen.

»Gehört dir vielleicht der Jaguar?«, fragte er.

»Genau.«

»Und wie hoch hast du ihn gekriegt?«

»Auf zweihundertzehn. In der Svoldergate.«

»Du bist ein ganz Schlauer, nicht wahr? Ein ganz Schlauer!«

»Und zweihundertundvierzig in der Dopsgate. Und die ist verdammt kurz.«

Der Typ drehte sich zu seiner Bande um. Sie steckten geradezu die Köpfe zusammen. Sie lachten und wurden sich offenbar über etwas einig. Dann drehte er sich wieder zu mir um.

»Hast du schon mal was von der Mutprobe gehört?«, fragte er.

»Ja. Aber ich habe sie nicht gesehen. Ich gehe nicht ins Kino. Ich mag keine lebenden Bilder. Aber ich glaube, die Musik war ganz gut. War sie nicht von Simon & Garfunkel?«

»Verlachst du mich?«

»Ich verlache nur dein Auto. Das ist total lächerlich.«

»Sollen wir das Höschen von deiner Schnalle an dem Fahnenmast hissen? Oder sollen wir fahren?«

»Fahren hört sich eigentlich netter an«, sagte ich.

»Du hast die Wahl. Du und dein Grinsen.«

»Ich fahre gern ein bisschen herum«, sagte ich.

»Und ich bestimme die Regeln«, sagte er.

»Das ist in Ordnung. Das sind deine Straßen hier.«

»Und wenn nicht, dann wird die Fahne gehisst. Kapiert?«

»Nee. Nicht so ganz.«

Das gefiel mir nicht. Und ich gefiel denen auch nicht. Vivi stand am Fahnenmast. Dann kam sie zu uns. Die anderen standen vor der Haustür.

Der Kerl erblickte Vivi, verdrehte grinsend die Augen.

»Du musst auf der linken Seite fahren«, sagte er. »Von Gardermoen bis zum Sagatun Café. Auf der linken Seite.«

»Ist das alles?«

»Wenn nicht, hissen wir die Fotze deiner Tussi.«

»Ich wollte schon immer Linkshänder sein«, sagte ich.

Der Kerl setzte sich in den Volvo. Jetzt konnte ich die Musik deutlich hören. Da gab es keinen Zweifel. Das war Waterloo.

Vivi packte mich beim Arm.

»Tu's nicht«, sagte sie.

Das machte mich fast froh.

»Ich habe keine andere Wahl«, sagte ich.

»Tu's nicht«, sagte sie noch einmal.

»Ich habe nichts zu verlieren.«

»Hast du einen Führerschein?«

»Nee.«

»Ich komme mit«, sagte Vivi.

Wir gingen zum Auto. Petter kam angelaufen, wollte mich

aufhalten. Das schaffte er nicht. Ich hatte keine andere Wahl. Ich setzte mich hinters Steuer. Ich war in einer sonderbaren Laune. Fast in Hochstimmung. Ich dachte, dass ich die Angel hätte mitnehmen sollen. Sicherlich hätte ich schöne Würmer gefunden, wenn ich bei Severinsens Sohn gegraben hätte. Vivi saß neben mir. Ich fuhr dem Volvo hinterher. Er hielt an der Kreuzung von Gardermoen.

»Du kannst ja fahren«, sagte Vivi.

»Ich tu nur so«, erwiderte ich.

Der Volvofahrer kam zu uns. Er beugte sich grinsend über den Fensterrahmen herein.

»Linke Spur«, sagte er. »Sonst wird deine Tussi gehisst.«

»Wo liegt der Rekord?«, fragte ich.

»Bei sechs Minuten. Und zwanzig Sekunden. Es laufen Gerüchte, dass heute Nacht ziemlich viel Verkehr herrschen soll.«

»Und woher wollt ihr wissen, dass ich auch links fahre?«

»Wir haben Posten aufgestellt. Wir warten. Hast du Angst?«

»Wovor? Vor dir?«

»Du bist blöd.«

Ich drehte mich zu Vivi. Sie lächelte. Das war kein Trost.

»Ich finde den ersten Gang nicht«, sagte ich leise.

Sie legte ihre Hand über meine Finger auf dem kurzen Knüppel zwischen uns.

»Wollen wir zu mir nach Hause fahren?«, flüsterte ich. »Jetzt gleich. Wir fahren einfach zu mir nach Hause. Die können uns sowieso nicht einholen. Na?«

Aber Vivi gab keine Antwort. Sie drückte meine Hand nur noch fester und schob den Gang an Ort und Stelle. Der Volvofahrer hielt einen Arm aus dem Fenster, ballte die Faust und gab das Signal.

Dann fuhren wir los, mit einem Ruck, auf der linken Spur, mit Kurs aufs Sagatun Café, um Mitternacht, im Juni. Die Straße führte durch einen Wald. Da gab es Kurven. Da gab es Hügel. Da gab es Kurven auf den Hügelspitzen. Die weißen Striche auf dem Asphalt kamen uns wie Pfeile entgegen. Ich klammerte mich ans Lenkrad. Ich gab Gas, um es bald überstanden zu haben. Ich gab auf den sanften Hügeln Gas, in den scharfen Kurven, auf der linken Spur, in Richtung Sagatun Café. Es schien, als würdest du fallen, während alles um dich herum gleichzeitig mit dir fällt, in der gleichen Geschwindigkeit, und deshalb war es, als würdest du stillstehen, an einem dünnen Faden hängen, ganz still. Es war wie ein Warten. In den Augenwinkeln konnte ich Vivi sehen, sie saß mit geschlossenen Augen da, ich glaube, sie lächelte. Auch ich hatte keine Angst. Ich war nur voller Panik. Jedes Mal, wenn wir in eine Kurve, eine Linkskurve auf der linken Spur reinbretterten, schrie ich laut auf, denn in dieser Nacht konnte niemand meine Schreie hören. Aber dann war es, als löste sich der Schreck, er lockerte seinen Griff, so wie Vivi meine Hand losließ, und etwas, was wie eine Betäubung oder ein Glück erschien, kam über mich. Ich dachte nur, dass doch alles eigentlich vergeblich war, was nörgelten wir nur hier herum, in diesem engen Zwischenraum, vor dem Tod und nach der Geburt. So dachte ich. Es war nur schrecklich. Ich fuhr mit offenen Augen und einer Hand am Steuer in die letzte Kurve hinein und war fast enttäuscht, dass nichts geschehen war. Die Straße lag wie eine lange, flache Ebene vor mir, bis hin zu dem erleuchteten Schild des Sagatun Cafés.

Der Volvo kam an unsere Seite. Ich konnte die Musik aus der Anlage hören, Waterloo, immer nur Waterloo. Ein Mädchen hing aus einem der hinteren Fenster heraus und winkte mit einer Flasche. Dann glitten sie wieder fort. Vivi legte ihre Hand auf meine, auf den Schaltknüppel.

»Schneller«, sagte sie nur.

Ich drückte die verschwitzte Sandale fester aufs Gas, und es schien, als schleppten wir den Volvo ab und ließen ihn dann auf der rechten Spur stehen. Der Tacho lief Amok. Und wieder fiel ich, aber dieses Mal fiel ich allein, bei hundertachtzig, ich sah einen Fetzen vom Himmel, er kam immer näher und näher, da gab es einen freien Parkplatz, links vom Mond. Ich bretterte über die Kreuzung, bremste mit einem verbrannten Aufheulen und kam schräg zwischen zwei Benzinpumpen vor dem Sagatun Café zum Halten. Dort wimmelte es bereits von Menschen, sie quollen aus flachen Autos mit Fuchsschwänzen hervor, sie strömten von allen Seiten auf uns zu.

»Nicht schlecht«, sagte der Volvofahrer. »Zweitbeste Zeit dieses Jahr.«

Ich schaute zu ihm auf, er stand über mir, das Licht fiel so, dass seine Augen zu schwarzen Löchern wurden und sein Mund eine stramme Fratze über schlechten Zähnen. Es gab noch weitere Gesichter, die sich ähnlich sahen. Und es war, als wäre der Ton abgestellt, mein alter Trick, aber diesmal wollte ich es gar nicht. Ich wollte sie hören, ich wollte hören, ob sie lebten, ich wollte hören, was sie zu sagen hatten. Aber ich konnte nur diese fremden Gesichter im Schatten sehen, die an mir vorbeizogen wie Quallen. Ich sah, dass eine Flasche auf dem Asphalt zerbrach, aber ich hörte es nicht. Ich musste etwas sagen, musste den Ton wieder einschalten.

»Und was willst du jetzt am Fahnenmast hissen?«, fragte ich.

Der Fahrer spuckte seine Kippe an Vivi vorbei.

»Hast du einen Vorschlag?«

»Ja. Deinen Schwanz.«

Wieder wurde es ganz still. Jemand zog sich zurück. Jemand kam näher.

»Was hast du gesagt?«

»Hörst du schlecht? Deinen Schwanz«, sagte ich.

Er lachte. Dann lachte er plötzlich nicht mehr. Er hatte eine große Hand mit drei Ringen.

»Was hast du gesagt?«

Ich war es so leid, das Gleiche immer wieder sagen zu müssen. Ich zeigte auf die Windschutzscheibe. Ein Insekt klebte dran, ein Tropfen Blut, dünne Beine, die Reste der Flügel.

»Was ist der Unterschied zwischen dir und dem Dreck da?«, fragte ich.

Zuerst war er überrascht. Seine Augen schienen aus dem

Gleichgewicht zu geraten. Dann wurde er wütend. Mir war klar, dass die Ringe an den Fingern nicht nur als Schmuck dienten. Aber ich kam ihm zuvor. Ich steckte ihm meinen Hakenzeigefinger direkt ins Gesicht.

»Eine Sekunde«, sagte ich. »Eine verdammte Sekunde!«

Dann fuhr ich. Aber ich fand nicht den richtigen Gang. Etwas schrammte. Ich fuhr in der ersten Kurve ungefähr drei Kilometer. Dann gab ich auf. Ich stieg aus und ging auf Vivis Seite.

»Ich habe keinen Führerschein«, sagte ich. »Du musst fahren.«

Sie rutschte auf den Fahrersitz, und ich setzte mich neben sie. Ich zog den Sicherheitsgurt fest und lehnte mich zurück.

»Du bist nicht wahr«, sagte Vivi.

»Nein«, sagte ich. »Nein.«

Dann saßen wir vor der Hütte. Die anderen waren ins Bett gegangen. Die Aussicht war schön. Es gab nichts zu sehen. Alles ging ineinander über, Schatten lösten Schatten ab. Das Geräusch von Wasser und Wald war das Einzige, was die Richtung angab. Ich war so wach. Ich war überzeugt, dass ich nie wieder schlafen würde.

»Mein Großvater wird sterben«, sagte ich. »Er liegt im Vor-Frues-Hospital. Aber er hält noch aus. Ich glaube, er stirbt doch nicht. Irgendwie ist er nicht der Typ. Und im gleichen Zimmer liegt sein Kumpel. Rolf. Ein großer Künstler. Er kann Skulpturen aus Apfelsinenschnitzen bauen. Und hinterher isst er sie auf. Das ist mit das Schönste, was ich gesehen habe.«

Ich glaube nicht, dass Vivi hörte, was ich sagte. Ich legte einen Arm um sie. Da stand sie plötzlich auf. Ich blieb sitzen.

»Was ist?«, fragte ich.

Sie sagte nichts. Ich konnte nur die Geräusche vom Wald und vom Wasser hören.

»Kannst du dich nicht wieder hinsetzen?«

Aber das tat sie nicht. Sie blieb stehen, das Gesicht in die Dunkelheit gedreht, mit dem Rücken zu mir. Sie hatte das

Tuch fester um den Hals gebunden. Und dann schlief ich wohl doch ein. Und das war so ein Schlaf ohne Träume, nur ein Bindestrich zwischen zwei Zuständen. Aber die Art, wie ich geweckt wurde, die gefiel mir nicht. Ich wachte von lautem Rufen auf, ich wachte davon auf, dass ein Licht sich durch meine Augenlider schnitt. Ich sah einen Baum, der brannte, ein Baum am äußersten Waldrand stand in Flammen. Die anderen liefen hin und her zum Wasser und schrien einander etwas zu. Ich konnte Vivi nicht sehen. Sie war nicht da. Ich sah nur den Baum, der brannte, eine riesige Fackel, am Rande des schwarzen Waldes. Ich musste mir die Augen zuhalten. Petter stürmte an mir vorbei.

»Was ist passiert?«, schrie ich.

»Das muss ein Funken vom Lagerfeuer gewesen sein!«

Er lief weiter. Und den anderen gelang es, das Feuer zu löschen, bevor es sich weiter auf den Wald zu ausbreitete. Ich suchte nach Vivi. Ich hatte Angst. Der Wagen stand immer noch am Zaun. Ich lief am Wasser entlang. Ich schrie. Ich rief ihren Namen. Ich bekam keine Antwort. Ich lief durch den Wald, schob die Zweige zur Seite, und zum Schluss stand ich an dem weißen Skelett, am Waldrand. Ein paar der anderen hielten Wache, die Wassereimer neben sich bereit.

»Habt ihr Vivi gesehen?«, fragte ich.

»Vivi? Sie sitzt doch vor der Haustür.«

Ich lief dorthin zurück. Sie saß dort. Es sah aus, als schliefe sie. Sie hatte ihr Haar wieder zu einem Knoten hochgebunden. Ich blieb stehen, schaute sie an. Ich weiß nicht, wie lange ich so dort stand. Aber sie war so schön. Ihr Gesicht war ein ruhiges Licht, die Augenlider fast durchsichtig, sie hielt die Arme vor sich, in einer Art Kreuz, die Finger berührten fast die Schultern. Sie sah aus wie ein Vogel. Ich setzte mich neben sie.

»Wo bist du gewesen?«, flüsterte ich.

Vivi öffnete die Augen.

»Nirgends«, sagte sie nur.

»Ich habe Angst um dich gehabt.«

»Ich bin müde.«

»Frierst du?«

Ich lehnte mich vorsichtig an ihr Gesicht. Sie wich aus. Ihr gelbes Halstuch war schmutzig, fast schwarz. Ich wollte es ihr abnehmen. Da schlug sie zu, ganz plötzlich, sie schlug nicht hart, aber eine schmale Hand traf mich an der Wange. Dann war es vorbei, der Arm fiel in den Schoß, der andere Arm hing von der Schulter herunter. Die blauen Turnschuhe saßen schief an den Füßen, als hätte sie versucht sie wegzutreten.

Jetzt war ich an der Reihe, spazieren zu gehen. Ich ging zur Straße hoch. Langsam ging ich in Richtung Stadt. Ich wanderte an den gelben Streifen auf dem Asphalt entlang. Dann stand ich plötzlich auf einer Ebene, die sich in alle Richtungen hin ausdehnte. Und gleich neben der Straße, auf der schmutzigen Erde, standen Lastzüge, Busse, Campingwagen. *Arnado* stand auf einem riesigen Schild. Und mittendrin stand ein Karussell, ein Karussell mit Pferden in allen Farben. Ich schlenderte dorthin und setzte mich auf eins, ich entschied mich für das weiße Pferd. Ich war so müde. Ich dachte an alles, was man nicht weiß; dass es mehr gibt, was man nicht weiß, als was einem klar ist. Die Welt liegt im Großen und Ganzen im Dunkel, der Rest ist Schatten. Vielleicht ist es ja am besten so. Und während das Licht zunahm, sich langsam, aber sicher über den blauen Bergen weit in der Ferne erhob, kam ein Wind auf und drückte gegen meinen Rücken. Ich hörte Musik, eine mechanische Melodie, während ich in langsamen Kreisen ritt, auf einem weißen Pferd.

# 13

Ich ging durch die Straßen, durch die ich immer schon gegangen war. Es war eine Nacht, in der ich nicht schlafen konnte. Ich zählte die Fenster. Und wieder musste ich daran denken, was in all den Wohnungen wohl geschah. Aber das nützte nicht viel. Das machte das Ganze nur noch schlimmer. Ich dachte an die leeren Zimmer, die Radios, die ausgeschaltet waren, und das grüne Auge, das leuchtete. Ich dachte an die Fernsehapparate, die jemand vielleicht hatte laufen lassen, und jetzt standen sie da und flimmerten weiß wie Schnee im Juni. Und in den Betten lagen Menschen und fürchteten sich, fürchteten sich davor, zur Arbeit zu gehen, fürchteten sich davor, den Briefkasten zu öffnen, die Zeitung, die Tür. All das dachte ich. Ich zählte die Pflastersteine. Ich kannte viele Zahlen. Ich balancierte auf den Straßenbahnschienen. Ich schraubte Straßenschilder ab und vertauschte sie. Und es wurde Morgen. Ich versteckte mich in einem Hofeingang und sah zu, was geschah. Die Menschen kamen heraus und wussten plötzlich nicht mehr, wo sie waren. Sie fanden ihre Straßen nicht, sie verliefen sich, vielleicht fanden sie nie wieder nach Hause. Die Gabelsgate war zur Bygdøy allé geworden, die Oscarsgate war jetzt die Karl Johan, und der Uranienborgveien hieß Bergstien. Aber die Svoldergate hatte ich stehen lassen. Ich wusste, wo ich war. Ich schaute zu den Fenstern im zweiten Stock hinauf. Ich ging zwei Schritte vor und drei zurück. Ich hatte den Mut verloren. Stattdessen ging ich zurück in die Stadt. Da sah ich

Seb. Er sah mich aber nicht. Er ging um die Ecke beim Studenten, mit gesenktem Kopf, als hätte er mit starkem Gegenwind zu kämpfen. Er ging die Straße weiter, die vorher Universitetsgata geheißen hatte, jetzt aber den Namen Frichsgate trug. Doch Seb ließ sich nicht verwirren. Er marschierte. Er trug einen dicken Umschlag, den er unter der Jacke zu verstecken versuchte. Vor dem Gyldendal Verlag blieb er stehen, schaute sich schnell in alle Richtungen um wie ein Mann mit schlechtem Gewissen und bösen Ahnungen. Er ähnelte einem nervösen Herrn, der in einen Pornoshop will und gern sicher sein möchte, dass seine nächste Familie und seine engsten Freunde nicht genau in dem Moment dort vorbeikommen. Doch mich entdeckte Seb nicht. Ich hatte mich hinter den Büschen vor der Nationalgalerie versteckt. Dann lehnte Seb sich gegen die schwere Tür und verschwand.

Ich wartete. Ich wartete, dass er wieder herauskommen würde. Aber er kam nicht. Das dauerte und dauerte. Seb kam nicht. Vielleicht war er im Hinterhof auf den Kopf gefallen. Vielleicht aß er zähe Schnittchen mit dem Direktor und las ihm seine Gedichte laut vor. Dann mochte ich nicht länger warten. Ich konnte ebenso gut in die Nationalgalerie gehen. Ich trat in die kühlen Säle ein, und sie erinnerten mich an die Uffizien, an die Treppenstufen, die von den vielen Schuhen am Rand ganz rundgetreten waren. Und der Geruch war auch der gleiche, in allen Museen herrschte der gleiche Geruch, das war traurig.

Ludvig Karstens Bilder waren abgehängt worden. Da stimmte etwas nicht. Doch ich entdeckte es zu spät. Ein Scheinwerfer blendete mich, und jemand schrie laut und wütend. Jemand war mehr als wütend.

»Schnitt! Schnitt, verdammt noch mal!«

Ich war ganz verwirrt. Mehrere Personen kamen angelaufen und zogen mich weg. Ich versuchte Widerstand zu leisten. Aber das nützte nichts. Dann erkannte ich einen Menschen wieder, es war Helen mit dem Gehör. Sie trug große Kopfhörer.

»Hallo, Kim«, sagte sie. »Du hast gerade eine Szene kaputtgemacht.«

Jetzt sah ich, was da vor sich ging. Ich war mitten in einem Film. Fleksnes lehnte sich gegen eine Statue und warf seinen lächerlichen Hut mit dem Luftloch direkt an die Wand. Klapper'n wischte die Tafel ab und stöhnte dabei schwer. Der Kameramann saß auf dem Boden und verbarg sein Gesicht in den Händen. Ich war ein unbeliebter Mensch.

»Hast du was von Seb gehört?«, fragte ich.

»Nein«, sagte Helen. »Wieso? Wohnst du nicht mehr in der Dopsgate?«

Irgendwie war ich erleichtert. Helen mit dem Gehör war ein Bluff. Das meiste war nur Bluff.

»Glaube nicht allem, was du hörst«, sagte ich.

»Was? Was hast du gesagt? Du kommst mit nach Arendal?«

»Vergiss es.«

Und das tat sie. Denn jetzt kam ein Regisseur angerannt, drängte sich mit schweißnassem Gesicht zwischen uns. Er redete wie eine Mischung aus Carl Gustav von Schweden und Fred Feuerstein.

»Weißt du, wie viel das gekostet hat? Zehntausend! Zehntausend norwegische Kröten!«

»Bin ich so teuer?«

»Was denkst du eigentlich, wer du bist?«

»Darauf möchte ich hier und jetzt nur ungern eingehen«, sagte ich.

Aber plötzlich wurde der Regisseur ganz freundlich. Er trat einen Schritt zurück und musterte mich mit schräg gelegtem Kopf, wobei er die Finger zu einem Viereck vor das linke Auge legte.

»Das ist fantastisch«, sagte er. »Das ist fantastisch.«

Das gefiel mir ganz und gar nicht.

»Ich wollte eigentlich ein Gemälde von Ludvig Karsten ansehen«, erklärte ich. »*Schwindsucht.* Mein Lieblingsbild.«

Es hatten sich viele Menschen um uns versammelt, das ganze Set war auf den Beinen und betrachtete uns genau. Sogar Fleksnes wurde neugierig, er klebte seinen Hut oben auf dem Kopf fest und kam auf mich zu.

»Der passt!«, rief der Regisseur. »Und ob der passt! Er kann bei der Tanzschulszene mitmachen!«

Alle nickten und waren seiner Meinung. Fast hätten sie noch angefangen zu klatschen.

»Er hat das Gesicht dafür. Er muss bei der Tanzschule mitmachen. Was meinst du, Rolv?«

»Er ist perfekt. Ich will mit ihm tanzen.«

»Hab ich mir doch gedacht. Perfekt! Was für ein Gesicht!«

Da ging ich. Ich drehte allen den Rücken zu und ging. Sie konnten mich nicht aufhalten. Schließlich lief ich. Mir fiel ein, dass die Hundeausstellung eröffnet hatte. Ich hatte Vivi seit der Nacht auf dem Land nicht mehr gesehen. Ich lief zum Sjølyst. Das war ein großer Tag. Ich war in scheußlicher Laune.

Der ganze vornehme äußere Westen Oslos roch nach Haarspray, Trockenfutter und Rasierwasser. Ich trickste ein paar feinere Damen aus, die jeweils mit ihrem Pekinesen Türwache standen, und betrat den Hangar. Hielt nach Vivi Ausschau. Aber alles, was ich sah, waren aufgetakelte Herrchen und Frauchen, die im Kreis marschierten, mit ihren toupierten Tieren neben sich, während ein Schiedsrichter in Blazer und Toupé auf einer Bühne saß und Namen und Titel in ein Mikrofon las. Da gab es Treu und Garbo und Cannel und Yesterday. Chico hörte ich nicht. Aber ich kannte den Gestank. Es war eine Nummer schlimmer als Turnschuhe mit grüner Salami. Da nützten auch Parfüm und Talkum nichts. Ich musste mir die Nase zuhalten. Ich musste mir die Augen zuhalten. Das war vielleicht ein Anblick. Das war Scheune und Ballsaal zugleich. Und die Herrchen und Frauchen marschierten immer weiter, die Tiere im Schlepptau. Es gab auch ein Orchester, das stand in einer Ecke, trug weinrote Smokingjacken und gab eine Schnulze nach der anderen zum Besten. Aber das Schlimmste war, wenn die Paare das Ziel erreicht hatten. Dann senkte sich

Herrchen oder Frauchen zum Hundchen herab, hob einen steifen Schwanz mit Schleife, und zusammen mit den Schiedsrichtern studierten sie sorgfältig das Arschloch, als wäre es eine seltene Briefmarke, während der Hund auf den Vorderpfoten kniete und das Publikum applaudierte oder in atemloser Spannung wartete. Und da entdeckte ich Vivi. Sie marschierte an der Tribüne vorbei, hatte Chico an der Leine, der mir mindestens fünfmal größer erschien als beim letzten Mal, sein schwarzes Fell stand wie ein gekrauster Glorienschein um den Körper, ich entdeckte auch ihre Eltern, sie winkten und jubelten. Und nachdem Vivi ihre Runde gedreht hatte, machte sie es wie die anderen, sie hob Chicos Schwanz vorsichtig mit zwei Fingern hoch und schaute zufrieden nach. Das war einfach zu viel für mich. Ich musste raus. Sie hatte mich nicht gesehen. Sie sah nur Chico. Ich bahnte mir einen Weg zum Ausgang und setzte mich auf die Treppe um die Ecke herum.

Ich war in einer noch ekligeren Stimmung. Eine Dame mit blauem Haar und ebensolchem Hut spazierte an mir vorbei und wollte mir einen Gummiknochen mit Pfefferminzgeschmack verkaufen. Ich knurrte böse. So saß ich da, auf der Treppe von Sjølyst, und knurrte. Doch dann knurrte ich nicht mehr. Ich schnurrte, gab lange, tiefe Geräusche von mir. Aber nicht ich war es, der sie hervorbrachte, sie kamen zu mir. Sie kamen angeschlichen, eine rote Mischung mit flachen Ohren und weißen Pfoten, sie kam aus den Wäldern zwischen Niels Juel und Gabelsgate, sie kam von den Abhängen bei Skarpsno und aus den Mülleimern im Munkedamsveien. Es war ein müder Indianer, ein lautloser Spion, der direkt in meinen Schoß sprang und ziemlich verwirrt aussah. Ich kraulte sie im Mundwinkel. Sie mochte mich. Ich taufte sie Opus I. Und da hatte ich eine Idee, denn ich war immer noch in dieser ekligen Laune. Ich trug diese schwere und eher faule Katze um das Gebäude herum, und dort fand ich eine Hintertür. Opus I. mochte mich jetzt nicht mehr so sehr, sie wurde langsam unruhig, zeigte ihre Krallen. Das war ein gutes Zeichen. Ich schlich mich hinein, zog einen Vorhang zur Seite, und dort war noch immer alles beim Alten. Der Punktrichter rief Hektor, Bravo, Mercy und Michelle auf. Opus I. machte einen Buckel und fauchte. Sie war nicht mehr faul. Ich erwartete viel von Opus I. Und die Hunde fuhren mit ihrer Polonaise fort, während die Angehörigen diskret applaudierten, es sah fast aus wie der Abtanzball einer Tanzschule. Da ließ ich Opus I., den letzten Mohikaner, los. Sie sprang aus meinen Armen, landete mit einem Seufzer und rannte in den Saal. Dort blieb sie jäh stehen, ihr Fell sträubte sich, es war elektrisch, und als ich sah, was dann passierte, bereute ich alles, ich bereute es sofort, und ich bereute es von ganzem Herzen. Zuerst rannte Opus I. eine Wand hoch, dann fand sie einen Fahnenmast, kletterte bis zum Wimpel rauf und ließ sich dort oben auf der Kugel nieder. Gleich wurde mir leichter zumute. Opus I. wusste sich zu helfen. Auf dem Boden entstand Chaos. Es waren mindestens dreihundertachtundvierzig Hunde, die losstürmten, auf den Hinterbeinen standen und hässlich bellten. Der Schiedsrichter schrie ins Mikrofon, die Funktionäre liefen kreuz und quer, die Arme in die Luft gereckt, das Orchester spielte vor lauter Verwirrung einen Marsch, die Frauen weinten, und die Männer fluchten. Ich sah Chico, und Chico gehörte zu den Schlimmsten. Er bahnte sich rücksichtslos einen Weg und begann am Fahnenmast zu kauen.

Da hatte ich genug gesehen. Ich ließ den Vorhang fallen, schlenderte, die Hände in den Taschen, hinaus und ging die Strandpromenade hinunter zur Frognerbucht. Dort roch ich die guten alten Gerüche, saure Algen und Teer. Der Fjord war windstill und ziemlich blau. Endlich hatte ich wieder gute Laune.

# 14

Es fing nett an. Es fing so nett an, dass wir gar nicht wussten, worüber wir uns unterhalten sollten. Ich hatte sogar Staub gewischt. Wir saßen jeder in einem tiefen Sessel um den Tisch herum. Auf dem Tisch standen ein Glasballon mit Apfelwein, zwei Kisten Bier, daneben lagen eine Tüte Erdnüsse und zwanzig Strohhalme. Wir hoben unsere Gläser und prosteten uns gegenseitig zu. Wir sahen einander an. Wir suchten nach etwas. Wir versuchten es zu finden, einen Punkt, ein Stichwort, eine Eröffnung. So blieben wir lange Zeit sitzen. Das ging uns mit der Zeit auf die Nerven. Und dann hatte Ola bereits seine Ration Bier ausgetrunken und steuerte mühsam die Küche an. Er kam zurück, mit einem ganz hilflosen Gesicht.

»D-d-der K-k-kühlschrank ist v-v-voll m-m-mit L-l-laken«, sagte Ola. Wir sahen ihn nur an. Und da fanden wir, wonach wir gesucht hatten, wir fanden das Lachen. Seb lag unterm Sofa. Gunnar musste eine Runde um den Tisch drehen. Dort schnappte er sich Ola und hob ihn an die Decke.

»D-d-das st-st-stimmt!«, rief Ola. »D-d-da sind nur L-l-laken im K-k-kühlschrank!«

»Er ist wieder in seiner Branche!«, gluckste Seb. »Er ist eifersüchtig auf deinen Kühlschrank!«

»V-v-verdammt, d-d-das ist wahr!«, schrie Ola und wollte wieder runter. »Ich b-b-bin nicht b-b-besoffen!«

»Und woher weißt du das?«, fragte Gunnar. »Haste vielleicht mal die leeren Flaschen an deinem Platz gezählt?«

»W-w-weil ich nicht st-st-stottere, w-w-wenn ich b-b-besoffen b-b-bin. Oder froh!«

Gunnar trug Ola in die Küche hinaus. Sie kamen mit acht steif gefrorenen Laken zurück. Die sahen aus wie Eisschollen. Seb kletterte auf das Sofa und brauchte mehr Apfelwein.

»D-d-das habe ich d-d-doch g-g-gesagt!«

Die Laken begannen zu schmelzen. Das war ein merkwürdiger Anblick. Ich hatte noch nie zuvor Laken schmelzen sehen. Aber einmal musste ja das erste Mal sein.

»Ist es wirklich so schlecht um dich bestellt, Karlsen?«, fragte Gunnar. »Was kommt als Nächstes?«

»Überschwemmung«, sagte ich. »Wir schmeißen sie aus dem Fenster.«

Und das taten wir. Wir ließen sie über Marienlyst segeln, wie lokale Regenschauer, wie weiße Drachen, die losgelassen worden waren. Und das war ein ganz schöner Anblick. Die Tauben flogen erschrocken davon. Ein paar Möwen wurden neugierig, gaben dann aber auf und verschwanden. Wir sahen nicht, wie die Laken landeten, sie segelten nur über die Hausdächer, und bald waren sie außer Sichtweite.

Ich schloss das Fenster, und wir setzten uns um den Tisch. Es wurde wieder still. Das war nur ein Anfang gewesen, eine Probe. Wir mussten weitermachen. Wir waren erneut auf der Suche.

»Und w-w-was machen wir jetzt?«, fragte Ola.

Seb hatte eine Idee.

»Wir spielen Flaschendrehen«, sagte er.

Gunnar kippte sich eine Hand voll Erdnüsse in den Mund und war nicht sonderlich begeistert.

»Flaschendrehen ist ein bürgerliches Gesellschaftsspiel. Total dekadent.«

»Hast du ’nen besseren Vorschlag?«

»Ja«, sagte Gunnar. »Wir können beispielsweise Geld für die streikenden Fahrstuhlmonteure sammeln.«

Es wurden insgesamt neunzehn Kronen und vierzig Öre.

Gunnar war zufrieden. Er holte eine Sammeldose heraus und ließ jede Münze einzeln durch den Schlitz gleiten, damit wir sehen konnten, dass alles seine Ordnung hatte.

Seb wurde langsam ungeduldig.

»Jetzt spielen wir aber Flaschendrehen! Jetzt darf ich mal entscheiden!«

Es war kein Problem, eine leere Flasche zu finden. Aber es war schwierig, einen Einsatz zu finden.

»Der, auf den die Flasche zeigt, muss fünf Minuten im Kühlschrank sitzen«, schlug Seb vor.

Ich protestierte.

»Das ist ungerecht, dann wissen wir doch alle, dass Ola gewinnt. Jeder muss die gleiche Chance haben.«

»Dann schlag was Besseres vor«, sagte Seb. »Du bist der Wirt.«

»Derjenige, auf den die Flasche zeigt, muss eine Geschichte erzählen«, sagte ich. »Aus dem echten Leben.«

Ich hatte schon damit angefangen, den Tisch abzuräumen. Ola trank reichlich vom Apfelwein. Seb musste raus, Wasser wegbringen. Gunnar öffnete ein Bier mit den Zähnen und erzählte einen verdammt alten Witz.

»Einfach keine gute Erziehung«, sagte er.

Dann waren wir endlich alle versammelt. Ich legte eine Flasche mitten auf den Tisch und drehte sie mit aller Kraft herum. Sie drehte sich ungefähr drei Viertelstunden. Der Abend war nicht mehr jung. Der Flaschenhals zeigte auf mich. Die Stimmung war plötzlich bombig.

»Ich habe einen Menschen getötet«, sagte ich.

Es wurde vollkommen still. Die Gesichter schienen einzufrieren zwischen Lachen und Ungläubigkeit, es entstanden sonderbare Grimassen.

»Red keinen Stuss!«, rief Seb. »Du bluffst doch! Das ist nicht erlaubt.«

Ich trank Apfelwein. Ich hatte die Äpfel dafür selbst aufgesammelt.

»Ich habe einen Menschen getötet«, wiederholte ich. »Ich war in Rom. Ich war pleite. Ich bin in dieser verrückten Stadt herumgelaufen. Ich kam zur Fontana di Trevi. Da war es brechend voll mit lustlosen Touristen. Und der Springbrunnen war voll mit Münzen. Denn es heißt, wenn du eine Münze in die Fontana di Trevi wirfst, dann wirst du nach Rom zurückkommen. Alles gelogen. Aber ich wartete, bis es Nacht war. Dann bin ich reingesprungen und habe das Geld eingesammelt. Und da kamen achtzehn italienische Polizisten. Sie kamen angerannt. Sie hatten breite Mützenschirme und flache Stirnen. Offensichtlich mochten sie mich nicht.«

»Du hast ein italienisches Bullenschwein umgebracht?«, fragte Gunnar und war fast beeindruckt.

»Psst!«

»Danke, Ola. Sie brachten mich in die Ausnüchterungszelle. Und in der Zelle war noch ein anderer Typ. Er trug Smoking, Zylinder und hatte nur ein Auge. Das andere Auge war aus Glas. Und mit dem spielte er die ganze Zeit herum, und zum Schluss fiel es ihm zu Boden. Es zerbrach. Und dann schlief er ein. Aber mitten in der Nacht wachte er wieder auf und wollte meinen Schnürsenkel haben. Ich trug solche Wanderschuhe mit langen Schnürbändern. Ich zog einen raus und gab ihm den. Und am nächsten Morgen war er tot. Er hat sich an meinem Schnürsenkel aufgehängt.«

Jetzt trank Gunnar auch Apfelwein. Ola lehnte sein Gesicht an sein Glas. Seb fand eine Selbstgedrehte hinter dem Ohr, zündete sie im Gleitflug an und lachte laut auf.

»Das ist zu starker Tobak«, sagte er. »Du musst in den Kühlschrank. Fünf Minuten. Zur Strafe, weil du gelogen hast.«

»Er hat sich mit meinem Schnürsenkel erhängt«, sagte ich. »Sie haben ihn rausgetragen. Ganz blau. Er war tot.«

Gunnar stand auf, plötzlich ganz erregt.

»Verdammt, ich glaube nicht, dass du überhaupt weiter als bis Nesodden gekommen bist. Seb hat Recht. Du lügst. Was war das, was du da letztens behauptet hast? In dem verdammten Fahrstuhl? Dass du chromatische Tonleitern spielen kannst! Du lügst! Du kannst mit so einem Finger keine chromatischen Tonleitern spielen!«

»Frag Seb, ob ich Klavier spielen kann«, sagte ich.

»Und – kann er spielen?«, schrie Gunnar.

»Ja«, sagte Seb leise. »Ja.«

Gunnar setzte sich und wischte sich den Schweiß von der Stirn. Und zog den Sessel, in dem er saß, näher heran.

»D-d-das ist doch nicht K-k-kims Schuld, d-d-dass d-d-dieser T-t-typ sich mit seinem Schnürsenkel aufgehängt hat, oder? K-k-kim war nur so n-n-nett, ihm d-d-den zu leihen. K-k-kim hat d-d-doch k-k-keinen umgebracht, oder?«

»Alle aus Skillebekk lügen, sagt Kim Karlsen.«

Aber das sagte ich gar nicht. Das sagte Seb. Ich begriff nicht, was er damit sagen wollte. Ich drehte die Flasche. Dieses Mal dauerte es eine halbe Stunde. Der Hals zeigte auf Gunnar. Gunnar beugte sich vor. Er hatte zwei Bierflaschen in den Händen, die hielt er wie Skistöcke.

»Ich habe einmal mit einem Typen in einem Fahrstuhl festgesteckt«, begann er. »Es war dunkel, und dieser Typ hatte eine Todesangst.«

»Das ist zu dick aufgetragen!«, rief ich. »Zehn Minuten im Kühlschrank!«

»Aber das stimmt«, widersprach Gunnar.

»Red w-w-weiter!«

»Wir blieben zwischen zwei Stockwerken stecken. Es war dunkel. Die Alarmanlage funktionierte nicht. Es war spät am Abend. Das wird schon gut gehen, sagte ich. Nur den Mut nicht verlieren, sagte ich. Und wisst ihr, was mit dem Typ passierte? Er geriet in Panik. Ich musste ihn festhalten. Er rief nach seiner Mutter. Er weinte. Er fing sogar an Gott anzuflehen!«

Ich stand auf.

»Damit hast du deine Geschichte erzählt, danke!«, rief ich. »Dir fehlt die Erziehung! Das war so lustig, Gunnar. Etwas angestaubt, aber das macht ja nichts.«

»Glaubst du denn, ich hätte noch nie mit jemandem im Fahrstuhl festgesessen außer mit dir? Glaubst du denn, alles handelt immer nur von dir, Kim Karlsen?«

Ich setzte mich. Ich hatte nichts mehr zu sagen.

»Also, dieser Blindfisch fing an Gott anzurufen. Und da gab es ein deutliches Quietschen im Kabel. Der ganze Fahrstuhl gab nach. Mir zitterten auch reichlich die Knie. Es fehlte nicht mehr viel. Und da kamen die Jungs! Die Monteure kamen, um den Fahrstuhl zu überprüfen. Und sie kapierten sofort, was los war. Sie seilten uns ins Erdgeschoss ab und holten uns heraus! Es hätte nicht viel gefehlt, und wir wären in den Keller gestürzt, aber sie haben uns gerettet!«

Ich musste wieder aufstehen.

»Du gehörst vierzig Minuten in den Kühlschrank«, sagte ich. »Mindestens. Woher konnten sie denn wissen, dass ihr genau da feststeckt?«

Jetzt war Seb auch wieder im Spiel.

»Du hast gesagt, es war abends. Machen die Überstunden? So ganz zufällig sozusagen!«

»Genau! Außerdem hast du gesagt, dass die Alarmanlage nicht funktionierte!«

»Aber es ist d-d-doch m-m-möglich, m-m-mal G-g-glück zu haben«, sagte Ola.

Gunnar setzte die Flasche wieder in Gang. Jetzt zeigte sie auf Seb. Ich fiel in den Sessel. Seb zapfte sich Apfelwein und wedelte herum.

»Nun komm schon«, sagte ich. »Du hast doch wohl auch ein Geheimnis?«

Plötzlich war er auf der Hut.

»Ich habe keine Geheimnisse. Warum sagst du das? Ich bin wie ein offenes Buch.«

Seb setzte sich zurecht und strich seine Falten glatt.

»Also, es war einmal ein Mann, der war so verdammt durstig.«

Da waren wir ganz seiner Meinung. Wir prosteten uns zu. Wer wollte das bezweifeln? Das stimmte.

»Und er fuhr durch eine Wüste. Ich weiß nicht so recht, welche genau. Es war in Australien oder in den USA.«

»Oder in der Universitetsgata«, sagte ich.

Seb verlor den Faden. Ola wurde wütend und trat mir gegens Schienbein. Gunnar kaute Bierverschlüsse und war ungeduldig.

»Wo war ich?«, fragte Seb.

»In d-d-der U-u-universitetsgata«, sagte Ola.

Seb rutschte noch tiefer in seinen Sessel und bedachte uns mit scharfen Blicken.

»Wollt ihr jetzt hören oder nicht?«

»Australien«, sagte ich. »Oder USA.«

»Genau. Da war also dieser Kerl. In einer Wüste. Auf einer Autobahn durch die Wüste. Durst. Geschwollene Zunge. Graues Haar. Das Sehvermögen schwindet. Das Blut gerinnt. Und da sieht er eine Tankstelle. Und auf der steht ein Cola-Automat. Er schleppt sich dorthin. Er hat noch einen einzigen Dollar.«

»Haben die in Australien auch Dollar?«, fragte Gunnar.

»Jedenfalls in der Universitetsgata«, erklärte ich.

Jetzt stand Seb fast schon auf dem Tisch.

»Oh Scheiße! Das war in den USA. Hört ihr nicht zu? Die Tankstelle war aufgegeben worden, die Leute weggezogen, aber der Cola-Automat stand noch da. Und der Kerl legte seine letzte Münze rein, kapiert? Er drückte auf den Knopf, aber nichts passierte. Es kam keine Flasche heraus. Und da fing er an, auf die Maschine einzuschlagen. Er schlug und schüttelte sie. Aber das nützte nichts. Er wurde ganz wild. Schlug immer härter. Schüttelte und schüttelte. Und da kippte der ganze Automat auf ihn drauf, und der Kerl war auf der Stelle tot.«

Seb setzte sich und schaute tief ins Glas. Wir taten es ihm gleich.

»Du kannst wirklich dichten«, sagte ich.

»Das macht eine *Stunde* im Kühlschrank«, sagte Gunnar.

Seb tauchte aus seinem Glas wieder auf, er hatte Blut am Zahn.

»Ihr könnt vielleicht Scheiß reden. Aber ich habe die Geschichte Synnøve erzählt. Und wisst ihr, was da passiert ist? Sie wurde stinksauer. Sie schlug um sich. Sie hat mich geschlagen. Sie hat geglaubt, ich meinte ... ich meinte, der Cola-Automat, das wäre sie! Kapiert ihr?«

Gunnar saß schon auf dem Boden. Er wirkte ziemlich verwirrt. Er redete laut und ohne Zusammenhang.

»Synnøve? Wer ist diese Synnøve? Ist Synnøve ein Cola-Automat in Australien?«

»Synnøve ist Korrekturleserin«, erklärte ich langsam. »Sie verbessert die Fehler in Sebs Gedichten.«

»Sie hat das symbolisch gesehen!«, rief Seb. »Sie sieht alles symbolisch! Die ganze Geschichte war für sie ein Bild unserer Beziehung, wie sie sagte. Und jetzt ist Schluss. Ich sage nichts mehr.«

Ola hob den Kopf.

»Auf jeden F-f-fall h-h-hat er seinen D-d-durst g-g-gelöscht«, sagte Ola. »Ein für a-a-alle Mal.«

Seb drehte die Flasche. Es dauerte zwei Sekunden. Sie zeigte auf Ola. Er stand schnell auf, stellte sich wie zum Rapport ans Pult, es fehlte nur noch das Vaterunser.

»Ich will von meiner Zeit als Kühlschrank erzählen!«

Wir schauten uns an. Wir sahen Ola an.

»Du stotterst nicht«, sagte Gunnar.

»Bist du besoffen?«, fragte Seb.

»Oder glücklich?«, fragte ich. »Oder beides?«

Aber Ola ließ sich nicht beirren.

»Ich will von meiner Zeit als Kühlschrank erzählen. Jeden Morgen musste ich den Kühlschrank anziehen, einen Stapel Broschüren bunkern und durch die Stadt gehen. Ich ging den Drammensveien hinunter und war überzeugt davon, dass mich alle wiedererkannten. Auch wenn ich in einem Kühlschrank steckte.«

Jetzt war Gunnar von totaler Verwirrung befallen. Es sah nach Sonnenfinsternis aus in seinem Gesicht.

»Sag mal, was redest du da? Hast du einen Kühlschrank *rumgetragen*?«

»Der war aus Pappe«, erklärte Ola. »Und ich stand mittendrin. Ich bin Reklame für Norske Hvitevarer gelaufen.«

Gunnar schlug mit der Faust auf den Tisch.

»Da kann man mal sehen! Zynische Ausbeutung! Das ist Spätkapitalismus in Reinkultur! Sie legen das Joch auf unsere Schultern! Wir alle haben unseren Kühlschrank zu tragen!«

Ola wartete geduldig. Gunnar schlug noch einmal auf den Tisch. Das Zimmer kippte zur Seite.

»Da geht Ola Jensen, ich dachte, das würden alle zu sich sagen. Da geht Ola Jensen, der es in seinem Leben nicht weiter als bis zu einem Kühlschrank gebracht hat. Aber das war nicht das Schlimmste. Denn die Leute sprachen mich an. Sie erzählten mir ihre Geschichten. Sie erzählten mir schreckliche Geschichten, und ich stand im Kühlschrank und musste ihnen z-z-zuhören.«

Ich gab ihm schnell Nachschlag. Ola trank schweigend.

»Und ich musste ihnen zuhören. Sie erzählten mir von ihrem Leben. Dass sie sich nicht trauten, nachts den Fernseher auszumachen. Dass sie irgendeine Telefonnummer wählten, nur um eine andere Stimme zu hören. Dass sie sich selbst Briefe schrieben, damit der Briefträger nicht glauben sollte, sie seien einsam. Sie erzählten, dass sie Todesanzeigen lasen und zu Beerdigungen gingen, und da so taten, als würden sie den Verstorbenen kennen. Und eines Tages konnte ich nicht mehr. Ich beschloss, wieder nach Trondheim zu gehen. Ich wollte nach Trondheim gehen, bei Kirsten klingeln und einfach dort stehen bleiben, bis sie den Kühlschrank öffnen und mich finden würde. Aber da tauchte stattdessen dieser Typ hier auf.«

Ola fiel erschöpft in den Sessel. Und es blieb lange Zeit still. Dann sagte er leise:

»Übrigens bin ich besoffen. Und nicht ganz g-g-glücklich.«

Gunnar kam wieder auf die Füße. Er lief einige Kilometer die Wände entlang, blieb am Fenster stehen und zeigte in die Nacht hinaus, die bereits dunkelblau war.

»Da draußen ist das Volk«, sagte er. Er sagte es einfach so. Da draußen ist das Volk.

Seb ging zu Gunnar.

»Das Volk ist nicht da draußen«, sagte Seb. »Es ist drinnen.«

»Was? Ist etwa anarchistisches Querulantentum im Gange?«

»Morgen ist ein ganz normaler Arbeitstag. Hör doch, wie sie schnarchen.«

Ich ging mit Ola auch ans Fenster. Und da blieben wir alle vier stehen, und wir schauten auf die Stadt und auf die Fenster der Stadt hinter unseren eigenen Spiegelbildern. Da zeigte Ola auf den Himmel über den Kirchturmspitzen.

»Guckt mal«, sagte er. »Ein Engel.«

»Das ist kein Engel«, widersprach Gunnar.

»Doch! Das ist ein Engel!«

»Das ist ein Laken.«

»Ich glaube aber doch, dass das ein Engel ist.«

Es war nur ein weißer Schatten, der vorbeihuschte, ein Flügel, vielleicht war es auch nur ein Gerücht, ein Gerücht, das sich losgerissen hat.

Es war eine Nacht für gute Taten.

»Mein Großvater«, sagte ich. »Mein Großvater muss sterben, und er hat Durst. Wollen wir ihm nicht ein bisschen von unserem Überfluss abgeben?«

Wir füllten acht Flaschen mit Apfelwein und legten sie in den Turnbeutel. Dann schlichen wir uns durch die Stadt, durch den Stenspark, den St. Hanshaugen entlang, über Vor Frelsers gravlund und blieben am Lattenzaun vor dem Krankenhaus stehen. Zwei Nonnen kamen vorbei, sie sahen aus wie Schornsteinfeger auf Nachtschicht, wir hockten uns hin und ließen sie vorbeigehen. Ein voller Mond schüttete uns Sand in die Augen.

»Er liegt im Erdgeschoss«, flüsterte ich und zeigte auf das Fenster an der Ecke.

Ola und Seb hielten Wache, ich band mir den Turnbeutel um die Taille, und Gunnar half mir über den Zaun.

»Grüß von uns«, sagte er. »Vergiss das nicht.«

Ich krabbelte zum Gebäude hin. Der Empfang im anderen Flügel war hell erleuchtet. Ansonsten war alles dunkel, abgesehen vom Mond. Das Fenster stand auf Kipp. Es war fast zu leicht, ich brauchte mich nur zum Fensterrahmen hochziehen und reinschleichen. Dann war ich in Zimmer 12, Vor-Frues-Hospital. Die Betten standen, wie sie stehen sollten, zwei scharfe Schatten lagen jeweils auf einem weißen Kopfkissen. Ich sah all die Apfelsinen auf Rolfs Nachttisch, sie glühten. Ich schlich mich zu Großvater, löste den Turnbeutel und beugte mich über ihn.

»Hallo, Großvater«, flüsterte ich. »Ich bin's.«

Er wachte langsam auf, streckte den Hals, seine Augen kamen zum Vorschein.

»Wer ist da?«

»Ich habe dir Apfelwein mitgebracht. Du hast doch gesagt, dass du Durst hast.«

Es wurde unruhig unter den Bettdecken. Die Stimme klang fast ängstlich. »Bin ich schon im Himmel?«

»Ganz und gar nicht. Ich bin's, Kim. Ich habe Apfelwein von Nesodden dabei.«

Ich legte ihm eine Flasche in die Hand. Er wog sie. So blieb er lange Zeit liegen, als versuchte er herauszufinden, was da eigentlich vor sich ging. Dann führte er die Flasche langsam an den Mund, der Geruch von Apfelwein breitete sich im Zimmer aus, und es waren schöne Geräusche von Großvater zu hören, in seinem Gesicht fand eine Schneeschmelze statt. Da kam plötzlich Leben ins andere Bett.

»Trinkst du?«, fragte Rolf.

Ich gab ihm auch eine Flasche und versteckte den Rest ganz hinten im Schrank, hinter Großvaters Galoschen.

»Jetzt müsst ihr brüderlich teilen«, flüsterte ich. »Und lasst noch was für die kommenden Nächte übrig.«

»Willst du schon gehen?«, fragte Großvater. »Jetzt, wo wir es so nett hier haben.«

»Sie warten draußen auf mich. Ich soll auch schön grüßen.«

Ich kletterte wieder aus dem Fenster, schaffte es über den Zaun, und da standen die anderen bereit.

»Und jetzt bin ich auch glücklich!«, rief Ola. »Hört ihr!«

Und dann liefen wir wieder nach Hause, nach Marienlyst, immer am gelben Schlips des Mondes entlang.

Wir waren in Bombenstimmung, als wir uns wieder um den Tisch setzten. Ich musste noch einmal erzählen, wie ich mich in Großvaters Bett versteckt hatte, als eine Nonne ihre Nachtrunde drehte, und Großvater einen Lachkrampf bekam und die Nonne sicherheitshalber Großvaters Puls kontrollieren wollte, aber stattdessen meinen maß und erklärte, dass Großvater ja nicht glauben solle, er sei noch zwanzig. Nachdem sie acht Versionen gehört hatten, fragte ich:

»Wir gehen doch zusammen auf Interrail? Im Juli! Oder?«

Die Stimmung wurde immer besser. Wir waren auf dem Weg in den Himmel. Wir redeten alle wild durcheinander. Wir machten Riesenpläne. Ich holte einen Atlas aus Huberts Bücherregal und schlug Europa auf, die schwarzen Striche waren Eisenbahnlinien, da brauchten wir nur kreuz und quer auszuwählen.

»Gibt es wirklich nichts mehr zu trinken?«, fragte Seb plötzlich.

Der Ballon war platt gemacht. Die Bierflaschen waren leer. Wir mussten die Wohnung durchsuchen. Und ganz hinten in der Speisekammer, zwischen vergammelten Malerpinseln und eingetrockneten Farbtuben, da fanden wir eine glänzende Flasche, sie war halb voll und roch stark. Ich brachte Gläser ins Wohnzimmer, schenkte großzügig ein und verdünnte mit Wasser.

Wir nippten vorsichtig daran und begannen Pläne zu schmieden.

»Wir fahren nach Italien«, sagte ich. »Da hab ich viele Freunde. Bei denen können wir wohnen.«

»Bist du total auf Italien fixiert?«, grölte Gunnar. »Weißt du nicht, wie verschmutzt die Küste da unten ist? Da kannst du auf dem Wasser laufen, ohne nass zu werden.«

»Stimmt«, nickte ich. »Dann können wir doch einen Spaziergang nach Capri machen.«

Ola fing sofort an zu singen.

»Wenn bei Capri die goldne Sonne im Meer versinkt. Keine Frage, wir fahren nach England! Und nach Liverpool. Oder? Liverpool, Jungs! Prost!«

»Fahren ja verdammt viele Züge nach England«, widersprach Seb. »Ich schlage Frankreich vor. Paris. Da wissen wir, was wir haben. Geiles Zeug, das hier, Karlsen.«

»Die Tour mach ich jedenfalls nicht mit«, erklärte Gunnar. »Hab keinen Bock, rückwärts zu gehen.«

»Dann sag, wohin du willst!«, forderte ich ihn auf.

»Nach Finnland!«

Wir schrien alle gleichzeitig.

»Finnland!«

»Da passiert im Augenblick unheimlich viel Spannendes, in Finnland.«

»Sollen wir unser Kanu vielleicht auf dem Rücken mitnehmen«, murmelte Seb.

»Warum nicht? Wir können doch zwei Kanus mitnehmen und auf den tausend Seen paddeln!«

»Ich dachte, wir n-n-nehmen die B-b-bahn«, sagte Ola.

»Nun hört mal her!«

Ich merkte selbst, dass ich laut schrie. Ich wollte meine Stimme dämpfen, schaffte es aber nicht so recht. Es war, als würde ich mit mir selbst bauchreden.

»Wir brauchen doch nicht nur an einen Ort zu fahren«, fuhr ich fort. »Wir können überallhin fahren. Zuerst nach Finnland, dann nach Italien, dann rüber nach Frankreich, einen Abstecher nach Spanien.«

Aber weiter kam ich nicht. Gunnar sprang wie von der Tarantel gestochen hoch und zeigte mir eine geballte Faust.

»Willst du etwa nach Spanien fahren und die Diktatur unterstützen? Vielleicht Franco noch bitten, dir den Rücken einzuschmieren? Oh Scheiße, die Tour mach ich nicht mit. Ich bin doch kein Nivea-Faschist!«

»Aber was ist mit England?«, versuchte Ola es noch einmal. »L-l-liverpool.«

»Oder Deutschland«, warf ich schnell ein. »Es ist Fußballweltmeisterschaft in Deutschland.«

»Ich glaub, ich nehm die Straßenbahn auf die Hebriden«, murmelte Seb.

Wir saßen resigniert da. Ola musste aufs Klo. Da blieb er. Seb pennte, die Hände auf dem Bauch, den Kopf im rechten Winkel. Gunnar verabschiedete sich mitten in einem Satz, und ich schlief unter Huberts Doppelbett ein und nahm den Staub als Kopfkissen.

# Teil IV

Als ich das erste Mal durch den Sucher eines Fotoapparats guckte, wurde mir klar, dass man den Augen nicht trauen darf. Ich hatte mich immer auf der anderen Seite des Apparats befunden, im Sommer in Hornstranda, die dunklen Felsen, getrocknete Seesterne und Quallen, das Sprungbrett mit Sackleinen drauf und immer ein Mückenstich auf dem Rücken, wo ich nicht mit der Hand hinkam. Oder ein Geburtstag, die Kerzen auf dem Kuchen, ich erinnere mich nicht mehr, wie viele, weiche Geschenke auf dem Tisch, der Beweis, dass man als erwachsen angesehen wurde, die nützlichen Geschenke, Strümpfe, Schuhe, Pullover, Pyjama, ein paar Handschuhe, vielleicht sogar ein Regenschirm. Es war immer Vater, der die Fotos machte, er lieh sich den Apparat von Onkel Hubert, und einen Monat später waren sie entwickelt. Mutter redete meistens über das, was passiert war, kurz *bevor* das Bild gemacht worden war, aber ich konnte mich nie daran erinnern, dass etwas Besonderes passiert war, vielleicht war eine Wolke vorbeigezogen und hatte Schatten mit sich gebracht, vielleicht war ein Wort gefallen, eine Frage, die aber gleich wieder vergessen worden war. Aber jetzt bin ich derjenige, der den Fotoapparat in der Hand hält. Ich spanne die Muskeln in Armen und Nacken an, drücke die Füße fest ins Gras, ich muss ganz still stehen, das ist entscheidend, ich selbst muss unbeweglich wie ein Bild sein. Was ich durch die Linse sehe, ist zunächst grob gerastert und undeutlich, wie Staub im Sonnenlicht. Alles sieht aus wie Kulissen. Dann drehe ich am Sucher und hole die Welt zu mir heran, langsam kommen Mutters und Vaters Gestalten zum Vorschein, eine Haarnadel, die schief hängt, ein Pflaster auf dem Kinn, sie lächeln, winken, als handle es sich um einen Abschied. Ich denke an Bahnsteige, an den Geruch von Teer, an einen Koffer, den jemand vergessen hat, an die Uhr auf dem Bahnhofsgebäude, die schwarzen Zeiger. Ich denke an Häfen, in denen immer der Nebel hängt und Stimmen ohne Gesichter aus allen Richtungen zu hören sind. An all das kann ich mich erinnern, und deshalb vergesse ich, wo ich bin, ich drehe zu lange, das Motiv wird wieder unklar, die Erdkugel gerät aus der Bahn, ich spüre, wie mir schwindlig und übel wird, ich werde fast seekrank, es ist wie eine lange, anstrengende Reise. Ich drehe zurück und finde den Fokus, das Pflaster auf dem Kinn, die Haarnadel. Der Belichtungsmesser wippt auf und ab, die Sonne brennt mir im Nacken, es ist windstill, ich zögere, ich halte den Finger auf den Auslöseknopf. Ich hole tief Luft, der Puls schlägt in meinen Handgelenken, mein Mund ist trocken, ich registriere den Geruch von trockenem Gras und nassem Badezeug, das an einer Leine zwischen zwei Birkenstämmen hängt. Dann drücke ich den Finger hinunter, und für einen Augenblick sehe ich Mutter und Vater wie festgefroren, in der Hitze, unter dem Apfelbaum, und in dem Moment kann ich das Apfelmus schmecken, den Zipfel Schale spüren, der immer in meiner Portion landet, und ich muss mich fast übergeben. Alles steht still zwischen zwei Herzschlägen; Wartezeit. Die Vögel halten an, sie sehen aus wie weiße Kreuzstiche am Himmel, eine Hummel steht lautlos über einer Blume, die Wellen bleiben wie krumme Finger hängen, und ich bin derjenige, der die Ursache für all das ist, ich halte es fest. Ich halte alles fest, was vorbeiströmt. Ich bin kurz vorm Fallen, da ist es geschehen, da ist es vorbei, es ist, als erwachte ich aus einem Traum, aus dem Traum, durstig zu sein. Ich lasse den Fotoapparat sinken, und jetzt ist alles, was ich sehe, anders. Ich hatte gedacht, ich stünde weit von Mutter und Vater entfernt, aber sie sind direkt vor mir, ich kann ihnen die Hand reichen. Die Farben im Gras und die Glockenblumen am Brunnen, die lautlosen Glockenblumen, sie sind kräftiger und intensiver als ich sie mir vorgestellt habe. Eine Libelle hängt in der Luft zwischen mir und den anderen, und ich bilde mir ein, dass ich meinen eigenen Schatten sehen kann, mein eigenes Spiegelbild, in ihrem glänzenden, vorstehenden Auge, bevor sie verschwindet und nur ein flüsterndes Geräusch tief im Ohr hinterlässt, wie der Dynamo an einem Reifen, an einem Herbstabend die Bugdøy allé hinunter. Da höre ich ein anderes Geräusch, das sind Hubert und Großvater, die aus dem Haus kommen, sie trinken aus hohen Gläsern, die sie Whiskygläser nennen, sie rufen etwas, sie wollen auch mit aufs Bild. Großvater stellt sich unter den Apfelbaum, Onkel Hubert steht neben mir, er wirft einen Federballschläger hin und legt mir die Hand auf die Schulter. Schnell gebe ich ihm den Fotoapparat, und in dem Moment, als ich ihn los bin, befreit bin von einer schweren, unerträglichen Bürde, da weiß ich, dass das, was man sieht, nie festgehalten werden kann, dass sich alles verändert, wie ein Fluss, wie eine Tür, durch die man hinausgeht, eine Türschwelle, die man überschreitet, und derjenige, der sieht, verändert sich auch, und zwar unaufhörlich. Und während ich gehe, um meine Tarzanbadehose und den Schwimmgürtel zu holen, steigt in mir die Frage auf, ob nicht eigentlich alles vergeblich ist.

Und genau die gleichen Gedanken kommen mir, als ich das eklige Klicken der Fotoapparate hinter mir höre, als ich auf der Bank in der Sala del Botticelli sitze, vor der *Geburt der Venus*. Ich gehe jeden Tag hierher, nachdem ich die Stücke geübt habe, die Lorenzo mir gegeben hatte. Denn ich werde nie mit ihr fertig. Sie steht mit ihrem Rätsel vor mir, ihrer schiefen Schulter, dem falschen Arm, ihrem langen Hals, eine Säule, auf der schräg der Kopf ruht. Und sie schaut nirgends hin, sie sieht an dir vorbei, sie begegnet dem Blick von niemandem. Hierhin gehe ich, hier sitze ich. Das Einzige, was mich stört, das sind diese Touristen. Sie haben Fotoapparate dabei. Sie machen Fotos von den Bildern. Es wundert mich, warum sie nicht einfach eine Postkarte mit dem Motiv kaufen, das wäre doch sicher billiger. Aber sie müssen es selbst machen, das Bild, das ist eine Art Diebstahl, und ich stelle mir vor, dass alle diese Fotos in aufgeputzten Häusern in Deutschland und den USA, in England und Japan gezeigt werden, als Beweis dafür, wo man gewesen ist, was man gesehen hat, was man ist. Und alle werden auf den ovalen Kopf zeigen, der hervorragt, ganz unten in der linken Ecke. Wer ist das? Der sollte nicht mit drauf, aber er wollte nicht zur Seite gehen, wird dann erklärt, während die Gäste hinter vorgehaltener Hand gähnen. Und wahrscheinlich werden sie den Teil des Fotos, auf dem ich bin, wegschneiden, ich zerstöre das Bild, und ich muss an all die vielen Mülleimer auf der ganzen Welt denken, in denen ich landen werde. Aber ich bleibe sitzen. Das ist mein Platz. Ich war zuerst hier. Ein amerikanischer Draufgänger mit Igelschnitt und Teleobjektiv wird fast aggressiv, er schimpft mich aus, will, dass ich verschwinde, er will die Venus fotografieren. Es fehlt nicht viel, und er wird gewalttätig. Aber glücklicherweise ist einer der Wachleute zur Stelle und geht dazwischen, bevor es ernst wird. Ich glaube, er ist auf meiner Seite, jedenfalls lässt er mich da sitzen.

Und so verlaufen die Tage. Ich werde meine Erkältung nicht los, sie hat sich festgesetzt, ein Fieber hinter den Augen. Ich übe das Solfeggio, eile in die Sala del Botticelli, Ana schläft bei mir, und wir teilen ein paar Träume, Lulu nimmt jeden Abend ihre Masken ab, und Lorenzo bereut wahrscheinlich, dass er mir überhaupt die Venus gezeigt hat, er meint, ich übe nicht genug, ich hätte meine Konzentration verloren. Und er selbst trinkt zu viel Grappa. Aber es ist zu spät, um etwas zu bereuen. Ich habe sie bereits gesehen. Ana will wissen, was denn so Besonderes an ihr ist, das fragt sie an einem Abend, an dem wir nach Kneipenschluss in der Bar sitzen. Lorenzo beugt sich über den Tisch vor und erzählt. Er erzählt, dass seine Schullehrerin die Klasse jeden Freitag in die Uffizien geführt hat. Das ist lange her, vor dem Krieg, er muss fast lächeln. Und die Lehrerin erzählte immer die Geschichte von Botticelli und der Venus. Er ließ ein Mädchen aus der Gerberei seines Vaters Modell stehen, das ist so eine Geschichte, die nur aus der Wirklichkeit stammen kann. Es war ein armes Mädchen, sie arbeitete wie ein Sklave, sie hatte die Aufgabe, Tierkot einzusammeln, in erster Linie von Hunden, den brauchte man, um die Häute damit zu behandeln. Man konnte sie mit einem großen Korb und einem spitzen Stock durch die Straßen der Stadt laufen sehen. Und da wurde sie von Botticelli entdeckt, sie wurde sein Modell. Und drei Tage, nachdem das Gemälde fertig war, so um 1485, starb sie. Sie ertrank im Arno, es hieß, sie sei vom Ponte alle Grazie gefallen. Und so erging es allen, die für Botticelli Modell standen, sie starben, plötzlich und unerwartet, kurz nachdem das Bild fertig war. Und später wollte niemand mehr für ihn Modell stehen. Botticelli wurde ausgestoßen, und mehrere seiner Bilder wurden verbrannt. Er starb einsam, verbittert und verwirrt.

Am nächsten Tag übe ich Mood Indigo. Es geht nur zäh voran, die Akkorde bleiben an den Fingern hängen. Vielleicht ist es der Regen, der mich stört, ein scharfer, durchsichtiger Regen, der auf Kopfsteinpflaster und Fenster schlägt. Ich komme nur bis zum vierten Takt, über den Lorenzo *fortissimo* geschrieben hat. Aber der Regen bricht den Rhythmus. Ich stehe auf, schaue hinaus. Der Graveur sitzt da unten, mit seinem glühenden Draht und seinen kleinen Schildern. Und hinter dem Regen höre ich den Arno übers Ufer treten.

# 15

Ich erwachte von einem Schlag an die Stirn. Ich dachte, das sei der Himmel. Ich dachte, ich sei dort gelandet. Dann begriff ich, dass alles dunkel war und es schon deshalb nicht der Himmel sein konnte. Ich war schlau. Das war nur die Unterseite von Huberts Doppelbett. Ich kroch darunter hervor. Aber das nützte nichts. Es wurde nicht hell. Etwas tat in den Augen weh, sie waren voller Ruß. Ich versuchte stattdessen zu reden.

»Wo seid ihr?«, flüsterte ich.

Ich hörte eine Stimme, weit entfernt, in einem anderen Zimmer.

»W-w-wo b-b-bin ich? W-w-was ist p-p-passiert?«

Ich kroch in die Richtung. Ich hatte Angst. Ich war blind. Ich tastete mich mit den Händen vor und traf auf etwas, was einem Menschen ähnelte.

»K-k-kim? B-b-bist du d-d-das?«

»Ola? Kannst du auch nichts sehen?«

»N-n-nein. Ich b-b-bin k-k-krank.«

Jetzt konnten wir auch Seb hören.

»Verdammt, wer hat das Licht ausgemacht?«

Etwas zerbrach auf dem Boden. Etwas schlug gegen die Wand. Es klang wie Gunnar. Er schrie.

»Ich kann nichts sehen! Ich kann nichts sehen!«

Wir schafften es aufs Sofa. Da saßen wir und klammerten uns aneinander.

»Vielleicht ist d-d-das nur N-n-nacht?«, schlug Ola vor.

Wir horchten. Wir hörten den Verkehr im Kirkeveien. Wir hörten müde Stimmen aus den anderen Wohnungen. Das war keine Nacht, das war der Geräuschpegel des Tages, der zu uns drang. Ich fand ein Radio im Regal und schaltete es ein. Es war neun Uhr und Akkordeonmusik. Ich ließ es zu Boden fallen. Ich stolperte über einen Sessel. Da konnte ich mich ebenso gut gleich hineinsetzen.

»Sabotage!«, schrie Gunnar plötzlich. »Das ist Sabotage!«

Ola war kurz vorm Heulen.

»Aber w-w-was machen w-w-wir jetzt?«

»Eine Hand ist vertrocknet, ein Licht ist erloschen«, sagte Seb.

Gunnar schrie weiter.

»Halt's Maul! Wir müssen die Lage erfassen!«

»Schrei nicht so«, bat ich freundlich. »Schließlich haben wir nicht das Gehör verloren.«

Gunnar flüsterte stattdessen.

»Wir haben gesoffen. Wir haben Erdnüsse gegessen. Wir haben die Laken aus dem Fenster geworfen. Wir haben dem Volk Wein geschenkt. Wir haben weitergesoffen. Wir haben zu viel gesoffen!«

»Ich habe schon häufiger einen Kater gehabt«, murmelte Seb. »Aber das hier schlägt dem Fass den Boden aus. Ist das hier das Examen für die Blindenschule, oder was?«

»Ich s-s-sehe nur Schatten«, stöhnte Ola. »W-w-wo seid ihr? G-g-geht nicht w-w-weg!«

»Wir sind hier«, sagte Gunnar. »Jetzt dürfen wir nur keine Panik kriegen. Für alles gibt es eine Erklärung! Wir müssen einen kühlen Kopf bewahren!«

Wir bewahrten fünfzehn Sekunden lang einen kühlen Kopf. Es nützte nichts. Jetzt war Seb an der Reihe loszuschreien.

»Und welche Erklärung hast du bitte schön dafür? Den Imperialismus? Sonnenfinsternis? Teuerung?«

Ola konnte kaum noch reden.

»J-j-jetzt n-n-nur n-n-nicht streiten, J-j-jungs. W-w-wir müssen z-z-zusammenhalten!«

»Aber wir können doch nicht hier sitzen bleiben und auf das Licht warten!«, schrie Seb. »Wir müssen Hilfe holen!«

»Seb hat Recht«, sagte ich. »Wir müssen jemanden anrufen. Jemanden, dem wir vertrauen können.«

»Die Gans«, sagte Seb. »Wir rufen die Gans an.«

Ich hörte ein verwirrtes Stöhnen von Gunnar.

»Die Gans? Du meinst, *die* Gans?«

»Jetzt können wir uns nicht an Details aufhängen. Zunächst müssen wir das Telefon finden.«

Seb und ich krabbelten auf den Flur. Das dauerte eine Weile. Wir kippten ein paar Lampen um und stießen mit dem Kopf gegen diverse Türrahmen, bevor wir den Apparat in der Hand hatten. Seb zählte die Löcher und die Zahlen und schaffte es schließlich, die richtige Nummer zu wählen.

»Bitte ihn, vier weiße Stöcke mitzubringen«, sagte ich.

»Und einen Blindenhund!«, rief Gunnar aus dem Wohnzimmer.

»W-w-wie w-w-witzig!«

Endlich nahm die Gans den Hörer ab.

»Hier ist Seb! Alarmstufe rot! Wir brauchen Hilfe!«

Die Gans klang verschlafen, merkwürdig und weit, weit weg.

»Eine Beerdigung? Ich denke, wir sind gefeuert worden. Und nach welchem Walzer soll getanzt werden?«

»Nichts mit Beerdigung. Hör gut zu. Kim, Ola, Gunnar und ich haben gestern ein kleines Fest gehabt. Mit Sherry und Erdnüssen. Und heute sind wir blind!«

»Blind? Habt ihr vielleicht vergessen, die Augen aufzumachen?«

»Spar dir deine Witze. Das ist ernst. Schaffst du es herzukommen?«

»Werde sehen, was sich machen lässt«, sagte die Gans langsam. »Aber erst einmal muss ich frühstücken.«

Er bekam die Adresse, ich lehnte die Wohnungstür an und kroch hinter Seb her zurück aufs Sofa. Dort warteten wir ein paar Stunden. Es gab nicht viel zu sagen. Es wurde nicht besser. Es wurde immer schlimmer. Es war ein Gefühl, als schrumpfte der ganze Schädel. Ich wollte eine Geschichte erzählen. Damit die Zeit verging.

»Erinnert ihr euch an den Typen aus dem Abitursumzug?«

»Abitursumzug? Was für ein blöder Abitursumzug denn?«

»Siebenundsechzig. Er trug ein riesiges Plakat. Und auf dem stand in fetten Lettern: Ich habe Sound of Music nicht gesehen.«

»Ja, und?«, bemerkte Gunnar. »Ich habe Sound of Music auch nicht gesehen.«

»Er hatte einen weißen Stock und eine dunkle Sonnenbrille dabei. Auf dem Solli herrschte Lynchstimmung.«

Wir schmunzelten vor uns hin. Setzten uns näher aneinander. Wir saßen im gleichen Boot. Mit dem Boot war kein großer Staat zu machen. Es war eine verrottete Fähre. Sie war kurz vorm Sinken. Es gab zu viel überflüssigen Ballast.

Dann kam die Gans.

»Hallo, hallo«, hörten wir.

»Hierher!«, rief Seb. »Wir sind im Wohnzimmer!«

Die Gans trampelte herein, blieb jäh stehen. Und dann fing er an zu lachen. Er machte nichts anderes, stand schallend lachend da. Das war eine schlechte Angewohnheit. Wir mussten ihn gewähren lassen.

»Hallo, Jungs. Ihr seht ja schlimm aus. Oh Mann, und da sind ja auch Gunnar und Ola. Schade, dass wir uns nach so vielen Jahren so wiedersehen müssen.«

Gunnar wurde wütend.

»Nun beruhige dich mal, Gans. Es werden noch andere Zeiten kommen.«

»Ja, wenn du meinst. Ich bin mir da nicht so sicher.«

Er ließ sich schwer in einen Sessel fallen, ich konnte sein breites Grinsen fast hören.

»Nun erzählt mal, was passiert ist«, sagte er.
»Wir haben gesoffen«, sagte Seb.
»Das sehe ich. Aber was habt ihr gesoffen?«
»Apfelwein«, sagte ich. »Apfelwein von Nesodden.«
»Nur Apfelwein?«
»Auch n-n-noch B-b-bier. Viel B-b-bier.«
Da stand Gunnar auf und wedelte mit einem Arm vor meinem Gesicht.
»Und dann die letzte Flasche! Was war da eigentlich in der letzten Flasche, die du gefunden hast, Kim?«
Wir hörten, wie die Gans das Leergut zusammensuchte und daran schnupperte. Dann wurde er ganz still. Schließlich sagte er:
»Methanol. In Karlsens letzter Flasche war Methanol.«
Gunnar ließ sich wieder aufs Sofa fallen.
»Komm zur Sache«, sagte Seb. »Was passiert jetzt?«
»Methanol zerstört die Netzhaut«, erklärte die Gans.
»Sind w-w-wir jetzt für immer und ewig b-b-blind?«
Ola hielt meine Hand.
»Das kommt drauf an, wie viel ihr getrunken habt.«
»Die halbe Flasche haben wir uns geteilt«, sagte ich.
»Na, dann habt ihr noch eine Chance. Dann ist es wahrscheinlich nur vorübergehend. Ungefähr so wie ein kräftiger Schnupfen.«
»Ein kräftiger Schnupfen!«, rief Gunnar. »Ich hab doch verdammt noch mal keinen Rotz in den Augen! Das hört sich ja an, als würdest du dich damit auskennen, Gans. Bist du sicher, dass du was sehen kannst?«
Die Gans nahm es ganz mit der Ruhe.
»Ich bin schon viel abgetaucht. Aber so tief bin ich noch nie gesunken. Meine Mutter hat immer gesagt: Mach, was du willst, Christian, aber trinke niemals Methanol.«
»Hör auf mit dem Gelaber«, sagte Seb. »Was machen wir jetzt? Ins Krankenhaus?«
»Nee, lieber Schnapsladen«, widersprach die Gans. »Ein paar

leckere Gläser Schnaps als Gegengift, und alles wird wieder gut. Ich verspreche auch, euch Gesellschaft zu leisten.«

»Das hört sich ja gemütlich an«, sagte ich. »Also, das Geld auf den Tisch.«

»Ich bin pleite«, sagte die Gans. »Und ihr seid blind.«

Zehn Sekunden lang blieb es ganz still. Dann sagte Seb: »Gunnar, die Fahrstuhlmonteure müssen warten.«

Er zögerte. Er knirschte mit den Zähnen. Er war nicht sehr freundlich. Aber er wusste, was für ihn das Beste war. Er holte die Sammelbüchse heraus, warf sie auf den Tisch und riss die Versiegelung ab.

»Das ist nur geliehen«, sagte Gunnar leise, aber deutlich. »Von den Fahrstuhlmonteuren. An uns. Das muss zurückgezahlt werden. Mit Zinsen.«

Die Gans zählte laut das Geld. Es reichte.

»Und jetzt gehe ich in die Apotheke und kaufe die Medizin«, sagte er.

Und die Gans ging. Und wir blieben sitzen. Das Schädelbrummen wurde immer schlimmer. Wir wurden immer blinder. Unsere Augen waren wie zerschmetterte Murmeln.

»Ich sollte heute eigentlich arbeiten«, sagte Gunnar. »Verdammt, das ist das letzte Mal, dass ich zum Nachspiel zu Kim Karlsen gehe.«

»Na, das ist ja wohl nicht meine Schuld!«

»K-k-kannst froh sein, d-d-dass d-d-du einen Job hast«, flüsterte Ola. »Und d-d-du, K-k-kim? Hast d-d-du einen Job?«

»Bin auch gefeuert worden.«

Da wurde Seb plötzlich ganz eifrig.

»Ich habe letzte Woche mit meinem Vater geredet! Er kann uns Ferienjobs besorgen. Auf der Hurtigrute! Da gibt's freie Jobs im Überfluss, hat er gesagt.«

»H-h-hurtigrute? Ist d-d-das w-w-weit w-w-weg?«

»Geht von Bergen nach Kirkenes. Mein Vater ist Kapitän auf einem Kahn, der heißt Ragnvald Jarl.«

»Zumindest besser als die Nesoddfähre«, sagte ich.

Jemand kam herein. Das konnte niemand anderes als die Gans sein. Er holte saubere Gläser aus der Küche, drehte den Verschluss von der Flasche und goss fünf Drinks ein. Wir fanden jeder den seinen.

»Larsen Special«, sagte die Gans. »Jetzt müsst ihr langsam trinken, Jungs. Sehr langsam und genussvoll. Prost!«

Und so saßen wir da, nippten vorsichtig am Branntwein und warteten, dass unser Augenlicht zurückkam. Es war ganz still. Ich musste etwas sagen.

»Bist du sicher, dass du dich nicht an Lorenzo erinnerst?«, fragte ich.

»Lorenzo? Fängst du schon wieder an, damit zu nerven?«

»Ach Scheiße, Gans. Du musst dich doch an deinen Klavierlehrer erinnern? An Lorenzo! Den Italiener!«

»Mein Klavierlehrer, das war eine Lehrerin, sie hieß Fräulein Juell, hatte blaue Haare und wog hundert Kilo. Und jetzt wird nicht mehr geredet. Jetzt wird getrunken.«

Aber plötzlich kam die Gans wohl auf andere Ideen. Er holte etwas heraus. Fing wieder an zu lachen. Ich hörte ein Klicken.

»Was ist passiert?«, fragte ich ängstlich.

»Ich habe nur ein Foto gemacht«, sagte er. »Sonst würde mir das niemand glauben.«

Wir tranken. Ich war verwirrt. Ich war blind und verwirrt. Dann geschah etwas. Es war Ola, der es als Erster entdeckte.

»Ich k-k-kann s-s-sehen«, sagte er. »Ich s-s-sehe was.«

»Was siehst du?«, fragte die Gans und schenkte mehr Larsen ein.

»Ich s-s-sehe d-d-dich. B-b-bist du so d-d-dick g-g-geworden?«

Wir waren auf dem richtigen Weg. Schuppen fielen uns von den Augen. Wir sahen das Licht. Wir leerten die Gläser in langen Zügen. Die Konturen fielen an Ort und Stelle. Schatten glitten zur Seite. Das war wie eine Offenbarung. Es war, als würde die Welt entwickelt, hier, direkt vor uns. Und langsam kamen Ola, Seb und Gunnar ins Bild. Wir sahen einander an, als wäre es das erste oder auch das letzte Mal. Wir waren nicht schön, aber wir waren im Fokus, wir waren deutlich zu sehen, klar wie Wasser.

»Das war's«, sagte die Gans und stand auf.

Die anderen taten es ihm nach. Ich blieb sitzen. Schaute sie verwundert an.

»Wohin wollt ihr?«, fragte ich. »Ihr könnt doch nicht einfach gehen?«

»Das Fest ist vorbei«, sagte Seb.

»Und was ist mit der Interrailtour? Was ist damit? Die müssen wir doch planen.«

»D-d-der Zug ist b-b-bestimmt schon a-a-abgefahren«, flüsterte Ola.

Die Gans ging als Letzter zur Tür. Da drehte er sich noch einmal um.

»Schickst du mir einen Abzug von dem Foto, das ich geschossen habe? Ich meine, das glaubt mir doch keiner. *Keiner.*«

Dann war ich allein. Und als ich jetzt wieder sehen konnte, da war es, als wären alle Geräusche um mich herum verschwunden. Und da dachte ich, mitten in dieser sichtbaren Stille: Großvater! Was hat Großvater nur heute Nacht getrunken!

Ich lief hinüber zu Vor-Frues-Hospital. Es war bereits Abend, ein blauer Abend, der nach Flieder und Kotze roch. Ich kam zur letzten Besuchszeit. Schlich mich den Flur entlang bis Zimmer 12. Ich machte mich auf das Schlimmste gefasst. Das ist das Schlaueste, sich auf das Schlimmste gefasst zu machen. Dann gibt es jedenfalls keine unangenehmen Überraschungen.

Die erlebte ich. Großvater und Rolf lagen in ihren Betten. Sie schliefen, sie schliefen so fest, dass das Haar nach innen wuchs, und sie zeigten beide ein schiefes Grinsen, ein Schrägstrich in ihren schmalen weißen Gesichtern. Aber neben Rolfs Nachttisch stand jemand. Das war Vivi. Sie drehte mir den Rücken zu und blätterte in Rolfs Skizzenblock. Ich hatte auch mein Gehör wieder bekommen, denn jetzt konnte ich den tiefen Schlaf im Zimmer hören, eine dunkle Schwingung, und ein

Papier, das herausgerissen wurde. Ich schlich mich rückwärts um die Ecke hinaus. Kurz darauf kam Vivi zum Vorschein, sie ging weiter bis zur Rezeption. Sie drehte sich nicht um, sie sah mich nicht, aber ich sah sie. Ich wünschte, ich wäre blind gewesen.

Noch einmal ging ich ins Zimmer. Großvater und Rolf schliefen immer noch. Ich öffnete den Schrank, alle Flaschen waren weg. Ich schaute aus dem Fenster, Vivi schlenderte langsam den Ullevålsveien hinunter. Ich blätterte Rolfs Skizzenblock durch, er war voll mit Gesichtern, ich konnte mehrere Male Großvater wiedererkennen, und eine Zeichnung ähnelte sogar Mutter.

Da kam eine Nonne herein. Sie war von Anfang an äußerst misstrauisch.

»Was machst du da?«, fragte sie.

Ich zeigte vorsichtig aufs andere Bett und redete ganz leise.

»Ich besuche meinen Großvater. Aber ich wollte ihn nicht wecken.«

»Ich meine, was machst du da mit dem Skizzenblock?«

Ich ging leise vom Bett weg.

»Ach, wir sind alte Freunde«, sagte ich schnell. »Ich bringe ihm immer Apfelsinen und Heringe. Und meinem Großvater, dem geht es gut, ja?«

Die Nonne musterte mich eine Weile. Sie war nicht umsonst Nonne.

»Die beiden waren letzte Nacht betrunken«, sagte sie. »Sehr betrunken. Das Zimmer war voll mit leeren Flaschen. Sie wollten die Wände mit Apfelsinenschnitzen dekorieren, und dein Großvater hat unschöne Lieder gesungen und die ganze Station geweckt.«

»Das ist schön zu hören«, sagte ich.

»Wie bitte?«

Zum Glück wachte da Großvater auf. Sein Lächeln war noch schiefer. Ich beugte mich zu ihm hinunter.

»Siehst du mich?«, flüsterte ich in sein großes, behaartes Ohr.

Er rollte die Augen auf meine Seite und redete mit den Mundwinkeln.

»Ob ich dich sehe? Was ist das für eine Frage? Natürlich sehe ich dich, Kim. Du hättest heute Nacht hier sein sollen, mein Junge. Es war großartig. Wein, Weib und Gesang.«

»Weiber auch, Großvater?«

»In kurzen Baströckchen und mit Apfelsinenscheiben um den Hals, Kim.«

»So was habe ich ja noch nie gehört.«

Er wandte sich der Nonne zu. Aus irgendeinem Grund sah sie nicht besonders freundlich aus.

»Da hätte ich dabei sein mögen«, sagte ich.

Und da wachte auch Rolf auf. Er richtete sich in seinem Bett auf, schien ein wenig verwirrt zu sein und zeigte direkt auf mich.

»Da haben wir ihn ja, der uns den Wein gebracht hat!«

Er schnappte sich einen Bogen vom Zeichenblock und schob ihn mir in die Tasche.

»Kommst du heute Nacht wieder?«, fragte er sehr, sehr laut.

Die Nonne wollte mir den Weg versperren, aber da hatte ich mich bereits verabschiedet. Ich lief hinaus. Ich konnte Vivi am Ende des Ullevålsveien sehen. Ich lief so schnell ich konnte durch Vor Frelsers gravlund, überquerte die Waldemar Thranes gate, bog am St. Hanshaugen um die Ecke, und da kam Vivi direkt auf mich zu. Wir blieben stehen. Wir sahen uns an. Vivi wusste nicht so recht, was sie sagen sollte.

»Hallo«, sagte ich. »Na so was. Wo kommst du denn her?«

»Ich will ins Atelier. Das Bild ist bald fertig.«

Sie sah mich genauer an. Sie trug dieses Tuch um den Hals.

»Du siehst aber schlimm aus. Ist was passiert?«

»Wie ist es denn mit Chico bei der Ausstellung gelaufen?«

»Er hat eine anerkennende Bewertung bekommen.«

»Das klingt ja nicht schlecht. Das ist mehr, als ich gekriegt habe.«

»Aber die Show wurde kaputtgemacht. Eine Katze kam in den Saal gelaufen.«

»Nein, wirklich?«

»Wo bist du eigentlich in der Nacht abgeblieben?«

Ich musste genau überlegen.

»In der Nacht, als der Baum brannte?«

»Das, was du von den Apfelsinenbooten erzählt hast, das war so schön. Von dem, der Skulpturen aus Apfelsinenschnitzen macht.«

»Ich konnte nicht schlafen. Ich bin zum Zirkus gegangen.«

»Zum Zirkus? Wovon redest du, Kim? Du bist vielleicht komisch.«

Ich sah schnell auf die Uhr. Aber die stand still. Sie stand schon seit fast einem Jahr still.

»Ich glaube, ich muss gehen«, sagte ich. »Muss noch meinen Großvater besuchen.«

»Ich muss auch los«, sagte Vivi.

Wir blieben stehen. Wir hatten beide gleichzeitig mit einem neuen Satz angefangen. Das war ein einziges Durcheinander. Vivi lachte vorsichtig. Dann geschah das Gleiche noch einmal. Aber schließlich konnten wir die Worte ordnen, und ich ließ sie als Erste reden.

»Ich muss übermorgen ins Mündliche. Davor graut mir schon.«

»Botticelli«, sagte ich.

»Um zehn Uhr. Holst du mich ab?«

»Ja«, sagte ich. »Aber vergiss Botticelli nicht!«

Wir gingen aneinander vorbei. Vivi ging weiter die Colletts gate hinunter. Ich blieb da stehen, wo ich stand, und schaute ihr nach, denn sie drehte sich nie um. Dann schlenderte ich langsam nach Hause, und ich machte viele Umwege, als hätte ich wegen irgendetwas ein schlechtes Gewissen. Als ich zur Fagerborg-Kirche kam, sah ich ein Laken, das sich ganz oben an der Turmspitze festgehakt hatte, eine weiße Flagge über dieser Stadt.

## 16

Ich saß auf dem Rasen zwischen den roten Blocks. Ich saß nicht allein dort. Überall sprossen Studenten hervor. Es herrschte eine angespannte Atmosphäre, es war das Mündliche. Die Nerven hingen lose aus dem Gesicht, es war die Zeit für Zusammenbruch oder Triumph. Ich wurde fast an ihrer Statt nervös. Ich versuchte zu lesen, was auf den Transparenten über Frederikke stand, aber das war zu weit weg. Es war etwas mit Nixon und Watergate. Eine Zeit lang überlegte ich, ob die anderen an meiner Stelle nervös wurden, vielleicht glaubten sie, ich müsste in Blindenschrift in die Zwischenprüfung. Das war eigentlich ein schöner Gedanke. Die Sonne trat quer zwischen den Gebäuden hervor und traf auf Hauklands blanken Stahl. Es war halb elf. Da kam Vivi aus der historisch-philosophischen Fakultät heraus. Eine Traube Samtkordanzüge stand auf den Stufen, aber dieses Mal war ich derjenige, den sie sah. Sie ging an ihnen vorbei und lief dann über den Rasen. Das war ein schöner Anblick, sie lief genau, wie Mädchen immer laufen, die Ellbogen zur Seite, die Knie nach innen. Ich stand auf, öffnete die Arme, und sie landete in ihnen.

»Wie ist es gelaufen?«, fragte ich.

»Ich bin über Karsten gefragt worden!«

»Das nenne ich Glück.«

Sie sah ganz verschmitzt aus.

»Und Botticelli! Ich bin drei Zehntel hochgerutscht. Auf 2.4. Ich habe cum laude gekriegt!«

Sie umarmte mich, als wäre es meine Schuld. Sie hielt mich so fest, dass ich fast keine Luft mehr bekam.

»Ich bin so froh«, flüsterte sie.

»Dann bin ich auch froh«, sagte ich. »Sollten wir das nicht feiern?«

Sie ließ mich nicht los.

»Ja«, sagte sie. »Wir fahren in unser Landhaus.«

Ich wurde skeptisch.

»Kommen die anderen auch mit?«

Vivi lächelte.

»Nein. Nur wir beide. Wir allein.«

Das hörte ich gern. So standen wir da, auf dem rechteckigen Rasenstück zwischen den Hörsälen, und umarmten uns ganz fest, und ich spürte, wie langsam die Erde sich unter meinen Füßen drehte, das kitzelte.

»Worauf warten wir noch?«, fragte ich schließlich.

»Auf dich.«

»Nein, auf dich!«

Der Jaguar war bei der Ullevål hageby geparkt, hinter dem alten Kino. Ich ließ Vivi fahren. Ich wusste nicht, wohin wir wollten. Wir wollten nach Lillesand. Und Vivi redete ununterbrochen über die Prüfung. Ich hörte nicht so recht zu. Es gab so viel anderes zu bedenken. Sie sprach über Botticelli, dem es gelungen war, die notwendige Harmonie der Komposition mit den Anforderungen an den handwerksmäßigen Perfektionismus zu vereinen. Ich dachte an die Schulter, diese schiefe Schulter. Sie sprach über Ludvig Karsten, der in Paris starb, er fiel dort die Treppe zu seinem Atelier hinunter, zehn Tage später starb er in der Charité. Seine Künstlerfreunde fuhren dorthin, um die Urne abzuholen, und als letzte Ehre für den großen Künstler nahmen sie die Asche dann auch gleich mit auf eine größere Kneipentour. Sie besuchten Karstens Stammplätze, und das waren nicht gerade wenig, stellten die Urne mitten auf den Tisch und prosteten sich mit Calvados zu. Im Morgengrauen waren sie zur letzten Kneipe gekommen, einer dunklen Bar bei Les Halles. Der Markt will gleich öffnen, der Tag anfangen, es riecht nach Regen, Obst und Fisch. Sie trinken Kaffee und Cognac, heben die Gläser zu einem letzten Toast, und da stellen sie fest, dass Karsten weg ist. Sie haben ihn vergessen, irgendwo in einer Kneipe im Laufe der Nacht. Sie müssen die ganze Runde noch einmal machen, dieses Mal dauert es mehrere Tage, aber Karsten ist und bleibt verschwunden, niemand kann sich daran erinnern, eine Urne gesehen zu haben. Sie finden ihn erst drei Tage später, im Fundbüro des Gare du Nord. Dann nahmen sie den Zug nach Hause nach Norwegen und ließen Karstens Urne nicht aus den Augen, bis sie in die Erde von Vor Frelsers gravlund gesenkt wurde.

Das erzählte Vivi an so einem Tag.

Und dann waren wir da, sie stellte das Auto hinter dem Park ab, in dieser verschlafenen Stadt mit kleinen Fenstern und Fensterspiegeln. Es roch nach muffigem Meer.

»Müssen wir noch etwas einkaufen?«, fragte ich.

»Nicht nötig. Es ist genug da.«

»Und Schlafsäcke?«

Aber Vivi gab gar keine Antwort auf meine Frage. Ich folgte ihr hinunter zum Anleger. Dort fand sie einen alten Mann in einem braunen Motorboot, er saß am Ruder und sah nicht so aus, als hätte er schrecklich viel zu tun. Sobald er Vivi sah, stand er auf und tippte sich zum Gruß an die Schiffermütze.

»Kannst du uns rüber zur Insel bringen, Peder?«

»Und ob ich das kann! Das ist mir ein Vergnügen!«

Wir kletterten an Bord, Peder half Vivi auf alle möglichen Arten, und dann startete er den Motor. Das war ein schönes Geräusch, es konnte nicht anders sein, ein taktvolles Herz. Wir fuhren in einer Kurve aus dem Hafen heraus, und Peder schaute mich kurz an, als hüteten wir ein gemeinsames Geheimnis. Aber ich hatte keine Geheimnisse. Ich saß da für alle sichtbar, die eine Hand im Wasser, die andere in Vivis Schoß. Ich sah, dass sein Gesicht fast schwarz von der Sonne war.

»Lange nicht gesehen, Vivi«, sagte er freundlich.

»Ja, kann schon sein. Ich weiß es nicht mehr so genau.«

Sie hatte offensichtlich keine Lust mehr zu reden. Sie drehte sich dem Wind zu, schob das Halstuch an seinen Platz und schloss die Augen. Aber Peder war ein redseliger Mann und ließ sich diese Chance nicht entgehen.

»Da warst du noch ein kleines Mädchen. Und jetzt bist du fast erwachsen!«

»Ja«, sagte Vivi nur.

»Sie hatte heute eine Prüfung«, sagte ich schnell. »Hat sie mit Auszeichnung bestanden.«

Vivi schien wütend zu sein. Sie sah auf eine Art an mir vorbei, die nicht anders zu deuten war. Ich hielt lieber den Mund.

»Ja, ihr werdet groß«, seufzte Peder, als würde sein eigenes Alter plötzlich zu einer Last, allein durch diese Worte.

Jetzt sah Vivi ihn geradewegs an, und ich erkannte sie fast nicht wieder, ihr Gesicht wurde weiß, straff, sie schien auf dem Sprung zu sein.

»Ihr?«, fragte sie. »Was meinst du damit?«

Peder wurde unruhig und verwirrt. Ich legte einen Arm um Vivis Schulter, sie schüttelte ihn ab.

»Was ich damit meine? Was sagst du da, Vivi? Ich verstehe die Frage nicht.«

»Was meinst du mit *ihr*? Dass *ihr* groß werdet?«

Peder schaute mich an, aber ich konnte ihm nicht helfen, ich war genauso verwirrt.

»Ach, das sagt man doch so«, sagte er leise. »Ich meine gar nichts. Ich bin doch nur der Fährmann hier.«

Und dann sagte er nichts mehr. Wir fuhren durch einen engen Sund, ich konnte die Hand ausstrecken und unterwegs eine Blume pflücken. Eine Möwe spielte am Himmel toter Mann. Dann kamen wir aus der engen Bucht heraus, und plötzlich lag das Meer vor uns, der Horizont war ein flacher Bogen weit in der Ferne, ein Leuchtturm sah aus wie ein Pfeil mitten auf der dünnen Schnur. Wir waren auf Vivis Insel. Peder ließ uns ohne ein Wort an Land. Vivi wollte ihn bezahlen, aber er schüttelte traurig den Kopf und fuhr zurück nach Lillesand, bevor noch etwas gesagt werden konnte.

»Warum bist du so wütend geworden?«, fragte ich.

»Er redet so viel dummes Zeug.«

»Alte Männer reden so«, sagte ich. »Und es ist doch besser, sich nicht mit dem Fährmann zu überwerfen, oder?«

Vivi kam näher.

»Alte Männer vergessen schnell«, sagt sie. »Und außerdem bin ich nicht wütend. Ich bin glücklich! Glücklich!«

»Wie heißt die Insel?«

»Das ist die Schweineinsel, Svinøya.«

»So heißt sie doch nicht wirklich?«

Wir lachten beide. Wir waren allein auf einer Felskuppe im Meer, die Svinøya hieß.

»Doch!«, rief Vivi. »Das steht auf der Karte!«

Wir gingen zum Haus hoch. Es war eine flache Villa, die wahrscheinlich mit einem Hubschrauber von Åsen gebracht und direkt hier runtergelassen worden war. Chico hatte auch seinen Unterschlupf, einen Bungalow mit Zaun drum herum und weißem Tor. Es fehlte nur der Swimmingpool, aber vielleicht war das Meer ja groß genug.

Und so verlief dieser Tag weiter, und er war sonderbar. Wir schlichen geradezu aneinander vorbei, als hätten wir Angst vor etwas und würden uns gleichzeitig darauf freuen. Vivi öffnete eine Dose mit Labskaus, wir aßen es kalt. Wir kochten Kaffee, nahmen ihn mit hinaus in die Sonne und tranken ihn auf der Terrasse. Und gerade das gab mir so ein merkwürdiges Gefühl, zusammenzusitzen, in der Sonne Kaffee zu trinken, ich wollte etwas sagen, dass es möglicherweise das Schönste war, was ich je erlebt hatte, aber ich fand keine Worte dafür, das wäre zu gewöhnlich geworden, hätte vielleicht alles kaputtgemacht. Vielleicht hätte sie gar nicht verstanden, was ich meinte, und dann hätte ich es erklären müssen, und dann wäre alles zu spät.

»Svinøya«, sagte ich nur. »Das ist gut.«

Und sie führte mich auf dieser Insel herum. In der Mitte gab es einen Felsen, der ließ mich an einen Hut denken, Svinøya war ein Bowlerhut im Meer, und entlang der Krempe gab es Klippen, einen Strand, einen Holzsteg. Vivi holte eine Angel, und wir setzten uns ans Ende des Stegs. Wir versuchten den Haken auszuwerfen. Der Leuchtturm war immer noch in der Ferne zu sehen. Aber der Horizont war nicht mehr der gleiche wie vor einer Stunde. Blau hat viele Namen. Beim vierten Wurf biss einer an. Ich zog einen dicken Brocken heraus.

»Wirf ihn wieder rein«, sagte Vivi.

»Warum denn?«

»Wir haben genug zu essen. Wirf ihn rein.«

Doch der Haken saß zu tief. Ich musste ihn herauslösen. Ich hatte die Hände voller Blut. Aber ich warf den Fisch dennoch wieder hinaus. Das Wasser glänzte und war durchsichtig, mit einem schweren Licht. Ich sah den Fisch schräg hinabsinken, langsam, mit dem Bauch nach oben.

Ich setzte mich wieder neben Vivi. Sie lehnte sich gegen meine Knie, als fröre sie. Sie sagte etwas Merkwürdiges.

»Eigentlich ist es nicht gerecht, dass man geboren wird«, flüsterte sie.

Eine Möwe über uns stürzte sich herunter und durchschnitt das Wasser mit ihrem Schnabel. Dann war sie in der grellen Sonne verschwunden.

»Ist es wohl nicht«, sagte ich.

»Ich habe nicht darum gebeten, geboren zu werden«, fuhr sie fort. »Das ist nicht meine Schuld.«

»Bis ich dreizehn war, habe ich noch geglaubt, dass mich der Klapperstorch gebracht hat«, sagte ich. »Dann hat Vattern mir ein Buch gegeben, in dem alles erklärt war.«

Vivi wurde wütend.

»Ich meine das ernst«, behauptete sie. »Ich habe nie darum gebeten, geboren zu werden. Es ist nicht meine Schuld.«

»Wer redet denn hier von Schuld?«, fragte ich. »Das ist doch kein Verbrechen, oder?«

Plötzlich fing sie an zu lachen, sie lehnte jetzt ihre Stirn an meine Schulter.

»Mit dreizehn? Wie hieß denn das Buch?«

Ich legte den Arm um ihren Rücken.

»Kann mich nicht mehr an den Titel erinnern. Aber ich glaube, dass es gut ausging.«

»Komm«, sagte sie. »Ich habe auf etwas Bestimmtes Lust.«

Wir liefen wieder zum Haus hoch. Vivi verschwand in einem Abstellraum hinter der Küche. Ich wartete im Wohnzimmer. Sie blieb ziemlich lange weg. Ich überlegte, was jetzt wohl geschehen würde. Und während ich dastand, bemerkte ich zwei Porträts über dem Kamin, die Bilder ihrer Eltern, ich hatte sie vorher gar nicht bemerkt. Ihre Gesichter füllten fast den ganzen Rahmen aus, zwei neutrale, vielleicht sogar freundliche Gesichter. Das Einzige, was mich verblüffte, das waren die Augen. Die Menschen hingen jeder für sich in einem eigenen Rahmen, aber sie hatten Augenkontakt, sie sahen einander an, heimlich. Das war bestimmt der gleiche Maler, bei dem Vivi Modell gesessen hatte, der Schwarze Bill. Ich versuchte die Signatur ganz unten in der Ecke zu entziffern, aber sie war zu undeutlich.

Dann kam Vivi zurück. Sie hatte Taucherflossen dabei, einen Taucheranzug, Taucherbrille und Sauerstoffflaschen. Ich traute meinen Augen nicht. Es war eigentlich lange her, dass ich ihnen das letzte Mal getraut hatte. Ich verließ mich lieber auf meine Ohren.

»Ich habe einen Sporttaucherkurs gemacht«, sagte sie ganz eifrig. »Willst du es mal versuchen?«

Vivi ging in ein anderes Zimmer, um sich umzuziehen. Ich zog mich aus und den sperrigen Anzug an, eine enge Hülle vom Adamsapfel bis zu den Waden. Die Eltern hingen an der Wand und warfen diskrete Blicke um sich. Mir war schon ganz schwindlig. Und dann trugen wir den Rest der Ausrüstung zum Anleger hinunter. Auf dem Weg dorthin fragte Vivi:

»Wann bist du in Florenz gewesen?«

»Ich bin nicht dort gewesen.«

»Nein?«

»Nein, nie.«

»Aber ich war ganz sicher, dass du dort gewesen bist«, sagte Vivi ganz verwundert.

»Onkel Hubert hat mir mal eine Postkarte von dort geschickt. Mit Botticellis Venus drauf.«

Wir waren auf dem niedrigen Holzsteg angekommen. Es war nicht so einfach, die Schwimmflossen anzuziehen. Sie waren viel zu eng. Das Blut wurde in die linke Hirnhälfte hochgepresst.

»Ist das der Taucheranzug deiner Mutter?«, fragte ich.

Aber Vivi gab keine Antwort. Stattdessen sagte sie, während sie mir dabei half, die Sauerstoffflasche richtig umzuschnallen:

»Bist du schon mal getaucht?«

»Ja logo. Schon oft. Kein Problem.«

Dann gab sie mir den Bleigürtel. Ich schnallte ihn mir um den Leib. Er war schwer. Ich bekam weiche Knie. Ich musste an meinen alten Schwimmgürtel denken, diesen kalten Knoten auf der Haut, und Kork, um zu schwimmen. Jetzt war es Blei, Blei, um zu sinken.

Wir stellten uns an den Rand des Anlegers, mit dem Rücken zum Meer. Vivi nahm meine Hand und zählte bis drei. Ich hörte auf zu denken. Dann fielen wir hintenüber, beide zugleich. Zuerst hörte ich einen Schlag hinter der Stirn, ich konnte nicht atmen, und alles um mich herum wurde weiß. Ich verlor Vivis Hand und ruderte wild mit beiden Armen. Dann hatte ich Wasser über dem Kopf, trank Luft und verspürte plötzlich eine merkwürdige Leichtigkeit, während ich sank, und ich konnte Vivi sehen, wir sanken nebeneinander. Es wurde dunkler, es war eine zähe, sanfte Dunkelheit ohne Geräusche. Ich schob eine durchsichtige Qualle zur Seite, ich tauchte hinab, in langsamer Fahrt. Vivi glitt vorbei, ich holte sie wieder ein, sie schwamm weg und kam aus anderer Richtung wieder heran, wir spielten da unten in der Tiefe Versteck. Dann trafen meine Schwimmflossen auf den Boden, und ich federte auf und ab, wie der Mann auf dem Mond. Ich spürte Vivi neben mir, ich umarmte sie, und ich begann wieder zu denken, ich dachte merkwürdige Dinge, dass wir die ersten Menschen waren, in ein paar Sekunden, oder Lichtjahren, würden wir an Land klettern, die Schwimmflossen von uns werfen, die Haut wechseln, uns auf zwei Beine aufrichten und den Ebenen, Wäldern und Bergen entgegengehen.

Vivi ließ mich los und stieß sich vom Boden ab. Sie stieg auf wie ein sich langsam drehender Schatten gegen das grüne Licht da oben. Ich wollte es ihr nachtun, aber zu meiner großen Verblüffung blieb ich einfach stehen. Ich versuchte es noch einmal, doch es nützte nichts. Ich stand wie festgeschraubt. Rührte mich nicht vom Fleck. Ich flatterte wie ein kranker Vogel mit den Armen. Aber ich geriet nicht in Panik. Ich fing einfach an zu gehen. Ich hatte keine Ahnung, in welche Richtung. Vielleicht ging ich direkt auf den Leuchtturm zu. Das war eklig. Ich atmete schwer und überlegte, wie viel Luft wohl noch in der Flasche war. Ich war ein Fußgänger auf dem Meeresgrund. Das lag an dem Bleigürtel. Er war zu schwer. Das war zu viel Blei. Oder ich war zu leicht. Ich versuchte ihn abzuschnallen, konnte aber die Schnalle nicht öffnen. Mein Kopf wurde immer größer. Ich zog und zerrte an dem Gürtel. Er war festgerostet. Jetzt geriet ich doch in Panik. Ich rief um Hilfe. Aber hier unten funktionierte die Sprache nicht. Ich ging den Weg zurück, den ich gekommen war. Aber ich erkannte ihn nicht wieder. Ich versuchte zu hüpfen und blieb dann stehen. Die Tauchermaske war voll mit Tau. Ich schluckte Wasser. Jetzt sterbe ich, dachte ich. Jetzt sterbe ich unter Wasser. Jetzt sterbe ich.

Dann war wieder ein Schatten da. Er kam von hinten. Ich drehte mich mühsam um. Es war Vivi. Sie machte ein paar merkwürdige Bewegungen. Ich stand ganz still. Sie strich mit den Händen über meinen Anzug, packte den Bleigürtel und öffnete ihn mit einem Griff. Und gleichzeitig hob sie mich hoch, wir stiegen hoch, wir stiegen gemeinsam dem grünen

Licht entgegen, das schräg über uns hereinfiel. Ich atmete nicht, ich wartete nur. Und das Licht wurde stärker. Dann ließ sie mich los, und wir stiegen in schneller Fahrt weiter auf, und mit einem Schrei, den nur ich selbst hörte, durchstieß ich die Wasseroberfläche und prallte mit dem Kopf gegen den Himmel.

Ich zog mich auf den Steg hoch. Oder Vivi brachte mich dorthin. Auf jeden Fall saßen wir schließlich dort. Ich kippte ein paar Liter Wasser aus meinem Gesicht. Ich keuchte. Ich riss mir die Schwimmflossen ab. Ich sah, dass der Leuchtturm sein Licht warf. Es war bereits Abend. Vivi war kurz vorm Weinen.

»Das hätte ich nicht machen sollen«, sagte sie.

»Machen sollen? Was hättest du nicht machen sollen, Vivi?«

»Dich tauchen lassen. Das war dumm von mir.«

»Das war allein meine Schuld.«

»Du hättest ertrinken können!«

»Aber ich bin nicht ertrunken, Vivi. Du hast mich gerettet.«

Wir saßen auf dem Stegrand in den widerlichen, engen Gummianzügen. Ich musste lachen. Bald lachte auch Vivi. Und genau das wollte ich, ich wollte sie lachen hören. Ich war eigentlich in bester Form.

»Du musst nach dem Gürtel tauchen«, sagte ich. »Der liegt noch auf dem Grund.«

»Das macht nichts.«

»Sicher?«

»Reden wir nicht mehr davon. Ich bin froh, dass du hier bist.«

»Das bin ich auch. Und froh, dass du hier bist.«

Wir gingen langsam zum Haus hoch. Ich fand einen Seestern im Gras, einen ausgetrockneten, verbogenen Seestern. Ich ließ ihn liegen. Ich dachte an die Zeit, als ich noch glaubte, dass die Seesterne im Laufe der Nacht vom Himmel gefallen seien. Da war etwas dran.

Es wurde ein langsamer Abend. Wir aßen den Rest vom

Labskaus. Wir hörten eine Radiosendung. Jemand redete über Nixon und Watergate und ein Tonband. Ich hörte nicht so recht zu. Hinterher spielten wir Mau-Mau. Ich gewann jedes Mal und war damit ganz zufrieden. Wir blätterten in alten Zeitschriften und lösten gemeinsam Kreuzworträtsel. Wir warteten. Wir warteten und zögerten die Entscheidung hinaus. Einer von uns musste es als Erster sagen. Es wurde Vivi.

Sie sagte:

»Du kannst in meinem Bett schlafen.«

»Und wo schläfst du?«

»In meinem Bett.«

Ich ging in Vivis Zimmer. Ich hörte sie draußen im Bad. Das war schön. Ich wartete auf sie. So sollte es sein. Aber es dauerte so lange. Langsam machte ich mir Sorgen. Ich stand in Vivis Zimmer, einem Zimmer mit grünen Wänden, einem schmalen Bett und einer Fensterbank voll mit Muscheln und getrockneten Blumen. Dann wurde die Dusche abgedreht. Ich lauschte einige Sekunden lang dieser Stille, und da hörte ich stattdessen das Meer, auf der anderen Seite, wie ein zähes Zeitzeichen. Ich zog mich schnell aus und kroch unter die Bettdecke. Ich wartete. Kurz darauf war sie da. Sie machte sofort das Licht aus, als sie in der Tür stand. Trotzdem hatte ich sie noch sehen können. Sie trug ein weißes Nachthemd und eine Art Schal um den Hals und über den Schultern. Das war alles, was ich sehen konnte, bevor es dunkel wurde. Sie trat leise ans Bett, setzte sich auf die Bettkante. Vorsichtig strich ich mit der Hand über ihren Rücken. So blieb sie sitzen. Ich konnte sie jetzt besser sehen, ihre Schultern waren so schmal, sie schien sich zusammenzuziehen, und die ganze Zeit sah sie woanders hin.

»Was ist?«, fragte ich leise.

»Ich kann nicht«, flüsterte sie.

»Du kannst nicht?«

»Nein. Ich kann nicht.«

»Ich verstehe«, sagte ich.

Sie drehte sich zu mir um.

»Wirklich?«

»Ja.«

»Und du bist nicht sauer?«

»Natürlich nicht.«

»Ganz sicher?«

»Ganz sicher.«

Ich zog sie zu mir hinunter. Wir redeten nicht mehr darüber. Bald schlief sie ein. Ihr Atem ging ganz ruhig, es war, als würde ihr Gesicht zerschmelzen. Ich sah es. Ich konnte nicht schlafen. Ich lag wach da und sah sie an. Aber als ich versuchte, das dünne Tuch zu lösen, drehte sie sich weg, im Schlaf, und ich zog schnell die Hand zurück, beschämt. Und so blieben wir liegen. Vivi schlief an meiner Seite, und ich lauschte ihren regelmäßigen Atemzügen, dem langsamen Schlag ihres Herzens, dem Geräusch eines Motorboots, das sich ab und zu mit diesem Rhythmus vermischte, während die Nacht wie Wasser die Fenster hochstieg.

# 17

Vivi schlief immer noch. Ich wollte sie nicht wecken. Es war noch früh am Morgen. Die Sonne glitt durch die Gardinen herein und füllte das Zimmer mit ruhigem Licht. Ihr Haar lag auf dem Kopfkissen. Ich wollte sie nicht wecken. Ich stand vorsichtig auf, zog mir die Hose an, schob die Füße in die Sandalen und schlich mich hinaus. Auf der Terrasse blieb ich stehen, streckte die Arme zum Himmel. Ich überlegte, ob ich den Seestern aus dem Gras holen sollte. Den konnte ich Vivi geben, wenn sie aufwachte. Ich konnte ihn einfach neben sie aufs Kopfkissen legen, und sie würde sofort wissen, woher er kam.

Doch da hörte ich, dass ich nicht allein war. Da war jemand hinter mir. Da war jemand, der sich räusperte, so ein nervöses Geräusch, um sich bemerkbar zu machen. Und ich wusste sofort, wer das war, ich erinnerte mich an das Geräusch des Motorboots in der Nacht. Ich drehte mich ganz ruhig um, denn ich hatte sowieso keine andere Wahl. Vivis Eltern saßen in einer Ecke der Terrasse am Tisch.

»Moin«, sagte ich.

Ihr Vater drehte sich zur Mutter um.

»Schläft Vivi?«, fragte diese.

»Ja«, sagte ich. »Ich denke schon.«

Die Mutter zündete sich eine Zigarette an. Sie reichte mir die Packung.

»Nein danke«, sagte ich. »Aber sehr aufmerksam. Vielen Dank.«

»Hattet ihr einen schönen Abend?«

»Ja. Sehr schön. Wirklich schön.«

Der Vater zeigte auf die Angel, die an der Tür lehnte.

»Was gefangen?«

»Nur einen Dorsch.«

»Wir setzen immer Hummerreusen aus.«

»Das kann ich mir denken.«

»Magst du Hummer?«

»Doch, ja. Nicht schlecht, Hummer.«

Das Gespräch stockte, es hakte sich fest, ich stand da auf der Terrasse und wusste nicht so recht, was ich machen sollte. Ich war schließlich auf einer Insel.

»Hat Vivi dich zu ihrem einundzwanzigsten Geburtstag eingeladen?«, fragte die Mutter schließlich.

»Doch, ja«, sagte ich. »Sie hat das erwähnt.«

Wieder entstand eine Pause. Plötzlich sah mich der Vater direkt an.

»Ich hoffe, du meinst es ernst?«

Ich verstand ihn nicht. Ich verstand nicht, was er meinte. Ich verstand nicht, warum sie hier waren.

»Ernst? Doch, das meine ich schon.«

Der Vater stand auf, setzte sich aber gleich wieder.

»Vivi ist unsere einzige Tochter.«

Die Mutter übernahm. Sie erschien ungeduldig, unruhig. Sie ließ die Zigarette auf die Steinfliesen fallen und trat sie mit dem Schuh aus, einem roten, hochhackigen Schuh. Sie waren gekleidet, als kämen sie direkt von einer Party.

»Vivi geht in allem, was sie macht, so ganz und gar auf«, sagte sie. »Das Studium. Alles. Du verstehst sicher, was ich damit sagen will. Wir wollen nicht, dass sie enttäuscht wird.«

Ich fühlte mich immer unwohler.

»Enttäuscht? Hat sie denn schon mal jemand enttäuscht? Ich habe nicht vor, sie zu enttäuschen.«

Die Eltern sahen einander an.

»Kennst du Vivi eigentlich gut genug?«, fragte die Mutter.

»Nein«, antwortete ich. »Das tue ich vielleicht nicht. Tun Sie es denn?«

Wieder wurde es still.

»Aber ich versuche es«, fügte ich hinzu. »Was wollen Sie eigentlich von mir?«

»Was wir von dir wollen?«

Jetzt war es die Mutter, die den Vater ansah. Er versuchte sich zusammenzureißen. Und ich wusste, dass sie genauso viel Angst hatten wie ich.

»Wir haben nur ein bisschen Proviant für den Sommer hergebracht«, sagte er.

»Genau. Man braucht doch eine ganze Menge hier. Auf einer Insel, meine ich.«

»Ja, nicht wahr. Aber es ist leichter, seitdem wir hier draußen elektrischen Strom haben. Kühlschrank und so.«

»Soll ich tragen helfen?«

»Nein. Das ist nicht notwendig. Nein, nein. Was wollte ich noch sagen, ach ja, das vorherige Haus ist nämlich abgebrannt, weißt du.«

»Das ist schon lange her«, sagte die Mutter. »Hat Vivi dir davon erzählt?«

»Nein, das hat sie nicht. Abgebrannt ist es?«

Der Vater stand auf und trat zwischen mich und die Mutter.

»Bis auf den Grund«, sagte er. »Schrecklich. Ein Funke vom Ofen. Es hat nur wenige Minuten gedauert. Wir waren unten am Anleger, als es passiert ist. Vivi hat hinter dem Haus gespielt. Sie hat das Feuer entdeckt.«

Der Vater zog sich die Jacke aus, das Hemd war dunkel, hatte Schweißflecken. Er stand mit dem Rücken zu mir. Er sagte nichts mehr. Die Mutter zündete eine neue Zigarette an. Ich wollte etwas Nettes sagen.

»Vivi ist im Mündlichen um drei Zehntel besser geworden«, sagte ich. »Sie hat cum laude gekriegt.«

Sie schienen plötzlich zu strahlen, sie lächelten einander an.

»Ich habe ihr ein bisschen geholfen«, fügte ich schnell hinzu.

Aber das schienen sie gar nicht zu hören. Die Mutter wollte aufstehen.

»Sie ist sicher in ihrem Zimmer«, sagte sie.

»Ich werde sie holen.«

Und bevor sie sich von ihrem Stuhl erhoben hatte, war ich bereits gegangen. Ich lief in Vivis Zimmer. Sie war wach. Sie sah mich mit verschlafener Verwunderung in den Augen an.

»Hast du mit jemandem geredet?«, fragte sie.

Ich setzte mich auf den Bettrand.

»Mit deinen Eltern«, sagte ich.

Und ich konnte sehen, wie sie geradezu erlosch. Das Licht ging aus in ihr. Sie wurde fast unsichtbar.

»Was wünschst du dir zum Geburtstag?«, fragte ich.

Aber sie gab keine Antwort. Ich hörte Schritte im Wohnzimmer. Das waren die hochhackigen Schuhe der Mutter. Es war an der Zeit, nach Hause zu fahren.

Peder saß im Motorboot bereit. Er war noch schweigsamer als am Tag zuvor, als er uns hier abgeliefert hatte. Er sah die ganze Zeit in eine andere Richtung. Wir nahmen unsere Plätze ein. Und so verließen wir die Svinøya. Wir ließen das Meer hinter uns. Wir fuhren durch den engen Sund und sahen Lillesand auf uns zukommen, die weißen Häuser, die Möwen, einen Kirchturm und einen riesigen Anker, vielleicht war er ja aus den Wolken geworfen worden, um den Himmel an Ort und Stelle zu halten.

Die Mutter beugte sich über Vivi und legte ihr eine Hand aufs Knie.

»Herzlichen Glückwunsch zur Prüfung«, sagte sie. »Wir sind stolz auf dich.«

Vivi sah mich an, und ich begriff, dass ich mal wieder etwas Falsches gesagt hatte.

»Danke«, sagte sie nur. »Ist ganz gut gelaufen.«

Ihr Vater wollte über ihren Geburtstag reden.

»Und was wünschst du dir?«, fragte er.

»Nichts.«

Er sah mich an, mit einem auf so übertriebene Weise resignierten Blick.

»Vielleicht hat sie alles?«, meinte ich.

Das mochte er offenbar nicht hören. Ich glaube, er war beleidigt. Er presste die Lippen fest zusammen. Aber ich hatte ihn nicht beleidigen wollen. Ich tat mein Bestes. Ich wollte nur nett sein. Ich musste etwas dazu sagen.

»Ich wünsche mir immer Schuhe«, sagte ich. »Schuhe kann man immer gebrauchen. Wie und wo auch immer, stimmt's?«

Vivi wurde rot. Sie wurde tiefrot. Ihre Eltern guckten auf meine Sandalen. Ich musste das näher erklären.

»Was würden wir denn ohne Schuhe machen?«, fragte ich. »Das ist doch eine sehr nützliche Erfindung. Ich sammle Schuhe. Früher habe ich Briefmarken gesammelt. Am liebsten die afrikanischen, die dreieckigen. Aber jetzt sammle ich Schuhe.«

Peder klammerte sich an die Ruderpinne. Vivi saß gebeugt da. Ihre Eltern starrten in den Himmel und auf das Meer. Ich hielt lieber den Mund.

»Hast du vergessen, dass du heute bei Nilsen sitzen musst?«, fragte die Mutter.

Ich spitzte die Ohren. Er hieß also Nilsen. Schwarzer Bill hieß eigentlich Nilsen. Das war fast rührend.

»Nein«, widersprach Vivi. »Ich habe gar nichts vergessen.«

»Ich denke, das wird ein schöner Sommer«, sagte der Vater. »Was meinst du, Peder?«

»Abwarten und Tee trinken.«

Ich ging mit ihr zum Wagen.

Dann fuhren wir die E 18 entlang, hinter dem schwarzen Mercedes der Eltern hinterher, und mir kam in den Sinn, dass er aussah wie ein Leichenwagen, es fehlte nur noch das Kreuz auf dem Dach.

Auf einem kleinen Rastplatz am Holmestrand entdeckte ich ein Fahrzeug, das mir bekannt vorkam. Es war der rosafarbene Bus der Maulwürfe. Ich legte eine Hand auf Vivis Finger, die den Steuerknüppel umklammerten.

»Halt mal«, sagte ich.
»Was ist denn?«
»Ich muss hier raus.«
Sie tat, was ich gesagt hatte, bog auf den Kies ab. Ich fiel aus dem Jaguar und ging unsicher zu dem VW-Bus. Die Maulwürfe waren zum Beerenpflücken unterwegs. Gard saß hinterm Steuer, er hatte Helen neben sich. Beide machten große Ohren und Augen, als sie mich sahen. Gard kurbelte schnell das Fenster herunter.«
»Oh verdammt«, sagte er.
»Ist noch ein Platz frei an Bord?«
»Ja, logo. Und wir haben schon gedacht, du hättest uns im Stich gelassen.«
»Aber ich habe ihn doch bei Høvik gehört«, flüsterte Helen. »Das habe ich doch gesagt!«
Ich wurde nach hinten verfrachtet. Da standen bereits zwei Paletten mit den Manifesten, elf akustische Gitarren, fünfzehn Schlafsäcke, acht Brotlaibe und gut und gerne hundert Tiere. Sie nahmen mich freudig in Empfang. Auf einen mehr oder weniger kam es auch nicht mehr an. Synnøve war da, aber Seb konnte ich nicht entdecken. Die Türen wurden wieder zugeschlagen, und nächste Station würde Arendal sein. Ich sah Vivi einen kurzen Moment lang, sie stand auf dem Rastplatz an der E 18 und starrte uns nach, als wir verschwanden. Und im gleichen Moment bereute ich meine Tat, aber bereuen, das heißt nur zu spät dran sein. Ich war zu spät dran. Ein großer Halber mit Beilage wurde herumgereicht. Die Dinge nahmen ihren Lauf.
Da war etwas mit einem Park. Da war etwas mit einer Bühne. Da war etwas mit Arendal. Ich lag im Gras und zählte, wie viele Treppenstufen es bis zum Himmel waren. Ein Liedermacher aus Bergen brauchte mindestens zwei Stunden, um drei Lieder zu singen, die er selbst geschrieben hatte. Da gab es viele nackte Oberkörper und große Bauchnabel. Hinter jedem Busch wurden Gedichte laut vorgelesen. Synnøve kam vorbei und ließ sich neben mir nieder.

»Aber wo ist Seb?«, fragte ich.

»Weiß ich nicht. Und außerdem ist es mir scheißegal.«

»Was nachvollziehbar ist«, sagte ich. »Ich sag ja schon nichts mehr.«

»Gut. Es ist mir nämlich so was von egal!«

Synnøve saß eine Weile schweigend da. Aber lange hielt sie das nicht aus.

»Du weißt auch nicht, wo er ist, oder?«

»Vielleicht ist er an einen unbekannten Ort gefahren, um in Ruhe schreiben zu können«, schlug ich vor.

Sie wurde misstrauisch und neugierig.

»Glaubst du das wirklich?«

»Sebs Wege sind unergründlich«, sagte ich.

Synnøve rutschte näher und kitzelte mich mit einem Grashalm.

»Weißt du eigentlich, was er im Augenblick macht? Er tut in letzter Zeit immer so geheimnisvoll.«

»Als ich das letzte Mal mit ihm geredet habe, da saß er an einem Roman über einen Cola-Automaten in der Wüste. Das Größte seit ›Hunger‹.«

Sie ließ den Grashalm los. Von ihrem Blick bekam ich Gänsehaut auf den Knien.

»Ich mache nur Scherze«, sagte ich schnell. »Und das war noch nicht mal witzig. Druckfehler. Ein Riesendruckfehler.«

»Oh Scheiße, ihr seid doch alle gleich, alle, wie ihr da seid! Ein Riesenmaul, so ein verdammt loses Maul und nichts im Kopf!«

Damit stand sie auf und war hinter den Kinderwagen, sonnenverbrannten Schultern, Pferdeschwänzen und dem klebrigen Sommerlaub verschwunden. Ich blieb liegen und dachte über das nach, was sie gesagt hatte. Überlegte, ob ich hinter ihr herlaufen sollte, denn vielleicht war da ja was dran, vielleicht hatte sie sogar Recht. Aber so weit kam ich nicht. Da war etwas mit Arendal. Und mit Ola. Er saß auf der einzigen Bank im Park und aß Würstchen mit Brot. Er schien der Heimat sehr fern zu sein. Ich ging zu ihm und setzte mich daneben.

»Oh Mann«, sagte ich. »Du tauchst aber auch an den sonderbarsten Orten auf.«

»S-s-seb hat g-g-gesagt, dass du hier b-b-bist.«

»Da hat er Recht. Der Mann ist ein Prophet. Übrigens, wo ist er eigentlich?«

»W-w-wir haben zusammen d-d-den Zug von Oslo g-g-genommen. Aber er ist w-w-weitergefahren. Nach K-k-kristiansand.«

»Nach Kristiansand? Ist da was los?«

»D-d-die Fähre«, sagte Ola. »Nach A-a-amsterdam. Soll schön g-g-grüßen.«

Ich musste in Ruhe über die Lage nachdenken. Das sah verdächtig nach Flucht aus. Das sah verdächtig nach schlechtem Gewissen und Abgang durch die Hintertür aus. Ola ging, um noch ein Würstchen zu kaufen, und als er zurückkam, hatte er noch mehr auf dem Herzen.

»Er h-h-hat uns einen Job auf der H-h-hurtigruta besorgt.«

»Ach. Aber Seb selbst wollte nicht mit?«

»D-d-da war nur P-p-platz für zwei. Uns zwei. Seb h-h-hat verzichtet.«

»Wie nobel«, sagte ich.

»Ja, nicht w-w-wahr?«

»Jetzt mal eins nach dem anderen. Du hast also mit anderen Worten Ja zu dem Job gesagt?«

»J-j-ja. S-s-sag du auch J-j-ja, K-k-kim!«

»Ja«, sagte ich.

Ola vergaß vor lauter Freude, sein Würstchen zu essen. Er legte mir sogar die Hand auf den Kopf.

»W-w-wir s-s-sollen in S-s-sandnessjøen anmustern!«

»Sandnessjøen? Wo ist das denn?«

»S-s-südlich vom Nordkap!«

Da hörte ich, wie mein Name über die Anlage ausgerufen wurde. Von niemand anderem als Gard. Er brüllte in seiner unnachahmlichen Art ins Mikrofon und brachte schließlich die gesamte Versammlung – es mussten mehrere Tausend sein –

dazu, meinen Namen im Chor zu wiederholen, sogar Ola saß da und brüllte Kim Karlsen, Kim Karlsen. Ich hatte gar keine andere Wahl. Ich kletterte auf die Bühne, stolperte über ein Kabel und bekam dafür schon einen ersten Applaus. So war die Stimmung. Gard zog mich zum Mikrofon und war kurz vorm Amoklauf.

»Folks! Maulwürfe! Hier ist der Mann im Fahrstuhl! Hier ist der Märtyrer des Manifests! Hier ist der kleine, aber umso größere Redner des Tages! Kim! Kim Karlsen!«

Dann wandte er sich mir zu und ging zum Angriff auf mein Ohr über.

»Gib's ihnen, Karlsen. Gib's ihnen, dass es funkt!«

Und Gard gab mir das Manifest, sprang vom Podium und stellte sich in die erste Reihe, zusammen mit Helen und Synnøve. Ich stand allein auf der Bühne, ich sah nur die Stille und die Sonne, und alle Gesichter und doppelt so viele Augen. Ich drehte mich um und entdeckte ein Klavier. Ich setzte mich auf den Hocker. Ich dachte, dass vielleicht ein kleines Intro gut kommen könnte, ein paar Takte Mood Indigo, Blau, gemischt mit Gelb, das macht Grün. Aber als ich die Hände hob, die Finger spreizte und sie auf die Tasten fallen ließ, da war es, als ginge etwas grundlegend schief, als ginge etwas ein für alle Mal kaputt. Es kam ein vollkommen falscher Akkord heraus. Ich versuchte es noch einmal. Es wurde nicht besser. Ich war verwirrt. Ich versuchte es stattdessen mit Rondo Amoroso, mit einem Finger, ganz vorsichtig. Aber ich brachte es nicht zuwege. Ich hatte alles vergessen. Es war vorbei. Ich konnte nicht spielen. Ich saß da, die Hände im Schoß. Ich starrte auf diese weißen und schwarzen Hölzchen. Das war das reine Chaos. Im Park wurde es unruhig. Jemand pfiff. Jemand lachte. Aber die Stille war immer noch in der Mehrzahl. Ich saß da, am Klavier. Mit leeren Händen. Ohne einen Gedanken.

Als Nächstes kam Gard heraufgestürzt, er schnappte sich im Laufen das Manifest und stellte sich ans Mikrofon. Er begann zu lesen. Es handelte sicher von der sozialdemokratischen

Hölle. Ich fand einen Ausgang hinter der Bühne. Den nahm ich. Ich drehte mich nicht um.

Ich ging die E 18 entlang und wurde nach drei Stunden mitgenommen. Von einem Schrotthändler aus Skedsmo, der ungefähr in jeder Kurve anhielt und den Müll vom Straßenrand aufsammelte. Er fand Auspuffrohre, Radkappen, Kühlschränke, Herde, alte Schuhe, Lenkradschlitten, Skistöcke, Kachelöfen und mich. Ich habe mit zwei leeren Händen angefangen, sagte er die ganze Zeit. Und das war alles, was er sagte.

Als wir die Stadt erreichten, war es bereits Nacht. Ich wanderte zu Vivis Haus hinauf. Das Tor war geschlossen. Ich kletterte über den Zaun. Beide Autos standen auf der Auffahrt. Ich schlich mich an dem maßgeschneiderten Rasen vorbei. Die Pappeln waren schwarze, spitze Schatten, die sich alle in die gleiche Richtung lehnten. Aus einem der Fenster im ersten Stock schien Licht. Dann erlosch es. Kurz darauf begann es zu regnen. Ein Blitz schlug hinter dem Hügel ein. Ich zählte bis zwölf und hörte es in Gottes Magen grummeln. Es regnete weiter. Ich lief zu der Hundehütte. Sie war leer. Niemand wird im Regen nasser als ich. Ich kroch in die Hundehütte und schlief dort ein.

# Teil V

Ich hasse das weiße Hemd, das im Nacken kratzt. Ich hasse die graue Hose mit der harten Bügelfalte. Ich hasse den Blazer, der viel zu groß ist, und das Taschentuch mit meinen Initialen drauf. Ich hasse den akkuraten Scheitel und den engen Schlips. Aber am allermeisten, am allerallermeisten hasse ich die Lackschuhe. Sie sind unerträglich, diese glänzenden, funkelnden Lackschuhe, sie sind das Letzte, was ich anziehe, an einem Dienstag, im Herbst, um halb sechs. Mutter steht in der Tür und lächelt zum Abschied, Vater sitzt im Wohnzimmer über dem Briefmarkenalbum, er winkt mit der Lupe. Ich soll zu Svaes Tanzschule am Drammensveien.

Ich gehe hinaus. Es regnet. Ich bin zwölf Jahre alt und habe einen Regenschirm. Ich spanne ihn nicht auf. Ich verstecke ihn unter der Treppe und klettere über den Zaun im Hinterhof. An so einem Abend mache ich viele Umwege. Ich möchte zu spät kommen. Am liebsten möchte ich erst kommen, wenn alles vorbei ist. Ich gehe zu den Gleisen hinunter. Dort bleibe ich stehen, bis ein Zug vorbeifährt. Ich zähle die gelben Fenster, die vorbeirasen. Das ist fast wie ein Film. Ich könnte auf den hintersten Wagen aufspringen und bis Drammen mitfahren. Solche Gedanken kommen mir. Ich höre, wie ein Schiff den Hafen verlässt, ich könnte als blinder Passagier bis Drøbak mitfahren. Ich sehe die riesige Banane auf dem Dach weit hinten leuchten. Wenn ich nun plötzlich auf einer braunen Schale ausrutschen und mir beide Beine brechen würde. Solche Gedanken kommen mir. Aber so etwas passiert nicht. Ich mache Umwege, ich zögere es hinaus, aber ich weiß, dass ich trotzdem dort ankommen werde, als zöge ein riesiger Magnet früher oder später meine Lackschuhe doch in die Richtung. Ich gehe zum Olaf Bulls plass. Die Besoffenen sitzen im Regen draußen, sie sind heute Abend still. Ich höre, wie jemand im Moggapark Verstecken spielt. Ein Mädchen zählt langsam bis hundert. Ich könnte mitmachen, ich könnte mich im Streusandkasten am Thomas Heftyes plass verstecken, und niemand würde mich bis zum Winter finden, wenn die Bürgersteige vereist sind. Die Straßenbahn kommt vorbei, die könnte ich bis zur anderen Seite der Stadt nehmen und mich dort verlaufen. Aber stattdessen gehe ich auf der Bürgersteigkante entlang und zähle, wie oft ich auf den Strich trete. Ich komme auf dreizehn und habe danach keine Lust mehr. Dann bin ich da, vor dem Handelsbygningen am Drammensveien, Svaes Tanzschule. Ich gehe langsam hinein und nehme den Fahrstuhl bis zum obersten Stock. Es ist kaum möglich zu atmen, die Luft ist schwer von Parfüm, einem süßen, erstickenden Geruch, ungefähr wie dem von Schokoladenpudding. Ich werde jetzt schon krank. Ich könnte so krank werden, dass der Notarzt kommen und die Tanzstunde abgebrochen werden muss. Oder der Fahrstuhl könnte genau in diesem Moment herunterrasen, das wäre gut möglich, schließlich wurde er seit 1937 nicht mehr gewartet, das letzte Mal von einem gewissen Ludvig Hermansen. Aber er fährt weiter nach oben, gleitet am dritten Stock vorbei. Die Hose kratzt. Der Schlips ist zu eng. Ich bekomme keine Luft. Ich lehne mich an das Lüftungsgitter. Dann ist der sechste Stock erreicht. Weiter fährt der Fahrstuhl nicht. Ich schiebe das Gitter zur Seite und falle hinaus. Ich kann die Stimmen hören, das Lachen und die Stille dazwischen. Ich komme als Letzter. Ich hänge den gelben Regenmantel an die Garderobe, wische mit dem Taschentuch über die Lackschuhe und gehe so leise ich kann in den Tanzsaal. Ich entdecke die Gans, er steht am Klavier, vielleicht soll er heute Abend ja zum

Schluss noch spielen. Er hat eine echte Fliege umgebunden und trägt eine Hose mit Satinstreifen. Die Lehrerin klatscht fest in die Hände, und wir teilen uns auf, die Mädchen setzen sich auf die Bänke unter den Fenstern, wir setzen uns an die Wand ihnen gegenüber. Ich sehe all diese runden Knie, die engen Kleidertaillen, die Ohrläppchen, den Schmuck, ich schaue auf die vielen Hände im Schoß und die hochhackigen Schuhe, und bevor die Lehrerin etwas sagen kann, weiß ich es: Dieser Abend gehört den Mädchen. Es sind die Mädchen, die als Erstes auffordern sollen. Es sind die Mädchen, die aufstehen sollen, während wir sitzen bleiben, sie werden auf uns zukommen, sie werden den Saal mit festen Schritten durchqueren, sie werden sich sogar beeilen, denn die meisten haben bereits entschieden, wen sie auffordern wollen, das ist schon seit langer Zeit festgelegt. Ich fange an zu zählen, ich zähle, wie viele Mädchen da sind. Ich komme auf achtundzwanzig. Ich muss noch zählen, wie viele wir sind, wir sind neunundzwanzig Jungen. Das ist der Abend der Mädchen, und bei uns ist einer zu viel. Ein Junge wird als Mauerblümchen sitzen bleiben, während die anderen Paare ihren Platz auf dem Parkett einnehmen und die Lehrerin den Stift auf die Platte gleiten lässt. Das darf nicht geschehen, das darf einfach nicht geschehen. Aber da gibt sie das Zeichen, die Mädchen stehen auf, alle gleichzeitig, und da stehe ich auch auf. Mein Plan ist gefasst, ich will aufs Klo. Ich gehe schnell in die Garderobe hinaus und schließe mich in einer Kabine ein. Dort warte ich, bis ich höre, dass die Musik einsetzt. Es ist die Platte mit Larco Nino, piano & rhythm *Singin' in the rain*. Da gehe ich wieder hinein, die Gefahr ist vorüber, die anderen Paare haben sich gefunden und sind schon emsig dabei. Ich bin stolz, dass ich so gerissen bin. Aber in dem Moment kommt die Lehrerin auf mich zu, und sie hat ein Mädchen bei sich, das ich noch nie zuvor gesehen habe, sie muss in der Zwischenzeit gekommen sein. Sie ist viel größer als ich, ich werde immer kleiner. Und als sie nahe genug ist, da verneigt sie sich tief, die Musik wechselt zu *Cheek to cheek*, und es gibt keinen Ausweg mehr. Ich nehme vorsichtig ihre linke Hand in meine rechte, sie legt ihre rechte Hand auf meine Schulter, und ich lege meine linke Hand auf ihren Rücken, mit der Handfläche nach außen, so wie die Lehrerin es unbedingt haben will. Und wir tanzen. Ich komme mit den Schritten durcheinander, und sie ist auch nicht besonders gut. Die meiste Zeit stehen wir still, mitten im Raum, wo die anderen Paare uns verdecken. Ich starre direkt in ihre Halsgrube, ich sehe ihre Pulsader dort schlagen, harte Stöße, die ihren Schmuck, einen vergoldeten Buchstaben, ein G, zittern lassen. Ich mag das nicht weiter ansehen, senke den Kopf und schaue stattdessen nach unten, auf meine Schuhe, die Lackschuhe, als würde ich mich ganz und gar auf die richtigen Schritte konzentrieren. Da schreit sie plötzlich auf. Sie schreit laut, lässt mich los und läuft zur Tür. Die Lehrerin stellt die Musik ab und folgt ihr. Alle halten an, sie starren mich an, ich stehe allein da, ich bin so verwirrt, bin ich ihr vielleicht auf die Zehen getreten, habe ich sie zu fest an mich gedrückt, was habe ich nur getan? Dann kommt die Lehrerin zurück, die Paare weichen zur Seite, sie ist ganz und gar nicht mehr freundlich, schlägt ihre Klauen in meine Schulter und zieht mich mit sich hinaus in die Garderobe. Da bleibt sie lange stehen und starrt auf meine Schuhe. Dann hebt sie abrupt den Blick und schaut mir in die Augen.

»Das ist eine Schande«, sagt sie.

Ich verstehe nicht, was sie will.

»Solche wie dich, die kenne ich«, fährt sie fort. »Und solche will ich hier nicht haben!«

»Was hab ich denn getan?«, rufe ich.

»Traust du dich nicht einmal es zuzugeben? Du frecher Bengel!«

»Aber ich weiß doch gar nicht, worum es geht!«

Sie zeigt wieder auf meine Lackschuhe.

»Du hast sie sehr gut geputzt, wie ich sehe. Manche benutzen auch noch einen Taschenspiegel. Aber keinem gestatte ich, so auf meine Mädchen zu gucken!«

Plötzlich begreife ich, was sie meint. Ich trete näher.

»Das stimmt nicht! Sie lügt!«

Ich schiebe einen Fuß zwischen die flachen Schuhe der Lehrerin.

»Sehen Sie!«, rufe ich. »Das geht doch gar nicht. Da kann man nichts sehen. Gar nichts!«

Ich werde hinausbefördert. Sie wartet, während ich mir den Regenmantel überziehe.

»Dass du dich nicht schämst!«, sagt sie.

Ich gehe zum Fahrstuhl. Dann ändere ich meine Absicht und nehme stattdessen die Treppe. Ich höre, wie die Musik oben wieder einsetzt. Und zu meiner Verblüffung fühle ich eine große Erleichterung. Ich muss nicht wieder dorthin zurück. Es ist vorbei. Ich bin frei. Und ich schäme mich nicht.

Es hat aufgehört zu regnen. Ich pfeife trotzdem *Singin' in the rain*. Ich balanciere auf den Straßenbahnschienen. Ich tanze von Kantstein zu Kantstein. Ich laufe die Strandpromenade hinunter und setze mich auf die glatten Steine unten am Wasser. Ich ziehe die Lackschuhe aus und werfe sie in den Frognerkilen. Sie treiben davon. Bald kann ich sie nicht mehr sehen. Da gehe ich auf Strümpfen nach Hause, und ich überlege, was für eine Geschichte ich mir diesmal ausdenken soll.

Und vielleicht denke ich ja das Gleiche, als Ana eines Tages in die Sala del Botticelli kommt und sich neben mich auf die Bank setzt. Welche Geschichte soll ich ihr jetzt erzählen? Wie viel kann ich sagen und gleichzeitig meine Worte für mich behalten? Was kann ich zusagen, ohne ein Versprechen zu brechen? Stattdessen sage ich gar nichts. Ich entscheide mich fürs Schweigen, aber das ist nicht aus Gold, es glitzert nicht einmal. Und ich stelle mir vor, dass dieses Schweigen nur eine Art spiegelverkehrter Blindenschrift ist. Dann stehen wir endlich auf und gehen hinaus, Arm in Arm. Ana fragt mich, was ich abends essen möchte. Ich antworte, dass ich nehme, was ich bekomme. Aber sie ist mit dieser Antwort nicht zufrieden.

Als wir zurück ins Hotel kommen, ist Lulu ganz aufgewühlt.

Sie hat wichtige Neuigkeiten. Robertino ist in der Stadt. Kein anderer als Robertino. Er wird am gleichen Abend auftreten. Lulu hat für uns alle Karten besorgt. Das Konzert fängt um neun Uhr an. Wir haben noch viel Zeit. Wir haben die besten Plätze. Die Damen machen sich fein. Es ist der Abend der Damen, die Herren begleiten sie nur. Aber ich bin von den Lokalitäten enttäuscht, ich hatte mir einen lichtdurchfluteten Saal vorgestellt, ein Opernhaus, vielleicht eine Kathedrale. Das wäre etwas für meinen alten Helden gewesen. Aber es handelt sich nur um ein geschlossenes Kino, am Rande der Stadt. Es ist nicht einmal ganz gefüllt. Um halb zehn passiert immer noch nichts. Einzelne fangen an zu buhen, vor allem die Herren, vielleicht sehen sie auch eine Chance, sich zu rächen. Die Damen mahnen zur Ruhe und kneifen sie in den Arm. Wir warten noch eine Viertelstunde. Dann geht das Licht aus, und ein Spot huscht über die Bühne. Robertino kommt darin zum Vorschein, verschwindet wieder, dann finden sie einander erneut, Robertino und der unruhige Lichtkegel. Ich hatte Recht. Der Held ist alt geworden, ein Engel mit Krampfadern. Er trägt einen weißen Smoking. Er hält das Mikrofon mit beiden Händen. Die Musik beginnt, das muss ein Tonband sein, es gibt keinen Platz hier drinnen für so viele Geigen. Und er fängt natürlich gleich mit *O sole mio* an. Der Jubel bricht los, es sind die Damen, die jubeln, es ist der Abend der Damen. Aber ich erkenne die Stimme nicht wieder. Es ist nicht die gleiche wie beim Wunschkonzert jeden Montag. Sie ist anders als die Stimme auf der Single, die ich bei Radionette in der Bygdøy allé gekauft habe. Ich habe das ungute Gefühl, zum Narren gehalten zu werden. Da will uns jemand reinlegen. Das kann nicht der echte Roberto Loreti sein. Das ist ein anderer. Ich mag nicht reingelegt werden. Ich verlasse den Saal, als *O sole mio* fertig ist und dieser Falschspieler mit *Romantica* beginnt. Ana versucht mich zurückzuhalten. Aber ich lasse mich nicht stoppen. Ich gehe zurück zum Hotel. Ich setze mich ans Klavier und übe die drei Stücke, die ich in dieser Welt spielen kann.

Am nächsten Abend bin ich an der Reihe. Ich soll für Lulu spielen. Lorenzo ist an meiner Stelle nervös, das ist fast rührend. Er versucht es zu verbergen, aber das gelingt ihm nicht so ganz. Er putzt sich ständig die Brille, die er normalerweise gar nicht benutzt, er trinkt nichts, geht wortlos im Zimmer herum und tut, als hätte er etwas zu tun. Ich sitze am Fenster. Es ist die gleiche Aussicht, der Dom, der Regen, der wie ein Eierschneider schräg auf die Schale der Kuppel fällt, die engen Gassen, *incisore,* in denen der krumm gebeugte Mann immer bei seinen Stempeln, dem Glühdraht und den Namensschildern sitzt, aus irgendeinem Grund werde ich es nie müde, ihm zuzusehen, vielleicht ist es eine Art Ausdauer, die ich an ihm bewundere, etwas, was bleibt, ich weiß es nicht, es erschreckt mich gleichzeitig.

Dann ist er gekommen, dieser merkwürdige, elektrische Augenblick, wenn der Abend in die Nacht übergeht und diejenigen, die sich langweilen, es nicht länger aushalten. Dann kommen sie hierher. Ich ziehe ein weißes Rüschenhemd und eine Khakihose an. Ich sitze bereits am Klavier, als die roten Lichter angehen. Ich fange an mit Rondo Amoroso, ganz vorsichtig. Dann ist Lulu auf der Bühne. Es ist Donnerstag. Sie ist Columbine, das ist einer ihrer besseren Abende. Sie nimmt die Aufgabe ernst. Aber die müden Männer im Saal sind ungeduldig. Deshalb sind sie ja hier: um ihre Ungeduld auszubrennen. Da gehe ich über zum Solfeggio. Das läuft wie geschmiert. Lulu zieht sich Kostüm und Maske aus. Sie dreht sich im Takt der Musik, der Schweiß tropft auf die Tasten, ich kippe einen Drink um, den ich heimlich beim tiefsten A stehen habe. Lulu setzt sich einem der vordersten Gäste auf den Schoß, es gibt begeistertes Getrampel und Schnauben, sie überschlagen sich. Dann zerstöre ich die Stimmung, ich schneide sie ab, ich schließe die Männer in diesen Zwischenraum ein, lasse sie dort mit ihrer Verwirrung und Erregung eine Weile zappeln. Dann lassen ich und Lulu sie wieder los. Ich spiele Mood Indigo, und niemand wird es jemals so langsam gespielt haben, während

Lulu sich auf der Bühne aalt. Sie zieht dem Publikum die Augen aus, ich spiele ihnen die Ohren ab. Und als sie endlich ihren Slip ausgezogen hat, das Ziel, zu dem alles andere eigentlich nur ein Umweg war, wirft sie ihn zu mir hinüber, und der Slip landet auf meinem gekrümmten Finger, als ich ihn für den letzten Akkord zurechtlege. Es gibt Standing Ovations. Lulu zieht sich aus dem roten Licht zurück. Ich will hinunter in den Saal gehen, aber da kommt stattdessen Lorenzo hinauf, er schiebt mich auf die Bühne. Er ergreift das Mikrofon und beginnt hineinzusprechen.

»Meine Damen und Herren! Darf ich Ihnen unseren neuen Pianisten vorstellen!«

Ich nehme noch mehr Applaus entgegen, vielleicht wollen sie auch nur, dass Lulu noch einmal herauskommt, das denke ich mir. Aber Lorenzo gibt keine Ruhe.

»Und ich bin es, meine Damen und Herren, der ihm eigenhändig das Klavierspielen beigebracht hat! Ich bin ein Zauberer! Ein Zauberkünstler!«

Jetzt muss es Lorenzo sein, den sie bejubeln. Ich kann es nicht anders deuten. Das ist der Abend der Herren. Er beugt sich schnell vom Mikrofon weg und flüstert mir etwas ins Ohr.

»Zeig ihnen deinen Finger«, flüstert er. »Zeig ihnen deinen Finger!«

Und ich tue, was er sagt. Ich hebe den Arm und zeige ihnen den Finger. Ich zeige dem Publikum den Finger. Und es wird augenblicklich still, ganz still.

# 18

Ich wachte von Vivis großen Augen auf. Sie hockte vor der Öffnung der Hundehütte. Ich nehme an, dass sie schon ziemlich lange dort gehockt hatte. Ein Knochen lag neben mir, ein weißer, glatter Knochen.

»Was machst du hier?«, flüsterte sie.

»Es hat angefangen zu regnen.«

»Du hättest doch reinkommen können.«

»Wirklich? Aber es war schon so spät. Ich wollte niemanden wecken.«

»Bist du die ganze Nacht hier gewesen?«

»Ja. Ist Chico wieder krank?«

»Er schläft in meinem Zimmer. Er ist so alt, dass er nicht mehr draußen liegen will.«

Meine Kleidung war immer noch nass. Ich glaube, es war der nächste Morgen. Auf jeden Fall schien hinter Vivi kräftiges Licht, so dass ich nur ihre Umrisse erkennen konnte, und die Augen. Dann kam sie zu mir herein.

»Ich habe hier oft geschlafen, als ich noch klein war«, sagte sie.

»Wirklich? Wie schön.«

»Meine Eltern mochten das gar nicht. Aber zum Schluss durfte ich es doch.«

Eine Weile schwiegen wir. Ich fror nicht mehr. Vivi sah mich lange Zeit an, als wäre ihr plötzlich etwas eingefallen, was sie lieber vergessen hätte.

»Du warst doch sauer «, sagte sie.
»Sauer? Ich war nicht sauer, Vivi.«
»Du kannst es ruhig sagen. Das macht nichts.«
»Aber das stimmt nicht. Ich war ganz und gar nicht sauer.«
»Du bist abgehauen.«
»Jetzt bist du diejenige, die sauer ist«, sagte ich. »Nicht ich.«
»Aber warum bist du dann einfach so abgehauen?«
»Ich hatte eine Verabredung. Die ich vergessen hatte.«
»Und jetzt bist du hier. In der Hundehütte.«
»Du auch.«

Sie kuschelte sich dichter an mich. Sie lachte einfach auf. Ich wusste nicht so recht, worüber sie eigentlich lachte.

»Ist das Bild fertig?«, fragte ich.
»Bald. Was wirst du im Sommer machen?«
»Ich fahre zum Nordkap. Hab einen Job bei der Hurtigrute.«
»Ich fahre nach Florenz. Mit meinen Eltern. Wir fahren morgen.«
»Dann musst du grüßen«, sagte ich.
»Wen denn?«
»Botticelli.«
»Ja«, sagte sie. »Ja.«

Wir krochen aus der Hundehütte und richteten uns auf. Das Gras war noch nass von der Nacht, es glänzte. Ihre Eltern saßen auf der Veranda und frühstückten. Die Mutter winkte uns zu. Ich verbeugte mich tief und ging hinunter zum Tor, während Vivi stehen blieb und mir nachschaute. Aber das weiß ich eigentlich gar nicht so genau, denn ich drehte mich nicht um.

# 19

Es war steil. Es war wild. Es war meine Idee gewesen. Ich wollte diesen Berg, eine der Schwestern, besteigen. Ich traute mich nicht, mich umzudrehen. Es war zu spät, um umzukehren.

»Ist es noch w-w-weit?«

»Nach unten ist weiter!«, schrie ich.

»Sehr w-w-witzig.«

Ich packte Ola bei den Schultern und zog ihn fort. Wir kletterten von Stein zu Stein, sie waren lose, sie bildeten eine zukünftige Lawine vom steilen Oberkörper der siebten Schwester. Die Luft wurde langsam dünn. Wir mussten über tausend Meter sein. Das war eine große Dame. Vielleicht war das keine gute Idee gewesen.

»Ich h-h-habe schon B-b-blasen«, jammerte Ola.

»Und ich habe nur Sandalen. Wir sind gleich oben!«

»D-d-das sagst d-d-du schon, seit w-w-wir losgegangen sind!«

Aber dieses Mal stimmte es. Wir umrundeten eine Steigung, und von dort aus konnten wir das Gipfelzeichen sehen, es stand wie eine solide Haarnadel in der zerzausten Dauerwelle der Schwester. Das letzte Stück liefen wir fast, es war die Treppe zum Himmel, doch ich vergaß die Stufen zu zählen. Und Ola gab sich damit nicht zufrieden, plötzlich wurde er richtig übermütig, er kletterte weiter auf meinen Rücken und streckte beide Arme in die Luft.

»K-k-keiner drüber, keiner gleich!«, brüllte er.

»Aber viele drunter«, sagte ich.

Dann setzten wir uns hin und hielten Ausschau. Die Welt machte sich ganz nett von hier, sie war groß, schön und ruhig, schien sozusagen in den Schlaf gefallen zu sein. Aber sie schlief bei Licht. Es war Mitternacht. Es war Sonne. Die ruhte am Horizont wie eine Blutapfelsine, an der die ganze Zeit das Meer gelutscht hat. Mir gefiel die Sonne, sie warf keinen Schatten. Und alle Inseln lagen versprengt da, wie die Splitter farbigen Glases. Und ich musste an das Fenster denken, das ich einmal zerbrochen hatte, in einem ganz anderen Sommer, als ich in jedem einzelnen Glassplitter, der auf mich fiel, einen blutigen Sonnenuntergang gesehen hatte. Genau darüber hätte ich gern mit Ola gesprochen, und darüber, wie ich versucht hatte, die Teilchen wieder zusammenzufügen, und herausfinden musste, dass immer ein Stückchen fehlte. Aber genau in dem Moment fiel mir ein Fels da draußen ins Auge, nicht sehr weit vom Festland entfernt, er lag so merkwürdig im Meer, schien sozusagen auf dem Rücken zu liegen, und er sah aus wie ein Gesicht, das geradewegs in den Himmel starrte.

»Guck mal«, sagte ich und zeigte dorthin.

Ola guckte in die Richtung.

»Wie findest du, sieht das aus?«

Ola musste lange nachdenken.

»W-w-wie ein Felsen«, sagte er nur.

»Wie ein Gesicht«, entgegnete ich. »Genau wie auf dem Cover von *Imagine*. Das mit Lennon in horizontalem Profil. Scheiße, das ist richtig unheimlich.«

Aber dann war Ola an der Reihe etwas zu entdecken.

»Ein B-b-briefkasten«, sagte er.

Er hatte Recht. Hinter dem Gipfelstein hing tatsächlich ein grüner Briefkasten. Irgendwie passte der nicht so richtig hierher. Als Nächstes kamen dann wohl noch Straßenbahnhaltestelle und Würstchenbude.

»D-d-der arme B-b-briefträger«, meinte Ola. »G-g-ganz schön anstrengende T-t-tour.«

Er ging zum Kasten und öffnete ihn.

»Ist da ein Brief für mich?«, rief ich.

Er holte einen dicken Ordner und einen Bleistift heraus, der an einer Kette befestigt war. Das war das Gästebuch. *Willkommen auf dem Stortind. Wanderverein Sandnessjøen.* Drinnen standen viele Namen, Daten, Jahreszahlen, Uhrzeiten und Adressen. Das war der Beweis. Das war der Beweis dafür, dass man hier gewesen war. Es gab Stempel und Unterschriften, es gab sogar Fingerabdrücke. Und ich dachte, wie viel man doch tun muss, damit einem geglaubt wird. Ich dachte an diejenigen, die sich hier mühsam hochgekämpft hatten, nur um ihren Namen in das Buch schreiben zu können. Das war eigentlich ein trauriger Gedanke.

»W-w-welchen N-n-namen wollen wir aufschreiben?«, fragte Ola.

»Welchen Namen? Was meinst du damit?«

Ola schaute mich verschmitzt an.

»Ich schreibe R-r-ringo!«

Und dann schrieb er tatsächlich Ringo mit dicken Druckbuchstaben, ganz oben auf eine neue Seite, und gab dann mir den Bleistift. Ich unterschrieb mit Elmer Fudd und legte den ganzen Krempel zurück in den Briefkasten.

Wieder lehnten wir uns an den Gipfelstein.

»U-u-und w-w-was hast du geschrieben?«, fragte Ola.

»Paul.«

»Jetzt w-w-werden die aber w-w-was zum Grübeln haben«, schmunzelte er. »Die später k-k-kommen.«

Da sahen wir die Hurtigrute. Sie war auf dem Weg in den Norden, glitt über das Meer wie eine schwarze Schnecke über eine glänzende Tischdecke. Die Sonne stieg vom Horizont auf, und wir gingen hinunter. Das dauerte ungefähr doppelt so lange wie der Aufstieg. Aber so ist es nun einmal. Nach unten, das ist eine schwierige Richtung. Wir erreichten Sandnessjøen, als die *Lofoten* am Kai festmachte. Es war vier Uhr morgens. Sie würde in einer Stunde weiterfahren. Wir gingen an Bord und fanden einen Mann mit drei Streifen auf der Uniform. Wir stellten uns mit unseren richtigen Namen vor. Der Mann holte eine Liste und gab klare Anweisungen. Ich sollte weiter mit der *Lofoten* fahren. Ola musste auf die *Ragnvald Jarl* warten und würde dann um zwei Uhr mit ihr Richtung Süden fahren. Das war auf höchster Ebene so beschlossen worden. Wir schlenderten die Gangway hinunter und nahmen auf dem Kai Abschied, an diesem frühen Morgen, der keine Nacht hatte, von der er sich unterscheiden konnte. Postsäcke, Autoteile, Kühlschränke, Möbel und Weihnachtsgeschenke – Weihnachtsgeschenke im Juni – wurden an Deck gehievt. Es herrschte Aufbruchstimmung, es gab schwere Koffer und lange Umarmungen.

»Ich d-d-dachte, w-w-wir w-w-wären auf dem gleichen Schiff«, sagte Ola sauer.

»Vielleicht triffst du ja Sebs Vater. Er ist doch Kapitän auf der *Ragnvald Jarl*, oder?«

»Ich w-w-will mit d-d-dir zusammen sein.«

Da ertönten drei tiefe Heultöne vom Schiff, und ein Echo von den Sieben Schwestern war noch lange zu hören. Ich legte meine Hand auf Olas hängende Schulter.

»Das fährt über Trondheim«, sagte ich schnell.

»D-d-da sagst d-d-du etwas. Da sagst d-d-du was.«

Dann lief ich wieder an Bord. Ich blieb an Deck stehen und winkte ihm zu, während die *Lofoten* rückwärts rausmanövrierte und danach ihren Bug in Richtung Nordkap drehte. Dann waren wir voneinander getrennt. Da kam Drei Streifen und ging dreimal um mich herum.

»Kim Karlsen«, sagte er.

Ich grüßte mit der flachen Hand an der Stirn.

»Stehe zu Diensten.«

»Ist Kim Karlsen schon mal zur See gefahren?«

»Ob ich zur See gefahren bin? Ich habe die Trosse der Nesoddfähren geworfen!«

Er lief noch einmal um mich herum. Vielleicht war es meine Lotsenjacke, an der er so interessiert war, oder der Turnbeutel.

Es war ein unangenehmes Gefühl. Ich drehte mich mit ihm, um ihn nicht aus den Augen zu verlieren.

»Kombüse«, sagte Drei Streifen.

Ich fand den Weg dorthin. Der Koch kippelte auf einem Hocker und sah aus, wie ein Koch auszusehen hat. Das gefiel mir. Er trug eine riesige Schürze, hatte einen dicken Bauch und eine große Nase. Er war dabei, die Speisekarte zu schreiben. Ich wollte ihn nicht stören. Ich legte die Hände auf den Rücken und wartete. Er schaute auf.

»Neuer Mann?«

»Richtig. Kim Karlsen.«

»Und was kann Kim Karlsen?«

»Frag lieber, was Kim Karlsen nicht kann.«

Jetzt lief auch der Koch um mich herum. Das musste eine schlechte Angewohnheit sein, die man auf See annahm. Er blieb vor mir stehen und schob sich die hohe Mütze aus der Stirn.

»Lass mal deine Hände sehen.«

Ich zeigte sie ihm von beiden Seiten. Ich gab mir alle Mühe.

»Abwasch«, sagte er nur und setzte sich wieder hin.

Zwei Mädchen kamen mit vier Tabletts voller schmutziger Kaffeetassen, die sie in die Spüle stellten, aus der Cafeteria herein. Ich machte mich sofort an die Arbeit. Ich wollte von Anfang an einen guten Eindruck hinterlassen. Ich füllte Wasser ein, Spülmittel und ergriff die Bürste.

Die Mädchen lachten.

»Ist das der Neue?«, fragte die eine.

»Hat in Sandnessjøen angemustert«, sagte der Koch. »Das wird ein Spaß. Ich tippe auf Stamsund.«

Ich drehte mich zu ihnen um, wischte mir die Hände an der Hose ab.

»Kim Karlsen«, sagte ich und gab ihnen die Hand.

»Gunn-Erin«, sagte die Dunkle.

»Eva-Liss«, sagte die Blonde. »So eilig ist es nicht. Du kannst dich erst mal umziehen.«

Sie lachten noch eine Weile. Aber ich hatte etwas vor dem Bullauge entdeckt. Wir fuhren an dem Felsen vorbei, den ich vom Stortind aus gesehen hatte. Er sah von hier aus ganz anders aus, war einfach ein norwegischer Felsbrocken im Meer.

»Wie heißt dieser Fels da?«, fragte ich.

Der Koch antwortete, ohne aufzusehen.

»Das ist Dønna.«

»Sieht aus wie ein Gesicht«, sagte ich.

»Dann hast du den Dønna-Mann gesehen. Manche behaupten, das bedeutet Glück.«

Jetzt kam Drei Streifen in die Kombüse. Er schaute sich um und räusperte sich. Die Mädchen hatten plötzlich schrecklich viel zu tun.

»Hast du Karlsen den Ablauf erklärt?«

»Immer eins nach dem anderen«, sagte der Koch. »Das hat doch keine Eile.«

Drei Streifen trat näher an mich heran.

»Von sieben bis neun gibt es Frühstück im Restaurant. In zwei Durchgängen. Lunch ist von halb eins bis drei, und Abendessen wird um neunzehn Uhr serviert. Die Cafeteria ist Tag und Nacht geöffnet.«

»Machen die nichts anderes als essen?«, fragte ich.

»Falsche Frage. *Du* machst nichts anderes als das, was ich dir sage. Komm!«

Ich folgte ihm durch das Schiff hindurch. Überall hingen Fotos von der Königsfamilie. Und in einer Glasvitrine standen fünf Pokale vom Rettungsbootrudern. Das wirkte beruhigend. Dann kletterten wir eine Treppe in einem engen Flur hinunter. Meine Kabine lag ganz hinten. Ich bekam eine weiße Uniform, die ich anziehen musste. Jedenfalls brauchte ich keine hohe Mütze aufzusetzen. Drei Streifen verschwand, ich setzte mich aufs Bett und dachte über meine Lage nach. Die war gar nicht so schlecht. Ich hatte bis jetzt noch keinen schlechten Ruf.

Den Weg zurück in die Kombüse fand ich allein. Der Koch grübelte immer noch über der Speisekarte. Gunn-Erin und

Eva-Liss kamen mit neuen Tabletts aus der Cafeteria herein. Ich wusch achtundneunzig Kaffeetassen ab, bevor wir Nesna erreichten. Da zeigte die Uhr halb sechs, und der Koch ging hinaus, um das Tagesgericht anzunageln.

Die Mädchen nahmen sich fünf Minuten. Ich schnorrte eine Zigarette von ihnen.

»Stamsund?«, fragte ich. »Was meinte der Koch eigentlich mit Stamsund?«

»Er glaubt nicht, dass du es weiter schaffst«, erklärte Gunn-Erin.

»Ach nee. Das glaubt er also nicht. Und wie kommt er darauf?«

»Da springen sie immer ab«, sagte Eva-Liss.

»Sie? Wer ist sie?«

»Die Schiffsjungen. Solche wie du. Du bist doch aus Oslo?«

»Svoldergate. Ihr habt doch wohl nicht gewettet?«

»Doch«, erklärte Gunn-Erin. »Dreißig Kronen darauf, dass du es schaffst.«

Ich stand auf.

»Mädels«, sagte ich. »Ich werde euch nicht enttäuschen. Vertraut auf Kim Karlsen.«

»Prima«, sagte Eva-Liss.

Mir fiel etwas ein.

»Übrigens, wo liegt denn Stamsund?«

»Auf der anderen Seite vom Vestfjord«, sagte Gunn-Erin.

Der Koch tauchte wieder auf. Er rieb sich lange die Hände und zeigte dann auf mich.

»Die Spuckschalen«, sagte er nur.

Eva-Liss holte einen riesigen Stapel Becher aus einem Schrank und überreichte sie mir.

»Kriegen wir schlechtes Wetter?«, fragte ich vorsichtig.

»Wir kriegen Touristen«, erwiderte der Koch.

Ich drehte eine Runde durch die Cafeteria und die Salons und stellte die Spuckschalen hin. Das war eigentlich eine raffinierte Erfindung. Solche Spuckschalen sollten überall stehen, in Kinos, in Museen und Wartezimmern, das wäre gar nicht schlecht. Die Stühle und Tische waren am Boden festgeschraubt. Ich war schwer beeindruckt. Ich ging hinaus und stellte Spuckschalen neben die Reling. Ich sah einen Teil des offenen Meeres, Streifen vom Horizont. Die Sonne zog in angemessenem Tempo schräg den Himmel entlang. Die Küste war klar. Alles war richtig schön, bis die Möwen kamen. Sie kamen ganz plötzlich und von nirgendwoher, sie tauchten einfach aus dem Blauen auf, ein Schwarm von Schreien, eine Horde von Flügeln. Und dann kamen die Touristen, sie kamen mit Kameras, Trachtenpullovern, Ferngläsern und schiefen Sonnenbrillen hervor. Und mir schien, als würde ich eine Familie kennen, Vater, Mutter und Sohn, der dem Vater ähnlich sah, Amerikaner, das war leicht an der Frisur zu sehen. Sie kamen auf mich zu, an den Rettungsbooten vorbei. Ich hatte so ein ekliges Gefühl, wie man es bekommt, wenn man etwas vergessen zu haben glaubt, ein großer Schreck. Ich lief zurück in die Kombüse. Dort schwitzte ich ein paar Kilo über dem Spülbecken aus, bis wir Ørnes verlassen hatten. Das waren vielleicht Schweine. Ich musste wieder hinaus aufs Vordeck und frische Luft schnappen. Die Mädchen standen in der Sonne und ruhten sich aus. Ich ging zu ihnen.

»Und was tust du sonst?«, wollte Gunn-Erin wissen.

Die Möwen waren immer noch da. Sie hatten die gleiche Geschwindigkeit wie wir, und wenn ich sie lange genug anstarrte, dann schien es, als stünde alles still.

»Was heißt schon tun«, antwortete ich zögernd. »Ich tu mein Bestes.«

»Du bist bestimmt Student«, sagte Eva-Liss. »Das sind die meisten.«

»Und was tut ihr sonst?«, fragte ich.

»Wir? Wir arbeiten hier. Was denn sonst?«

Eine Weile wurde nichts mehr gesagt. Ich fühlte mich in den weißen Kleidern unwohl. Sie hoben mich irgendwie hervor. Sie machten mich zu einem schwarzen Schaf.

»Wann sind wir in Stamsund?«

»Heute Abend«, sagte Gunn-Erin. »Um Viertel vor sieben. Wenn wir pünktlich sind.«

Dann kamen Informationen in drei Sprachen durch den Lautsprecher. Die Touristen strömten aus den Salons heraus und stellten sich an die Reling. Wir passierten den Polarkreis. Wir gingen über den Strich, eine unsichtbare Grenze im Meer. Und genau in diesem Augenblick begegneten wir dem südwärts fahrenden Schiff, es war die *Ragnvald Jarl*, auf stetem Kurs, um in Sandnessjøen Ola aufzunehmen. Und alle winkten, ich winkte auch, denn ich meinte Sebs Vater auf der Brücke erkennen zu können. Aber ich glaube nicht, dass er mich sah. Das war eigentlich ein schöner Moment, zwei Schiffe, die aneinander vorbeigleiten und wie alte Tiere aufheulen, die Möwenschwärme, die sich zu einem weißen Chaos vermischen, bevor sie jeweils ihre Richtung wiederfinden, und diese fremden Menschen, die etwas gemeinsam haben, ein Erlebnis, einen Punkt, einen Zeitpunkt, diese lächerlich kurze Zeit, die es braucht, um einander zu begegnen, ein Zeichen zu geben und dann auf der jeweils entsprechenden Seite eines geträumten Breitengrades wieder zu verschwinden.

Drei Streifen jagte uns zurück in die Kombüse. Da stand ich am Abwasch, bis der Lunch vorbei war und das Schiff von Bodø ablegte. Ich hatte Recht. Niemand isst so viel wie Touristen. Da gab es keine Pause. Gunn-Erin und Eva-Liss schleppten dreckige Teller heran, es nahm einfach kein Ende, und all diese Reste, sie schafften es nicht einmal aufzuessen, bevor sie sich über das nächste Gericht hermachten. Vielleicht waren sie Verbündete der Möwen, denn der Müll wurde über Bord gekippt, und der Schwarm wuchs immer weiter an, fette Vögel mit so dicken Bäuchen, dass sie kaum fliegen konnten.

Wir waren bereits mitten auf dem Vestfjord. Ich machte fünf Minuten Pause auf dem Flaggendeck und kaute frische Luft. Die Touristen lagen hingegossen in ganz flach gekippte Liegestühle. Das Meer sah aus wie frisch gebohnertes Linoleum.

Überall war es still. Es war die große Ruhe. Selbst die Möwen hatten die Flügel eingeklappt, sie schliefen in den Rettungsbooten, müde blinde Passagiere. Und da geschah es, und ich muss das einfach erzählen, denn ich denke, das war das Schönste, was ich je gesehen habe. Es geschah ganz plötzlich, das ist ja klar, so etwas geschieht immer ganz plötzlich, ich meine, im Großen und Ganzen kommt dabei nie mehr heraus als ein Ruck im Herzen und ein Echo in den Augen. Aber so war es diesmal nicht, nicht dieses Mal. Ich stand wie gesagt auf dem Flaggendeck, lehnte mich an das ovale Geländer, ahnte nichts Böses, alles war, wie es sein sollte, die Erde war still und durchsichtig. Und dann entstand eine Bewegung im Meer, nicht mehr als die einer Pulsader unter der Haut. Und das, was dann geschah, hier, mitten auf dem Vestfjord, das ließ mich an den Hinterhof in der Svoldergate denken, wo die Pilze am Trockenplatz durch den Asphalt wuchsen, ich habe nie verstanden, wie das möglich ist, dieser weiche, eklige Pilz, der sich durch alle Hindernisse hindurchkämpft, darüber musste man sich einfach wundern. Und so war es auch hier, und ich war der Einzige, der es sah, ich war der Einzige: Ein Wal kam zum Vorschein, zuerst ein Aufspritzen, eine einsame Fontäne, und dann hob er sich empor, der Wal, und alles, was ich bisher als selbstverständlich angesehen hatte, das gab es nicht mehr. Der Wal, er stieg und stieg, eine schwarze Tonne, er riss sich vom Meer los und stellte alles auf den Kopf. Meine Uhr ging plötzlich rückwärts. Und ich hörte den Gesang, den Gesang des Wals, der die ganze Welt erfüllte. Und der Wal stieg immer weiter hoch, er wollte nicht zurück, er stieg und stieg, und ich schwöre, ich sah, wie er im Himmel verschwand. Das Letzte, was ich sah, war der gewaltige Schlag mit der Schwanzflosse, bevor es eine Sonnenfinsternis gab.

Und dann kam der Sturm. Der Wind wehte von hinten, die Wolken rollten sich vom Horizont her auf, das Meer löste sich und kippte zur Seite. Ich drehte mich, ich war jetzt der Einzige an Deck, alles, was ich sah, waren leere Liegestühle, die wild flatterten.

Ich konnte das Gleichgewicht nicht halten. Ich musste kriechen. Ich kroch auf allen vieren durch den Salon in die Kombüse. Da standen der Koch und die Mädchen und schauten durch das kleine Fenster in der Tür in die Cafeteria. Sie lachten und amüsierten sich.

»Komm her, Karlsen«, forderte der Koch mich auf. »Hierher!«

Ich krabbelte zu ihnen und wurde hochgehoben. Gunn-Erin zeigte auf einen der Passagiere am Tisch in der Ecke. Es war ein bleicher Engländer in Tweed und Fliege. Er trank Kakao und war bei der dritten Portion Labskaus. Er war der Einzige in der Cafeteria, der noch aß. Das Schiff rollte schwer. Die Königsfamilie hing schief. Der Engländer wurde immer blasser.

»Noch zwei Minuten«, sagte der Koch. »Dann ist er fertig.«

Der Engländer aß weiter. Aber irgendwie wurden seine Bewegungen schwerfälliger. Es dauerte sehr, sehr lange, bis er den Löffel zum Mund geführt hatte. Das war schwer. Es war nicht einfach, richtig zu treffen. Stattdessen beugte er lieber den Kopf tiefer über den Teller. Er beugte ihn immer tiefer und tiefer. Und dann kotzte er direkt ins Labskaus.

»Eine Minute und zehn Sekunden«, sagte der Koch.

Und so blieb der Engländer sitzen, über den Teller gebeugt. Dann richtete er sich schließlich auf, warf nicht einen einzigen Blick zur Seite, wischte sich sorgfältig den Mund mit der Serviette ab. Aber das war nicht das Schlimmste. Das Schlimmste war, dass er weiteraß, er aß einfach von dem riesigen Haufen auf seinem Teller weiter, als wenn nichts geschehen wäre. Ich muss sagen, ich war schwer beeindruckt.

»Nun gut«, sagte der Koch. »Dann haben wir das also auch gesehen.«

Er schaute mich an.

»Du hast Abitur?«

»Ja.«

»Dann kannst du auch Englisch. Geh rein und rette ihn, Karlsen.«

Die Mädchen schoben die Tür auf, und ich wankte zwischen den Tischen hindurch. Der Boden kam mir entgegen, ich ging und ging, kam aber nicht vom Fleck. Dann rollte das Schiff in die andere Richtung, ich holte tief Luft und rutschte zu dem Engländer hinunter. Er saß immer noch da und aß. Ich beugte mich zu ihm hinunter und sagte:

»You never ever be alone, 'cause you got lucky lips.«

Er wandte sich mir mit einem Ausdruck in den Augen zu, wie man ihn bekommt, wenn ein Wunder geschieht. Er war mein Held. Er ging in Stamsund von Bord und kam nie wieder zurück. Das Schiff sank in ein Wellental hinab, ich nahm den Teller aus der Schlingerleiste und balancierte ihn in die Kombüse hinaus. Da war ich an der Reihe. Ich fiel kopfüber in die Spüle und ließ meinen Magen drin liegen.

Der Koch lachte und klopfte sich auf die Schürze.

»Und, noch ein paar Schweinekoteletts mit Sauerkraut vor Stamsund, Karlsen? Und ein bisschen Pflaumenkompott mit Sahnehäubchen?«

Aber die Mädchen waren auf meiner Seite. Ich war schließlich dreißig Kronen wert. Sie packten mich beide am Arm und schleppten mich hinunter in die Kabine. Da legten sie mich in der untersten Koje an die Kette, packten mir einen kalten Lappen auf die Stirn, gaben mir einen Kuss auf die Wange und verschwanden. Ich sah, dass die Gardinen waagrecht im Raum standen, ich sah, dass mein Turnbeutel wie ein kaputter Handball hin und her geworfen wurde, ich sah das Zahnputzglas wie ein durchsichtiges Insekt in die Luft ragen. Alles stand auf dem Kopf. Zuerst geriet ich gegen die Wand. Dann verlor ich den Halt. Dann lag ich auf dem Bauch und dachte: Das passiert, wenn ein Wal in den Himmel kommt, dann ist einfach zu wenig Platz auf der Welt.

Das Schiff schien gegen einen Kai zu stoßen. Ich erbrach eine Pfütze auf den Boden. Dann gab es drei Heultöne, und wir wälzten uns wieder hinaus. Ich versuchte mich am Bett festzuhalten, am Tisch, an der Truhe, aber nichts stand still, alles wechselte seinen Platz, und das die ganze Zeit. Ich flüsterte mir selbst zu: Glück ist, wenn der Schmerz aufhört, Glück ist verdammt noch mal nichts anderes, als wenn der Schmerz aufhört. Das war nur etwas, was ich gelesen hatte. Und dann kam alles zur Ruhe. Ich fiel auch nieder, so langsam wie nur möglich. Die Gardine hing wieder senkrecht, der Turnbeutel lag da, wo er hingehörte, das Zahnputzglas stand sicher auf der Waschablage. Ich stand auf, fast verwundert, unruhig, als ob das nicht wahr, nicht von Dauer sein konnte. Aber die Welt war wieder im Lot. Ich horchte in mich hinein, ich war eigentlich in bester Form.

Ich ging hinauf an Deck. Hinter mir lag der Vestfjord, glatt und ruhig wie ein Tanzboden. Und vor mir stand die Lofotenwand. Sie hielt den Himmel hoch, und der Himmel war ganz und gar blau und sanft, wie eine Kinderzeichnung. Die Sonne weigerte sich zu landen, die Nacht war irgendwo anders, hier gab es Tag und Nacht einen Lichtkreis. Ich dachte an Rolf und an seine großen Pläne. Das wäre doch was, diese riesigen Felsen, die Lofotenwand zu dekorieren. Vielleicht hätte er eine Tür auf den Fels gemalt, eine riesige Tür. Dann könnten alle sich fragen, was denn wohl hinter dieser Tür ist, auf der anderen Seite.

Wir fuhren weg von Svolvær. Die weiße Kirche dort glühte, als stünde sie in Flammen. Die Gestelle zum Trocknen von Fisch sahen aus wie riesige Klettergerüste. Die Touristen standen von den Toten auf und kamen mit weißen, dünnen Gesichtern und viel zu großen Augen hervor. Drei Streifen holte die Fahne ein, faltete sie mindestens fünfzehnmal sorgfältig zusammen und legte sie in eine kleine Kiste neben dem Fahnenmast. Das war eine richtige Zeremonie. Und wieder fiel mir die amerikanische Familie auf, sie waren die Einzigen, die frisch aussahen. Der große Vater trug Schirmmütze und Regenanzug und machte ein paar tausend Bilder von der Vorstellung, während die kleine Mutter und der Sohn bescheiden im Hintergrund blieben. Vielleicht war das der Grund, dass Drei

Streifen sich solche Mühe mit der Flagge gab, er war im Fokus. Und irgendwie hatte diese Familie etwas Bekanntes an sich. Der Fotograf drehte sich plötzlich zu mir um, winkte, ich glaube, er wollte mich gern mit auf dem Bild haben. Mutter und Sohn winkten auch. Aber ich lief weg, bevor es so weit kommen konnte. Ich wollte Drei Streifen nicht die Aufmerksamkeit stehlen, das wäre ungerecht.

In der Kombüse saß der Koch und musste drei Zehner hinblättern, als er mich mit eigenen Augen sah. Die Mädchen waren zufrieden. Aber so schnell gab der Koch nicht auf.

»Fünfzig Kronen darauf, dass du in Tromsø abmusterst«, sagte er.

Die Mädchen betrachteten mich sorgfältig und überlegten lange. Ich ging hinüber zur Spüle und nahm mir die Teller vor.

»Macht nur«, sagte ich. »Ich habe schon Schlimmeres überstanden.«

Der Koch wurde neugierig.

»Ach wirklich? Und was?«

»Ich war Leichtmatrose auf der M/S Talisman. Wir fuhren mit Tiefkühlfisch nach Genua. Und vor der spanischen Küste waren die Wellen so hoch, dass wir auf Wache gingen, wenn wir unten waren, und Feierabend machten, wenn wir wieder hochkamen.«

Es wurde ganz still. Die Mädchen holten neue Berge von Kaffeetassen aus der Cafeteria.

»Ich erhöhe«, sagte der Koch. »Achtzig Kronen auf Tromsø.«

Plötzlich kippte das Schiff jäh zur Seite. Ich dachte, ein neuer Sturm würde aufkommen. Aber gleich darauf richtete es sich wieder brav auf und fuhr ruhig und sicher weiter. Wir waren im Raftsund. Ich wusch zweihundertundvierzig Tassen und lief aufs Deck hinaus. Jetzt bogen wir in den Trollfjord ein. Im selben Moment ertönte *In der Halle des Bergkönigs* in voller Lautstärke. Das machte Eindruck. Die Touristen liefen Amok. Es war so eng, dass die Möwen seitlich fliegen mussten. Ich brauchte mich nur über die Reling zu beugen und konnte den blauen Berg anfassen. Und das tat ich auch. Und viele hatten das schon vor mir getan. An der Hochwasserlinie standen unzählige Namen, in großen Buchstaben dorthin geschrieben, wo das Meer endet und der Himmel beginnt: Unni, Donna, Ellen-Beate. Alf, Nein zur EWG, der Fischer. Ich wollte nicht zurückstehen. Einen Moment lang lag das Schiff ruhig, ich beugte mich weit vor, brach einen Stein los und schrieb meinen Namen, ich schrieb Kim Karlsen, ich signierte den Berg, jetzt war er meiner, jetzt konnte ihn mir niemand wieder wegnehmen, jetzt konnte ihn niemand woandershin versetzen, nicht einmal der Glaube. Ich trat einen Schritt zurück und betrachtete mein Werk, den blauen, fast glänzenden Überhang am Fels, und mein Name ganz unten in der Ecke, weiße Buchstaben: Kim Karlsen.

Da landete etwas schwer auf meiner Schulter. Zuerst dachte ich, es wäre eine Möwe und wollte sie wegboxen. Aber es war keine Möwe, es war die Hand des Amerikaners. Sie kam meinem Gesicht unangenehm nahe, er führte sich auf, als wären wir alte Freunde. Ich hörte kein Wort von dem, was er sagte, die Musik war viel zu laut, *In der Halle des Bergkönigs*, sie kam von allen Seiten, es fehlte nur noch, dass die Felsen selbst Hurra rufen würden. Aber der Amerikaner war nicht aufzuhalten. Denn plötzlich zog er einen Stapel Fotos hervor, er war der Typ, der immer Fotos bei sich hat, für alle Fälle. Er donnerte mir die Faust in den Rücken, und er lächelte mir mit so einem gewissen Lächeln zu, ich hatte keine Chance. Ich musste mir diese Fotos ansehen, Ferienbilder, und das war schlimmer, als Methanol zu trinken. Zuerst war da ein Foto aus den Uffizien, von der Venus. Im Vordergrund ragte ein ovaler Hinterkopf hervor und verdeckte das Motiv. Das nächste war ein Bild von der Fähre nach Dänemark, wieder bekam ich einen Schlag in den Rücken, und aus seinem Gesichtsausdruck konnte ich schließen, dass er laut lachte. Ich stand neben dem Fahnenmast, in Lotsenjacke, Khakihose und Sandalen, mit offenem Mund und geschlossenen Augen, in einem Kranz von

Möwen. Er blätterte weiter in dem Stapel, und da war ein Bild, das alles zusammenbrechen ließ. Es war das Bild eines Hauses, einer Art Bungalow, in einem Wohnviertel, das so amerikanisch aussah, dass Elmer Fudd dort hätte wohnen können. Und an das Haus war außen ein riesiger Schornstein angebaut worden, das sah aus wie ein privates Krematorium. Und ganz unten, in einer kleinen Abseite, einer Nische, da stand eine Statue, und als ich näher hinguckte, da sah ich, dass es Botticellis Venus war, eine hässliche Kopie aus grauem Stein mitten in einem Schornstein, einem Grill, das war nicht auszuhalten. Es gab eine Pause in der Halle des Bergkönigs, während das Schiff rückwärts manövrieren musste, um herauszukommen, und ich konnte die Worte des verrückten Amerikaners hören.

»Mein Zuhause«, sagte er. »Florence. Aber nicht in Italien. In Oregon, USA. Das ist unser Haus.«

Er zeigte drauf, als ob es da einen Zweifel gäbe.

»Alle in Florence haben einen Botticelli«, sagte er. »Aber meiner ist der größte!«

Und als er schließlich noch ein Foto von mir machen wollte, zusammen mit dem Rest der Familie, wurde es mir einfach zu viel. Ich riss ihm den Fotoapparat aus der Hand und warf ihn in den Trollfjord. Ich kann ganz gut werfen. Und es heißt, dass der Trollfjord sehr tief ist. Der Amerikaner begriff nicht so recht, was eigentlich geschehen war. Er schaute sich um, spähte hoch in die Luft, und ohne Kamera wirkte er plötzlich nackt und hilflos. Drei Streifen kam angelaufen, und mit ihm Vier Streifen. Ich ließ sie herankommen. Ich leistete keinen Widerstand. Sie warfen sich über mich, und das Einzige, was ich von mir geben konnte, war:

»Ich kann nicht schwimmen!«

Ich wurde in Sortland rausgeworfen. Ich saß am Kai, den Turnbeutel im Schoß. Neue Passagiere gingen an Bord, sie trugen schwarze Koffer und große Pappkartons mit Paketschnur drum herum. Niemand beachtete mich, nur ich beachtete die anderen, die Abschiede, die Wiedersehensszenen, all das Gepäck, all das, ohne das wir nicht auskommen. Aber da bahnte sich jemand den Weg in die entgegengesetzte Richtung, das war Gunn-Erin. Sie fand mich und sah etwas verwundert aus.

»Hier sitzt du?«

»Ein Mann darf doch wohl an einem Kai sitzen«, sagte ich nur.

»Natürlich. Hier, das ist vom Koch.«

Und sie legte ein riesiges Fresspaket auf den Turnbeutel. Ich musste hineingucken, da gab es Schweinekoteletts, Brötchen, eine Scheibe Lachs, ein paar kalte Kartoffeln, Gurken, Bratwurst und Backpflaumen. Das war ein ganzes Restaurant. Ich war so gerührt, dass ich kein Wort herausbrachte. Aber dann fiel mir ein, dass er ja soeben achtzig Kronen gewonnen hatte, und dachte, er hätte gern noch ein bisschen Schokoladenpudding dazupacken können.

»Und dann ist da ein Telegramm für dich«, sagte Gunn-Erin.

»Ein Telegramm? Für mich? Das kann nicht sein.«

Sie schob mir ein dünnes Blatt Papier in die Hand, es heulte aus dem Schornstein, und sie lief zur Gangway.

Es war für mich. An Kim Karlsen. »An Bord der Lofoten.« Ich musste es mehrere Male lesen. Ich wurde richtig fröhlich. Mehr war eigentlich nicht nötig, ein Fresspaket, ein Telegramm. Ich las es, während das Schiff hinten im Sund verschwand. *Lieber Kim. Bin in Trondheim desertiert. Kirsten hat mich reingelassen. Glaube, alles wird gut. Ola.*

Ich stand auf, schob das Telegramm in die Innentasche, legte den Proviant in den Turnbeutel und warf ihn mir über die Schulter. Ich war irgendwo auf dieser Welt. Es war Nacht, und es gab Licht, in dem man sich verlaufen konnte. Die eine Sandale war kaputtgegangen, die Hacke hatte sich gelöst. Ich schaute nach Süden und sah eine Reihe blauer Berge, mit weißen Heftzwecken an den Himmel geheftet. Ich schaute nach Norden und sah die größte Fischklößchenkonserve der Welt, so hoch wie der Monolith und von der Größe des Frognerschwimmbads. Sie war grün und weiß, *Vesterålen Fiskeboller,* eine gewaltige Skulptur. Ich ging hin, klopfte vorsichtig an, und ein dunkles Echo ertönte von innen. Ich setzte mich, den Rücken an die Fischklößchendose gelehnt, zwischen Berge und Meer. Und ich weiß nicht genau warum, aber mir fiel ein, wie ich einmal Blumenbote war und alle Straßen auswendig kannte, ich kannte sogar die Armauer Hansen, die General Birch, die Frich und die Gørbitz. Und eines Winters nahm ich die Bahn von Majorstua, das Fahrrad war schon lange in den Keller gebracht worden, ich sollte mit einem Paket zum Vestre-Krematorium. Auf dem Sitz direkt vor mir saß ein alter Mann, er hielt auch ein Paket in den Händen. Ich nahm an, dass es Blumen waren, ich war dreizehn Jahre alt und neugierig, Ich wollte gern sehen, was für einen Strauß er denn bei sich hatte, denn ich war überzeugt davon, dass er auch zum Vestre-Krematorium wollte. Und wenn ich dann seine Blumen gesehen hätte, dann könnten wir uns unterhalten, ich könnte auch ein wenig das Papier zur Seite schieben und ihm die weißen Margeriten zeigen, und er wäre sicher überrascht, Margeriten im Winter, Margeriten im Schnee. Deshalb beugte ich mich vor, sein Paket war in viele Zeitungen eingewickelt, ich musste aufstehen, um es richtig sehen zu können. Und ich hatte erwartet, Blumen zu sehen, aber das waren keine Blumen, die der alte Mann bei sich hatte. Das war ein riesiger Fisch, und ich starrte erschrocken auf den schleimigen Fischkopf, das eine Auge, das an einem blutigen Muskel hing, das weit aufgerissene Maul. Ich fiel zurück auf meinen Sitz, und ich hörte den Mann lachen, er lachte laut, und ich registrierte den verrotteten Atem des Mannes und den Gestank des Fisches und das blutige Zeitungspapier. Und bevor das Lachen aufhört und ich am Vestre-Krematorium aus dem Wagen springe, bin ich schon eingeschlafen, mitten in der nächtlichen Sonne, irgendwo auf dieser Welt.

# Teil VI

Ich halte mit beiden Händen den schlanken Baseballschläger, den Gunnar im Werkunterricht gehobelt und lackiert hat, um dann unsere Namen in ihn einzubrennen. Es ist ein Samstagnachmittag im Mai, Sand in den Straßen, warmer Wind im Haar. Ich bin gesund, ich habe Masern gehabt, jetzt bin ich wieder gesund. Wir spielen Schlagball auf der Straße. Und wenn ich etwas kann, dann ist es Schlagball spielen. Wer ein Auge dafür hat, der behauptet, dass der Ball platt ist wie ein verbrannter Gullideckel, wenn ich einen Volltreffer lande, und dann kann die ganze Mannschaft auf Händen zum Solli plass und wieder zurück gehen, bevor die Schwachköpfe überhaupt kapieren, was passiert ist. Und so einen Volltreffer bringe ich jetzt zustande mit Gunnar, Seb und Ola, die am Strich schon bereitstehen. Die Gans wirft den Ball, er versucht ihn schief zu werfen, aber das nützt ihm nichts. Ich lege den ganzen Körper in den Schlag, drehe die Schultern um mindestens dreihundertundsechzig Grad und treffe perfekt. Es ertönt nur ein kurzes Klatschen, alle starren in den Himmel, und kein Mensch kann sehen, wo der Ball landet. Es ist klar, dass wir gewonnen haben, aber ich weiß nicht, ob ich deshalb besonders verehrt werde. Das war nämlich unser letzter Tennisball.

»Wir finden ihn«, sage ich. »Kein Problem!«

Und dann wandern Gunnar, Seb, Ola und ich die Straßen entlang. Wir beginnen mit unserer Suche im Garten des Roten Kreuzes, es ist nämlich nicht unmöglich, dass er dort gelandet sein könnte. Aber wir finden nur leere Schnapsflaschen, auf die es kein Pfand gibt, Korken, eine verschimmelte Sandale, eine tote Katze, feuchte Zeitungen vom letzten Jahr und einen Slip unter den niedrigen Fliederbüschen.

Seb zeigt auf das gelbe Gebäude.

»Offenes Fenster im zweiten Stock«, sagt er.

Wir entern das Krankenhaus und laufen in den zweiten Stock. Auf den Fluren riecht es nach grüner Seife und Kampfer. Ein Greis mit einem Bein in Gips hinkt an uns vorbei. Zwei schwangere Frauen wälzen sich aus einer Tür. Eine Krankenschwester mit Haarnetz fragt, wo wir hinwollen.

»Meine Tante besuchen«, sage ich.

»Und meinen O-o-onkel«, sagt Ola.

Wir finden das Zimmer, auf das Seb gezeigt hat. Das Fenster ist inzwischen geschlossen. Es stehen zwei Betten drin, und zwei durchsichtige Greise liegen unter den Bettdecken mit Schlauch in der Nase und Kabeln in den Armen. Wir schauen uns ein bisschen um, kein Ball zu sehen. Seb beugt sich über einen der Alten.

»Ham Sie ’nen Tennisball gesehn?«

»Was?«

Die Stimme ist kaum zu hören.

»Einen Tennisball!«, schreit Seb. »Auf dem GOKS steht!«

Aber der Mann im Bett verdreht nur die Augen, holt tief Luft und ist abwesend. Wir gehen lieber zu dem anderen. Stellen uns um ihn herum und versuchen Kontakt aufzunehmen.

»Ich werde bald sterben«, sagt er plötzlich laut. »Ich werde ja nun bald sterben!«

Wir rennen raus und kommen mit heiler Haut unten an. Dann laufen wir zum Springbrunnen in der Gyldenløvesgate, vielleicht ist der Ball dort gelandet, das kann gut sein, denn nichts ist unmöglich an so einem Samstagnachmittag. Aber es gibt nichts als Eisstiele, Fahrradspeichen, Kronkorken und vier Gullydeckel in dem Springbrunnen. Ich sehe sie zuerst, sie liegen dicht an der Wasserspritze, jemand muss sie mit Absicht dort hineingeworfen haben. Ich ziehe die Schuhe aus, kremple mir die Hosenbeine hoch, gehe hinein und hole sie. Außerdem finde ich noch ein Zehnörestück. Das macht zusammen dreißig Öre.

Wir gehen zum Mannen på Trappa und kaufen eine gefrorene Safttüte zum Teilen. Wir setzen uns auf die Stufen und überlegen. Vielleicht ist der Ball in einen Gully gerollt, vielleicht hat er einen Bus getroffen, der auf dem Weg nach Buskerud war, vielleicht hat auch jemand den Ball geklaut, obwohl doch GOKS drauf steht.

Seb lehnt sich an mein Ohr, flüstert.

»Du sagst doch nichts von der Geige, nicht wahr?«

»Na logo.«

Gunnar wird plötzlich misstrauisch und steht auf.

»Redet laut«, sagt er.

»Ich habe nur gesagt, dass wir vielleicht bei Skarpsno suchen sollten«, erkläre ich laut.

Wir machen uns dorthin auf. Wir gehen die Eisenbahnschienen entlang, sehen aber nichts außer Klopapier, Flaschenscherben und Kippen. Wir setzen uns auf den Abhang, während ein Zug vorbeifährt. Jemand winkt uns zu. Aber das geht viel zu schnell, wir schaffen es nicht zurückzuwinken. Dann biegen wir zum Drammensveien ab und nehmen die Straßenbahn zum Solli plass. Wir suchen unter der Blutbuche, doch da liegen nur alte Butterbrote, Hundescheiße und ein saurer Strumpf. Wir gehen hinunter zur Stadt. Kommen an Svaes Tanzschule vorbei, und da wollen alle Löwen rein, in riesigen Blazern und glänzenden Lackschuhen, mit wassergekämmtem Haar und unerschütterlichem Scheitel. Sicher ist da Abtanzball. Und die Mädchen tragen weite Röcke und enge Schuhe, in denen sie kaum laufen können. Wir bleiben auf dem Fußweg stehen und pfeifen ihnen nach, bis zwei Mütter uns mit spitzen Regenschirmen wegjagen, als könnte es an so einem Samstag anfangen zu regnen.

Wir halten bei der Pernille, sehen einander an, und schleichen uns dann zwischen die Tische. Aber auch hier ist kein Tennisball zu sehen, nur braune Knie, Filterzigaretten und Krabben. Wir laufen wieder auf die Karl Johan, wo elegante Paare unter den hellgrünen Bäumen flanieren, die das samstägliche Licht filtern und merkwürdige Muster bilden. Doch auch hier ist nichts zu holen. Und schließlich enden wir am Fred Olsen-kaia. Die Aalangler sitzen mit schlaffer Angelschnur im braunen Wasser auf dem Kai. Sie trinken Exportbier und haben große, rostige Gesichter.

»Habt ihr einen Tennisball gesehen?«, frage ich.

Sie müssen lange überlegen.

»Nein, haben wir etwa heute einen Tennisball gesehen?«, meint einer von ihnen.

»Ich habe keinen Tennisball gesehen, Henry!«, grölt ein anderer.

»Was für ein Tennisball ist das denn, den ihr sucht? Habt ihr ihn hier verloren?«

»Wir haben Schlagball gespielt, und ich habe ihn weggeschossen«, erkläre ich. »Da steht GOKS drauf.«

»Goks?«

»Gunnar, Ola, Kim und Seb«, erkläre ich. »Unsere Namen.«

»Raffiniert. Nein, wir ham schon lange keinen Tennisball mehr gesehen. Oder hast du einen Tennisball gesehen, Robert?«

»Einen Tennisball, nee«, sagt der, der Robert heißt. »Schon seit vielen Jahren nicht.«

Jetzt hat Henry etwas unten im Wasser entdeckt. Das ist ein benutztes Kondom, das vorbeischwimmt. Er fischt es heraus und nimmt es näher in Augenschein.

»Das ist ja nicht der Rede wert«, schmunzelt Henry und sieht uns an. »Habt ihr das vielleicht benutzt?«

»Nicht direkt«, erwidert Seb.

Henry wirft den Gummi wieder ins Wasser, und bei Robert beißt einer an, er zieht einen riesigen Aal heraus. Er schlägt ihm einen Nagel in den Kopf, aber trotzdem zappelt der noch lange.

»Können wir die leeren Flaschen kriegen?«, fragt Gunnar.
»Von mir aus, Jungs«, sagt Henry.
Wir sammeln sie ein, das sind ziemlich viele, und dann trollen wir uns heimwärts. Die Dämmerung setzt ein, die Schatten werden lang und blau. Es ist plötzlich so still, so eine Stille, wie es sie nur gibt, bevor etwas passiert, oder vielleicht auch hinterher. Das einzige Geräusch, das wir hören, ist der Sand, der unter unseren Schuhen knirscht und das Klirren der leeren Flaschen. Wir versuchen auszurechnen, wie viel wir an Pfand kriegen. Als wir zurück sind, ist unsere Straße leer, nur der Schläger liegt noch im Rinnstein. Wir bleiben stehen und sehen ihn an, während die Schatten uns langsam einholen. Da hören wir unsere Mütter aus allen Fenstern pfeifen.
»Diese Stadt ist zu klein für uns«, sage ich.
Die anderen sehen mich an und stimmen mir zu.
»Diese Stadt ist zu klein für uns«, sagen wir.
Und dieser Gedanke kommt mir auch an dem Tag Anfang Mai nach einer Nacht mit warmem Regen, Ana bei mir und meinen viel zu großen Versprechungen. Ich habe jeden Abend gespielt, ich habe einiges an Geld zusammengespart. Jetzt bin ich wieder auf dem Weg zur Sala del Botticelli. Die Sonne steht wie ein Klappmesser zwischen den Gebäuden, ich eile von Schatten zu Schatten. Ich sehe, dass die Touristen das Regime übernommen haben. Sie sitzen in Scharen auf den Stufen vor dem Dom, sie drängen sich durch Ghibertis Bronzetüren, sie stehen mit ihren Fotoapparaten in Horden um Michelangelos David und wissen es nicht besser. Ich muss Schlange stehen, um in die Uffizien zu kommen, und während ich warte, wird mir eines klar: Ich bin einer von ihnen, ich bin auch nur einer der Touristen. Endlich komme ich hinein, ich laufe die Treppe hinauf und finde meinen Platz auf der Bank, in der Sala del Botticelli. Und ich bemerke es erst, als ich schon sitze, knapp einen Meter oder zwei von der Wand entfernt: Das Bild ist fort. Sie ist nicht mehr dort, da gibt es nur eine nackte Mauer, ein verschossenes Rechteck. Ich bekomme einen Aufseher zu fas-

sen und bitte um Erklärung, ich verlange sie. Ich gehe mit ihm hinaus in die Garderobe. Er schenkt zwei Gläser Wein ein und versucht mich zu beruhigen.

»Sie ist heute Nacht nach Rom gebracht worden«, sagt er leise. »Die Konservatoren im Vatikan sollen sie behandeln.«

»Wieso das?«

»Die Farben sind wohl fast zerstört«, erklärt er. »Zerstört durch zu viel Licht und Blitzlichter. Das Bild lief Gefahr zu verschwinden. Und jetzt wollen die Konservatoren es wieder restaurieren, so dass es genauso wird, wie Botticelli es gemalt hat. Zumindest behaupten sie das.«

Ich trinke aus und stehe auf. Aber dann winkt er mich noch einmal zu sich heran, schenkt mir mehr Wein ein und wird ganz geheimnisvoll und aufdringlich. Er flüstert jetzt.

»Aber die Wahrheit ist wahrscheinlich ganz anders. Es wird behauptet, das Bild sei falsch. In letzter Zeit sind mehrere falsche Botticellis aufgetaucht. Es geht das Gerücht, das echte Gemälde sei gleich nach Botticellis Tod verbrannt worden und einer seiner Schüler habe eine Kopie erstellt.«

Er kommt noch näher.

»Ist dir noch nie die Schulter aufgefallen? Die ist doch ganz verkehrt. Das kann nicht unser Botticelli gewesen sein, der das gemalt hat.«

Er lehnt sich zurück, hebt das Glas und schaut zur Decke, seufzt lange.

»Das ist merkwürdig, nicht wahr? Hier läuft man nun jeden Tag herum, Jahr für Jahr. Und man sieht keine Veränderung. Aber plötzlich läuft sie Gefahr zu verschwinden, weg zu sein. Wie eine Blume, die verwelkt. Lass uns nur hoffen, dass es noch nicht zu spät ist. Lass uns das hoffen.«

Ich gehe langsam die Treppen wieder hinunter und hinaus in diese Stadt, in die ich vor fast einem Jahr gekommen bin. Ich gehe zurück zum Hotel. Ana sitzt in der Rezeption. Hinter ihr hängt eine Tafel voller Schlüssel. Einer davon ist unserer. Sie wird ganz eifrig, als sie mich sieht, sie hat etwas, was sie mir zeigen will. Sie breitet eine riesige Karte auf dem Tresen aus. Ich trete näher heran und sehe, dass es sich um eine alte Karte von Oslo handelt, es ist kaum wiederzuerkennen, die Straßen sind nur fremde Striche.

»Lorenzo hat sie mir gegeben«, sagt Ana. »Zeig mir, wo du wohnst.«

Ich schließe die Augen und zeige irgendwohin.

»Da wohne ich«, sage ich. »Da wohne ich.«

»Wann fahren wir hin?«, fragt Ana.

»Bald«, sage ich. »Bald.«

Ich gehe in Lorenzos Zimmer hinauf. Im Spiegel auf dem ersten Absatz kann ich sehen, dass sich Ana immer noch über die Karte beugt.

Ich habe bereits einen Entschluss gefasst.

# 20

Ich wachte von einem scharfen, abgehackten Geräusch auf. Es war direkt über mir. Es klang wie der größte Dosenöffner der Welt. Ich schlug die Augen auf und sah, dass es immer noch genauso hell war wie vorhin, als ich eingeschlafen war. Ich sah, dass jemand dabei war, eine Brücke zu bauen. Von dort kam der Lärm. Ein Kran war auf ein Floß montiert worden. Zwei Bogen ragten von beiden Seiten in die Bucht hinein. Aber sie trafen sich nicht in der Mitte. Bis dahin war es noch weit. Es gab einen Zwischenraum, den jemand mit Verschalungen und Beton, Geländer und Fahrbahnen füllte. Es fehlte noch ein Verbindungsstück zur Welt. Ich dachte: Ich muss auf einer Insel sein.

Ich lehnte mich gegen die Fischklößchendose und aß von meinem Proviant, ein Stück Lachs, ein Stückchen Kotelett, ein halbes Ei. Ich las das Telegramm von Ola noch einmal. *Glaube, alles wird gut.* Ein Motorboot tuckerte vorbei. Es wurde von Möwen verfolgt. So soll es sein. Die Sonne stand über den Bergen, ein gelber Sturm am Himmel. Es war nicht die Veränderung, die einen erfreute, sondern das Wissen, dass es die gleiche Sonne war, dass sich etwas wiederholte, ruhig, wie eine Art Kreis.

Ich legte den Rest des Proviants zurück in den Turnbeutel und ging auf die Straßen, die es hier gab. Ich kam auf einen Marktplatz. Ein paar Leute standen dort und verfolgten mich mit ihren Blicken. Ich grüßte, ich wollte freundlich sein. Sie blieben stumm. Es war still hier wie an einem Sonntag. Aber plötzlich tauchte ein Orchester auf, es kam einfach um die Ecke, eine ganze Reihe von Musikanten in dunklen Uniformen, ihnen voran ein Dirigent, sie spielten einen energischen Marsch, sie stapften vorbei und bogen hinter dem nächsten Gebäude wieder ab. Als wenn es gar nicht passiert wäre. Ich stand vor einem Holzhaus mit kleinen Fenstern und fand ein Schild an der Tür: Schuhmacher. Ich klopfte an und trat ein. Ein glatzköpfiger Mann mit Lederschürze saß auf einer Bank an der Wand. Er machte einen Stiefel fertig, der war riesig wie ein Ofenrohr. Dann schaute er zu mir auf. Ich zog die rechte Sandale aus und gab sie ihm.

Er drehte und wendete sie.

»Ja, ja«, sagte der Schuster.

Er brach die Hacke ab und fand eine neue in einer Kiste, die dort für diesen Zweck herumstand.

»Dauert das lange?«, fragte ich.

»Nee, nee, wird noch vor der Brücke fertig«, antwortete er.

Er schob sich eine Hand voll Nägel in den Mund und arbeitete weiter. Ich ließ ihn in Ruhe. Ich glaube, das wollte er auch. Ich schaute mich um. Überall lagen Schuhe, und keiner sah aus wie der andere, keiner passte zu einem zweiten. Der Stiefel stand neben einem Tanzschuh, das sah merkwürdig aus. Dann bekam ich meine Sandale zurück, in bestem Zustand. Ich bezahlte und rundete auf. Ich wollte nicht kleinlich wirken. Er gab mir trotzdem drei Kronen zurück. Als ich schon auf dem Weg hinaus war, fragte er:

»Willst du noch weit?«

»Ja«, antwortete ich. »Ich will nach Hause.«

»Ja, ja, das kann ziemlich weit sein.«

Ich lief ziellos in den Straßen herum. Konnte mich nicht so recht entscheiden. Ich fand heraus, dass ich durstig war. Ich kam an einem Restaurant vorbei, *Rådhustavernaen* stand auf einem Schild. Ich trat ein, aber ich muss falsch gegangen sein, oder ich hatte etwas falsch verstanden, denn plötzlich befand ich mich in einem Kinofoyer. Der Kartenschalter war geschlossen. Ich wollte wieder hinausgehen, als mir ein Diplom an der Wand ins Auge fiel, es hing dort hinter Glas in einem Rahmen und sah sehr bedeutungsvoll aus. Ich nahm es näher in Augenschein, da ich mich nun einmal hierher verirrt hatte, und las, bis meine Augen, meine zweifelnden Augen, groß und feucht wurden: *Outstanding Achievement Award presented to Sortland kino, in regarding of the fact that the total attendance for 20th-Century Fox's The Sound of Music, has set a new record for roadshow attendance in Kinoen, with 2331 admits. Oktober 3, 1967.* Ich musste es mehrere Male lesen, ich stand auf Zehen und las, bis ich es auswendig konnte. Und ich begriff, dass es von hier nur einen einzigen Weg gab, und ich begriff, dass alle Wege zwei Richtungen haben, die sich irgendwo einmal treffen.

Ich ging hinunter zum Wasser, setzte mich auf einen Stein und schaute zu den Arbeitern an der Brücke hinauf.

# 21

Baluba.

Sie war mitten in den Raum gestellt worden, eine riesige, rostige Ölkanne, ungefähr eine Tonne Schrott und eine gewaltige rosa Straußenfeder. Sie bewegte sich am oberen Ende leicht im Luftzug, als hätte sie so ihre Zweifel. Und ganz unten war ein solider Sockel. *Baluba* stand auf einem Schild. *Jean Tinguely, 1962–63*. Es war voll mit Leuten, die diesen Schrotthaufen betrachteten, sie senkten die Köpfe, die Hand an der Wange, runzelten die Stirn und schauten ganz ernst drein. Und ab und zu erdreistete sich ein Fuß und trat auf das Pedal. Dann begann die ganze Angelegenheit sich zu schütteln. Und dann begannen auch alle, die da herumstanden, sich zu schütteln. Zumindest die Köpfe. Vor Lachen. Aber bald waren sie wieder ernst, und nach einer Weile gab es erneut einen Fuß, der die Pedale ausprobieren musste, und alles wiederholte sich ganz genauso wie beim letzten Mal. Mir wurde etwas trübsinnig zumute.

Hier war es merkwürdig. Hier gab es Kaffeetassen mit Pelz. Hier gab es Badewannen aus Glas und Fahrräder mit Regenschirm. Hier gab es mich. Ich saß am Ausgang einer der Säle. Und dann passierte es natürlich wieder. Ich wurde für jemanden gehalten, der ich nicht war. Eine der feineren Damen, mit breitkrempigem Hut, den Blick in den Katalog vertieft, *Surrealismus, Høvikodden, August-Oktober,* blieb bei mir stehen und ging davon aus, dass ich derjenige wäre, den sie hier erwartete.

»Entschuldigung, aber können Sie mir sagen, wo ich Marcel Duchamps *Fontäne* finde?«

»Ja«, sagte ich. »Da müssen Sie in den Keller gehen. Da gibt es eine Tür mit der Aufschrift Herren. Gehen Sie dort hinein, und stellen Sie sich vor dem Pissoir auf den Kopf.«

Ich hatte keine Zeit, länger mit ihr zu reden. Vivi kam nämlich durch den Saal heran. Sie sah mich nicht. Ich war derjenige, der sie sah. Das war so ein unbewachter Augenblick, der Taschenspiegel des Diebes, das Zielfernrohr des Heckenschützen. Ihr Haar war im Laufe des Sommers heller geworden, die Haut hatte einen dunklen Glanz bekommen, ich musste an Kastanien denken. Sie erweckte Aufmerksamkeit. Sie lächelte ganz leicht, als hätte sie soeben einen merkwürdigen Gedanken gehabt, der sie amüsierte. Ich hätte viel für genau diesen Gedanken gegeben. Sie trug den gleichen Schal wie damals, als ich sie zum ersten Mal gesehen hatte. Sie lief dort in ihrer eigenen Welt herum und blieb vor dieser lächerlichen Skulptur stehen. Jetzt war ich an der Reihe mit denken: Wenn sie auf das Pedal tritt, dann ist Schluss. Aber der Gedanke war nicht viel wert, denn gleich danach musste ich mich in Gedanken fragen: Hat es denn jemals angefangen?

Vivi blieb eine Weile stehen und betrachtete den Schrott, vielleicht hatte sie auch ihre Augen ganz woanders. Dann kam der Maler Nilsen zu ihr. Und er konnte sich natürlich nicht zurückhalten. Er trampelte auf die Pedale, und alles ging los. Alle Teile schüttelten sich jeweils im eigenen Takt, die Straußenfeder vibrierte. Aber Vivi hatte keine Lust, das zu beobachten, sie ging, bevor es zu Ende war. Nilsen folgte ihr, er trug ein rotes Kopftuch um den Schädel, und ich glaube, er legte ihr einen Arm um die Schulter. Sie setzten sich an einen Tisch auf der Terrasse. Ich ging durch das Café und stellte mich in die Türöffnung. Sie bestellten etwas, ich wartete, ich glaube, Nilsen fummelte an ihren Händen herum. Schließlich bekamen sie, worum sie gebeten hatten, Apfelkuchen und Tee.

Ich schlenderte langsam zu ihrem Tisch. Vivi entdeckte mich

erst, als ich dort stand. Ich kam allen zuvor. Ich trat leicht mit meiner Sandale auf ihren Fuß.

»Baluba«, sagte ich.

Vivi lachte.

»Du bist aber gut gelaunt.«

Ich ließ mich zwischen ihnen nieder. Da gab es einen freien Stuhl. Dann wusste ich aber nichts mehr zu sagen. Vivi aß den Rest ihres Apfelkuchens. Nilsen sagte auch nichts. Es lag etwas in der Luft. Es war bald Herbst.

Plötzlich hatte ich das Bedürfnis, eine Erklärung abzugeben.

»Ich war eigentlich auf dem Weg zu Onkel Hubert«, sagte ich.

Vivi blies in ihren Tee und trank langsam, mit spitzen Lippen, als würde sie gleichzeitig pfeifen.

»Aber dann habe ich hier kurz vorbeigeschaut«, fuhr ich fort. »Weil der Bus sowieso hier anhielt, meine ich.«

Nilsen beugte sich vor, er wollte auch ein Wörtchen mitreden.

»Und wie gefällt dir die Ausstellung?«, fragte er.

Vivi stellte ihre Tasse hin und schaute von einem zum anderen.

Ich fragte:

»Wie war Florenz?«

»Die Sala del Botticelli in den Uffizien war geschlossen.«

»Geschlossen? Wieso das?«

»Da wurde wohl gerade renoviert. Bist du schon lange wieder zu Hause?«

»Seit ein paar Tagen. Aber es gab doch sicher viele andere schöne Dinge zu sehen, oder?«

Nilsen ließ nicht locker.

»Wie gefällt dir die Ausstellung?«, wiederholte er.

Um ganz sicherzugehen, beschloss ich, das Gegenteil von dem zu sagen, was ich meinte.

»Baluba jedenfalls ist ein Meisterwerk«, sagte ich.

Er schaute mich lange Zeit lächelnd an, als bekäme er endlich die Bestätigung für seine Vermutung, was für ein Typ ich eigentlich war.

»Hast du das gehört, Vivi? Er nennt den Müll ein Meisterwerk.«

Ich musste meine Ansicht verteidigen.

»Baluba ist und bleibt ein Meisterwerk«, behauptete ich. »Es trennt auf eine einfache, klare Weise die Idioten vom Rest der Welt. Die, die auf die Pedale treten. Und die, die es nicht tun.«

Jetzt wollte Nilsen fast zudringlich werden. Aber ich hatte gesagt, was es in dieser Angelegenheit zu sagen gab. Ich wandte mich wieder Vivi zu. Sie sah verlegen aus.

»Du bist braun geworden«, sagte ich.

»Wie war es am Nordkap?«

Aber bevor ich etwas davon hatte erzählen können, von den senkrechten Felswänden, den sanften Horizonten, dem Herzschlag des Lichts und den Fischklößchendosen, wurde Nilsen ungeduldig und stand auf.

»Wir müssen wohl wieder zurück ins Atelier, wenn wir fertig werden wollen«, sagte er laut.

Vivi stand auch auf. Ich war der Einzige, der sitzen blieb. Und dann sagte ich etwas Dummes.

»Kann ich in die Stadt mitfahren?«

»Wolltest du nicht zu deinem Onkel?«

Vivi legte das Geld für den Tee und den Kuchen auf den Tisch und sah mich eindringlich an.

»Ja, das stimmt. Oh, verdammt. Gut, dass du mich daran erinnert hast.«

Nilsen schmunzelte vor sich hin.

»Woher willst du denn wissen, dass wir mit dem Auto fahren?«, fragte er. »Wir könnten doch auch den Bus nehmen?«

Auf so eine Frage wollte ich gar nicht erst antworten. Ich hätte ja sagen können, dass ich Vivis Auto auf dem Parkplatz gesehen hätte. Aber ich wollte gar nicht antworten. Vivi ergriff schnell meine Hand.

»Du hast doch meinen Geburtstag nicht vergessen?«

»Nein«, sagte ich. »Den hab ich nicht vergessen.«

Dann ging sie, zusammen mit Nilsen. Ich glaube, er legte seine Hand auf ihren Rücken. Ich blieb sitzen, bis ich sie nicht mehr sehen konnte. Dann steckte ich Vivis Geld in die Tasche, stand ganz ruhig auf und machte mich davon. Ich nahm ein Taxi, so weit das Geld reichte.

Onkel Hubert stand am Fenster, als ich die Allee hinaufkam. Er stand vollkommen unbeweglich da, wie ein schwerer Schatten, und er hatte sich nicht vom Platz bewegt, als die Krankenschwester mich in sein Zimmer gebracht und dann die Tür vorsichtig und geräuschlos wieder geschlossen hatte. Ich blieb eine Weile hinter Onkel Hubert stehen. Ich weiß nicht, was er da sah, vielleicht waren es nur die Bäume, vielleicht war es die Sonne, die an diesem Nachmittag alles schwarzweiß färbte. Vielleicht stand er so da, damit die Zeit verging. Ich stellte mich neben ihn, ich konnte ihm sicher dabei helfen, die Zeit vergehen zu lassen.

»Bald ist Herbst«, sagte ich. »Das liegt in der Luft.«

»Hast du deine Verlobte nicht mitgebracht?«, fragte Onkel Hubert.

»Sie konnte nicht. Ich soll schön grüßen.«

»Ich bin im Laufe meines Lebens schon einigen Frauen näher gekommen, oh ja. Aber irgendwie ist nie so recht was draus geworden.«

»Warum nicht, Onkel Hubert?«

»Wer weiß? Vielleicht war ich zu ungeduldig. Doch, das wird es wohl gewesen sein. Ich habe zu viel erwartet.«

»Und was ist falsch daran?«

»Da ist gar nichts falsch dran. Nur, dass du enttäuscht wirst. Und später verbittert. Und dann ist es aus und vorbei.«

»Das ist schlimm.«

»Wenn dich der Schuh drückt, dann gehst du lieber barfuß, als dass du dir die Zehen abschneidest, Kim.«

»Das kann man wohl sagen. Hattest du einen schlechten Tag, Hubert?«

»Meine Tage sind alle gleich. Meine Nächte sind gleich. Ich sage nur, wie es ist.«

Wir sprachen nicht weiter darüber. Ich setzte mich aufs Bett. Hubert trank Wasser aus dem Wasserhahn. Er fragte mich nicht, ob ich auch etwas wollte. Und da fielen mir seine Hände auf. Die Finger waren angeschwollen, sie funktionierten nicht mehr, sie ließen alles fallen, was in ihre Nähe kam, es waren schwere, langsame Hände, wie riesige Spaten. Ich musste den Wasserhahn für ihn wieder zudrehen, und er schaffte es noch nicht einmal, mir die Hand auf die Schulter zu legen, sie fiel einfach wieder hinunter. Das waren die Drogen, die rosa Mahlzeiten, bald würde sein Gesicht genauso aussehen, eine viel zu schwere Maske, die er nicht mehr würde tragen können. Ich konnte nicht weiter auf seine Hände sehen, schaffte es nicht.

»Du musst hier raus«, sagte ich.

»Ich habe so meine Pläne.«

Das war alles, was er sagte. Er stellte sich wieder ans Fenster. Ich tat es ihm nach.

»Apropos Pläne«, versuchte ich es. »Wie läuft es denn mit den anderen Plänen?«

Onkel Hubert war wieder auf der Hut, aber das dauerte nicht lange. Es sah plötzlich so aus, als hätte er Lust, mir alles zu erzählen, es kam eine Art Leben in seine blassen Augen, er versuchte sogar sich die Hände zu reiben. Aber die fielen nur auseinander. Er gab auf und begann stattdessen zu sprechen. Er redete sogar ziemlich laut.

»Ich habe für einen Fälscherring gearbeitet, bevor ich hierher kam, mein lieber Neffe. Eine internationale Firma. Äußerst interessante Arbeit, das muss ich schon sagen.«

»Haben die das Bild abgeholt, das du mir mitgegeben hast?«

Onkel Hubert drehte sich schnell in meine Richtung, das war die einzige schnelle Bewegung, die er an diesem Tag machen konnte.

»Du hast es dir angesehen?«

»Ja«, gab ich zu. »Ich habe es mir angesehen.«

»Und wie findest du es?«

»Hör mal, du bist nicht Picasso, nicht wahr? Ich finde, die ganze Sache stinkt.«

»Picasso ist tot«, sagte Onkel Hubert.

»Und was hat das mit der Sache zu tun? Duke Ellington ist auch tot! Oh, Scheiße, wovon redest du?«

»Davon, dass ich zeigen kann, dass ich genauso gut bin wie der Meister. Niemand wird einen Unterschied sehen können!«

»Aber der Meister hat es zuerst gemacht, Hubert.«

»Und keiner wird einen Unterschied sehen können.«

Ich stöhnte schwer auf. Das war einfach unmöglich.

»Du wirst geschnappt werden. Du hast nicht die geringste Chance.«

Er wurde wütend.

»Dann hat dir das Bild also nicht gefallen?«

»Das Bild ist ganz okay. Davon rede ich doch gar nicht! Ich rede davon, dass es Betrug ist, und dass du damit hinter Gitter kommen kannst.«

Onkel Hubert lachte leise. Es knackte in seinem Gesicht.

»Jetzt hör mir mal zu, Kim. Du heißt doch Kim, oder? Wir haben an alles gedacht. Wir bauen die Rahmen aus Holz, das wir auf Friedhöfen ausgraben, damit wir das Material aus dem richtigen Zeitabschnitt kriegen. Es hat ja keinen Sinn mit Furnier bei einem Chagall, nicht wahr? Wir überlassen nichts dem Zufall, das sollst du nur wissen.«

»Auf Friedhöfen? Dann klaut ihr Särge? Jetzt machst du aber Scherze, Hubert. Ich bitte dich!«

»Aber wir machen nicht den Fehler der Amsterdam-Gruppe. Die haben auch das Holz von Särgen benutzt, die sie auf verlassenen Friedhöfen gefunden haben. Aber die waren so gotterbärmlich dumm, dass sie die Rahmen mit einer Motorsäge gesägt haben. Mit einer Motorsäge! Für einen Goya! Als ob es zu Goyas Zeit Motorsägen gegeben hätte! Sie flogen natürlich auf.«

»Ja, das kann ich mir denken. Und ihr nicht?«

»Das Papier haben wir auch aus der richtigen Epoche besorgt. Obwohl die C-14-Methode eine Fehlerquote von bis zu hundert Jahren hat, wenn es darum geht, das Papier der richtigen Zeit zuzuordnen.«

Jetzt lachte Onkel Hubert laut und herzlich.

»Und dann haben die so genannten Experten noch eine andere Methode, um das Papier zu untersuchen. Jetzt hör genau zu, Kim. Man verbrennt ein Stück Papier, und dann kann man den Anteil an radioaktivem Material darin messen und feststellen, ob das Papier von einem Baum stammt, der vor oder nach den Atombombenversuchen der Fünfziger gefällt wurde.«

»Raffiniert«, sagte ich.

»Aber nicht raffiniert genug. Die Methode hat nämlich einen kleinen Haken, weißt du.«

»Nee, das weiß ich nicht.«

»Man muss nämlich so viel Papier verbrennen, dass fast nichts mehr vom Bild übrig bleibt! Und das ist doch etwas dumm, wenn sich herausstellen sollte, dass das Werk echt ist.«

»Du sagst es, Hubert.«

Er war nicht mehr zu bremsen.

»Und die Farben? Glaubst du, wir würden die Farben bei Andvord kaufen?«

»Ich glaube gar nichts, absolut gar nichts.«

»Nee, du. Picassos Aquarelle entstanden so um 1905. Und wir mussten uns also Farben aus dieser Zeit besorgen. Damals gab es nämlich einen kupferhaltigen Stoff in den Farben, der vor dem Ersten Weltkrieg benutzt wurde und danach nicht mehr, weil der Stoff ein sehr wichtiger Grundstoff in der Rüstungsindustrie geworden ist.«

»Du weißt ja eine ganze Menge darüber«, sagte ich.

Er beugte sich zu mir und flüsterte:

»Und die Fingerabdrücke waschen wir mit Methanol ab!«

Onkel Hubert bekam wieder Durst. Ich drehte ihm den Wasserhahn auf.

»Dann liegt es ja nur noch an dir«, sagte ich.

Er richtete sich auf, das Wasser lief ihm übers Gesicht.

»Wie meinst du das?«

»Na, wenn alles so schlau organisiert ist, dann liegt es doch nur noch am Pinselstrich, nicht wahr? Daran, ob du genauso gut zeichnest wie der Meister.«

Nun ging er zur Tür, horchte am Schlüsselloch, anschließend stellte er sich wieder ans Fenster, die schweren Hände in einem Klumpen auf dem Rücken, den Rücken mir zugewandt.

»Jetzt weißt du es also«, sagte er nur.

»Ja, jetzt weiß ich es.«

So blieb er stehen, am Fenster, schaute in eine andere Richtung, ins Licht und auf die scharfen Schatten da draußen. Und da entdeckte ich etwas in seinem Bett. Es lag zwischen Matratze und Bettgestell eingeklemmt. Es war ein Messer, ein großes Küchenmesser. Ich zog es heraus und schmuggelte es unter meine Lotsenjacke.

»Ich glaube, ich muss jetzt gehen«, sagte ich.

Er antwortete nicht. Stand mit dem Rücken zu mir da.

»Dann gehe ich mal. Und mach keinen Blödsinn, Onkel Hubert.«

Aber plötzlich sagte er:

»Es ist bestimmt schön jetzt auf Nesodden. August auf Nesodden, das wär doch was.«

Ich glaube, ich lief hinaus. Als ich die Allee erreichte, drehte ich mich um und wollte winken. Aber er stand nicht mehr da. Das Fenster war leer, wie ein Rahmen ohne Bild.

Ich nahm den Bus in die Stadt. Ich setzte mich auf die hinterste Bank und hatte Lust, etwas vollkommen Verrücktes zu tun. Ich hatte ein Messer. Ich stieg am Rathausplatz aus. Das Glockenspiel im Turm setzte ein. Ich trieb mich in den Straßen herum. Ließ die Zeit bis zum Abend verstreichen. Leute kamen aus den Kinos und den Bahnstationen. Die Stadt war am Rande eines Sommers. Es war die letzte Pause. Jetzt mussten sich alle beeilen, um noch etwas zu schaffen. Ich beeilte mich nicht. Ich trieb mich in der Stadt herum und blieb am Uranienborgveien stehen. Ich schaute zum Atelier hoch. Im obersten Stockwerk war es dunkel. Ich wartete. Ich hatte Zeit genug. Ich konnte es in die Länge ziehen. Aber nichts geschah. Ich überquerte die Straße, klingelte im Erdgeschoss. Der gleiche alte Mann mit den abgetragenen Hosenträgern und dem gelben Unterhemd stand vor seiner Wohnung. Ich glaube, er erkannte mich nicht wieder.

»Was wollen Sie denn noch so spät?«, rief er.

»Ich komme von den Zeugen Jehovas«, sagte ich. »Und wir kommen nie zu spät.«

Er schlug die Tür wieder zu, und ich hörte die Sicherheitsketten klirren.

Ich ging das Geländer entlang. Ich schlich mich von einem Stockwerk ins nächste. Und zum Schluss kam ich beim Atelier an. Es waren keine Schuhe zu sehen. Es war nichts zu hören. Trotzdem klopfte ich an. Ich hatte keine Ahnung, was ich sagen sollte, falls geöffnet würde. Aber es öffnete niemand. Da zog ich das Messer heraus, schob es in den Türschlitz und brach das Schloss auf. Die Tür glitt von allein auf. Ich wartete noch eine Weile. Dann ging ich in die Dunkelheit hinein. Der Himmel war durch ein schräges Dachfenster zu sehen. Unten in der Ecke hing ein Mond, wie ein Blutstropfen in einem Mundwinkel. Dann verschwand er hinter einer schwarzen Wolke, und ich wusste, was kommen würde. Der Regen würde kommen. Das war ein trauriges, unangenehmes Geräusch, Regen auf Glas, Regen in Oslo.

Ich ließ die Hand über den Türrahmen gleiten und fand einen Lichtschalter. Ich drückte ihn, und langsam wurde der hohe Raum von einem kräftigen weißen Licht erfüllt, während der Himmel und das Geräusch des Regens verschwanden. Überall gab es Porträts, sie hingen an den Wänden, sie standen auf Staffeleien, sie lagen auf dem Boden. Einige schienen fertig zu sein, andere waren nur Anfänge, Striche, der Umriss eines Gesichts, eine Farbe. Mitten im Raum stand ein Stuhl. Da sitzt Vivi immer, dachte ich, und der Gedanke bereitete mir

Übelkeit, denn über der Rückenlehne hing Nilsens rotes Stirnband. Ich schaute woanders hin, ging von Bild zu Bild, sie sahen aus wie Schiffsreeder, Prinzen und fette Erben, alle Gesichter ähnelten einander. Dann fand ich, wonach ich suchte. Ich packte das Gemälde in ein Stück Packpapier ein, das herumlag. Da fiel mir ein, was Hubert gesagt hatte: Fingerabdrücke. Ich wischte sorgfältig den Türrahmen und den Lichtschalter ab. Ich löschte das Licht, und der Himmel über dem Dach kam wieder zum Vorschein, sternenklar und nahe, als wäre er ans Glas geklebt.

Und dann trug ich das Bild nach Hause, durch die dunkelsten Straßen, die ich kannte, durch Hinterhöfe, in denen die Katzen auf den Mülleimern saßen und schrien, unter grünen Wäscheleinen hindurch, an denen Schnürsenkel zum Trocknen hingen, über schiefe Bretterzäune, nach Hause in den sechsten Stock vom gelben Wohnblock in Marienlyst.

Ich blieb den Rest der Nacht wach und betrachtete Vivis Porträt. Es barg keine Geheimnisse. Es war ohne Rätsel. Es zeigte nichts anderes. Es war nur ähnlich. Es war perfekt. Die Gesichtszüge, das Haar, stramm zu einem Knoten hochgebunden, die blauen Augen, der Mund, ein grüner, neutraler Hintergrund. Und der lange, dünne Hals, der Nacken, fast weiß, es war, als zöge er all meine Aufmerksamkeit auf sich, denn die ganze Zeit überlegte ich, ob sie wirklich für den Maler das Tuch abgenommen hatte.

So saß ich da, während die Zeit mir durch die Finger rann und ich nicht weiterkam. Es musste Morgen geworden sein. Jemand klingelte. Ich rührte mich nicht. Jemand klingelte noch einmal, lange. Ich versteckte das Bild unter dem Bett. Ich bekam Panik, hatte das Herz voller Wespen. Als jemand zum dritten Mal klingelte, ging ich hinaus, um zu öffnen. Ich weiß nicht, wen zu sehen ich erwartet hatte, Vivi, Hubert, Seb, Gunnar, Ola, Mutter und Vater, Nilsen. Es war keiner von ihnen. Jemand, das waren drei Männer in gleichen Anzügen, mit der gleichen Frisur. Ich brauchte sie nicht erst hereinzubitten. Sie waren schon drinnen. Einer von ihnen stand immer ganz vorn, während die anderen sich auf einer geraden Linie im Hintergrund hielten. Ich mochte nicht daran denken, wer sie waren. Sie kamen so oder so mit schlechten Nachrichten, ob nun Pfarrer oder Polizei, da gab es eigentlich nicht mehr viel zu raten, aber ich schaffte es einfach nicht.

»Wer bist du?«, fragte jener, welcher der Chef sein musste.

Darauf konnte ich ihnen eine Antwort geben.

»Kim Karlsen.«

»Wohnst du schon lange hier?«

»Seit ein paar Tagen. Wieso? Ist die Miete nicht bezahlt?«

»Du bist verwandt mit Hubert Karlsen?«

Es wurde ganz still in mir.

»Das ist mein Onkel«, sagte ich leise. »Ist etwas mit ihm passiert?«

Der Chef zog ein Papier heraus, das er mir aber nicht zeigen wollte, er steckte es nur in eine andere Tasche.

»Wir haben die Erlaubnis, die Wohnung zu durchsuchen.«

Er gab den anderen beiden ein Zeichen, und sofort fingen die an herumzuschnüffeln. Ich fühlte mich elend. Ich wusste nicht, wem ich folgen sollte. Also folgte ich dem Chef. Er ging ins Wohnzimmer, blieb dort stehen und schaute sich um, strich mit einem Finger über den Tisch.

»Und du wohnst erst seit ein paar Tagen hier?«

Aus irgendeinem Grund war mir klar, dass es keinen Sinn hatte zu lügen, hier hielt man entweder den Mund, oder man sagte, was Sache war.

»Ein bisschen länger«, sagte ich. »Seit ein paar Wochen. Ein paar Wochen. Einen Monat.«

Die anderen beiden waren jetzt im Schlafzimmer. Der Chef blieb am Fenster stehen, die Hände auf dem Rücken. Ich ging um ihn herum.

»Mein Onkel weiß nämlich nicht, dass ich hier wohne«, sagte ich.

»Ach so?«

»Ich wollte auf seine Wohnung aufpassen. Solange er weg ist, meine ich.«

»Ja, natürlich.«

Er sah mich nur schweigend an. Ich wusste nicht, was ich noch sagen sollte. Deshalb schwieg ich auch und wartete, dass er etwas sagen würde.

Er sagte:

»Ist hier jemand zu Besuch gewesen?«

»Besuch? Ein paar Kumpel von mir haben mal vorbeigeschaut. Abcr das ist schon eine Weile her. Nein, nicht dass ich wüsste. Aber ich bin selbst ziemlich viel weg gewesen. Fast den ganzen Juni.«

»Hast du mir etwas zu erzählen?«

»Ihnen zu erzählen?«

»Wiederhol nicht alles, was ich sage. Bist du nervös?«

»Nervös?«

Da klingelte das Telefon. Ich ließ es klingeln. Wir standen schweigend da und hörten, wie das Telefon klingelte. Er machte mir ein Zeichen. Da musste ich abnehmen. Ich konnte nicht einmal Luft holen, als ich schon Mutters Stimme hörte. Sie wirkte ziemlich aufgeregt.

»Hubert, bist du es?«

Ich lehnte mich gegen die Wand. Langsam wurde es zu viel für mich.

»Nein, Mutter. Ich bin's.«

»Wer?«

»Kim.«

Lange Zeit blieb es still. Ich ertrug diese Stille nicht. Der Chef stand die ganze Zeit neben mir und sah mich an.

»Hier ist Kim«, wiederholte ich.

»Was machst du denn da? Kim, was machst du da?«

»Ich wollte nur was für ihn holen. Zeichensachen.«

»Hast du mit Hubert gesprochen?«

»Ich war gestern bei ihm. Warum rufst du eigentlich hier an, Mutter?«

»Er ist weggelaufen. Ich dachte, dass er vielleicht nach Hause gegangen ist.«

Jetzt kamen die anderen beiden aus dem Schlafzimmer. Sie hatten das Porträt von Vivi bei sich und die Zeichnung, die Rolf mir in Vor Frues gegeben hatte, eine Skizze von Brücken, Brücken in einer Landschaft ohne Menschen.

»Ich sage Bescheid, wenn ich ihn sehe«, rief ich. »Ich rufe an!«

Ich legte auf. Ich wartete. Sie untersuchten die Kunstwerke und sprachen leise miteinander. Sie wirkten zufrieden.

Der Chef kam zu mir.

»Hast du das hier schon mal gesehen?«, fragte er.

»Mein Onkel ist abgehauen?«, erwiderte ich.

»Ich habe zuerst gefragt. Hast du diese Bilder schon mal gesehen?«

»Das kleine ist meins. Ich habe es vom Künstler gekriegt.«

»Und das andere?«

»Nein.«

»Das lag unter dem Bett.«

»Ich liege immer unter der Bettdecke«, sagte ich.

»Hast du eine Idee, wohin er gegangen sein kann?«

»Nein. Aber was hat er denn eigentlich gemacht?«

»Wir haben den Verdacht, dass er in einen größeren internationalen Kunstschwindel verwickelt ist.«

»Mein Onkel Hubert?«

»Überrascht dich das?«

»Das kann man wohl sagen.«

Er sah mich lange an. Die anderen beiden nahmen die Bilder mit hinaus in den Hausflur.

»Vor kurzem sollten bei einer Auktion in Kopenhagen eine Zeichnung und ein Aquarell von Picasso verkauft werden. Aber sie wurden bald als Fälschungen erkannt.«

»Und wie?«

»Interessiert dich das?«

»Er ist schließlich mein Onkel.«

»Welchen Eindruck hat er beim letzten Besuch auf dich gemacht? Du warst ja gestern bei ihm, wie ich gehört habe.«

»Er war ziemlich down. Ich glaube, das war alter Liebeskummer.«

»Das Aquarell war zuerst mit einem Bleistift skizziert worden. Und das war das echte nicht. Und die Zeichnung auf der Rückseite war schlicht und einfach zu schlecht.«

»Ach so«, sagte ich nur.

Der Chef kam näher.

»Jetzt habe ich dir mehr erzählt, als ich sollte. Vielleicht kannst du mir jetzt auch erzählen, was du weißt.«

»Ich weiß, dass mein Onkel von den alten Meistern fasziniert war. Er hat sie kopiert. Und das ist ja wohl nicht verboten. Es gibt viele Künstler, die das gemacht haben. Ludvig Karsten beispielsweise.«

»Ganz richtig. Aber es ist verboten, die Kopien als Originale weiterzuverkaufen.«

»Es ist also nicht verboten zu kopieren, es ist nur verboten, die Kopien zu verkaufen?«

»Ich bin überzeugt davon, dass du schlauer bist, als du tust.«

»Vielleicht hat ja jemand meinem Onkel die Bilder gestohlen? Und versucht sie auf den Markt zu bringen?«

»Und du hast keine Ahnung, wo er jetzt sein könnte?«

»Nein. Doch. Vielleicht in der Nationalgalerie?«

Sie verließen mich, mit Vivis Porträt. Rolfs Brücken ließen sie zurück. Ich stand am Fenster. Ich wartete, dass etwas geschehen würde. Es lag etwas in der Luft. Ich konnte alle Bäume den Hang hinauf zählen, ich konnte sogar die Tannennadeln zählen, wenn ich wollte. Bald würde Herbst sein. Jetzt war August. Ich hatte eine Ahnung, wohin Hubert gegangen war. Ich wollte ihn möglichst als Erster finden.

Ich kam zum Anleger B und nahm von dort die Fähre nach Nesoddtangen. Es war eines der neueren, albernen Boote, ich kannte nicht einmal seinen Namen. Ich blieb draußen auf dem Deck stehen. Ein scharfer Wind färbte den Fjord schwarz, wie den Himmel vor einem Wolkenbruch. Ganz außen auf Nesodden am Signalen stand ein Knirps in zu großem gelbem Regenmantel, Südwester und kurzer Hose und warf die Angelschnur aus. Er holte sie immer wieder viel zu ungeduldig ein, ich denke nicht, dass bei ihm etwas anbiss.

Ich sprang an Land und ging hoch zum Haus. Es wohnte niemand dort. Die Fensterläden waren nicht heruntergenommen. Alles war verschlossen. Die Kieswege waren voll Unkraut. Das Seil schlug gegen die Fahnenstange. Ich ging auf die Rückseite. Die Äpfel waren bald reif. Ich überlegte, ob die wohl überhaupt jemand dieses Jahr ernten würde. Die Wäscheleine hing immer noch zwischen den weißen Birkenstämmen. Im Gras lag ein alter Tennisschläger. Fast alle Saiten waren gerissen, eine Saite für jeden Sommer, den ich hier gewesen war.

Ich lief hinunter zum Strand. Die nackten Felsen waren schwarz und nass. Im Brackwasser lagen leere Flaschen, kaputte Wasserbälle, Konservendosen, Holzstücke, das erinnerte mich an den großen Sog, wenn eines der riesigen Kreuzfahrtschiffe in den Fjord hineinfuhr und den Mond dazu brachte, über den Himmel zu rollen, während die Sonne im Zenith stand.

Da entdeckte ich ein Paar Schuhe, sie waren fein säuberlich neben das Sprungbrett gestellt worden. Ich lief hin, ein Paar schwarze Schuhe, das war alles. Im Wasser keine Spur. Ich rief, ich rief so laut ich konnte, um den Wind und die Wellen und mein eigenes Herz zu übertönen.

»Hubert! Onkel Hubert! Oh Scheiße! Hubert!«

Da entdeckte ich ihn. Er saß auf einem der steilen Felsen, die Füße in den Algen. Er saß nackt da, hatte die Kleider neben sich auf einen Haufen gelegt. Ich ging langsam zu ihm, ich weiß nicht, ob er mich sah. Ich blieb ein Stück entfernt stehen.

»Du hast doch wohl nicht vor, jetzt zu baden, Hubert?«

Er antwortete nicht. Ich redete einfach weiter, ich musste reden.

»Das ist bestimmt eiskalt. Nicht mehr als zwölf Grad.«

Ich ging näher, setzte mich direkt neben ihn. Sein Körper war weiß und dünn, seine Hände erschienen noch größer als zuvor. Er stützte sein Gesicht darauf, es verschwand fast zwischen den Fingern.

»Zieh dir was an«, sagte ich vorsichtig. »Du wirst sonst krank.«

Onkel Hubert trat ins Wasser. Das war sicher so eine Art Antwort. Mir musste etwas einfallen. Er saß einfach nur da.

»Erinnerst du dich an das Daffy-Heft, das du mir mal mitgebracht hast? Als ich Masern hatte?«

Er drehte kaum den Kopf. Ich konnte seine Augen nicht sehen. Aber da war was.

»Auf der Rückseite waren solche Farbfotos von Filmsternchen, weißt du. Die Starserie. Und es war Carol Lynley, die hast du mir gegeben. Ich lag da und habe sie drei Wochen lang angesehen. Hat mir bestimmt nicht nur gut getan.«

Ich versuchte zu lachen. Hubert wurde ein wenig unruhig. Aber ich konnte nicht mehr zurück.

»Und dann gab es da eine Geschichte. Über Elmer Fudd. Aber ich habe sie nie zu Ende lesen können. Denn jedes Mal, wenn ich angefangen hatte, musste ich das Heft umdrehen, um nachzusehen, ob Carol Lynley vielleicht noch mehr Knöpfe ihrer Bluse geöffnet hatte. Das war die Geschichte, in der Elmer Fudd Opernsänger im Regen wird.«

»Schweinchen Dick«, sagte Onkel Hubert.

Ich war ganz verwirrt.

»Was sagst du? Schweinchen Dick?«

»Das war nicht Elmer Fudd, der Opernsänger wurde. Das war Schweinchen Dick.«

»Red keinen Quatsch, Hubert. Natürlich war das Elmer.«

»Das war Schweinchen Dick. Du erinnerst dich falsch.«

»Dann erinnerst du dich vielleicht auch noch, wie die Geschichte aufhört, oder? Wenn du dich so gut daran erinnerst.«

»SchweinchenDick wird wieder gesund«, sagte Onkel Hubert. »Er verliert seine Stimme wieder und wird ausgepfiffen.«

»So kann es kommen.«

»Sie sind hinter mir her«, sagte Hubert.

Seine Haut wurde langsam blau. Er krümmte sich zusammen. Seine großen Hände fanden keinen ruhigen Platz.

»Ich weiß«, sagte ich. »Aber ich habe dich als Erster gefunden. Bist du nicht froh darüber?«

»Warum hast du das Messer weggenommen?«

»Ich hatte Angst.«

»Ich habe das Messer auch weggenommen, weil ich Angst hatte.«

»Willst du es zurückhaben? Ich habe es hier. In meiner Jacke.«

Er schüttelte langsam den Kopf. Aber plötzlich war er auf der Hut.

»Weißt du es? Was weißt du?«

»Ich habe ein paar Tage in deiner Wohnung gewohnt. Die Bullen sind heute Morgen gekommen und haben sich da umgeschaut.«

»Was haben sie gesagt?«

Ich weiß nicht, was am längsten währt, das Schweigen, die Lüge oder die Ehrlichkeit.

Ich sagte:

»Die Bilder sind entlarvt.«

Hubert wurde fast gereizt. Dann beruhigte er sich wieder.

»Aber wieso? Wie haben die das entdecken können?«

»Du hast offensichtlich den falschen Bleistift benutzt. Picasso hat nie so einen Bleistift benutzt.«

»Das war alles? Der Bleistift war das Einzige, was falsch war?«

»Ja«, sagte ich. »Wollen wir gehen?«

Onkel Hubert lächelte. Es war ziemlich lange her, dass ich ihn zuletzt hatte lächeln sehen. So langsam glaubte ich, dass alles in Ordnung kommen könnte. Er lächelte.

»Ja, das machen wir.«

»Verrückte Idee, heute baden zu wollen«, sagte ich und lachte.

»Das kannst du wohl sagen. Sicher nicht mehr als zwölf Grad.«

»Und das ist zu kalt. Viel zu kalt.«

»Ich bin froh, dass du gekommen bist, Kim.«

»Zieh dich an, du«, sagte ich. »Ich drehe mich solange um.«

Das Meer war glatt und ruhig geworden. Die schwarze Fläche war voller glänzender Quallen, die langsam in großen Trauben vorbeitrieben. Ich drehte mich um und schaute auf das Sprungbrett, wo die Schuhe standen. Eine Weile überlegte ich, warum er die wohl ausgerechnet dort ausgezogen hatte.

Dann hörte ich das Geräusch, das ich nicht mehr vergessen werde. Ich sah gerade noch, wie Onkel Hubert mit einem Kopfsprung ins Wasser glitt. Er verschwand in einem Klumpen Quallen, der sich leise über ihm schloss, und er kam nicht wieder hoch, kam nicht hoch.

# 22

Der Pfarrer hatte alles gesagt. Wir hatten alle Lieder gesungen. Seb und die Gans hatten Mood Indigo für Orgel und Geige gespielt. Das war mein Vorschlag gewesen. Ich glaube, Hubert hätte es wohl gefallen. Zwei Tage später trieb er an Land. Ich mochte mich nicht umdrehen. Da saßen ein paar alte Kollegen von alten Illustrierten, ein paar Pflegekräfte, ein Nachbar. Ich schaute lieber auf die Wandmalerei hinter dem Sarg, auf die Hand ganz oben in der Ecke, die Vivi mir einmal gezeigt hatte. Der Pfarrer kam herunter und wollte uns die Hand geben. Ich musste Großvater aus der Bank helfen. Mutter weinte nicht mehr. Der Sarg versank im Boden, ins Untergeschoss. Hinterher kam sie zu mir, als ich im Mittelgang stand.

»Wie schön sie gespielt haben«, sagte sie.

»Ja, nicht wahr? Das war ja wohl das Mindeste.«

Mutter schaute nach unten und schüttelte den Kopf. Ich fürchtete, sie könnte wieder anfangen zu weinen.

»Hast du immer noch die alten Sandalen an?«, sagte sie.

»Ich habe keine anderen.«

Plötzlich lachte sie leise, ergriff meinen Arm und sagte etwas Merkwürdiges.

»Erinnerst du dich, als du ohne Schuhe von der Tanzschule nach Hause gekommen bist? Und mir erzählt hast, ein Hund habe sie in der Bygdøy allé aufgefressen?«

Ich antwortete ihr nicht. Sie hielt meinen Arm noch fester.

»Es war nicht deine Schuld, Kim. Das darfst du nicht denken.«

Ich begriff nicht, was sie meinte. Ich machte mich los und ging. Sie folgte mir.

»Du hättest nicht mehr tun können, als du getan hast. Du hast alles getan.«

Jetzt stieß auch Vater zu uns.

»Großvater ist eingeschlafen«, sagte er mit einem Nicken zur ersten Bank hin. »Wir müssen ein Taxi besorgen.«

Er sah mich an.

»Wie läuft es bei dir, Kim?«

Ich wollte lieber über etwas anderes reden.

»Hast du Pym gefunden?«, fragte ich.

Er wirkte verblüfft, fast als wollte er loslachen.

»Pym? Nein, der Vogel ist doch weggeflogen. Das Fenster stand offen. An den braucht man keinen Gedanken mehr zu verschwenden.«

Vater war wieder ganz ernst, kam näher und legte mir eine Hand auf die Schulter. Das alles verwirrte mich. Ich wollte raus.

»Es kam, wie es kommen musste«, sagte er. »Das war wohl nicht zu vermeiden. So, wie es in letzter Zeit gelaufen ist.«

»Was meinst du damit?«

Mutter und Vater sahen einander an. Ich zog meine Lotsenjacke fester um mich. Aber Vater lockerte seinen Griff um meine Schulter nicht.

»Dass er sich das Leben genommen hat«, sagte er. »Das kam wohl für keinen von uns ganz unerwartet.«

Ich machte mich aus seiner Hand frei.

»Er hat sich nicht das Leben genommen. Er ist ertrunken. Er ist direkt in einen Haufen Quallen getaucht und konnte nicht wieder hochkommen!«

Sie sahen sich erneut an, dieses Mal sehr lange.

»Na, denn sagen wir, dass es so war«, sagte Vater. »Das spielt ja auch keine Rolle mehr.«

»Doch. Er ist ertrunken. Er hat sich nicht das Leben genommen. Er ist ertrunken.«

»Ja, Kim. Denk nicht mehr dran.«

»Doch, ich denke dran.«

»Du hast getan, was du tun konntest. Es war nicht deine Schuld.«

Ich konnte nicht verstehen, was er eigentlich meinte. Ein Kirchendiener brachte die Blumen weg.

»Ich muss jetzt gehen«, sagte ich.

Mutter wollte mich zurückhalten.

»Willst du nicht mitkommen und noch mit uns essen?«

»Ich muss zu einer Geburtstagsfeier.«

Ich ging zu Großvater und beugte mich über ihn. Er wachte für einen Moment auf.

»Das war leckerer Apfelwein, den er da gemacht hat, der gute Hubert.«

»Ja«, sagte ich. »Der beste.«

Ich lief den Mittelgang hinunter. Seb und die Gans standen an der Treppe zur Empore. Sie wollten mir auch die Hand geben.

»Wie traurig«, sagte die Gans. »Mein Beileid. Aber danke, dass du uns hast spielen lassen.«

»Des einen Tod, des anderen Brot«, sagte ich.

Er war beleidigt.

»So war das nicht gemeint«, murmelte er.

»Natürlich nicht. Ihr habt schön gespielt. Sogar Muttern hat das gesagt. Und Großvater hat im Takt gewippt.«

Seb nahm mich beiseite.

»Ich soll von Gunnar grüßen. Er konnte nicht kommen. Er ist in Albanien.

»Mit Interrail?«

Wir lachten zusammen darüber.

Ich sagte: »Und du bist zurückgekommen?«

»Zurückgekommen, um fortzureisen.«

»Wohin? Nach China?«

»Nach Lurøy. Hab da einen festen Job als Briefträger.«

»Keine Scherze im Krematorium«, sagte ich.

»Ich rede in Bildern, Kim.«

»Nein, du redest in Rätseln.«

Er senkte den Kopf.

»Bestimmt habe ich was gemacht, was ich noch bereuen werde«, sagte er.

»Tu das nicht. Bereuen heißt nur, zu spät zu kommen. Tu das nicht.«

»Ich weiß nicht. Wir sind doch Freunde, oder?«

»Natürlich sind wir Freunde. Was laberst du da?«

»Schön, dass du zurückgekommen bist, Kim. War irgendwie, als würde eine Wand fehlen.«

»Oder eine Tür.«

Ich ging hinaus und lief über den Vestre Gravlund bis zum Frognerpark. Dort setzte ich mich an den Monolithen und wartete. Ich dachte an alles, was gesagt worden war. Ich überlegte, wer wohl was wusste. Ich dachte an das Porträt von Vivi, an Hubert und die Quallen. Als die Sonnenuhr sechs zeigte, fuhr ich zu Vivis Geburtstagsgesellschaft. Der Himmel war bedeckt. Ich kam eine Stunde zu spät.

Die Gesellschaft hatte sich bereits vom Tisch erhoben. Sie standen alle draußen auf der Terrasse, und ich musste den ganzen langen Weg dort hinaufgehen, während mich alle musterten und scheel dreinblickten. Ich schaute zu Boden. Vivi ging zur Treppe und kam mir dort entgegen. Ich nahm ihre Hand. Sie hatte den Schal um den Hals.

»Herzlichen Glückwunsch zum Geburtstag«, sagte ich. »Tut mir Leid, dass ich so spät komme.«

Sie umarmte mich.

»Das macht doch nichts. Ich habe gesehen, was passiert ist. Es tut mir so Leid.«

»Was hast du gesehen?«

»Dass dein Onkel tot ist. Die Anzeige. Ich hätte nicht gedacht, dass du überhaupt kommen kannst.«

»Aber natürlich kann ich kommen.«

Ein kleines Mädchen stand plötzlich da und starrte zu mir

hoch. Sie trug eine riesige Schleife im Haar und hohe Schuhe, auf denen sie richtig gehend balancierte.

»Hast du kein Geschenk dabei?«, fragte sie.

Mein Ohr wurde ganz leer. Vivi jagte sie lachend fort.

»Nee, hab ich nicht«, sagte ich verzagt.

»Und das macht überhaupt nichts. Kümmre dich nicht um meine Kusine.«

»Ich bin ein Idiot.«

»Das macht überhaupt nichts! Nun rede keinen Quatsch. Ich habe genug gekriegt.«

Wieder lachte sie.

»Du siehst so schön aus heute«, sagte ich plötzlich.

Sie wurde etwas verlegen.

»Komm«, sagte sie nur.

Und dann musste ich alle begrüßen. Ich wurde von Hand zu Hand gereicht. Zuerst waren da ihre Eltern. Ich entschuldigte mich. Sie verstanden. Sie kondolierten. Sie sahen meine Kleidung und waren höflich. Ein paar Onkel und Tanten sagten ihre Namen, aber die vergaß ich sofort wieder. Plötzlich war der Maler Nilsen da. Er war allzu herzlich, ich ahnte Böses. Zum Schluss war da die Kusine.

»Ich heiße Lise«, sagte sie. »In zwei Monaten werde ich elf.«

»Dann werde ich an ein Geschenk denken. Ich heiße Kim.«

»Das weiß ich. Warum hast du so hässliche Kleidung an?«

»Weil ich arm bin.«

»Bist du wirklich der Liebste von Vivi?«

Da tauchte der Vater mit einem Drink für mich auf. Der war hoch und dünn. Lise lief woanders hin.

Wir stießen zusammen an.

»Schön, dass du kommen konntest«, sagte er.

»Danke gleichfalls. Ich meine, schön, dass ich eingeladen wurde.«

»Das war Vivi, die hat dich eingeladen.«

Ich schaute über den Garten. Es steckten Bügel im Gras. Alles war für Krocket vorbereitet. Am Swimmingpool entlang und bis zur Hundehütte hingen Papierlaternen an einer Schnur. Chico lag auf den Steinfliesen und schlief, die Schnauze zwischen den Pfoten. Er hatte eine neue Frisur. Damit sah er ungefähr achtzehn Kilo dünner aus als beim letzten Mal.

»Stattlicher Hund«, sagte ich.

»Aber alt. Er singt sein letztes Ströphchen.«

»Er singt?«

Der Vater trank einen Schluck. Ich tat es ihm nach.

»Er ist krank. Er macht es wahrscheinlich nicht mehr lange. Er hat das Leben satt.«

»Ein Hundejahr vergeht schnell«, sagte ich.

Der Vater stieß wieder mit mir an. Unsere Gläser schickten ein Echo über die ganze Stadt.

»Und wie sehen deine Pläne aus?«, fragte er.

»Meine Pläne? Na, da gibt es eigentlich genügend Auswahl.«

»Vivi hat erzählt, dass du Musik machst?«

»Ach, das ist nur etwas, was ich so nebenbei tue. Unter anderem.«

»Das habe ich mir gedacht. Neben was denn?«

Ich wollte dieser Unterhaltung entkommen.

»Ich habe so meine Pläne«, sagte ich.

»Lass hören!« Es war Klein-Lise, die mich rettete. Sie kam herbei und zupfte Vivis Vater an der Smokingjacke.

»Wollen wir nicht bald spielen?«, fragte sie. »Es ist schon fast dunkel!«

»Doch, ja, meine Kleine. Hinterher.«

Er nahm seine Position an den Schiebetüren ein. Lise blieb stehen, jetzt zupfte sie an meiner Lotsenjacke.

»Was hast du in der Tasche?«

»Hab ich was in der Tasche?«

»Ja! Das sieht schwer aus. Ist das vielleicht doch ein Geschenk?«

Der Vater klatschte in die Hände, und alle drehten sich zu ihm um. Vivi stand neben Nilsen. Ihre Mutter ging zu ihnen und nahm beide bei der Hand. Es lag eine Rede in der Luft.

»Ich möchte euch hereinbitten, um das letzte Geschenk des Abends, und ich verspreche sicher nicht zu viel, wenn ich sage, das beste Geschenk, anzusehen!«

Lise lief vor. Die Mutter ging zusammen mit Nilsen hinein. Ich schaute zur Hundehütte. Chico blieb liegen. Vivi wartete auf mich. Wir gingen gemeinsam hinein. Wir versammelten uns im Wohnzimmer. An der Wand zwischen zwei Fenstern hing ein Bild, von einem weißen Tuch verdeckt. Der Vater stellte sich daneben, Vivi musste zu ihm gehen, die Mutter schob Nilsen auch dorthin. Lise stand wieder neben mir. Ich überlegte, ob ich nicht lieber aufs Klo gehen und dort bleiben sollte, bis das hier vorbei war.

»Warum ziehst du nicht deine Jacke aus?«, flüsterte Lise.

»Weil ich friere.«

»Bist du wirklich Vivis Liebster?«

Ich hatte mein Glas draußen auf der Terrasse vergessen. Vivi schaute nach unten. Nilsen schaute nach oben. Aber er wirkte unsicher. Das war ein magerer Trost. Lise war ungeduldig. Der Vater fuhr mit seiner Rede fort.

»Es ist mir eine Freude, dieses Gemälde enthüllen zu dürfen. Wie ihr vielleicht wisst, ist seine Entstehung nicht ohne Probleme vor sich gegangen. Das Gemälde wurde nämlich vor kurzem gestohlen, und es ist möglich, dass ein Fälscherring mit internationalen Verbindungen in diesen Diebstahl involviert ist. Und das sollten wir als große Ehre ansehen! Deren Blick fällt nämlich nicht auf alles Beliebige. Sie suchen sich nur das wirklich Große in der Kunst aus!«

Jetzt schaute Vivi nach oben und Nilsen nach unten. Lise nahm plötzlich meine Hand.

»Ich will auch ein Gemälde haben«, sagte sie.

»Das wirst du sicher eines schönen Tages bekommen.«

»Glaubst du wirklich?«

»Da bin ich mir ganz sicher, Lise.«

Sie drückte meine Hand noch härter.

»Eigentlich finde ich dich ganz nett«, sagte sie.

Der Vater schaute sich um, ein langsamer Blick streifte durch den Raum. Die Mutter konnte es kaum noch abwarten. Ich überlegte, ob ich zu Boden sinken sollte. Aber die Überlegung nützte auch nichts. Unter meinen Sandalen lag persischer Teppich. Ich stand, wo ich stand.

»Aber jetzt ist das Bild wieder aufgetaucht. Und deshalb bin ich besonders froh darüber, dass der Künstler höchstpersönlich heute Abend hier anwesend ist.«

Alle klatschten. Ich klatschte auch. Vivi sah nervös aus. Nilsen schob die Hände in die Taschen und versuchte gleichgültig auszusehen. Dann zog der Vater das Tuch herunter, und das Porträt hing dort. Alle traten näher. Ich blieb stehen. Ich hatte es vorher schon gesehen. Es sah sich ähnlich.

Plötzlich rief da jemand. Es war Lise.

»Das sieht ja genau wie ihre Zwillingsschwester aus!«

Einen Augenblick lang war es still. Vivi drehte sich rasch um. Ich verstand nicht ganz, was da vor sich ging. Eine Mutter packte Lise und zog sie zu sich.

»Sie meint nur, wie ähnlich es doch ist«, sagte sie schnell. »Nicht war? Ist es nicht schön?«

Der Vater klatschte wieder in die Hände und erhob die Stimme, um diesem Auftritt ein Ende zu bereiten, ihn abzubrechen, bevor sich etwas Unangenehmes festsetzte.

»Und jetzt wollen wir Krocket spielen! Das junge Fräulein ist ja schon ganz ungeduldig!«

Wir gingen hinaus auf den Rasen. Ein Tablett mit Getränken wurde gebracht. Es gab Eiswürfel im August. Und gleichzeitig wurden die Papierlaternen angezündet, Bänder mit unruhigen Lichtern in allen Farben. Chico schlief immer noch. Ich bekam einen blauen Schläger.

Ich kam glatt durch den ersten Bügel. Dann traf Lise meine Kugel und schlug sie bis zu den Pappeln. Ich ging dorthin. Ich fand sie hinter einem Baumstamm. Es hätte schlimmer kommen können. Da war nur ein flacher Drehschuss notwendig. Lise lief mir nach, um zu sehen, ob ich es auch schaffte.

»Hast du Hunger?«, fragte sie.

»Nein«, antwortete ich. »Stör den Führenden nicht.«

»Du kannst bestimmt noch was in der Küche zu essen kriegen. Die haben Unmengen an Resten.«

»Warum hast du das von der Zwillingsschwester gesagt?«

Sie wollte gerade etwas erwidern, da tauchte Vivi auf. Ich sah sie vor den Laternen und dem grünen Schein des Swimmingpools im Hintergrund.

»Schaffst du es nicht?«, fragte sie.

»Fragst du, ob ich es nicht schaffe?

»Er schafft es nicht«, sagte Lise.

Ich überlegte genau, suchte festen Halt und landete mit dem blauen Schläger einen schönen gedrehten Schlag. Die Kugel umrundete den Baum in einem perfekten Bogen und rollte unter dem Bügel durch. Ich hörte Applaus. Wir gingen hinunter auf den Rasen. Plötzlich wurde Vivis Vater ganz vertraulich. Vivi stand hinter mir.

»Das muss ich sagen«, sagte er. »Das kannst du.«

Ich fand etwas zu trinken. Ich ließ es ruhig angehen.

»Ein leichter Schlag«, sagte ich.

»Stell deine Fähigkeiten nicht unter den Scheffel, mein Junge. Das hast du schon mal gemacht, was?«

»Ich bin mit dem Krocketschläger in der Hand geboren worden«, erwiderte ich.

Anschließend waren wir im Wohnzimmer, wo Vivis Porträt hing. Ich versank in einem tiefen Sessel. Vivi saß zwischen ihren Eltern auf dem Sofa. Lise lief herum. Ein Glas kippte um. Das war nicht meine Schuld. Ich glaube, die Stimmung war ziemlich gedrückt. Ich sah mich nach einer Hintertür um, einem Fallschirm. Vivi stand plötzlich auf und ging eine Treppe hinauf.

Da kam Chico. Er kam von der Terrasse herein, die Schnauze hoch erhoben, er wedelte wild mit dem Schwanz und lief auf mich zu. Da gab es keinen Zweifel. Zuerst schob er eine feuchte Nase zwischen meine Beine, schnaubte laut und sabberte. Jemand rief etwas, aber Chico war taub. Er sprang an mir hoch, ich versuchte ihn wegzudrücken, aber er war nicht aufzuhalten. Ich hatte die Vorderpfoten auf der Schulter und die ganze Zunge im Gesicht. Ich bekam keine Luft mehr. Er keuchte eklig. Da half nur noch eins. Ich schlug. Ich boxte. Aber es nützte nichts. Ich hatte Chico über mir, eine halbe Tonne Königspudel auf dem Schoß und den Mund voll mit kratzigem Fell. Und ich sah die dunkelrote Rute zwischen den Hinterbeinen, sie sah aus wie ein riesiger herausgedrehter Lippenstift. Er war schwer beschäftigt. Das war nicht auszuhalten. Und da hörte ich das Lachen. Ich lag flach im Sessel und hörte das Lachen, das laute, befreiende Lachen, wie ein Donner an einem schwülen Nachmittag. Ich befreite mich von der klebrigen Zunge. Ich konnte Vivi nicht sehen, sie war noch nicht wieder heruntergekommen. Ich vernahm nur dieses Lachen. Es hörte gar nicht auf. Nichts hörte auf. Ich trat um mich, trat mit aller Kraft. Offenbar traf ich. Jedenfalls purzelte Chico mit einem kurzen, verwunderten Bellen zu Boden. Dort blieb er liegen. Und gleichzeitig wurde es still, ganz still.

Ich stand auf und ging. Ich meinte Vivis Spiegelbild in den Glastüren zu sehen. Vielleicht war es auch nur das Porträt an der Wand. Nilsen saß immer noch auf dem Sofa und lachte lautlos. Die anderen knieten um den Hund herum. Dann war ich draußen. Meine Hose war ganz nass. Die Papierlampions leuchteten nicht mehr, sie hingen wie schwarze Bowlerhüte an einer Wäscheleine. Ich konnte das leise grüne Rauschen vom Schwimmbecken hören. Ich dachte an Onkel Hubert. Ich hatte einen Schlüssel in der Tasche. Ich hatte keine Lust, ihn zu benutzen. Ich hatte ein Messer in der anderen Tasche.

Ich ging zur Stadt hinunter. Ich sah, wie auch sie ihr Licht löschte, als käme ein ungebetener Gast und pustete die Kerzen auf einer riesigen Sahnetorte aus. Aber das waren wohl nur die Fenster und jemand dahinter, der schlafen wollte, oder auf die Straße sehen, ohne selbst gesehen zu werden.

Dann war ich an der Reihe mit Schlafen, irgendwo mitten zwischen dem Ufer des Flusses und dem schwarzen Schatten des Hügels, auf der Easy Street.

# Teil VII

Es ist der letzte Abend, den ich hier bin. Es ist das letzte Lied, das ich heute Abend spiele. Ich spiele Mood Indigo. Das Lokal ist fast leer. Die meisten haben gefunden, wonach sie gesucht haben. Ich sehe den Schildermacher ganz hinten im Raum. Er hat Ana auf dem Schoß. Sie versucht meinen Blick einzufangen. Aber das schafft sie nicht. Da steht sie auf und verschwindet. Die Klaviertasten sind von alten Drinks ganz klebrig. Meine Finger bleiben an ihnen hängen. Alles geht ganz langsam. Alles ist verspätet. Ich entdecke Lorenzo am Ausgang. Er sieht betrübter aus als sonst. Er nickt mir zu, sein Kopf ist groß und schwer. Er hebt eine Hand, halb. Ich verstehe, was er damit sagen will. Dann ist auch er hinter dem glänzenden Vorhang verschwunden, der raschelt, wenn die Leute kommen, und lautlos ist, wenn sie gehen. Ich wende meinen Blick der Bühne und den roten Lampen zu. Lulu hat sich soeben das karierte Kostüm ausgezogen, heute Abend ist sie Harlekin, das ist ihr bester Abend. Zuerst stellt sie sich dumm, das kann sie gut, und es gibt vereinzeltes Gelächter im Saal. Dann lässt sie die Maske fallen und zeigt, was das Publikum sehen will. Und das gefällt mir von dem, was sie macht, immer am wenigsten. Sie wirft mir ihren Slip zu. Das tut sie immer. Er landet auf meinem Zeigefinger. Lulu lacht. Ich lache. Jetzt sind wir die Einzigen, die lachen. Ich balle mit der linken Hand eine Faust und schlage. Das klingt nicht schön. Trotzdem hört niemand den Unterschied. Duke Ellington ist tot. Lorenzo ist gegangen. Hier gibt es nur noch Touristen. Lulu dreht sich oben auf der Bühne, unangenehm langsam, lehnt sich gegen den Zigarettenrauch und das rote Licht, spreizt die Beine, so weit es geht, und malt mit dem Po einen müden Kreis. Zwei Männer wachen auf und fassen sich in den Schritt. Ich bin bereits aufgestanden und gegangen.

Ich klettere hoch in den zweiten Stock. Ich höre Geräusche, die ich nicht mag. Vor einigen Türen stehen Schuhe, abgelaufene, verstaubte Schuhe, die niemand im Laufe der Nacht putzen wird. Das macht mich traurig. Das ist lächerlich. Nicht einmal die Schnürsenkel sind aufgeknotet. Vielleicht macht gerade das mich so traurig. Ich finde unser Zimmer. Es ist lang und schmal, wie ein Sarg, mit feuchten Wänden. Es riecht nach Schweiß und Schimmel und nach einem Gewürz, dessen Namen ich nicht weiß. Vor dem Fenster schlägt ein Neonschild die Dunkelheit zu roter, poröser Schlagsahne. Den ovalen Schatten des Doms entlang rollt ein blutunterlaufener Mond. Es ist der gleiche Mond, der heute Nacht über Skillebekk hängt, die Leute nicht schlafen lässt und die Straßenbahnschienen zum Schmelzen bringt. Ich höre den Arno unter den Brücken fließen. Ein Plattenspieler auf der anderen Seite der Via dei Cimatori spielt unermüdlich Waterloo. Im Bett liegt Ana. Ich habe ihr zu viel versprochen. Sie hat mir alles geglaubt, was ich gesagt habe. Das ist meine Schuld. Sie setzt sich auf. Ich sehe nur ihre Augen, sie sind weiß. Es ist doch kein Gewürz, was so riecht, es sind Kastanien, geröstete Esskastanien. Ich ziehe mich aus. Sie ist auch nackt.

Sie sagt:

»Du kannst jetzt richtig gut Klavier spielen.«

»Lorenzo ist ein guter Lehrmeister.«

»Das bin ich auch.«

Sie umarmt mich. Sie hebt mich mit dem Mund hoch. Ich will etwas sagen, schaffe es aber nicht. Ana lehnt sich lachend zurück.

»Lulu und ich, wir haben eine Überraschung für dich«, flüstert sie.

»Was für eine Überraschung?«

»Das sag ich nicht. Ich habe Lulu versprochen, es nicht zu sagen.«

Ana schaut zu mir auf.

»Hältst du auch, was du versprichst?«, fragt sie.

»Ja.«

Ich muss mich an der Wand abstützen. Ihre Zunge ist feucht und rau. Ich sehe, wie der Schildermacher über die Straße geht. Lulu folgt ihm. Ich sehe die grüne, selbst leuchtende Schnalle meines Zorrogürtels. Ich sehe den Stadtplan von Oslo, er liegt aufgeschlagen auf der Fensterbank. Ich sehe ihr schwarzes Haar. Ich halte ihren Kopf fest.

Ana reißt sich los und starrt wieder zu mir hoch.

»Du lügst«, sagt sie. »Du wirst morgen früh abreisen. Lorenzo hat es uns erzählt.«

Und dann beißt sie zu. Sie beißt wie ein Hund. Niemand hört, dass ich schreie. Der Schrei geht nach innen, ein Messer, das die Taue zwischen Herz und Hirn kappt. Das Blut rinnt den Schenkel hinunter. Ana wischt sich den Mund mit dem Handrücken ab, zieht sich ihr Kleid an und geht langsam zur Tür. Dort stellt sie etwas auf den Waschtisch. Ich kann nicht sehen, was es ist. Es sieht aus wie eine Stange, und einen Moment lang glaube ich, es wäre meine eigene. Ana öffnet die Tür, sie dreht sich nicht um, und in dem kurzen Moment, in dem das Licht ins Zimmer fällt, erkenne ich eine weiße Statue, Botticellis Venus.

Dann ist wieder alles dunkel.

## 23

Ich wurde von einem feuchten Blatt geweckt, das von meinem Gesicht rutschte. Ich lag auf der Karl Johan. Ich hörte die Kirchenglocken. Es musste ein Sonntag sein. Kein Mensch war da. Es war die Rückseite der blauen Stunde. Vorsichtig stand ich auf. Es war ziemlich eng. Ein abgegriffener, zerzauster Tennisball rollte den Rinnstein entlang. Da ist er ja, dachte ich. Aber ich konnte nicht sehen, ob unsere Buchstaben draufstanden. Bevor ich so weit war, verschwand er in einem Gully. Ich merkte, dass ich etwas Schweres in der Tasche hatte. Das war ein Messer. Ich warf es auch in den Schacht hinab. Ich wollte gehen. Das hatte ich bereits beschlossen. Ich wollte weg von hier. Da entdeckte ich etwas im Schaufenster des Buchhändlers. Ich trat näher heran. Stand lange da und schaute es an. Da war ein Gedichtband ausgestellt, eine neue Gedichtsammlung. Sie hieß *Flügel*. Das Titelblatt war weiß. Die Schrift war schwarz. Der Autor hieß Kim Karlsen. Ich fand einen Stein. Ich zerschlug die Scheibe und nahm mir ein Exemplar. Ich schlug es auf. Las die erste Zeile des ersten Gedichts laut: *Diese Stadt ist nicht wahr.* Ich lachte im Stillen. Seb war raffinierter, als ich gedacht hatte.

Und dann lief ich weiter in die Hintergassen, mit meinem Diebesgut. Ich lief lange. Ich lief bis zu Vivi.

Es war etwas passiert. Ich schob das Buch in die Jackentasche und ging langsam den Kiesweg hinauf. Jetzt konnte ich es sehen. Die Reste der Papierlampions lagen auf dem Boden, der Rasen war fast weggebrannt. Die Terrassentüren standen offen. Die Flammen mussten bis dorthin gekommen sein. Der Swimmingpool war leer. Lise lief unten in dem grünen Graben herum.

»Was ist passiert?«, fragte ich.

»Chico ist tot.«

»Chico ist tot? Ist er gestorben?«

Lise sah mich an.

»Ja. Heute Nacht hat es angefangen zu brennen.«

»Wie das denn?«

»Sie sagen alle, es waren die Lampions. Dass sie Feuer gefangen haben. Weil sie vergessen haben, sie auszumachen. Und dann mussten sie das ganze Wasser nehmen, um zu löschen.«

»Wo ist Vivi?«

»Soll ich es dir jetzt erzählen?«

»Ja. Wo ist Vivi?«

»Ich meine das, wonach du gestern gefragt hast.«

»Wonach habe ich gestern gefragt, Lise?«

»Nach den Zwillingen.«

Ich hockte mich hin.

»Erzähl es mir, wenn du magst.«

»Vivi ist nämlich eigentlich ein Zwilling. Aber die andere ist gestorben, als sie geboren wurde.«

Lise sah mich ernst an.

»Das stimmt wirklich. Es ist hässlich zu lügen.«

»Wo ist sie?«

»Wohl in ihrem Zimmer. Sie schläft bestimmt.«

»Und wo sind die anderen?«

»Sie wollten Chico wegbringen.«

Ich trat auf die Terrasse. Auf dem Wohnzimmerboden schwamm grünes Wasser. Das Porträt hing zwischen den Fenstern. Ich ging die Treppe zum ersten Stock hoch. Ich versuchte es an einer Tür. Die war abgeschlossen. Die nächste war offen. Das war ihr Zimmer. Die Wände waren mit Plakaten von verschiedenen Ausstellungen bedeckt. Vivi lag im Bett.

Die Gardinen waren vorgezogen. Sicher schlief sie. Ich schlich mich zu ihr. Sie trug ein rotes Halstuch. Ich bereute schon, gekommen zu sein. Ich wollte sie in Ruhe lassen. Aber da wachte sie auf, das dauerte eine Weile, es war ein weiter Weg hinaus aus dem Schlaf. Trotzdem war es zu spät für mich, noch wegzulaufen. Ich stand da und sah, wie sie aufwachte. Sie zog sich im Bett hoch, lehnte sich ruhig an die Wand.

»Kim«, sagte sie nur.

»Ja«, sagte ich. »Hier bin ich.«

Ich hätte gern mehr gesagt, denn sie starrte mich so an, darum sagte ich irgendwas daher.

»Der Sonntag ist ein einsamer Tag«, sagte ich.

»Kann sein«, sagte Vivi leise.

»Manche behaupten, der Montag sei am schlimmsten. Aber die wissen gar nicht, wovon sie reden. Die haben keine Ahnung. Es ist der Sonntag, der am schlimmsten ist.«

»Darüber hab ich noch nicht nachgedacht.«

»Nein? Aber ich. Bei uns gab es am Sonntag immer Schokoladenpudding zum Dessert. Der Sonntag ist braun.«

»Du sagst viele komische Sachen«, sagte Vivi.

»Ja. Ist das das Halstuch vom Maler?«

Und da tat sie es. Mit einer langsamen Bewegung nahm sie das Tuch ab, ließ es neben das Bett fallen, während sie mich weiterhin unentwegt ansah. Ich sah den nackten Hals, er war blau, straff, wie eine große, trockene Wunde.

»Ich hätte nicht kommen sollen«, sagte ich.

»Das macht nichts. Ich bin froh, dass du hier bist.«

Ich schaute in eine andere Richtung. An der Wand hinter ihr hing ein Plakat aus Florenz, aus den Uffizien, eine Reproduktion von Botticellis *La Nascita di Venere.*

»Es ist schon vor sehr langer Zeit passiert«, sagte Vivi. »Das war draußen auf der Insel. In dem alten Haus fing es an zu brennen. Ich glaubte, da sei noch jemand in den Flammen. Den wollte ich retten. Ich kann mich kaum noch daran erinnern.«

»Ich habe auch so vieles vergessen«, sagte ich schnell. »Oft ist es nur gut, wenn man bestimmte Sachen vergisst. Das hat Onkel Hubert immer gesagt.«

Vivi schloss die Augen, öffnete sie wieder.

»Erinnerst du dich an das, was ich dir erzählt habe? Dass ich in dem leeren Schwimmbecken gesessen habe und das Wasser hereinströmte?«

»Das habe ich nicht vergessen, Vivi.«

»Manchmal glaube ich, das habe ich nur geträumt. Dass alles, was ich erlebt habe, nur ein Traum ist.«

»Und ich, der ich ein Zweiörestück geschluckt habe, weil ich dachte, es sei ein Bonbon. Erinnerst du dich? Das war jedenfalls kein Traum. Achtundzwanzig Stunden auf dem Topf, fünf Löffel Rizinusöl und ein halber Liter Møllers Lebertran.«

Vivi lachte. Und das hatte ich gewollt. Ich wollte sie lachen hören. Wir konnten zusammen lachen. Ich zog einen Stuhl ans Bett und setzte mich. Auf dem Nachttisch lag ein Papierbogen; eine Zeichnung. Das war Rolf Nesch, seine Bäume, und jeder einzelne Baum war anders, aber trotzdem standen sie beieinander und bildeten einen Wald, einen norwegischen Nadelwald. Ich tat, als hätte ich es gar nicht gesehen. Aber Vivi drehte sich um und wusste Bescheid.

»Ich hätte es nicht nehmen sollen«, flüsterte sie. »Ich habe es geklaut.«

»Wirklich?«

»Ich bin hingegangen, um dich zu treffen. Das stimmt. Ich dachte, du seist da.«

»Das spielt doch keine Rolle. Bist du wirklich hingegangen, um mich zu treffen? Wow.«

»Und da habe ich die Zeichnung gesehen. Ich fand sie so schön.«

»Du hättest sie auch so gekriegt! Ich habe auch eine Zeichnung von ihm gekriegt. Brücken. Riesige Brücken. Wir können ja tauschen! Wollen wir tauschen?«

»Ich hätte das nicht machen sollen«, wiederholte sie.

»Ich habe auch ein Bild geklaut«, sagte ich.

Sie drehte sich zu mir um.

»Ich war nämlich derjenige, der dein Porträt beim Maler geklaut hat.«

»Das ist nicht wahr!«

»Doch, das war ich. Und niemand sonst.«

»Das warst nicht du, Kim!«

»Ich lüge nicht. Lügen ist hässlich.«

Sie wurde nicht sauer, sie wurde eher neugierig, hätte fast losgelacht, so schien es zumindest. Sie kam weiter aus den Kissen hoch.

»Warum hast du das gemacht?«

»Ich wollte nicht der Letzte sein, der es zu sehen bekommt.«

Wieder fing sie an zu lachen. Ich lachte auch. Wir lachten beide bis zur Erschöpfung. Dann war es vorbei. Es schien, als warteten wir aufeinander.

»Ich habe dir ein Geschenk mitgebracht«, sagte ich.

»Das war doch nicht nötig, Kim. Das habe ich doch schon gesagt.«

»Es ist gestern einfach zu viel passiert. Da habe ich alles vergessen.«

»Ja«, stimmte Vivi zu. »Es ist so viel passiert.«

Ich überreichte ihr das Buch. Sie sah es lange an, als traute sie ihren eigenen Augen nicht.

»Hast du das geschrieben?«, fragte sie.

»Kann man so sagen.«

Sie blätterte ein wenig darin.

»Der Titel gefällt mir«, sagte sie. *»Flügel«.*

»Nicht schlecht, nicht wahr? Diese Stadt ist nicht wahr.«

»Willst du mir eine Widmung reinschreiben? Für Vivi. Oslo. Norwegen. Europa.«

»Erde. Universum. Easy Street.«

Aber plötzlich war sie mit etwas anderem beschäftigt. Sie starrte auf meinen Arm. Und da sah ich es erst. Ich war voll mit Blut. Meine Lotsenjacke war blutgetränkt.

»Was ist passiert?«, flüsterte sie. »Hast du dir wehgetan?«

»Das ist nicht schlimm. Ich habe aus Versehen eine Glasscheibe zerbrochen. Das ist schon lange her.«

Ich legte meine Hand mit dem krummen Zeigefinger auf ihre Schulter. Sie ließ sie dort liegen.

»Tut das weh?«

»Nein. Das tut nicht weh. Ich habe nur eine Scheibe zerbrochen. Und versucht, die Teilchen wieder zusammenzusetzen. Es ist eigentlich merkwürdig, dass man lebt.«

»Ja. Es ist merkwürdig, dass man lebt.«

Sie lehnte ihr Gesicht an meine Hand. So blieben wir sitzen. Ich hielt sie fest. Sie hielt mich fest. Ich wollte etwas Richtiges sagen.

»Und dabei hat man nur diese Chance«, sagte ich. »Das ist vielleicht am merkwürdigsten dabei.«

»Ich habe dich angelogen«, sagte Vivi.

»Das macht nichts.«

»Das Erste, an das ich mich erinnere, ist, dass ich eine Schwester hatte. Und sie ist gestorben. Nein, sie ist nicht gestorben.«

Ich lehnte mein Gesicht an ihres, ich glaube, sie hatte Fieber.

»Was sagst du da, Vivi?«

»Ich hatte eine Schwester. Sie wurde nie geboren. Sie war tot. Und ich frage mich immer, wie sie wohl geworden wäre. Ob sie mir vielleicht geähnelt hätte.«

»Das glaube ich nicht.«

»Du weißt alles, Kim«, flüsterte sie.

Wir lagen uns immer noch in den Armen. Das war schön. Das war für einen Sonntag wirklich schön.

»Nein«, sagte ich. »Ich weiß fast nichts.«

Ich hörte ein Auto näher kommen. Ich stand vorsichtig auf. Sie drehte sich wieder dem Fenster zu.

»Willst du gehen?«

»Ich komme zurück.«

»Wirklich?«

»Ich halte, was ich verspreche«, sagte ich. »Ich werde halten, was ich verspreche.«

Ich beugte mich hinunter und gab ihr einen Kuss auf die Stirn. Dann ging ich hinaus, aus Vivis Zimmer, aus diesem Haus, vorbei am leeren Schwimmbassin, in dem Lise stand und mir zuwinkte. Der Mercedes kam vom Tor hoch, ich denke nicht, dass sie mich sahen. Ich ging wieder in die Stadt hinunter. Und auf dem Weg dorthin hatte ich das Gefühl, etwas verloren zu haben, es überkam mich ganz plötzlich mit aller Wucht. Ich blieb stehen und durchsuchte meine Taschen. Es waren die Schlüssel, die Schlüssel zu Huberts Wohnung. Ich hatte sie verloren.

Und den restlichen Tag lief ich die Karl Johan entlang und suchte nach den Schlüsseln. Ich fand sie nicht. Die Menschen waren herausgekommen. Sie trugen schwarze Regenschirme, sogar die Regenschirme waren in der Zwischenzeit größer geworden. Und niemand wurde im Regen nasser als ich. Ein Glasermeister war dabei, bei Tanum eine Scheibe auszuwechseln. Das Kino hatte bereits geöffnet. Ich fror. Da konnte ich genauso gut ins Victoria gehen. Da gab es eine Chaplinreihe. Die Dame im Kartenhäuschen strickte einen Pullover. Bald würde der Winter kommen.

»Es hat schon vor einer ganzen Weile angefangen«, sagte sie.

»Das macht nichts. Ich gucke Chaplin immer rückwärts.«

»Na gut, wie du willst. Dann geh rein.«

Ich legte einige Geldmünzen hin, es waren meine letzten. Sie schob sie zurück.

»Das ist nur noch so kurz. Du kannst diesmal umsonst reingehen.«

Ich setzte mich in die hinterste Reihe. Es war genau die Szene, wo Chaplin uns den Rücken zudreht, die Schulter schmal, zusammengezogen, und er zittert ganz schrecklich, als weinte er. So steht er lange Zeit da, sein ganzer Körper zittert. Dann dreht er sich langsam um, und er weint gar nicht. Ich höre eine Art Erleichterung im Publikum, es seufzt auf so eine zufriedene Art und Weise. Chaplin ist mit einem riesigen Cocktailshaker zugange, das ist es, was er tut, er weint nicht. Ich schließe die Augen, und als ich sie wieder öffne, sehe ich die weißen Buchstaben, die gleich von dem Licht ausgewischt werden, das langsam den Saal erfüllt: THE END.